K. L. KREIG

All of Me

K. L. KREIG

ALL of ME

Roman

Ins Deutsche übertragen
von Antje Althans

LYX

LYX in der Bastei Lübbe AG
Dieser Titel ist auch als E-Book erschienen.

MIX
Papier aus verantwortungsvollen Quellen
FSC® C014496

Die Originalausgabe erschien 2017 unter dem Titel
»Lost in Between«

Textredaktion: Andrea Kalbe
Umschlaggestaltung: © Sandra Taufer, München
unter Verwendung von Motiven von © Shutterstock
(Maksim Shmeljov/Kanate/Taigi/HS_PHOTOGRAPHY)
Satz: Greiner & Reichel, Köln
Gesetzt aus der Adobe Caslon
Druck und Verarbeitung: GGP Media GmbH, Pößneck
Printed in Germany
ISBN 978-3-7363-1109-1

7 6

Sie finden uns im Internet unter www.lyx-verlag.de
Bitte beachten Sie auch: www.luebbe.de und www.lesejury.de

Verloren.
Manchmal finden wir uns, indem wir uns verlieren.
Robert Tew

Prolog

Vier Jahre zuvor

Willow

Ich blicke auf den leicht zerknitterten Abschiedsbrief in meiner Hand, dessen schlicht weißes Papier mit meiner unordentlichen Schrift bekritzelt ist.

Meine Worte sind schlicht und unbarmherzig. Zielgerichtet. Sie sollen verletzen. Verbindungen kappen.

Was ich tue, ist falsch, aber Schmerz ist ein gewaltiges Netz aus Selbstzerstörung, und ich habe mich so fest in seinen unerbittlichen stacheligen Stricken verfangen, dass es mir die Blutzufuhr abschneidet.

Und dass er weiter damit klarkommen müsste, wäre nicht fair.

Im Grunde ist es meine Schuld. Ich habe es so weit kommen lassen. Ich habe ihn in dem Glauben gelassen, dass er Teile von mir besitzen könnte, die nicht zu haben waren. Verdammt, mir selbst habe ich dasselbe vorgemacht. Ich wusste, dass uns das irgendwann einholen würde, und heute Abend scheint es soweit zu sein.

Ich weiß nicht mehr, wer ich bin. Vielleicht wusste ich das nie.

Ich schnappe mir die Reisetasche, die ich in die Ecke des Wandschranks gestopft hatte, und sehe mich ein letztes Mal in dem dunklen Zimmer um. Ich schlucke den harten Kloß aus Traurigkeit in meinem Hals runter, als mein Blick auf meinen schlafenden Verlobten fällt, der keine Ahnung hat, wie ihm geschieht. Doch irgendwie glaube ich auch, dass er nicht allzu überrascht sein wird, wenn er beim Aufwachen feststellt, dass ich fort bin.

Ich denke an seine harten Worte, die in unserem Streit vorhin gefallen sind und die ich nicht vergessen kann. *»Wenn du es nicht zulässt, kann dich keiner lieben, Willow.«*

Ja. Er hat ja recht. Mir kann aber auch keiner wehtun.

Ich lege den geknitterten Abschiedsbrief auf den Toilettentisch und streiche ihn glatt. Ich drehe den Verlobungsring von meinem linken Ringfinger und lege ihn behutsam neben die Nachricht.

Nach einem letzten Blick auf meine gefühllosen, herzlosen Worte …

Ich liebe dich nicht mehr.
Es tut mir leid.

… laufe ich durch sein Haus und trete zur Tür hinaus. Draußen atme ich die kühle Nachtluft ein und fühle mich mit jedem Atemzug leichter. Eben noch drückte mich alle Last der Welt nieder, bis ich zu ersticken glaubte. Jetzt fühle ich mich nur erleichtert.

Leer.

Allein.

Und so verdammt verloren, dass ich nicht weiß, ob mich irgendjemand finden kann, mich selbst eingeschlossen.

1. KAPITEL

Heute

Willow

Mein Kleid verkauft falsche Wahrheiten. Das Make-up verdeckt die Lügen. Ein aufgesetztes Lächeln und schmeichelnde Worte lenken ab und täuschen. Die drei Karat an meiner linken Hand blenden jedermann, außer mich selbst.

Ich kenne die Wahrheit.

Ich mustere mich kritisch, von der perfekten Frisur bis zu den Zehennägeln im French Look, die aus meinen Slingback-Sandalen hervorlugen. Ich betrachte mich in dem Ganzkörperspiegel, drehe mich einmal um die eigene Achse und kenne die oberflächliche Frau nicht, die zu mir zurückblickt.

Sie runzelt die Stirn und verzieht die Mundwinkel nach unten. Verachtung trübt ihre ungewöhnlich grünen Augen. An den dünnen Fältchen in ihrem Gesicht und den leicht herabhängenden nackten Schultern ist Traurigkeit zu erkennen.

Sie verurteilt mich.

Das sollte sie auch.

Ich bin ein grässlicher, schrecklicher Mensch.

In weniger als zehn Minuten werde ich mich von meinem Vater durch einen Gang, der mit frischen Blumen und an jeder zweiten Kirchenbank mit Seidenschleifen geschmückt ist, zum Altar führen lassen.

Ich werde dort ankommen und mich von Daddy, dessen Blick von Tränen getrübt ist, auf die Wange küssen und an einen anderen Mann übergeben lassen.

Ich werde die Hand meines Verlobten in meine nehmen, in seine vor Freude überfließenden treuherzigen Augen sehen und mich lebenslang an diesen Mann binden, der großzügig, loyal und liebenswürdig ist.

Ich werde versprechen, ihn zu lieben und zu ehren, bis dass der Tod uns scheidet.

Ich werde aus Bosheit und aus Rache vor Gott, unserer Familie und unseren Freunden geloben, diesen großartigen Mann in Gesundheit und in Krankheit zu lieben. Aus Taktik. Als gigantisches »Leck mich« an den Mann, den ich wirklich liebe, aber nicht haben kann.

Ich werde einen Mann heiraten, den ich aufrichtig respektiere und liebe … aber nur als meinen allerbesten Freund.

Wer macht so etwas?

Ein destruktives, selbstsüchtiges Miststück. So sieht's aus.

Ich senke den Blick auf meinen langen –

»Hallo, Süße!«, ruft meine Mitbewohnerin Sierra, während sie über den Flur läuft. Der Krach dringt in den Raum, in dem ich mich eingeschlossen habe. Ich schüttele empört den Kopf. Meine Aufnahme ist versaut. Egal, wie oft ich sie bitte, leise zu sein, wenn sie nach Hause kommt, sie kapiert's nicht.

Ich brauche eine größere Wohnung mit Privatsphäre und einem separaten schalldichten Raum, wo ich in aller Ruhe arbeiten kann. Nicht diese behelfsmäßige Ecke, die ich mir in meinem Schlafzimmer eingerichtet habe.

Traurigerweise ist mein Bankkonto da anderer Meinung.

»Verdammt, Sierra. Ich habe dich mehrfach gebeten, beim Reinkommen nicht zu rufen. Jetzt muss ich ganz von vorn anfangen«, jammere ich, als sie meine Tür aufreißt.

»Oh, mein Fehler. Warst du mitten in einer Tonaufnahme?«

Ein vernichtender Blick ist meine einzige Antwort.

»Tut mir leid.« Sie klingt zerknirscht. Ich weiß, dass sie es ernst meint, doch das wird sie nicht davon abhalten, es wieder zu tun. Und wieder. Und wieder …

»Schon gut, es ist nur ein Probeband.« Ich reiße mir die Kopfhörer herunter, schalte mein Mikro aus und werfe noch einen Blick auf den Prolog des Liebesromans, den ich gerade eingesprochen habe. Der hier fängt dramatischer an als andere, ganz klar um die Leserinnen anzufixen, doch enden wird er genau wie alle anderen. Mit einem Happy End.

Ich versuche, diese Aufträge zu meiden. Die ergreifenden Geschichten von Hoffnung und Liebe und zweiten Chancen. Zwei Seelenverwandte, die sich aller Widrigkeiten zum Trotz finden und bis an ihr Lebensende glücklich und zufrieden sind. Doch da Hörbücher immer beliebter werden und ich von meinem Master of Fine Arts meinen Berg von Rechnungen nicht bezahlen kann, setze ich mein Schauspieltalent so ein, dass ich dazu imstande bin.

Ich persönlich lese lieber Krimis oder historische Romane. Ihr könnt mir auch jederzeit ein gutes Handbuch zum Einlesen geben. Leider musste ich meine Arbeit auf alle Genres erweitern, einschließlich Liebesromane. Ein notwendiges Übel, doch ich habe festgestellt, dass meine sinnliche Stimme recht gefragt ist und besser zu Erotika und Liebesromanen passt als zu Science Fiction oder Kindergeschichten.

»Arbeitest du heute Abend?«, fragt Sierra, während ich meine leere Colaflasche von meinem Schreibtisch fege und an ihr vorbei die Treppe hinab in die Küche gehe.

»Ja. Ursprünglich nicht, aber Holly hat sich eine fiese Grippe eingefangen, deshalb springe ich ein.« Das macht mir nichts aus. Die Extrakohle kann ich immer gebrauchen.

Ein rascher Blick auf die Uhr über dem Herd zeigt mir, dass es erst sechzehn Uhr ist. Mir bleiben noch vier Stunden, bis ich los muss. Massenhaft Zeit für ein Workout, einen schnellen Imbiss, einen neuen Take und eine Dusche. In dieser Reihenfolge.

Auch wenn ich meinen Brotjob liebe und er langsam in Schwung kommt, bin ich immer noch relativ neu in der Branche, außerdem arbeite ich für einen kleineren Verlag. Die Bezahlung erfolgt nach Erfahrung und Textlänge, und da ich bei beidem noch am unteren Ende stehe, tun es auch die zweiwöchigen Einzahlungen auf mein Bankkonto. Sie reichen nicht annähernd, um die monatlichen Ausgaben zu decken, die mir permanent Bauchschmerzen bereiten.

»Ist der Typ unter fünfzig?«

»Ser«, schimpfe ich mit ihr, während ich meine Iso-Trinkflasche aus dem Schrank ziehe.

Ihre feinen Augenbrauen heben sich mit einem ihrer Mundwinkel. »Nun?«

Seufzend schraube ich den Verschluss ab, damit ich die Flasche mit Eis füllen kann. Ich schäme mich nicht für meinen Teilzeitjob. Es gibt nichts, wofür ich mich schämen müsste. Würde ich ihn freiwillig machen? Auf keinen Fall. Aber es ist schlicht und einfach eine Notwendigkeit.

»Keine Ahnung«, weiche ich aus.

Ehrlich gesagt lüge ich nach Strich und Faden. Paul Graber ist ein fünfundfünfzig Jahre alter Hotelier aus Boston mit drei blutrünstigen Exfrauen, vier erwachsenen Kindern und fünf Enkeln. Ihm gehören über dreißig Boutique-Hotels der Extraklasse und drei Full-Service-Ferienresorts. Er ist wegen einer politischen Benefizveranstaltung in der Stadt, bei der er dem Vernehmen nach großzügig spendet.

Jedenfalls hat mir das meine Chefin Randi erzählt. Randi

kann ein harter Knochen sein, aber sie passt auf uns auf und gibt uns alle Infos, die wir brauchen, um unsere Arbeit zu machen, und zwar gut.

»Lügnerin.« Sie pflückt sich eine rote Weintraube aus der Obstschüssel, steckt sie sich in den Mund und fragt kauend: »Kennst du den Typen schon?«

Sierra ist einer von nur zwei Menschen, die wissen, was ich nebenbei mache. Sie verurteilt mich zwar nicht, macht sich aber Sorgen. Das braucht sie nicht. Die Männer, mit denen ich mich treffe, werden auf Herz und Nieren geprüft und gesperrt, wenn sie sich danebenbenehmen.

»Nein, aber er hat zu Randi gesagt, dass er in den nächsten Monaten öfter in der Stadt sein wird, und wenn es heute Abend gut läuft, könnte er Stammkunde werden.«

Ich sage es nur ungern, aber das Einzige, was mir in den Sinn kommt, wenn ich Männer wie Paul Graber ansehe, der sein hart verdientes Geld für eine Nacht mit mir ausgeben wird, ist das Wort *Goldesel*.

Das mag kalt und gefühllos klingen, aber ich bin da realistisch. Ich habe gelernt, dass das Leben hart und gnadenlos ist. Niemand außer du selbst sorgt für dich. Wenn mich also Männer wie Paul Graber zu ihren eigenen egoistischen Zwecken benutzen wollen, wieso sollte ich nicht das Gleiche tun? Zudem weiß ich bei meinen Kunden genau, wo ich stehe, und tief in mir ist das ein seltsam beruhigendes Gefühl.

Okay. Themawechsel.

»Und wie geht's Raul?«, frage ich, während ich meine Flasche mit Leitungswasser fülle.

»Eine betrügerische Ratte, ein schwanzlutschender Scheißkerl«, antwortet sie kurz und bündig. Als ich das leichte Zittern in ihrer Stimme höre, komme ich mir vor wie ein Schuft. Hätte ich ihr mehr Beachtung geschenkt, als sie meine Tür aufriss, wären mir ihre geröteten Augen schon früher aufgefallen und nicht erst nach einem fünfminütigen Gespräch.

»Oh nein, Ser. Was ist passiert?« Ich greife über die Kücheninsel nach ihrer Hand. Da sie sonst nicht der gefühlsduselige Typ ist, verrät mir die Tatsache, dass sie die Hand nicht wegzieht, eine ganze Menge.

Sie leidet.

Sehr.

Ich liebe meine beste Freundin Sierra mehr als jeden anderen Menschen auf der Welt, doch ihr Männergeschmack ist eine Katastrophe. Mit ihren einen Meter achtzig ist sie auf gruftihafte Art sehr gut aussehend. Sie ist der seltene Frauentyp, der von Natur aus beneidenswerte Kurven hat (86–71–81) und alles essen kann, was er will und wann er will. Sie hat noch nie einen Fuß in ein Fitnessstudio gesetzt und gehört zu dem einen Prozent Frauen, die die anderen neunundneunzig Prozent allein schon aus Prinzip hassen.

Sie ist frech und unverfroren. Zudem hat sie unter all meinen Bekannten das größte Herz. Doch je größer das Herz, desto größer die Mitte der Zielscheibe, hat meine Mutter immer gesagt. Und umso leichter wird man getroffen.

»Meine postkoitale Glut wurde regelrecht ausgepisst, als er einen Anruf von einer Tussi namens Barbi bekam. Scheiß Barbi, Löwenbräu!« Ich lächele über den Spitznamen, den sie mir in unserer Kindheit verpasst hat, die Lieblingsbiermarke ihres Großvaters. »Wer nennt denn sein Gör Barbi?«

»Jemand mit einem Märchen-Komplex?« Ich zucke mit einer Schulter.

Sie fährt mit gesenkter Stimme fort. »Er war unter der Dusche, als sein Handy aufleuchtete. Ich habe mir verboten, nachzusehen, aber es war das fünfte Mal in einer Stunde.«

»Bist du drangegangen?«

»Als ich als Anrufer-ID ein Paar gepiercte Doppel-Ds sah? Da kannst du deinen Arsch drauf verwetten.«

Und genau das ist der Grund, warum ich nicht auf der Suche nach meinem Märchenprinzen bin, einer Kunstfigur, die Walt Disney erfunden hat.

»Autsch.« Ich zucke regelrecht zusammen.

»Ja. Autsch.« Sie senkt den Blick, doch erst, nachdem ihr eine widerspenstige Träne übers Gesicht gelaufen ist. »Ich glaube, er wollte, dass ich es rausfinde. Sonst hätte er das Handy mit ins Bad genommen, oder?«

Ich nicke geistesabwesend. Es ist so lange her, seit ich eine ernsthafte Beziehung hatte, oder ein richtiges Date, dass ich ernstlichen Mangel an guten Ratschlägen habe. Ich drücke fest ihre Hand und sage das Einzige, was mir dazu einfällt. »Er hat dich nicht verdient.«

»Warum muss so was immer mir passieren? Ich bin doch ganz süß, oder?«

Meine Augenbrauen schießen bis zum Haaransatz hoch.

»Vielleicht ist genau das mein Problem. Vielleicht muss ich mich ändern.«

Jetzt nehme ich ihre beiden Hände und zwinge sie, mich anzusehen. »Untersteh dich. Sei, wie du bist, nicht so, wie andere dich wollen.« *Das* ist etwas, worüber ich Bescheid weiß. Es ist anstrengend, das zu sein, was andere wollen, statt man selbst. Doch zumindest kann ich das jetzt zu meinem Vorteil nutzen.

»Also, besser gesagt: Fick dich ins Knie, Raul?«

»Genau. Soll Prolo-Barbi den Fremdgänger doch haben.«

»Ich wette, sie hat einen Vokuhila.«

»Und ihr liegen gebliebener Trailer ist nicht mal rosa.« Ich lache.

»Bestimmt hat sie bei Walgreen's den ganzen blauen Lidschatten aufgekauft«, ätzt sie und wirkt mit jeder gehässigen Stichelei fröhlicher.

»Ja. Mit zwei Blagen auf den Hüften und einer Mentholzigarette zwischen knochigen Fingern mit pink lackierten Nägeln.«

Wir lachen über das Bild, das wir von Miss Piercing-Doppel-D heraufbeschwören, bis Sierra die Tränen übers Gesicht laufen. Dann hört sie auf, schnieft und wischt sie diskret weg.

Das war's. Gespräch beendet. Ich werde ihre Tränen nie mehr erwähnen – die sie sowieso herunterspielen würde –, und sie wird nie wieder von ihrem untreuen Ex sprechen. Aber so sind wir. Wir sind ziemlich giftig. Manchmal glaube ich, die Umweltschutzbehörde sollte uns beiden ein Warnschild ankleben.

»Willst du ein Omelett?«

»Du und dein ›Frühstück-zum-Abendessen‹-Unsinn. Das ist echt seltsam, falls ich es nicht schon hundertmal erwähnt habe.«

Sie findet es super. Es ist ihr ans Herz gewachsen, seit ich ihr zum zweiten Mal meine köstlichen fluffigen Eier gemacht habe, die bis zum Rand mit Gemüse und knusprigem Pancetta gefüllt sind.

»Was soll ich sagen, ich bin eben unkonventionell!« Und es erinnert mich an meine Familie. Wie es damals war, als ich noch glücklich war und das Leben über unendliche Möglichkeiten verfügte. »Wir haben keine Eier mehr, deshalb halte ich auf dem Rückweg vom Fitnessstudio kurz beim Laden und bringe welche mit. Willst du mitkommen?«, frage ich, obwohl ich die Antwort ganz genau kenne, doch ich hoffe, dass sie trotzdem nur das eine Mal Ja sagen wird.

»Also bitte. Ich schwitze nur im Schlafzimmer, das weißt du doch.«

»In einer halben Stunde findet ein Kickboxing-Kurs statt. Könnte gut zum Stressabbau sein«, füge ich in der Hoffnung, sie doch noch zu ködern, aufgeregt hinzu. Es wäre schön, im Fitnessstudio eine Freundin dabeizuhaben, aber noch viel unterhaltsamer wäre es, sie bei ihren unkoordinierten und schlecht getimten Fußtritten und Faustschlägen zu beobachten.

»Dafür habe ich doch Melvin, Schatzi.« Sie steht auf und schnappt sich das *People*-Magazin von der Arbeitsplatte, bevor sie den Raum verlässt.

»Ein neuer Mann in deinem Leben, von dem du mir noch nicht erzählt hast?«, ziehe ich sie auf, obwohl ich genau weiß, wer Melvin ist. Oder besser gesagt *was* er ist.

»Ja. Er ist gestern gekommen.« Sie dreht sich noch einmal um. »Melvins beste Eigenschaften sind seine hundertprozentige Treue und dass er mich angeblich in weniger als dreißig Sekunden zum Orgasmus bringt. Bei echten Schwänzen ein Ding der Unmöglichkeit. Ach, bringst du mir bitte Doppel-A-Batterien mit? Nimm die Superpackung. Und ruf mich, wenn das Abendessen fertig ist.«

Ich nicke und sehe zu, wie die traurige Sierra über den Flur verschwindet. Als ich höre, wie sich ihre Zimmertür leise schließt und Chris Cornells »Nearly Forgot My Broken Heart« durch die dünnen Wände dringt, weiß ich, dass sie sich ein bisschen antörnt und im stillen Kämmerlein weint. Doch wenn sie wieder rauskommt, hat sie ihre Ihr-könnt-mich-alle-mal-Maske aufgesetzt, bis das nächste Arschloch sie erneut zerbricht und alles wieder von vorn losgeht.

Wir sind uns so ähnlich, sie und ich. Das waren wir schon immer. Wir zeigen der Welt nur das, was sie sehen will, und behalten unsere Zerrissenheit für uns, während wir in unserem eigenen abgeschiedenen Brunnen aus Traurigkeit und bitteren Tränen baden. Ich glaube, deshalb haben wir uns auch in der dritten Klasse zueinander hingezogen gefühlt, als Sierras Familie nach Seattle gezogen war.

Sierra war bei jedem Schmerz, jeder Verletzung, jedem blauen Fleck, jedem Fehler und jedem schrecklichen Ereignis, das mich im Leben heimgesucht hat, an meiner Seite, so wie ich an ihrer. Wir haben einander die Haare aus der Kloschüssel gehalten, uns bei großem Kummer an den Händen gefasst und die Arme umeinander gelegt, um uns in unserer Trauer buchstäblich zusammenzuhalten. Auf der ganzen Welt gibt es keinen besseren Menschen als Sierra Wiseman.

Ein passender Name, wie ich schon immer fand. Sie hat mir mehr über das Leben beigebracht als jeder andere. Ich wünschte nur, sie könnte mir beibringen, wie man es auch wirklich lebt.

2. KAPITEL

Shaw

»Der berühmte Shaw Mercer. Freut mich, Sie wiederzusehen.« Jack Hancocks Händedruck ist fest und selbstsicher wie der Mann selbst.

»Es ist viel zu lange her, Jack.« Ich drücke genauso selbstbewusst seine Hand.

»Allerdings.« Jack begrüßt auch meinen Geschäftspartner Noah, der seit unserer Geburt auch mein bester Freund ist, und schüttelt ihm die Hand, bevor er sich vertraulich zu uns beugt. »Wir sollten bald mal zusammen die Stadt unsicher machen, wenn Sie wissen, was ich meine.« Den letzten Teil des Satzes schiebt er mit gesenkter Stimme nach.

Ich drücke kumpelhaft seine Schulter. Ein rascher Blick zu Noah zeigt mir, dass er sich ein Grinsen verkneift. »Klar. Das kriegen wir hin. Sagen Sie uns einfach Bescheid, wann Sie Zeit haben.«

»Peggy wird sich mit Ihrer Assistentin in Verbindung setzen und einen Termin vereinbaren.«

»Klingt gut. Dann wollen wir mal loslegen.« Ich winke einer Gruppe wichtiger Herren im Anzug zu, die an dem langen Konferenztisch sitzen, der nur wenige Meter entfernt steht.

Er setzt sich zögernd in Bewegung.

»Stimmt was nicht, Jack?«

»Heute ist der große Tag«, sagt er. Er fängt meinen Blick

auf. Schatten verdunkeln seine Begeisterung. »CJ sollte dabei sein.«

»Er wäre sehr stolz«, versichere ich ihm, weil ich genau weiß, was ihm durch den Kopf geht. Der tragische Tod eines brillanten Wissenschaftlers hat Aurora Pharmaceuticals fast handlungsunfähig gemacht, doch mithilfe unserer Firma sind sie wieder auf die Beine gekommen.

Er nickt und nimmt in der Mitte des Tisches Platz. Ich sitze am Kopfende, Noah rechts von mir, und Aamir Vaishnavi, Leiter der Unternehmenssparte für pharmazeutische und medizinische Produkte, links von mir.

Noah Wilder und ich sind gleichberechtigte Geschäftspartner und Eigentümer von Wildemer & Company, einer der am schnellsten wachsenden Global Management Consultingfirmen der Welt. Seit wir mit drei Wochen Abstand auf die Welt kamen, sind wir auf diese Rollen vorbereitet worden. Wir wurden an den exklusivsten Privatschulen unterrichtet, haben in Cambridge studiert und unseren MBA an der renommierten Wharton School of Business gemacht. Seit dem Tag unserer Empfängnis waren wir quasi wie siamesische Zwillinge.

Unsere Urgroßväter, Walter Wilder und Artie Mercer, haben dieses Familienunternehmen im Jahre 1926 gegründet. Weniger als dreißig Jahre später hatten sie ein Dutzend Geschäftsstellen in den Vereinigten Staaten aufgebaut und bedienten über zwanzig asiatische und europäische Länder.

Noah und ich haben das, was unsere Vorfahren geschaffen haben, erweitert und zu ganz neuen Höhen emporgehoben. Als wir vor gerade mal acht Jahren das Zepter von unseren Vätern übernahmen, hatten wir schon eine solide Strategie für das Wachstum dieses erfolgreichen Geschäfts, indem wir unsere Expansionsbestrebungen statt auf globale Vorherrschaft auf einzelne Wirtschaftszweige fokussieren wollten. Wir schufen vier neue Spezialabteilungen, wovon die am schnellsten wachsende die für Pharma- und Medizinprodukte ist.

Ich wollte nie etwas anderes machen. Seit ich vier Jahre alt war und mir der Geruch von Leder und Erfolg im Arbeitszimmer meines Vaters zu Hause in die Nase stieg, wusste ich, dass ich Teil des Familienerbes sein musste. Teil von etwas Wichtigem. Etwas Lebensveränderndem. Das war stets von mir erwartet worden, doch schon in einem Alter, in dem die anderen Jungs mit Matchbox-Autos und Videospielen spielten, wusste ich, dass ich es auch *wollte*. Das ist ein Riesenunterschied. Erwartungshaltung versus eigenes Anliegen.

Was wir machen, woran wir teilhaben, könnte sehr vielen Menschen und ihren Familien helfen, und dass meine Firma dazu beitragen könnte, erfüllt mich mit einer unglaublichen Befriedigung. Das ist der Grund, weshalb ich nur für diese Firma lebe. Ich bin genauso scharf aufs Geld wie jeder andere, aber das … *das* ist der Grund, warum ich jeden Tag zur Arbeit gehe.

Doch heute ist der Grund, warum wir hier sitzen, eindeutig die Kohle.

Es ist an der Zeit, dass Aurora Pharmaceuticals von einer nicht börsennotierten Firma zu einem Börsenunternehmen wird. Eine weitere Spezialität von uns.

»Jack, ich wollte damit beginnen, Ihnen noch einmal für Ihre Partnerschaft und für das Vertrauen zu danken, das Sie Wildemer geschenkt haben.« Ich blicke zu den zwanzig Augenpaaren, die an meinen Lippen hängen. »Der Tagesordnung vor Ihnen können Sie entnehmen, dass wir heute hier sind, um den endgültigen Emissionsprospekt für den Börsengang zu besprechen. Wie Sie alle sehr gut wissen, zeigt unsere Analyse, dass Sie durch den First-to-Market-Vorteil sechs Prozent höhere Marktanteile erzielen, und das über einen Zeitraum von mindestens zehn Jahren. Es ist an der Zeit, das Eisen zu schmieden, solange es noch heiß ist. Sind Sie bereit, Ihre Firma an die Börse zu bringen, Jack?«

Aurora Pharmaceutical ist nicht nur einer unserer ersten und größten Pharmaklienten, sondern auch ein spezialisierter Pharmakonzern von mittelhohem Börsenwert, der dabei ist, ein bahnbrechendes Biotech-Medikament zu entwickeln. Mithilfe unserer ausgeklügelten analytischen Tools ist es uns gelungen, es etwa zwölf Monate früher durch alle drei Phasen klinischer Versuche zu pushen, als sie es aus eigener Kraft geschafft hätten.

Mit ihrem Gehirnschmalz und unserer Analytik waren wir letztes Jahr in der Lage, bei der Behörde für Lebens- und Arzneimittelsicherheit einen Zulassungsantrag auf ein revolutionäres Biologikum zu stellen, das das Gesicht einer Krankheit, die ganze Familien lähmt und das Gesundheitssystem belastet, verändern wird.

Aus diesem Grund können sie auch eine Scheißmenge Kohle machen, wenn sie an die Börse gehen.

Er grinst. »Ich werde nicht ruhen, bis es zum erstklassigen Wertpapier wird.«

»Das wollte ich hören.«

Er lacht, und ich nicke Aamir lächelnd zu. »Wie Sie wissen, sind Sie bei Aamir in sehr kompetenten Händen. Er wird uns heute durch die Besprechung führen. Aamir?«

»Danke, Mr Mercer. Auf Seite eins des Prospekts weisen wir darauf hin, dass wir neunundsechzig Millionen Aktien zum Verkauf anbieten, während AP nur einundfünfzig Millionen anbietet, und dass die restlichen achtzehn Millionen zwischen zwei Investmentfirmen aufgeteilt werden …« Mit beiden Anwaltsteams am Tisch lehne ich mich entspannt zurück, während Aamir damit beginnt, die Details des gut hundert Seiten umfassenden Dokuments durchzugehen.

Sechs lange, aber sehr fruchtbare Stunden später steigen Noah und ich in unseren Lincoln MKC mit Chauffeur. »Zurück ins Büro?«, fragt Mark durch die offene Trennwand.

»Ja«, rufen wir im Chor zurück.

»Ich wette, mit dem Namen ist der Typ an der Highschool ziemlich verarscht worden. Jack Hancock.«

Noah lacht, während er seine E-Zigarette herausholt. Er ist seit sechs Wochen Nichtraucher, die längste Zeit, die er bisher ohne Unterbrechung durchgehalten hat. Er hat schon so oft versucht, aufzuhören, dass ich beim Zählen durcheinanderkomme, doch seit bei seinem Vater im Alter von erst neunundfünfzig Jahren Kehlkopfkrebs diagnostiziert worden war und er dabei zusehen musste, wie er langsam dahinsiechte, ist er fest entschlossen, ihm nicht in ein frühes Grab zu folgen.

Ich bin stolz auf ihn. Ich kann mir nicht vorstellen, irgendetwas so sehr zu wollen, dass es mich Tag und Nacht beschäftigt. Eine solche Abhängigkeit hatte ich noch nie im Leben. Von etwas. Von jemandem. Und ich strebe es auch nicht an. Gott weiß, dass ich meinen Lieben oft genug dabei zugesehen habe, wie sie unter so einem Mist litten.

»Mag sein, aber wer lacht zuletzt? Er wird schon sehr bald den lukrativsten Pharmakonzern auf der Welt leiten und reicher sein als ein saudischer Ölscheich.«

»Gut gekontert.« Er nimmt noch einen Zug und stöhnt vor von Nikotin bewirkter Glückseligkeit.

Ich ziehe mein Handy aus der Tasche und checke rasch meine verpassten Anrufe.

Zwei von meiner Mutter, einer von meiner Schwester Gemma und einer von Lianna. Beim letzten seufze ich, und als ich meine Textnachrichten öffne und drei von Lianna sehe, mache ich ein finsteres Gesicht. Himmel Herrgott. Sie ist schwerer loszuwerden als eine Zecke, die einem alle Lebenskraft aussaugt.

Ruf mich an.
Ich muss mit dir reden.
Bitte, Shaw. Bitte.

»Für die Benefizveranstaltung heute Abend bist du mir was schuldig«, erinnert mich Noah. Für die, für die ich einen Gefallen von ihm eingefordert habe, damit er hingeht.

»Du laberst nur Scheiße. Dafür, dass du einen Saal voll mit heißen Frauen bearbeiten kannst? Da solltest du mir was schuldig sein, nicht andersherum.«

Er lacht, während ich durch meine restlichen Nachrichten scrolle. Als ich eine von Annabelle sehe, meiner kleinen Schwester – *Immer noch Lust auf ein Familienidyll?* –, antworte ich rasch.

Ich: *Versprichst du zu kommen?*

Sie antwortet sofort.

AB: *Versprechen sind dazu da, gebrochen zu werden.*
Ich: *Ich dachte, ich sei was Besonderes.*
AB: *Du bist total eingebildet.*
Ich: *Sehen wir uns später?*

Schweigen. Zur Hölle mit ihr.

»Springt sie ab?«

»Wer?«

»Bluebelle. Wer sonst?«

Ich hole tief Luft, werfe mein Handy neben mich auf den Ledersitz und beobachte durchs Fenster, wie die Stadt vorbeigleitet, während wir zurück zu unseren Büroräumen fahren.

»Keinen blassen Dunst. Dieses Mädchen ist so schwer zu fassen wie Nessie.«

Er schmunzelt. »Du vergleichst deine kleine Schwester mit dem Ungeheuer von Loch Ness?«

»Manchmal ist sie ein Ungeheuer.«

»Ist diese kleine Party nicht sowieso für sie? Zu ihrem 21. Geburtstag?«

Mit sechsunddreißig bin ich der älteste von vier Geschwistern. Gemma ist zwei Jahre jünger als ich, Lincoln wiederum zwei Jahre jünger als sie, während mich und mein jüngstes Geschwisterchen Annabelle fast sechzehn Jahre trennen. Sie war eine »Panne« und leidet nicht nur unter dem klassischen »Nesthäkchen-Syndrom«, sondern vergisst es aus irgendeinem Grund auch nie, meinen Eltern zu jeder sich bietenden Gelegenheit aufs Butterbrot zu schmieren, dass sie nicht gewollt war. Das ist ein Rätsel, das ich einfach nicht lösen kann, denn meine Eltern haben sie nie anders behandelt als uns andere Geschwister. Eigentlich versuchen sie sogar, ihre negative Einstellung überzukompensieren, weshalb sie praktisch mit allem ungestraft davonkommt.

Ungeachtet all dessen oder vielleicht sogar deswegen, stehen sich Annabelle und ich von all unseren Geschwistern am nächsten, doch das heißt nicht, dass sie mir nicht ganz schön auf den Sack geht. Das tut sie. Ständig.

»Ja. Das heißt aber nicht, dass sie auch aufkreuzt. Wie du weißt, ist sie berüchtigt dafür, meine Eltern hängen zu lassen. Meine Mom hat bestimmt den ganzen Tag damit verbracht, ihr Lieblingsessen zu kochen, und sie wird entweder drei Stunden zu spät kommen oder gar nicht. Ich weiß nicht, was ich mit ihr machen soll.«

»Du kannst die Menschen nicht kontrollieren, Merc. Ich weiß, dass es dir manchmal schwerfällt, das zu akzeptieren.«

Er meint das nicht herablassend; er versucht, mir ein Freund zu sein – und mir nicht etwas aufs Butterbrot zu schmieren, was ich eh schon weiß. Ich kann in meinem Leben vieles kontrollieren, eigentlich sogar das meiste, doch Annabelle unter Kontrolle halten zu wollen, ist wie einen reißenden Fluss einzudämmen, der über die Ufer treten will. Ich kann das ganze verdammte Ding mit Sandsäcken sichern, doch das Wasser wird trotzdem irgendwo ein Loch finden, um hindurchzusickern.

»Wie geht es ihr?«, fragt er vorsichtig und spricht damit genau die Frage aus, die mich selbst schon wochenlang quält. Was er eigentlich meint ist: *Nimmt sie wieder Drogen?*

Noah ist aufs Engste mit den Schwierigkeiten vertraut, in die meine kleine Schwester sich immer wieder bringt. Über die Jahre hinweg hat er mir viel zu oft dabei helfen müssen, sie aus irgendeiner Bredouille zu retten. In ihrem kurzen Leben ist Annabelle schon zweimal wegen Drogenabhängigkeit in stationärer Behandlung gewesen. Das erste Mal war vor vier Jahren, und beim letzten Mal hat sie es geschafft, mehr als neun Monate clean zu bleiben. Doch ausgerechnet dann, wenn wir glauben, dass sie auf dem rechten Weg ist, rutscht sie wieder ab. Sie kämpft gegen eine Menge Dämonen, über die sie nicht reden will. Das ist ein Großteil des Problems. Wir kämpfen gegen einen unbekannten Feind. Ich wünschte, ich wüsste, was zum Teufel in ihrem Kopf vorgeht, damit ich ihr dabei helfen könnte, es wieder in Ordnung zu bringen. Ich liebe sie, aber manchmal würde ich sie am liebsten für die nächsten zwanzig Jahre in ihrem Zimmer einsperren.

»Ich wünschte, ich wüsste es. Sie kommt mir nicht so sprunghaft vor wie sonst, aber sie hat sich auch nicht oft blicken lassen, was ein klassisches Warnsignal ist.«

»Vielleicht gibt's Probleme an der Uni.«

Ich knurre ungläubig.

»Wenn sie heute Abend nicht auftaucht, solltest du ihr vielleicht einen kleinen Besuch abstatten. Ich kann mitkommen, wenn du willst.«

»Ja. Danke«, murmele ich. Ich will lieber nicht wissen, was mich erwarten würde, wenn ich unangemeldet an ihre Wohnungstür klopfte, doch wie meine Eltern den Kopf in den Sand zu stecken ist auch keine Lösung.

Das Summen meines Handys zieht unsere Aufmerksamkeit auf sich. Als Liannas Gesicht aufploppt, fängt Noah an zu lachen.

»Mann, stalkt sie dich immer noch?«

»Stalking. Treffende Bezeichnung«, antworte ich, während ich sie wegdrücke und ihren Anruf zur Mailbox durchgehen lasse. Die Nachricht werde ich, ohne sie mir anzuhören, später löschen.

»Wir könnten ihr noch eine Chance geben. Ich bin dabei.«

»Nee. Du kannst sie haben, Wildman. Ich bin mit ihr fertig. Ich bin mir ziemlich sicher, dass sie und ihre Mutter circa eine Woche davon entfernt waren, die Hochzeitseinladungen an fünfhundert ihrer besten Freunde zu verschicken.« Ich bin sogar überzeugt davon, denn vor ein paar Monaten bin ich zufällig auf eine Mustereinladung auf Liannas Küchentheke gestoßen, als ich mir mitten in der Nacht ein Glas Wasser holen wollte.

Er verzieht den Mund. »Pech. Das war eine verdammt geile Zeit. Ich habe zuvor noch nie eine Frau wie am Spieß schreien hören. Hätte es bis dahin nicht für menschenmöglich gehalten.«

»Sie war laut, stimmt's?« Bei der Erinnerung an jene Nacht muss ich lachen. Es war zweifellos scharf, doch eine Neuauflage wird es nicht geben. Zumindest nicht mit ihr.

Ich bin fast sechs Monate gelegentlich mit Lianna ausgegangen. Anscheinend fünf Monate und drei Wochen zu lang, denn unser beider Mütter hatten ohne mein Wissen schon das Kinderzimmer geplant. Ernsthaft. Mir blieb nichts anderes übrig, als Schluss zu machen, was jammerschade war, denn ich mochte Lianna. Sie war intelligent und gut im Bett. Das bisschen Freizeit, das ich hatte, habe ich gern mit ihr verbracht, aber das war auch alles. Ich wollte sie niemals heiraten. Hatte niemals vor, den Familiennamen weiterzuführen. Habe nie an eine Zukunft mit ihr gedacht. Ich dachte, wir hätten nur Spaß miteinander. Als alle, Lianna eingeschlossen, damit anfingen, mehr zu planen, musste es enden.

Ich bin nicht herzlos, sondern nur ehrlich, wenn ich sage, dass eine Frau für mich nie Vorrang haben wird. Meine Firma, meine Familie, darauf liegt mein Schwerpunkt.

Mark hält vor unserem Firmengebäude. Meine Armbanduhr sagt mir, dass ich noch etwa drei Stunden habe, bevor ich mich mit der Stoffserviette auf dem Schoß auf Mutters Esszimmerstuhl pflanzen muss. Wenn meine Mutter eines hasst, dann Unpünktlichkeit. Selbst in meinem Alter bin ich nicht immun gegen ihren Zorn, wenn ich nicht um Punkt sieben auf meinem Platz sitze.

Als ich nach dem Türgriff greife, fragt Noah: »Sag mal, du glaubst nicht, dass deine Mutter … Du weißt schon.«

Ich runzele die Stirn. »Was meinst du denn?«

»Dir in den Rücken fallen würde, indem sie Lianna heute Abend einlädt? Schließlich weiß sie, dass du nur dort sitzen und es wie der kleine gehorsame Sohn hinnehmen würdest, der du bist. Sie war am Boden zerstört, als du Schluss gemacht hast.«

Ich steige aus dem Wagen und rufe ihm zu: »Leck mich. Ich bin alles andere als ein Schoßhündchen.« Aber er hat recht. Wenn es um meine Eltern geht, fällt es mir selbst als erwachsener Mann schwer, ihnen etwas abzuschlagen, vor allem meinem Vater. In den letzten fünf Jahren musste ich mehr Blind Dates erdulden, als zu zählen ich Lust habe, und seit ich mich von Lianna getrennt habe, sind es nur noch mehr geworden.

Großartig. Ich bin mir sicher, mich wird eine hübsche Überraschung erwarten.

»Vielleicht komme ich ja doch noch zu dieser Benefizveranstaltung. Bluebelle kommt sicher nicht mal zu ihrer eigenen Party«, sage ich zu Noah, als er mich einholt.

»Das wirst du nicht. Du kannst Adelle oder Preston Mercer nicht derart enttäuschen. Außerdem bin ich mir ziemlich sicher, dass der Sohn des Bürgermeisters auf der Benefizveranstaltung seines Konkurrenten nicht willkommen wäre. Aber keine Sorge. Ich checke heute Abend all die hübschen Mädchen für dich. Suche dir die perfekte Ehefrau, während du dein kleines Familiendrama erduldest.«

Wir schlendern durch die gläsernen Eingangstüren der Zentrale von Wildemer's im Hauptgeschäftsviertel in Downtown Seattle und nicken dem Wachpersonal zu, bevor wir zu den Fahrstühlen gehen. Als wir einsteigen, drücke ich den Knopf für die achtunddreißigste Etage.

»Ich habe eine bessere Idee«, sage ich und drehe mich zu ihm. »Warum treibst du nicht stattdessen einen guten Fick für mich auf? Ich könnte wirklich einen gebrauchen.«

»Meinst du nicht *wir?*«

Ich ziehe eine Schulter hoch. »Semantik.«

»Die Wette gilt. Ich bin mir ziemlich sicher, dass es auf der Veranstaltung heute Abend eine Menge williger Opfer geben wird. Ich sage dir Bescheid, wenn ich fündig werde, aber wenn ich dich vor welcher Frau auch immer rette, die heute Abend rechts von dir sitzt, um Jakobsmuscheln zu essen, bist du mir was schuldig.«

»Das ist eine Schuld, die ich gerne begleichen werde.«

Wir steigen aus dem Fahrstuhl und gehen getrennter Wege. Ich fühle mich ein bisschen leichter. Womöglich wird der heutige Abend doch nicht so schlecht enden.

»Viel Glück«, ruft Noah mir nach.

»Dir auch«, gebe ich zurück und hoffe schwer, später noch eine SMS von ihm zu bekommen.

3. KAPITEL

Willow

Vom Kickboxen immer noch verschwitzt und derangiert lasse ich zwei Tüten mit Lebensmitteln auf den Rücksitz meines Fiats fallen, als mein Handy klingelt. Mein erster Impuls ist, nicht dranzugehen, doch für den Fall, dass es Randi oder Millie ist, grabe ich es aus meiner Handtasche.

Millie. Mein Herz rast.

»Was ist los, Millie?«, frage ich ängstlich, während ich mich auf den Fahrersitz gleiten lasse und die Tür schließe, sodass der Lärm des schreienden Babys im Wagen neben mir nicht mehr zu hören ist. Es ist ein typischer Julitag in Seattle. Bewölkt mit leichtem Nieselregen. Ich starte den Motor. Die Scheibenwischer springen an, während ich aus dem Lautsprecher die vertraute Stimme höre.

»Willow, es tut mir leid, wenn ich dich störe, Liebes, aber deine Mutter beharrt darauf, jetzt sofort mit dir zu sprechen.« Sie klingt frustriert. Wahrscheinlich hat sie die ganze letzte halbe Stunde versucht, meine Mutter zu beruhigen.

»Schon gut, Millie. Wie geht es ihr heute?«

»Sie ist aufgewühlt. Sehr verwirrt. Nicht gut.«

»Das tut mir leid.« Mit meiner Mutter ist nichts anzufangen, wenn sie so ist. »Gib sie mir. Ich rede mit ihr.«

Ich höre ein Rascheln, während das Telefon weitergereicht wird. Dann ist die zittrige Stimme meiner Mutter dran.

»Junge Dame, du musst sofort deinen Vater anrufen. Sag ihm, dass er mich sofort aus diesem Gefängnis herausholen soll.«

Lähmende Traurigkeit raubt mir den Atem. *Ich wünschte, das könnte ich.* Ich brauche eine Sekunde, bis ich wieder Luft bekomme und antworten kann. »Mama, du bist nicht im Gefängnis. Du bist zu Hause.«

»Das ist nicht mein Zuhause, Willow August. Wir wohnen in einer zweistöckigen viktorianischen Villa in 8250 Lane Drive. Und das hier ... das ist ein schäbiges Haus im Kolonialstil.« Ich muss fast darüber lachen, wie sie das Wort »Kolonialstil« ausspuckt, als sei es ein Schimpfwort, aber ich tue es nicht. Nichts von alldem ist lustig. Vor allem, da die Adresse, an die sie sich erinnert, die des ersten Hauses ist, in dem sie und mein Vater nach ihrer Heirat zusammen gelebt haben. Inzwischen wohnt sie schon seit sechsundzwanzig Jahren im Haus meiner Kindheit, seit dem Tag meiner Geburt. »Wie kannst du von mir erwarten, dass ich hierbleibe? Und seit wann hat Charles ein Dienstmädchen eingestellt? Ich glaube nicht, dass sie ein Dienstmädchen ist. Ich halte sie für eine Hure.« Den letzten Teil flüstert sie laut.

Ich atme lange und langsam aus und reibe mit der Faust über den Schmerz hinter meinem Brustbein, der nie nachzulassen scheint. *Es tut mir leid*, würde ich am liebsten schreien. *Es tut mir leid, dass ich es nicht wusste. Es tut mir leid, dass ich ihn nicht retten konnte. Bitte vergib mir.*

»Mama, das stimmt nicht. Du bist zu Hause, und Millie sorgt jetzt für dich. Daddy ist tot. Weißt du nicht mehr?« Dieses Gespräch führen wir ständig. Sie erinnert sich nicht. Ich kann von Glück reden, wenn sie sich an mich erinnert. Manchmal ist es nicht nur der Tod, der uns unsere Angehörigen raubt, sondern etwas viel Grausameres ...

»Na… natürlich erinnere ich mich«, sagt sie nachdrücklich, aber nur unwesentlich ruhiger als Sekunden zuvor.

Ein Blick auf die Uhr sagt mir, dass ich keine Zeit habe, aber wenn es meine Mutter glücklich macht und sie dadurch für Millie leichter zu handhaben ist, komme ich heute Abend eben zu spät. Paul Graber wird sich einfach damit abfinden müssen. »Erzähl mir doch ein wenig von deinem Tag.«

Das beruhigt sie. In der nächsten halben Stunde sitze ich auf dem Parkplatz des Supermarkts und beobachte mit laufendem Motor die Leute beim Kommen und Gehen, während ich mit tränenüberströmtem Gesicht meiner Mutter dabei zuhöre, wie sie mir von einem Tag erzählt, an den sie sich, wie ich weiß, deutlich erinnert, der sich jedoch vor sechzehn Jahren zugetragen hat. Auch ich erinnere mich deutlich daran, weil sich kurz danach alles veränderte.

Das menschliche Gehirn ist ein komplexes System. Ein knapp anderthalb Kilo schweres gallertartiges Stück grauer Substanz, mit Tausenden anfälligen gewundenen Nerven, Venen und Arterien gefüllt, jeder einzigartige Quadrant für seine eigenen diversen Funktionen verantwortlich. Ich habe unzählige Stunden damit verbracht, das menschliche Gehirn und seine Funktionsweise eingehend zu studieren. Leider weiß ich trotz allem, was ich gelernt habe, rein gar nichts. Ich weiß immer noch nicht, wie ich dem Menschen, den ich liebe, der in seinem Inneren gefangen ist und keinen Weg mehr herausfindet, helfen soll.

»Ich wollte heute Abend für die Mädchen einen Apfelkuchen backen, wenn sie mit Charles aus dem Laden zurückkommen, aber jetzt kann ich das nicht, weil … weil … ich kann nicht … was habe ich gerade gesagt?« Sie verstummt.

Ich kann mir mühelos die Verwirrung in ihrem alternden Gesicht vorstellen. Es erdrückt mich.

»Mama, Millie gibt dir jetzt Medikamente. Du musst sie nehmen, okay?«

»Aber ich vertraue ihr nicht. Sie versucht mich zu vergiften. Mich loszuwerden, damit sie deinen Vater haben kann.«

Ich unterdrücke ein Schluchzen.

»Sie vergiftet dich nicht. Glaub mir. Würde ich zulassen, dass sie dir wehtut?«

»Nein, Violet. Du würdest niemals zulassen, dass jemand deiner Mama etwas tut.«

Ein Schmerz, spitz und rasant, schneidet mir durchs Herz. Gott, diese Krankheit ist ungeheuer gehässig. Nicht nur zu den Patienten, sondern auch zu ihren Familien.

»Dann tu, was Millie sagt. Bitte, Mama. Für mich. Ich hab dich lieb.« Meine Stimme ist weich, schmeichelnd, fast zerstört.

»Für dich, Vi-Bärchen. Ich hab dich auch lieb.«

Manchmal fällt mir das Atmen schwer.

Das Läuten der Türklingel mitten in der Nacht.

Gedämpfte Stimmen, gefolgt von den durchdringenden Schreien meiner Mutter.

Die schlimme Gewissheit, die mich überkam, als ich aus meinem Zimmer trat und sah, wie sich Violets Tür öffnete, die Steppdecke faltenlos, an den Rändern immer noch ordentlich eingesteckt.

»Danke«, krächze ich und blinzele die Feuchtigkeit weg, die sich in meinen Augen sammelt. Meistens lasse ich diese Gespräche nicht an mich ran, weil ich weiß, dass meine Mutter nichts dafür kann, aber verdammt. Aus irgendeinem Grund trifft es mich heute direkt in die Magengrube.

Mehr Rascheln, dann ist Millie wieder dran. »Danke, Willow«, sagt sie leise. Wir schweigen ein paar Herzschläge lang. Ich zähle die in meiner Brust. »Tut mir leid.«

»Ja. Mir auch.«

»Ähm …«

Mir wird angst und bange. »Was ist los, Millie? Du kannst es mir sagen.«

»Tut mir leid, aber der Wasserboiler macht wieder Probleme.«

»Himmel«, brumme ich verärgert. Das sind noch mal Hunderte von Dollar, die ich aufbringen muss. Jetzt weiß ich, wofür mein Gehaltsscheck von heute Abend draufgeht. »Ich rufe den Monteur an. War er nicht erst vor ein paar Monaten da?«

»Manchmal ist es schwer, gute Hilfe zu finden.«

Das stimmt, weshalb ich auch so dankbar für Millie bin.

»Ich bin froh, dass ich dich habe. Ich bin froh, dass Mama dich hat, Millie. Es tut mir leid, wenn ich dir das nicht oft genug sage. Ich weiß nicht, was ich ohne dich anfangen sollte.«

»Du brauchst dich nicht zu bedanken, Willow. Du weißt doch, dass ich dich und deine Mutter lieb habe wie meine eigene Familie.« Ich danke Gott dafür.

»Sehen wir uns am Sonntag?«, flüstere ich.

»Na klar, Herzchen. Ich wünsche dir einen schönen Abend.«

»Danke.« Ich drücke auf Beenden und lasse das Handy in meinen Schoß fallen. Ich bleibe regungslos sitzen und versuche, mich von den Schuldgefühlen, die eine Tonne wiegen, nicht erdrücken zu lassen. Es spielt keine Rolle, wie oft ich mir sage, dass es nicht meine Schuld ist – es fällt mir schwer, es zu glauben. Ich hätte es wissen müssen. Warum wusste ich es nicht? Ich hätte etwas dagegen tun können, oder? Ich hätte etwas tun müssen. Ich habe die Anzeichen übersehen. Wie konnte ich die Anzeichen übersehen?

Ein kurzes Ping durchbricht die Stille und rettet mich vor einer Menge müßiger Fragen, auf die ich nie Antworten weiß. Ich nehme mein Handy in die Hand und lache ein trauriges Lachen.

Ser: *Ich bin am Verhungern.*

Meine Finger fliegen über die Tastatur.

Ich: *Ach, jetzt auf einmal klingen Eier zum Abendessen gut?*

Drei Blasen ploppen auf, gefolgt von einer raschen Antwort.

Ser: *Zicke. Beeil dich.*

Meine Freundin ist unheimlich. Es scheint fast so, als wüsste sie, dass ich die Vergangenheit heraufbeschworen habe, und als müsste sie mich vor den Schuldgefühlen retten, von denen ich mich gnadenlos fertigmachen lasse, wenn ich nicht aufpasse.

Ich hätte es wissen müssen. Ich hätte etwas tun können. Wie konnten mir die Anzeichen entgehen? Diese Gedanken sind irrational. Als Erwachsene verstehe ich das. Wirklich. Und doch sind meine Finger um das unlogische Wunschbild, dass ich die Zerstörung unserer gesamten Familie irgendwie hätte verhindern können, erstarrt.

Ich atme ein paarmal tief durch und schließe den ganzen Mist der letzten halben Stunde gedanklich weg. Mist, mit dem sich aufzuhalten sinnlos ist. Meine Mutter braucht mich. Ich bin alles, was sie noch hat. Ich kann sie nicht im Stich lassen. Auf ihr liegt jetzt mein Hauptaugenmerk.

Nachdem ich mir das ins Gedächtnis gerufen habe – und dass ich spät dran bin –, trockene ich mir die Augen so gut es geht und lege den Rückwärtsgang ein. Während ich vorsichtig vom Parkplatz fahre, schalte ich das Radio an und summe gedankenlos einen neuen Countrysong mit, der mir nicht einmal gefällt, um mich in die richtige Stimmung für heute Abend zu versetzen.

Nur wenige Straßen von zu Hause stehe ich an einer roten Ampel, als mich ein wuchtiger Schlag von hinten nach vorne schleudert, sodass mein Sicherheitsgurt blockiert und mein Kopf gegen die Kopfstütze knallt.

»Was zum Teufel?«, japse ich. Desorientiert brauche ich ein paar Sekunden, um zu begreifen, was passiert ist.

Verdammte Scheiße. Mir ist jemand hinten reingefahren.

Kann dieser Tag denn noch schlimmer werden?

Ein Blick in den Rückspiegel zeigt einen Mann, der regungslos in einem schnittigen schwarzen SUV sitzt. Ich schalte die Automatik auf Parken, öffne die Tür, steige aus und gehe hinten um meinen kleinen Wagen herum, um zu sehen, welchen Schaden dieses Arschloch angerichtet hat. Ich sehe zu ihm hinüber und stelle fest, dass er immer noch in seinem Fahrzeug sitzt und auf irgendetwas herabblickt. Er versucht so zu tun, als sei nichts passiert, obwohl Bruchstücke meines gelben Plastikkotflügels den Boden übersäen.

Mir klappt die Kinnlade herunter, während meine Wut auflodert.

Ich marschiere zu seiner getönten Fensterscheibe, hämmere dagegen und hoffe, dass sie birst. »Hey, Sie Arschloch!«, schreie ich. Ich habe keine Zeit für so etwas. Und keine Geduld. Und kein Geld.

Als das Fenster endlich langsam heruntergelassen wird, bin ich bereit, eine ganze Reihe Kraftausdrücke loszulassen, die mir jedoch im Hals stecken bleiben.

Mit einer Fliegersonnenbrille, die seine Augen verbirgt, starrt mich aus dem Wagen der umwerfendste Mann an, den ich je gesehen habe.

So schön, dass ich auf der Stelle tot umfallen könnte.

Ich würde ihm alles abkaufen.

Sogar Luft. Ich würde ihm Luft abkaufen.

Ich spüre, wie er mich mit Blicken durchbohrt, während ich seinen kräftigen, kantigen Kiefer registriere, der mit etwas übersät ist, das wie ein Stoppelbart aussieht, wovon ich aber weiß, dass es ein sorgfältig rasiertes Meisterwerk ist. Seine Lippen sind prall, die untere sogar noch ein bisschen voller. Mist, was würde ich dafür geben, dieses Fleisch fest zwischen meine Zähne zu nehmen. Seine Haare, schwärzer als Mitternacht, sind an den Seiten kurz geschnitten, aber das Deckhaar ist ein wenig länger, mit dieser kleinen Tolle vorn, die ich gern durch meine Finger gleiten lassen würde, während er zwischen meinen Beinen zugange ist. Dieses teuflische Paket wird durch etwas abgerundet, das ein maßgeschneiderter Anzug sein muss. Das graue Jackett sitzt perfekt an seinem breiten, straffen Körper. Ich weiß instinktiv, dass die leuchtend blaue Krawatte, die um seinen Hals geknotet ist, die Farbe seiner Augen betonen würde, wenn ich sie sehen könnte.

Atemberaubend.

Warum bin ich noch mal hier?

Ich weiß, dass mir der Mund offen steht, als er sagt: »Kann ich Ihnen helfen?«

Ach du Scheiße. Seine autoritäre Baritonstimme passt zu seinem sündigen Aussehen. Sie fühlt sich an wie geschmolzene Schokolade, die einem durch die Finger rinnt. Weich, seidig und sehr schmutzig.

Reiß dich zusammen, Willow. Dein Auto liegt in Einzelteilen da.

»Ob Sie mir helfen können?«, fauche ich, während die Wut wieder in mir hochsteigt. »Ob Sie mir *helfen* können? Machen Sie Witze? Ja, Sie können mir helfen. Sie haben gerade meinen Wagen gerammt!« Mein Finger sticht durch die dunstige Luft in Richtung meines geparkten Autos, das jetzt im Leerlauf auf der Straße rumsteht, während sich der Verkehr langsam um uns herumschlängelt.

Das Handy in seiner Hand klingelt, und er wirft einen Blick darauf.

Er.

Wirft.

Einen Blick.

Darauf.

»Ich habe Sie gerammt? Ich hätte schwören können, dass Sie mich gerammt haben«, sagt er geistesabwesend, während seine geschmeidigen, perfekt manikürten Fingerspitzen die Tastatur streicheln wie ein Liebhaber.

Ich bin perplex. Sprachlos. Ich sehe mich um, ob irgendwo versteckte Kameras sind und ich verarscht werde. Sierra ist für solchen Mist berüchtigt. Nachdem ich beschlossen habe, dass das nicht der Fall und er nur ein aufgeblasener Mistkerl ist, wenn auch ein atemberaubender, nehme ich die Sache selbst in die Hand.

»Sind Sie auf Drogen?« Ich will nach seiner Brille greifen, um nachzusehen, ob seine Pupillen geweitet sind, als seine Hand blitzartig nach vorne schnellt und mich am Handgelenk packt.

Ich schnappe hörbar nach Luft, als von der Stelle, an der er meine nackte Haut berührt, klitzekleine elektrische Impulse durch mich hindurchschießen. Ich spüre ihn überall, wie Tausende Finger, die über mich geistern. Es ist das Erotischste, was ich je erlebt habe, und sehr beunruhigend, dass dieser Fremde die Fähigkeit hat, Empfindungen in mir zu wecken, die ich lange für tot gehalten hatte.

Wenn er ein Zehntel dessen spürt, was ich fühle, lässt er es sich nicht anmerken. Doch wahrscheinlich ist das nicht der Fall, denn sein Gesicht klebt immer noch an dem Display in seiner anderen Hand. Ich reiße mich von ihm los, und das unliebsame Gefühl löst sich auf. Meine Hirnfunktion kommt wieder in Gang.

»Ich will Ihre Versichertenkarte«, fordere ich.

»Sind Sie immer noch da?«

Ich schnappe wütend nach Luft. »Sie haben vielleicht Nerven, wissen Sie das? Sie fahren einer unschuldigen Person, die an einer roten Ampel steht, hinten rein und versuchen dann, es ihr in die Schuhe zu schieben? Ich weiß nicht, für wen zum Teufel Sie sich halten, aber ich gehe nicht weg, bis ich Ihre Versicherungsdaten habe. Sie haben mein Auto beschädigt, und Sie werden dafür aufkommen. Ich könnte verletzt sein.«

Ich fasse mir in den Nacken und drehe probehalber den Kopf. Alles in Ordnung, aber jeder weiß, dass der Schmerz eines Schleudertraumas erst Tage später einsetzt.

Jetzt blickt er durch die Frontscheibe auf und ignoriert noch immer, dass ich hier stehe. Er lungert lässig in seinem Wagen herum, als käme es alle Tage vor, dass er in einen anderen Wagen kracht, sodass er nicht einmal mehr reagiert.

»Woher soll ich wissen, dass es nicht schon so war, bevor Sie rückwärts in mich reingefahren sind?«

»Waaaas?« Ich schlucke völlig fassungslos. »Ich bin in *Sie* reingefahren? Was zum Teufel glauben Sie, was ich gemacht habe? In den Rückwärtsgang geschaltet, als ich Sie kommen sah?«

Er zuckt mit den Schultern und dreht sich endlich zu mir. Ich bin von mir selbst angewidert, davon, wie sehr mich seine Lippen bezaubern, obwohl sie nur herablassende Worte von sich geben. »Die Menschen stellen ständig merkwürdige Sachen an, wenn sie einen schönen Wagen sehen, Süße. Das wäre nicht das erste Mal, dass jemand versucht, mich auf diese Art zu übervorteilen.«

Ich blinzele. Ich blinzele noch einmal. Ich blinzele weiter, weil ich mir nicht sicher bin, wie ich auf diese haltlose Beschuldigung reagieren soll. *Machen Menschen so etwas wirklich?*

»Ja, mein naives kleines Goldlöckchen, die Menschen machen so etwas wirklich.«

Ich schnaube. Wütend, weil ich den Gedanken nicht nur laut ausgesprochen habe, sondern auch weil der Name, mit dem er mich bedacht hat, der vor Spott troff, direkt zum Scheitelpunkt meiner Schenkel geschossen ist und eine heiße Welle der Erregung durch meinen Körper gesendet hat. Jetzt pulsiert es vor ungewolltem Verlangen nach dieser abscheulichen Person.

Ich bin nicht nur von ihm angewidert, sondern auch von meiner Reaktion auf ihn.

Auf dem Weg zur Frontseite seines Wagens lese ich mehrere Bruchstücke vom Asphalt auf, dann gehe ich zurück, strecke meine Hand durchs offene Fenster und lasse sie kurzerhand in seinen mit einer Armani-Hose bekleideten Schoß fallen. Wenn ich Glück habe, wird eines davon ein Loch in seine Achthundertdollar-Hose reißen.

Ich halte ihm meine umgedrehte Hand hin und sage ausdruckslos: »Ihre Versichertenkarte. Sofort.«

Sein Handy klingelt wieder, doch diesmal senkt er den Blick nicht darauf. Sein Blick ruht auf mir. Zumindest glaube ich das, weil ich hinter dem reflektierenden Glas, das seine rätselhaften Augen verbirgt, überhaupt nichts sehen kann. Ich beobachte mich dabei, wie ich ihn betrachte, und registriere zum ersten Mal, wie ich aussehe.

Ich bin entsetzt.

Mein Gesicht ist vom Training und von meinem Nervenzusammenbruch nur Minuten zuvor rot und fleckig. Mein Mascara ist nicht nur unter meinen blutunterlaufenen Augen verkrustet, sondern auch über die rechte Seite meiner Wange verlaufen. Meine goldblonden, verschwitzten Haare kleben an meiner Stirn, und was nicht am Kopf platt gedrückt ist, steht von meinem Pferdeschwanz ab, als hätte ich in letzter Sekunde den Finger aus einer Steckdose gezogen.

Doch am erschreckendsten ist, dass meine dunklen Brustwarzen direkt durch meinen knappen zartgelben und sehr *feuchten* Sport-BH stoßen. Sie sind so groß, dass man sie sogar aus dem Weltall sehen könnte.

Kein Wunder, dass er mich für eine Irre hält, die ihn reinlegen will. Ich sehe so aus.

Als seine rosa Zunge hervorschnellt und seine weichen Lippen befeuchtet, beben meine Schenkel, während ich mich frage, wie sich diese Feuchtigkeit mit meiner vermischt anfühlen würde.

Großer Gott im Himmel, ich muss unbedingt hier weg, bevor ich noch eine Dummheit begehe, wie durch sein Fenster zu klettern und mich an seinem Schoß zu reiben wie eine läufige Hündin. Wie ist es möglich, sich von jemandem so angezogen zu fühlen und ihn noch mehr zu verabscheuen?

Ich ziehe eine Augenbraue hoch und halte ihm weiter stumm meine Hand hin. Er lacht leise, bevor er nach seiner Brieftasche auf der Mittelkonsole greift. Ich bemühe mich, von dem dunklen Ton, der mir angenehm über den Rücken rieselt, unberührt zu bleiben. Er zieht eine Visitenkarte hervor und legt sie in meine ausgestreckte Hand, bedacht darauf, mich nicht zu berühren, wofür ich insgeheim dankbar bin. Oder auch nicht.

»Ich will kein Date. Ich will Schadenersatz.«

Ein Grinsen verzieht seine Mundwinkel. Obwohl ich seine Augen nicht sehen kann, weiß ich, dass es sie erreicht. Er lacht sich ins Fäustchen. Mit dieser Selbstgefälligkeit wirkt er unglaublich sexy. He!

Er deutet mit dem Kopf auf das strahlend weiße Material mit scharlachrotem Schriftzug, das nun schwer in meiner

Hand liegt. »Rufen Sie diese Nummer an. Dort kümmert man sich darum.«

»Ich hoffe doch schwer, dass die echt ist«, warne ich ihn und ziehe meine Hand so weit zurück, dass sie auf der Fensterkante ruht. Obwohl ich es will, senke ich den Blick nicht auf die Karte. Obwohl ich darauf brenne zu erfahren, welcher Name einer so exquisiten arschlöchrigen Kreatur gegeben wurde.

Als er sich zu mir beugt, könnte ich schwören, dass ich keine Luft mehr bekomme. Der Sauerstoff in dem Kraftfeld, das uns jetzt umgibt, wird durch ein starkes Verlangen ersetzt. Nur meines, da bin ich mir sicher. Buschige männliche Augenbrauen heben sich über seine Brille, als er spricht. »Mir gefällt es vielleicht nicht, aber ich stehe immer zu meinen Fehlern.«

»Klar, aber Sie werden mir verzeihen, wenn ich Ihnen nicht vertraue, nachdem Sie versucht haben, Ihre ›Fehler‹ mir in die Schuhe zu schieben.« Ich male Anführungszeichen in die Luft, um mich über seine Wortwahl lustig zu machen, und hoffe, dass es ihn davon ablenkt, wie atemlos ich klinge.

Kopfschüttelnd gehe ich weg, aber erst als sein Lachen meine Brustwarzen zum Kribbeln bringt. Nachdem ich meine Autotür geöffnet habe, greife ich, statt einzusteigen, nach meinem Handy und gehe zurück zu der Stelle, an der unsere Wagen fast miteinander vereint sind. Ich werfe ihm ein unaufrichtiges Lächeln zu, öffne die Kamera an meinem Handy und knipse ein paar Bilder von meinem und auch seinem Wagen, der kaum einen Schaden aufweist. Doch zu diesem Zweck tue ich das nicht. Ich will sein Nummernschild, falls sich herausstellt, dass die Visitenkarte die von Cherry Pitt im hiesigen Striplokal ist.

Ohne einen Blick zurück hüpfe ich in meinen jetzt kaputten Fiat und lege den ersten Gang ein. Zu meinem Glück zeigt die Ampel grün, deshalb trete ich aufs Gas, während ich mein Bestes versuche, nicht zurückzuschauen.

Ich schaffe es bis über die Kreuzung, dann ergebe ich mich meinem Verlangen, mir die Gesichtszüge dieses attraktiven Mannes ein letztes Mal ins Gedächtnis einzubrennen. Ein reflexartiges Grinsen breitet sich über mein Gesicht aus, als ich zurückblicke und ihn ohne Brille lächeln sehe. Er beobachtet mich mit einem vollendeten, aufrichtigen Lächeln, das seinen ganzen Wagen in goldene Strahlen taucht.

Süßes Jesusbaby in der Krippe.

Auf einmal bin ich froh, dass er vorhin die Brille aufhatte. Ich bin mir ziemlich sicher, ich wäre in seinen Augen ertrunken. Kurz bevor ich mich von ihm losreiße, könnte ich schwören, dass unsere Blicke sich treffen. Doch dann verschwindet er aus meiner Sicht, als er nach links abbiegt, während ich geradeaus weiterfahre.

Während ich zum ersten Mal seit fünfzehn Minuten wieder tief durchatme, gehe ich auf der Fahrt jede Sekunde dessen, was gerade passiert ist, noch einmal durch. Erst als ich auf meinen Parkplatz fahre, werfe ich verstohlen einen Blick auf die jetzt zerknitterte Karte, die ich noch in der Hand halte.

Dane Knowles
Wildemer & Company
206-555-3298

Was? Das ist alles? Ich hatte erwartet, dass selbst sein Name winzige Schauer pulsierenden Verlangens durch mich hindurchjagen würde. Fehlanzeige. Er sieht nicht aus wie ein Dane. Und ist es nicht üblich, auf einer Visitenkarte einen schicken Titel anzugeben, um alle zu beeindrucken, denen man sie übergibt?

Ich teste seinen Namen auf meiner Zunge.

Dane.

Nee. Nichts. Nada. Keine Funken. Keine Schauer. Kein wildes Verlangen danach, seinen Kopf zwischen meinen Beinen zu spüren.

Jetzt, wo ich mich von Danes berauschender Ausstrahlung entfernt habe, bin ich sogar überzeugt, dass ich meine ganze Reaktion auf ihn erfunden habe, als Flucht vor dem wahren Leben, wenn auch nur vorübergehend. Es ist schier unmöglich, dass jemand, den ich gerade erst getroffen habe, in mir eine solch instinktive Reaktion hervorruft.

Als ich auf das Armaturenbrett sehe, stelle ich fest, dass es fast sieben ist. Ich werde mit Sicherheit zu spät kommen und Sierra wird nichts zu essen kriegen. Um mich erneut auf den vor mir liegenden Abend zu konzentrieren, beginne ich damit, mein Pokerface aufzusetzen und in eine andere Rolle zu schlüpfen. Meinen Master of Fine Arts sinnvoll einzusetzen. Ich verdränge Dane Knowles aus meinen Gedanken, trenne ihn wie alles andere von den anderen Bereichen meines Lebens. Das Einzige, was ich von diesem selbstgefälligen Blödmann erwarten kann, ist eine brandneue Stoßstange, sonst nichts.

Auch gut. Einen Typen, der durch die Gegend fährt, um anderen Menschen reinzufahren, und dann versucht, sich aus der Sache herauszuwinden, kann ich in meinem Leben nicht gebrauchen.

4. KAPITEL

Shaw

Als ich in die Auffahrt fuhr, rechnete ich fest damit, dass Liannas weißer Lexus mich erwarten würde, ein Signal, dass meine Mutter mir tatsächlich in den Rücken gefallen war. Doch er stand nicht da. Ich stieß einen kleinen Seufzer der Erleichterung aus, weil ich nicht mit einer Frau, der ich, wie ich weiß, das Herz gebrochen hatte, Small Talk machen musste, nur um meiner Mutter zu gefallen.

Trotz meiner festen Absicht, ihre Mailbox-Nachrichten zu löschen, hatte ich sie mir auf der Fahrt hierher angehört und Noah per SMS prompt mitgeteilt, dass er mich heute Abend besser nicht im Stich lassen sollte. Lianna ist eine unabhängige, stolze, gebildete Frau aus gutem Hause, weshalb meine Eltern sich wahrscheinlich auch von ihr angezogen fühlten. Sie wollten, dass wir Mini-Liannas und Mini-Shaws zeugten, zurück auf den Familiensitz zogen, am besten in das Haus gleich nebenan, und dann das Leben führten, das *sie* sich für mich wünschen.

Aber das ist nicht das, was *ich* will. Jetzt oder überhaupt jemals. Doch auch wenn ich nicht mehr mit Lianna ausgehen will, wollte ich ihr doch niemals wehtun. Die kultivierte, sonst so starke Frau, deren Schluchzer im Inneren meines Range Rovers widerhallten, war am Boden zerstört. Gebrochen. Ich habe Gewissensbisse, weil ich nicht früher Schluss gemacht habe, denn dann hätte sie nicht genügend Zeit gehabt, um eine so große Zuneigung zu mir zu entwickeln.

»Du kommst zu spät«, schimpft meine Mutter, als ich in die Diele trete.

»Unvermeidbar. Entschuldige.« Ich küsse sie auf die Wange und hoffe, dass sie das Thema fallen lässt. Ich habe keine Lust, das merkwürdige kleine Malheur auf dem Weg hierher zu diskutieren. Oder warum ich immer noch an die fordernde, zerzauste kleine Elfe denke, die mit Nippeln so scharf, dass man Glas hätte mit ihnen schneiden können, vor meinem SUV stand. Oder warum ihre kämpferische Haltung mir eine steinharte Erektion beschert hatte, die erst auf halbem Weg über den Lake Washington nachgelassen hatte.

Sie war eine verwirrend heiße Nummer, doch seltsamerweise eine, in die ich mich am liebsten kopfüber hineingestürzt und erst danach Fragen gestellt hätte. Viel, viel später, nachdem ich ihr das Hirn rausgevögelt hätte. Eine derart intensive, primitive Reaktion auf eine Frau habe ich schon unglaublich lange nicht mehr gezeigt.

Konzentrier dich, Shaw.

Während ich in Gedanken meinen Schwanz ermahne, sich abzuregen, bevor meiner Mutter noch meine halbe Erektion auffällt, frage ich nach dem Geburtstagskind. Mit großen Schritten trete ich durch den Eingang in die weitläufige Küche, deren Rundumfenster den exquisitesten Blick auf den Lake Washington bieten, den man sich denken kann. Ich reiße den Kühlschrank auf und ziehe ein Bier heraus, bevor ich mich wieder zu meiner Mutter drehe.

Sie braucht kein Wort zu sagen. An ihrem niedergeschlagenen Gesichtsausdruck erkenne ich, dass Annabelle nicht nur nicht *hier* ist, sondern auch nicht angerufen hat. Es ist jetzt zwanzig nach sieben. Zur Hölle mit ihr.

»Wo sind die anderen alle?« Ich umarme meine Mutter. Als sie ihre schlanken Arme um mich schlingt, flüstere ich: »Vielleicht kommt sie noch.«

Obwohl es schon dunkel ist, höre ich von irgendwo draußen das hohe melodische Lachen meiner fünfjährigen Nichte. Gott, ich liebe sie. Sie könnte mich mit einem einzigen Schlag der unglaublichsten Wimpern, die ich je an einem menschlichen Wesen gesehen habe, dazu bringen, alles zu tun, was sie will.

»Cora wollte Schwarzflecken-Sonnenbarsche fangen, deshalb hat Grandpa ihr erlaubt, vom Dock eine Angel auszuwerfen.«

Cora ist von Fischen besessen, genau wie ich in ihrem Alter.

»Ah. Ist Nicholas bei ihnen?«

»Um sich von seiner kleinen Schwester bloßstellen zu lassen?« Meine Mutter löst sich aus meiner Umarmung, bevor sie hinzufügt: »Gemma ist mit deinem Vater draußen, und Evan sieht sich mit Eli *Der Bär im großen blauen Haus* an. Er hat eine schlimme Erkältung und ist unleidlich.«

Mein ungeselliger Schwager Evan nutzt jeden Vorwand, um sich gemeinsamer Zeit mit der Familie zu entziehen. Wäre ich mit einer schönen Frau am Arm aufgekreuzt, wäre es eine andere Sache. Ich habe keine Ahnung, was meine Schwester an diesem fremdgehenden Versager findet, aber ich glaube, ihre Geduld hat langsam ein Ende. Endlich.

Mein Blick fällt auf den See nur Meter entfernt vom supermodernen Haus meiner Eltern. Am sich verdunkelnden Horizont am Ende des Docks erkenne ich diverse Schatten. Mein Vater kniet, während er mit Cora spricht und Gemma Nicholas beim Einholen seiner Angel zu helfen scheint.

Ich bin hier in diesem Haus auf dem Wasser aufgewachsen. Mercer Island. Dieses Paradies inmitten des Lake Washington wurde nach meinen Vorfahren benannt, die diesen Ort gegründet haben. Ich liebe diesen Ort. Ich liebe alles daran. Die Beschaulichkeit, den Ausblick, den Geruch, die Erinnerungen. Jedes Mal, wenn ich hier bin, fühlt es sich richtig an.

»Und Linc? Wo steckt der?« Als ich neulich mit meinem jüngeren Bruder gesprochen habe, sagte er, er würde »mit Vergnügen« kommen. Ich bezweifele nicht, dass er das wortwörtlich gemeint hat.

»Einer seiner Souschefs hat sich krankgemeldet, und heute Abend sind drei Veranstaltungen angesetzt, deshalb musste er einspringen.« Sie klingt so enttäuscht, wie ich es bin.

Mein Bruder ist Geschäftsführer und Chefkoch der führenden Kochschule in Seattle. Wie ich ist er mit seiner Karriere verheiratet, und da unsere Terminpläne selten übereinstimmen, kommen wir nicht dazu, viel Zeit miteinander zu verbringen.

»Hast du versucht, sie anzurufen?«

»Du weißt doch, dass sie das nur aufregt. Sie glaubt dann, ich wolle sie kontrollieren, und wirft mir alle möglichen Unwahrheiten vor.«

»Dann rufe ich sie an.« Ich zücke mein Handy, um Annabelle so richtig zusammenzustauchen, doch meine Mutter legt entschlossen die Hand auf meinen Arm.

»Nicht. Ist schon gut.«

»Nein. Nein, das ist es nicht.« Mit jedem Wort, das ich sage, werde ich lauter. »Sie ist ein rücksichtloses verzogenes Gör.«

Als ich mich in der Küche umsehe, stelle ich fest, dass meine Mutter nicht nur hausgemachte Cannoli zubereitet hat, sondern auch ihre berühmte Spaghettisauce mit Kalbfleischklößchen, ein zeitloses Rezept, das in unserer Familie von Generation zu Generation weitergereicht wird. Bis die Gewürze richtig harmonieren, dauert es den ganzen Tag. Immer wenn meine Mutter dieses Gericht kocht, fängt sie frühmorgens an, wacht darüber wie über ein Neugeborenes und justiert dies und das, bis sie zufrieden ist.

»Shaw, bitte. Ich will sie nicht aufregen.«

»*Sie* aufregen?« Ich schreie fast. »Was ist mit dir? Ich wusste, dass du das tun würdest. Ich wusste, dass du dich den ganzen Tag abrackern und einfach darüber hinweggehen würdest, wenn sie nicht aufkreuzt. Warum lässt du ihr diesen Mist durchgehen, Mom?«

»Was ist denn hier los?«, dröhnt die tiefe Stimme meines Vaters. Er hat meiner Mutter gegenüber einen wahnsinnigen Beschützerinstinkt, was noch etwas ist, das ich nicht verstehe. Mich macht er zur Schnecke, weil ich die Stimme gegen meine Mutter erhebe, verliert aber kein Wort zu Annabelle, wenn sie Mom aufregt und nicht zu ihrer eigenen gottverdammten Party aufkreuzt. Es macht mich wütend und ist schon der Grund für viele Auseinandersetzungen zwischen uns gewesen.

Die Hand meiner Mutter sucht die meines Vaters. »Nichts, Preston. Setzen wir uns einfach hin und essen, okay?«

Preston Mercer blickt zwischen mir und der Liebe seines Lebens hin und her und überlegt, ob er nachhaken soll oder nicht, doch als ein Stimmchen »Onko Shaw!« ruft, wird ihm die Entscheidung abgenommen.

Als ich in die Richtung des ohrenbetäubenden Lärms blicke, sehe ich Cora, die schlitternd vor mir zum Stehen kommt und ein dunkles, sich windendes Etwas fest zwischen ihren winzigen Händen hält.

»Ich habe einen Fisch gefangen!«

Von einem Ohr zum anderen strahlend, reckt sie ihre Beute stolz über den Kopf. Ich hocke mich hin, um sie genauer in Augenschein zu nehmen.

»Wow, Cora-Schatz. Du wirst bestimmt zur berühmtesten Fischerin, die je gelebt hat, weißt du das?«

»Glaubst du?«, fragt sie mit einer Begeisterung, wie sie nur Fünfjährige aufbringen.

»Ich weiß es.«

»Sieh dir seine schönen Augen an. Sie sehen aus wie deine«, sagt sie ehrfürchtig.

Sie vergleicht mich mit einem Wassertier? Als sie mir ihren Fang dicht vor die Nase hält, damit ich ihn genauer inspizieren kann, taumele ich nach hinten und plumpse auf den Hintern, woraufhin ihr das Lebewesen aus der Hand flutscht und versucht, sich in sein lebensrettendes Biotop zurückzuwinden.

Gelächter und Chaos brechen aus, als Cora und ihr siebenjähriger Bruder vergeblich versuchen den Fisch wieder einzufangen, der über den gesamten Steinfußboden hopst und mit jeder Sekunde dichter davor ist, seinen Atem auszuhauchen. Schließlich greift mein Vater nach ihm und hebt ihn mühelos hoch.

»Wie wär's, wenn wir ihn zurück in den See setzen, Liebling?«, fragt er Cora.

»Warum?«, jammert sie mit zitternder Unterlippe. »Ich will ihn behalten. Er ist mein Haustier.«

»Wir behalten ihn ja, Liebling. Du willst doch, dass dein Haustier in Sicherheit ist, oder?«

»Ja.«

»Dann muss er zurück ins Wasser. Wir behalten ihn hier in meinem speziellen See, damit wir ihn, wenn du nächstes Mal kommst, wiedersehen können.«

»Oh.« Sie denkt scharf nach. »Okay. Aber darf ich ihm einen Namen geben?«

»Natürlich, Herzchen.« Mit Nicholas auf den Fersen gehen sie zum Wasser zurück, wo die Kids sofort damit beginnen, sich über den Namen des Fisches zu streiten, den sie nie wiedersehen werden.

»Es verblüfft mich jedes Mal wieder«, sagt meine Schwester Gemma leise lachend, als sie die Hand ausstreckt, um mir aufzuhelfen. Ich schlage die Hilfe aus und springe mühelos auf.

»Was denn?« Ich sehe an mir herab und werfe einen finsteren Blick auf den dunklen nassen Fleck, der meinen Schenkel ziert, wahrscheinlich von dem Fisch. Der Anzug muss auf dem schnellsten Weg in die Reinigung.

»Dass du dich bis über beide Ohren in ein kleines Mädchen verlieben kannst, aber keine Frau deine Aufmerksamkeit erregt.«

»Scheiße, fang nicht schon jetzt damit an, Gem«, murre ich, bevor ich meine Flasche an den Mund setze und den Rest meines inzwischen warmen Biers schlucke. Ich hole mein Handy aus der Tasche, um sicherzugehen, dass mir keine SMS von Noah entgangen ist, was lächerlich ist, weil ich weiß, dass die Benefizveranstaltung noch nicht mal begonnen hat.

Himmel, das konnte ein langer Abend werden.

»Gemma, hol ein paar Gläser, und Shaw, entkorke bitte die zwei Weinflaschen, die im Kühlschrank kaltgestellt sind«, schlägt meine Mutter vor und rettet mich damit. Aber ich kenne meine Pappenheimer. Ich weiß, dass es nur ein kleiner Aufschub ist, bis sie mich am Esstisch festgesetzt hat und mich höchstpersönlich in die Mangel nehmen kann.

Heimlich simse ich Annabelle, wo zum Teufel sie bleibt, kriege aber keine Antwort.

Fünfzehn Minuten später sitzen alle auf ihren Plätzen. Das Tischgebet, bei Familie Mercer eine unbedingte Notwendigkeit, ist gesprochen worden, und das Essen wird herumgereicht, als wir an der Haustür einen lauten Tumult hören.

Gem und ich wechseln einen Blick und fragen uns, welche Annabelle den Raum gleich betreten wird. Sprunghaft und kampflustig oder verträglich und dankbar. Sie spielt beide Karten sehr gut.

Kurz bevor ich sie zu Gesicht bekomme, höre ich Stimmen – *Stimmen*, Plural. Mein Blick huscht zuerst zu meiner Mutter, dann zu dem einzigen eingedeckten leeren Platz.

»Wusstest du, dass sie jemanden mitbringt?«

Sie zuckt die Achseln und erhebt sich genau in dem Moment vom Tisch, als meine kleine Schwester um die Ecke kommt.

Es ist erst wenige Wochen her, seit ich Annabelle gesehen habe, doch sie hat ihr rasiermesserscharf geschnittenes Haar wieder gefärbt, diesmal pechschwarz. Es sieht aus wie die tiefe Nacht und steht in starkem Kontrast zu ihrer hellen, blassen Haut und ihren strahlend blauen Augen. Sie hat sich auch umgestylt und trägt jetzt einen strengen Pony und die langen Locken stufig geschnitten. Eine knallenge, hochtaillierte schwarze Jeans und ein schwarzes T-Shirt mit abgeschnittenen Ärmeln und der Aufschrift »Wenn der Montag eine Fresse hätte, würde ich reinhauen« schmiegen sich an ihre schmale Figur. Schlichte schwarze Chucks vervollständigen ihr Outfit.

Durch ihren anteiligen Treuhandfonds hat sie genug Geld, um sich Gucci, Burberry und Oscar de la Renta leisten zu können, doch stattdessen sieht sie aus, als sei sie gerade in einem billigen Warenhaus shoppen gewesen.

So unpassend ihr Aufzug für ein Familienessen, vor allem für ein Mercer-Familienessen, auch ist, die uneingeladene winzig kleine Frau, die sie praktisch hinter sich herzerrt, sieht noch schlimmer aus. Dieses kleine Mädchen ist der Inbegriff von Unbedarftheit.

Schlichter blonder Kurzhaarschnitt. Argwöhnische haselnussbraune Augen. Eine leichte Röte auf ihren gebräunten Wangen.

Aber es ist ihre Aufmachung, die den ganzen Raum verstummen lässt. Sobald sie hustet, werden ihre üppigen Brüste aus dem tief violetten Korsett springen, das um ihre schlanke Taille geschnürt ist und besser ins Schlafzimmer passt als ins Esszimmer. Ein fünf Zentimeter langer Minirock bringt zwar ihre straffen Beine zur Geltung, bedeckt ihre Pobacken aber nur notdürftig. Hochhackige Halbstiefel lassen ihre kleine Gestalt um mehrere Zentimeter größer wirken.

Sie sieht aus wie eine auf Schlampe getrimmte Version von Miley Cyrus. Moment ... der Vergleich hinkt.

Ich höre, wie Gemma, die neben mir sitzt, ein Husten vortäuscht, um ein Lachen zu überspielen. Mein Blick huscht über den Tisch zu ihrem Mann Evan, nur um festzustellen, dass er praktisch mit der Zunge wackelt und ihm die Augen aus dem Kopf quellen wie bei einer Comicfigur. Als mein Blick auf meinem Vater landet, ist sein Gesicht puterrot und sein Kiefermuskel zuckt heftig. Er. Ist. Stinkwütend.

»Entschuldigt die Verspätung. Stau auf der 90.« *Schwachsinn.* Ich bin gerade über die 90 gekommen. Sie küsst meine Mom und wendet sich schwungvoll an den Raum. »Alle – das ist Trixie.« *Trixie? Wirklich? Wiiiirklich?* »Trix«, fährt sie fort und geht um den Tisch herum, während sie auf jeden Einzelnen deutet, um ihn abzuhaken, bis sie zu mir kommt. »Und das ist mein sehr unverheirateter, sehr erfolgreicher und verdammt heißer Bruder Shaw.«

Was? Alle anderen hat sie nicht mit Schlagworten belegt. Ein ungutes Gefühl überkommt mich.

Annabelle beugt sich vor, um mich zu umarmen, jedenfalls scheint es so, bis sie mir das Anzughemd aus der Hose und am Oberkörper hochzieht.

»Was soll das?« Ich schlage ihre Hände weg und stecke das Hemd auf gut Glück wieder rein. »Was machst du, Bluebelle?«

Ich versuche, ihr in die Augen zu sehen, um festzustellen, ob sie blutunterlaufen oder die Pupillen geweitet sind. Sie führt sich auf wie eine verdammte Irre.

»Was denn? Ich wollte Trix nur dein cooles 3-D-Tattoo zeigen. Trix überlegt, sich ein Tattoo stechen zu lassen, und ich habe ihr davon erzählt. Sie wollte es sehen.«

»Annabelle Marie«, warnt mein Vater sie leise knurrend.

»Entschuldige, Daddy«, antwortet sie zerknirscht. Noch eine Karte, die sie gut spielt. »Hey, Gemma, würdest du dich umsetzen, damit Trix neben Shaw sitzen kann?«

Gott im Himmel.

Steh mir bei.

Diesmal beherrscht Gemma sich nicht. Sie lacht laut, während sie kopfschüttelnd ihren Stuhl zurückschiebt und ihren Teller nimmt.

»Oh nein, ist schon okay –«, will Trixie protestieren, doch Annabelle schneidet ihr das Wort ab. Das arme Mädchen hat keine Ahnung, worauf es sich eingelassen hat.

»Ist schon in Ordnung. Es macht ihr nichts aus. Außerdem ist es mein Tag, und da kriege ich, was ich will.«

»Terror«, murmele ich leise vor mich hin.

»Was ist, Shaw?«, fragt Annabelle süß. Sie weiß genau, was ich gesagt habe.

»Nichts, Bluebelle«, antworte ich ebenso zuckersüß, doch mein wütender Blick sagt alles. Sobald ich zwei Sekunden mit ihr allein bin, reiße ich ihr den Arsch auf, und das weiß sie auch.

Wenige Minuten später wird ein zusätzlicher Stuhl hereingebracht, und ich werde neben ein Mädchen platziert, das nicht älter als zwölf sein kann, sich jedoch aufzuführen versucht wie eine Fünfundzwanzigjährige.

»Ich hole noch ein Gedeck für Sie, Liebes«, sagt meine Mutter zu *Trixie*, die das ganze Geschehen verfolgt wie eine unerwartete Zirkusnummer. Ihr ist unwohl. Wenigstens das muss man ihr zugestehen.

»Oh nein, Mutter. Ich gehe schon.« Annabelle springt auf. »Trixie ist Vegetarierin.« Ihr Blick fällt auf die Kalbfleischbällchen. »Ich hole ihr nur etwas anderes zu essen, wenn du nichts dagegen hast.«

Ich werde sie umbringen.

»Ich helfe dir«, verkünde ich und werfe meine Serviette auf meinen Teller.

Ich wechsele einen Blick mit meinem Vater, der mich stumm anfleht, dieser unabwendbaren Katastrophe Herr zu werden. Ich scheine der Einzige zu sein, der irgendeinen Einfluss auf Annabelle hat. Meine stumme Antwort lautet, dass ich mein Bestes tun werde. Wenn es um sie geht, scheint es nur niemals auszureichen.

»Was zum Teufel denkst du dir dabei, Bluebelle?«, zische ich leise, sobald ich in der Küche bin, wo keiner mithören kann.

Sie reißt mehrere Schränke auf und stellt ein zusätzliches Gedeck für ihren ungebetenen Gast zusammen. Meine Mutter würde nie jemanden wegschicken. Teufel noch mal, sie pflegt verletzte, verwanzte Vögel gesund. Aber hätte meine jüngere Schwester diesen Mist bei mir zu Hause abgezogen, hätte ich sie und ihre »Freundin« hochkant rausgeschmissen. Ich habe meine kleine Schwester zum Fressen gern, aber sie ist das respektloseste kleine Gör, das ich je getroffen habe.

»Ich habe keinen Schimmer, wovon du sprichst, Shawshank.«

Ich schüttele den Kopf über den albernen Spitznamen, den mir meine kleine Schwester verpasst hat. Im Alter von dreizehn bis sechzehn hat Annabelle sich wie besessen *Die Verurteilten* reingezogen, als plane sie in der Zukunft einen Gefängnisausbruch und bräuchte eine Blaupause dafür. Und ich verfälsche die Wahrheit nicht, denn als sie sechzehn war, war plötzlich der Teufel los und sie hat tatsächlich eine Nacht – oder mehrere – im Knast verbracht.

»Du ziehst mich praktisch vor deinem minderjährigen Pixie-Kobold aus, verdammt noch mal. Wie alt ist sie? Sechzehn?«

Annabelle reißt den Kühlschrank auf und belädt ihre Arme mit Hummus, Käse und schon gewürfeltem Gemüse. Gott bewahre, dass ihr »Gast« essen könnte, wofür meine Mutter sich den ganzen Tag abgeschuftet hat.

»Nein, Vollpfosten. Und ihr Name ist *Trixie*.« Wieder betont sie den absurden Namen. Als könnte ihn irgendwer vergessen. Gemma kommt genau in dem Moment herein, als Annabelle in einem Ton, der impliziert, dass Trix und ich die perfekten Seelenverwandten sind, verkündet: »Sie ist neunzehn, und sie passt perfekt zu dir.«

»Neunzehn?«, rufen Gemma und ich im Chor. Himmel, ich könnte ihr Vater sein. Bei dem Gedanken überläuft es mich kalt.

»Oh mein Gott, Shaw. Musst du immer so melodramatisch sein? Sie ist schön, hat eine große Oberweite, und ich habe gehört, dass sie dein Typ ist. Im Grunde ist sie ein Geschenk. Du solltest mir mit einem neuen Auto oder einem Europa-Urlaub oder so danken, statt mich deshalb zur Schnecke zu machen, du undankbarer Snob.«

Ich drücke meinen Nasensattel und versuche mich zu beherrschen, bevor ich sie noch übers Knie lege und ihr den görenhaften Hintern versohle, bis er Blasen wirft. Eine anständige Tracht Prügel würde bei ihr Wunder bewirken. Wenn meine Eltern sie mal versohlt hätten, als sie klein war, wäre sie heute nicht so eine unausstehliche Rotzgöre.

»Und was für ein *Typ* soll das genau sein?«, frage ich mit einem übertrieben geduldigen Ausatmen. Ich kann die Antwort kaum erwarten.

»Sie steht auf Dreier.«

Mir klappt genau in dem Moment in stummem Entsetzen die Kinnlade herunter, als Gemma nach Luft schnappt und sich den Mund mit dem Handrücken zuhält, um ein Lächeln oder einen Fluch zu unterdrücken; es könnte in beide Richtungen gehen. »Himmel Herrgott, Bluebelle, wir sollen ihm eine Frau suchen, keine Hure. Gott weiß, dass er davon nicht noch mehr braucht.«

»Hey«, protestiere ich und werfe Gemma einen mörderischen Blick zu, während Schwester Christenmensch nonchalant mit den Schultern zuckt, als hätte Gemma nicht soeben ihre Freundin beleidigt. »Ich dachte, du wärst auf meiner Seite?«

»Ich *bin* auf deiner Seite. Du brauchst eine Frau, kein weiteres Spielzeug zum Kaputtmachen.«

»Ich will keine verdammte Frau!«, brülle ich, erbost über beide Anspielungen. Und ich mache Frauen nicht kaputt, es sei denn, sie stehen drauf. »Wie oft und auf wie viele Arten muss ich immer wieder dasselbe sagen, bis das in deinen dämlichen Schädel geht? Und du« – mein Zorn richtet sich gegen meine freigeistige kleine Schwester – »halt dich aus meinem Sexleben raus. Falls ich auch nur den Hauch eines unbekannten Parfüms rieche oder eine schrille fremde Stimme höre, wenn ich wieder einen Fuß in dieses Haus setze, verbanne ich jedes einzelne Familienmitglied ein Jahr lang aus meinem Leben.«

»Das meinst du nicht ernst«, höre ich meine Mutter leise hinter mir sagen.

»Und das gilt auch für dich!« Ich fahre herum und spieße sie mit meinem wütenden Blick auf. Meine Mutter mag bei dieser kleinen Farce heute Abend nicht ihre Hände im Spiel gehabt haben, doch sie war schon viele Male zuvor die Anstifterin, und ich habe stets freundlich und respektvoll den Mund gehalten.

Tja, damit bin ich fertig.

Genug ist verdammt noch mal genug.

»Sprich nicht so mit deiner Mutter«, ermahnt mich mein Vater mit leiser Stimme.

Ich werfe entnervt die Hände in die Luft und lasse sie auf meine Schenkel fallen. »Dad, mit Verlaub, das geht dich nichts an.«

»Wie du mit deiner Mutter sprichst, geht mich sehr wohl etwas an, Shaw. Mir ist egal, wie viele Jahre du schon aus den Windeln raus bist oder wie viele Nullen du auf dem Bankkonto hast, du wirst deine Mutter mit dem Respekt behandeln, den sie verdient. Verstanden?«

Ich beiße die Zähne zusammen und atme tief durch, bevor ich meine Mom umarme und ihr eine Entschuldigung ins Ohr flüstere. Sie drückt mich fest, damit ich weiß, dass sie mir verziehen hat.

Als ich sie wieder loslasse und mich umschaue, sehe ich bis auf die Kinder meine ganze Familie in der Küche stehen. »Sagt mal, wenn ihr alle hier seid, wer ist dann bei Pixie?« Gemmas untreuer Ehemann natürlich. Wahrscheinlich hat er die Kids schon vor die Glotze gesetzt und seinen Schwanz rausgeholt, um einen geblasen zu bekommen. Gemmas Miene versteinert, bevor sie aus der Küche eilt. Es ist, als hätte sie meine Gedanken gelesen.

»Jetzt kommt, essen wir.«

»Nur noch eine Minute, Adelle. Ich muss kurz mit Shaw sprechen. Fangt schon mal an. Wir kommen nach.« Er haucht ihr einen Kuss auf die Wange, bevor sie einen wissenden Blick wechseln, der mir sagt, dass gleich etwas auf mich zukommt, was mir nicht gefallen wird. Und meine Mutter ist eingeweiht.

Entschuldigung widerrufen.

Alle gehen der Reihe nach hinaus und lassen meinen Vater und mich allein. Als ich sein ernstes Gesicht sehe, wird mir ganz schlecht.

»Ich brauche deine Hilfe, Sohn.«

Dann bittet er mich um etwas, das ich ihm nicht verweigern kann. Etwas, wovon er weiß, dass ich es ihm nicht ausschlagen werde, denn auch wenn ich bei anderen Menschen keine Bedenken habe, ihnen zu sagen, dass sie sich verpissen sollen, bin ich meiner Familie gegenüber loyal. Ich würde alles für sie tun, besonders für meinen Vater. Ich würde *alles* tun, um ihm dabei zu helfen, seine Träume zu verwirklichen.

Wildemer & Company zu führen war immer *mein* Traum, aber nie der meines Vaters. Obwohl er den Familienbetrieb über dreißig Jahre lang geführt und den Job wahnsinnig gut erledigt hat, war es nie seine Leidenschaft. Er hat es getan, um es *seinem* Vater recht zu machen, und nicht sich selbst. Er hat es getan, um seine familiäre Verpflichtung zu erfüllen, und dabei die ganze Zeit darauf verzichtet, was er selbst erreichen wollte. Erst als er sich vor ein paar Jahren zur Ruhe setzte, fing er an, wirklich *seinen* Traum zu leben. Und sein Traum ist in Gefahr.

Das ist mein Fluch, glaube ich. Meine Schwäche. Ich rede mir gerne ein, dass es die einzige ist, die ich habe.

Ich bin ein skrupelloser Geschäftsmann. Ich fälle tagtäglich millionenschwere Entscheidungen. Ich bin Miteigentümer einer Firma, die über eine Milliarde Dollar wert ist und weiter wächst. Ich bin für Tausende von Leben verantwortlich, Tausende von Familien. In meinen Überzeugungen, meinen Vorstellungen und meinen Regeln bin ich unerschütterlich.

Aber meiner Familie bin ich treu ergeben. Jedem einzelnen fehlerhaften Mitglied.

Bei allen anderen habe ich kein Problem, Nein zu sagen. Das heißt bei allen, außer denen, die ich liebe.

5. KAPITEL

Willow

Ich komme ganze dreißig Minuten zu spät im Four Seasons an. Da wir immer durch Randi oder ihre Koordinatorin kommunizieren, statt den Kunden direkt zu kontaktieren, hatte ich Randi angerufen, damit sie Mr Graber Bescheid sagen konnte. Zu behaupten, dass sie nicht gerade begeistert war, wäre untertrieben, doch zumindest hatte sie Verständnis.

»Dein Auftreten fällt unmittelbar auf mich und meine Fähigkeit zurück, mein Geschäft erfolgreich zu führen. Gut, schlecht oder mittelmäßig. Kommst du zu spät, verliere ich Geld. Bist du krank, habe ich ein Problem. Wenn du dich schlecht benimmst, reiße ich dir den Kopf ab, bevor du dichs versiehst. Die Kunden zahlen nicht gern Höchstpreise für Mittelmaß, Summer. Sie kommen zu mir, weil ich die Beste bin. Ich stelle nur die Elite ein, die allererste Sahne. Mein Geschäft hängt allein von dir ab, und dein Lebensunterhalt von mir. Wir brauchen einander, ob es dir gefällt oder nicht, doch in einem kannst du dir sicher sein: Wenn du Mist baust, bist du raus. Ich habe hundert Mädchen, die nur darauf warten, deinen Platz einzunehmen.«

Ich weiß nicht, wie oft ich mir diesen Sermon in den letzten zwei Jahren in der einen oder anderen Form schon angehört habe. Sie regiert ihr Herzensprojekt, das sie aus dem Nichts erschaffen hat, mit eiserner Hand und unbarmherziger Durchsetzungsfähigkeit, ohne sich dafür zu entschuldigen. Doch warum auch immer, Randi hat eine Schwäche für mich, weshalb ich im Gegensatz zu allen anderen einen gewissen Spielraum zugestanden bekomme, auch wenn ich all ihre unerreichbaren Standards nicht erfüllen kann und dann jedes Mal, wenn ich Mist baue, eine Standpauke über mich ergehen lassen muss.

Ich schiebe alle Gedanken an den heutigen Tag von mir weg – an meine Mutter, an den Unfall und an den umwerfenden, arroganten Mistkerl, der mir immer noch durch den Kopf spukt –, atme tief durch, um mich zu beruhigen, und verwandele mich in Summer. Das ist der einzige Name, unter dem meine Kunden mich kennen.

Heute Abend werde ich eine niveauvolle und leicht überhebliche Salonlöwin spielen, die ihren steinreichen älteren »Freund« Paul Graber zur großen Benefizveranstaltung für den nächsten demokratischen Bürgermeisterkandidaten begleitet. Wenn alles gut geht, werden sich daraus regelmäßige Aufträge ergeben. Schicke Abendessen. Weitere Benefizveranstaltungen. Überall, wo ein Mann wie Paul Graber mit einer schönen Frau am Arm gesehen werden will. Ich würde sogar reisen, wenn er es wünscht, solange es meinen Hauptjob nicht beeinträchtigt.

Meine Hoffnung ist, dass dieser Kunde zum Stammkunden wird. Auch wenn ich noch nie das Glück hatte, einen Stammkunden zu haben, hätte das eindeutig Vor- und Nachteile. Der einzige Vorteil, der mich daran interessiert, ist natürlich ein regelmäßiges Einkommen.

Und die Nachteile? Da gibt es viele, und der größte davon ist die Gefahr, eine Zuneigung zu entwickeln. Ich habe schon zu oft erlebt, wie sich Randis Mitarbeiterinnen hoffnungslos in ihre Kunden verliebt haben oder umgekehrt, aber das ist kein Hollywoodfilm. Es gibt kein rotes Ballkleid, keine ausgeliehenen Millionen-Dollar-Juwelen oder um drei Uhr morgens heißen Sex auf Pianos in abgedunkelten Ballsälen.

Einige Frauen, die dieses Leben führen, sind genau danach auf der Suche. Nach der goldenen Gans. Vielleicht sogar nach Liebe. Ich weiß es nicht. Für mich ist es eine Methode, um über die Runden zu kommen, bis ich mein eigenes Geschäft so erfolgreich aufbauen kann, dass ich das zusätzliche Geld nicht mehr brauche. Ich bin nicht auf der Suche nach einem Freund, Ehemann oder Sugardaddy. Ich will keine teuren Klunker oder eine Penthousewohnung mit einer schwarzen American-Express-Karte auf dem Nachttisch. Ich will meinen Job erledigen und Schluss. Professionell und ohne komplizierte emotionale Verwicklungen.

Außerdem glaube ich nicht, dass es nach konspirativen Verhandlungen und Vorspiegelung falscher Tatsachen ein Happy End geben kann. Aber hey, was weiß ich schon.

»Wir sind da«, verkündet Abraam, als er den Wagen fast unmerklich zum Halten bringt. Während mein Fahrer mir die Tür aufhält, setze ich ein Lächeln auf und steige aus der Limousine.

Wenn es um ihre Angestellten geht, hat Randi zwei einfache Regeln aufgestellt.

Erstens: Nie seinen eigenen Namen benutzen.

Zweitens: Sich niemals vom Kunden zu Hause abholen lassen. Wir fahren entweder selbst oder sie organisiert einen Wagen mit Chauffeur oder für größere, hochkarätige Veranstaltungen wie diese eine Limousine, um damit ihre Investitionen erstrahlen zu lassen.

»Einen schönen Abend, Ma'am. Ich bin da, wenn Sie so weit sind.«

»Danke, Abraam.« Ich wende mich mit einem flüchtigen Lächeln von ihm ab und suche die Umgebung nach Mr Paul

Graber ab, dessen Foto ich mir auf dem Weg noch einmal genau angesehen habe. Es dauert nicht lange, bis ich ihn an dem mit einem Seil abgesperrten Eingang entdecke, wo er mit einem anderen attraktiven Gentleman wartet.

Als ich auf ihn zugehe, verstehe ich, warum er schon dreimal verheiratet war. Sein Foto wird ihm nicht gerecht. Für einen älteren Mann ist er auf George-Clooney-hafte Art und Weise gut aussehend.

Sein dichtes Haar wird an den Schläfen grau. Sein Gesicht ist glatt rasiert und gepflegt. Wenn die Art, wie sein stilvoller schwarzer Anzug an seinem schlanken Körper sitzt, Rückschlüsse zulässt, ist er immer noch sehr aktiv. Er strahlt Selbstvertrauen und Kontrolle aus. Das Lächeln, das er mir schenkt, sollte mir die Befangenheit nehmen, aber es liegt noch etwas anderes darin. Etwas, das mir nicht ganz *koscher* vorkommt.

Er nimmt meine Hand und streicht leicht mit den Lippen über meinen Handrücken. Ich bekomme eine Gänsehaut, aber nicht vor Erregung. Sondern eher, weil ich mich irgendwie fühle, als wäre ich zur Geisterstunde auf dem Weg zum Friedhof. »Nun, Randi hat nicht übertrieben, als sie sagte, dass Sie atemberaubend seien«, sagt er höflich und setzt wieder das haarsträubende Lächeln auf.

Da ich nur etwa dreißig Minuten zum Duschen und Anziehen hatte, hat Sierra mir die Haare gemacht, während ich mich rasch schminkte. Sie hat sich die ganze Zeit beschwert, dass sie hungrig sei, aber trotzdem mit der rasch gezauberten schlichten Hochsteckfrisur einen Wahnsinnsjob gemacht.

Ich habe blonde Ringellocken, die mir ums Gesicht und über den Rücken fallen und mein rauchiges, sinnliches Make-up perfekt ergänzen. Mein schwarzes, bodenlanges tailliertes Kleid ist von eleganter Schlichtheit. Und da ich wusste, dass Paul Graber nur eins dreiundsiebzig groß ist, habe ich mich mit meinen eins fünfundsechzig für Peep-Toes mit nur zweieinhalb Zentimeter hohen Absätzen entschieden.

»Danke. Entschuldigen Sie mein Zuspätkommen.«

Er tritt einen Schritt zurück, um seinen Blick bedächtig über meinen Körper gleiten zu lassen.

Gemustert zu werden gehört zum Job, aber ich müsste lügen, wenn ich behaupten würde, dass es mir nicht zuwider ist. Als ich diesen Job annahm, wusste ich, was er mit sich bringt – und was *nicht* –, doch das heißt nicht, dass es mir gefällt, wie eine Ware behandelt zu werden. Ich habe das Gefühl, als hinterließe sein Blick überall, wo er mich berührt, eine Schleimspur. Es gibt mir das Gefühl, schmutzig zu sein, benutzt.

Als sein erhitzter Blick schließlich wieder auf meinen trifft, schlucke ich in der Hoffnung, meine Speicheldrüsen wieder in Gang zu setzen, die aufgrund dieses Unbehagens versiegt zu sein scheinen. Ein rascher Blick auf den Mann, der hinter Paul steht, zeigt, dass auch er mich hungrig mustert. Ich fange schon an, mich wie ein Köder aus kleingeschnittenem Fisch in *Shark Week* zu fühlen.

Ich atme lang und tief durch und versuche, meinen Kiefer zu entspannen.

»Ich bin sehr penibel, was Pünktlichkeit angeht, aber ich muss sagen, Sie waren es wert, auf Sie zu warten. Sie sind entzückend«, sagt Paul leise. Sein Kompliment gleitet über meinen Rücken wie eine Giftschlange, die gleich zubeißen wird. »Wollen wir?«

Er winkelt auffordernd den Arm an und hält ihn mir hin. Ich hake mich bei ihm ein und lege die Hand leicht auf seinen Ellbogen, und er führt mich hinein, während der unbekannte Wachhund uns auf den Fersen folgt.

Bei der ersten Berührung überkommt mich ein Gefühl, das dem, das mein Unfallgegner bei mir ausgelöst hat, diametral entgegengesetzt ist. Während sich hinter seiner kühlen Fassade Feuer verbarg, besteht dieser Mann aus in Vornehmheit gehülltem Eis. Während der andere von Geheimnissen umgeben war, ist dieser Mann hier leichter zu lesen als das Alphabet. Während bei dem anderen meine Gedanken vor entfesseltem Verlangen verrücktspielten, löst dieser Mann in mir den Wunsch aus, einen Keuschheitsgürtel anzulegen und den Schlüssel dazu wegzuwerfen.

Doch die Frage, die mich am meisten beschäftigt, lautet, warum in aller Welt ich mir diesen selbstgefälligen Mistkerl, der mich total links liegen gelassen hat, an meine Seite wünsche und nicht diesen Mann hier, der mich momentan anschaut, als wollte er mich möglichst schnell mit ins Hinterzimmer nehmen, um mich zu vögeln, statt sich unter einen Haufen reicher aufgeblasener Snobs zu mischen?

Keine Ahnung, aber das gefällt mir nicht.

Wir mischten uns unter die Leute. Wir aßen zu Abend. Ich erduldete es, dass ein aufgeblasener Politiker dieselbe wiedergekäute Rede über Steuerreformen, Förderung des öffentlichen Schulwesens und den Wiederaufstieg der Mittelschicht hielt, die allen Politikern eingetrichtert wird. Wir mischten uns weiter unter die Leute. Ich lächelte. Ich schleimte. Ich machte angemessenen Small Talk. Ich gab Paul Graber das Gefühl, ein Gott zu sein, was mein Job ist, und ich mache meinen Job gut.

Nach einer Weile, als ich eine Pause von den todlangweiligen Gesprächen über Baugenehmigungen und Steueranreize brauchte, entschuldigte ich mich, um zur Toilette zu gehen und mir noch einen Gin Tonic zu holen.

Wenn ich einen Kunden habe, erlaube ich mir zwei Cocktails.

Das ist mein dritter.

Vielleicht trinke ich sogar noch einen vierten.

Paul Graber und sein »Partner« Ian haben sich als grapschender und schwerer zu handhaben erwiesen als ein achtbeiniges Meerungeheuer. Meine Hoffnung, dass er mein Stammkunde werden könnte, hat sich erledigt. Wie sich herausstellt, haben sie entweder die Regeln nicht verstanden oder waren nicht ganz ehrlich, was die Art der Dienstleistung betrifft, nach der sie suchten. Wenn ich mich nach diesem Abend bei Randi melde, muss ich ihr das sagen.

Randi hat unterschiedliche Hostessen für unterschiedliche Kundenwünsche. Manche sind genau das, was man sich unter einer Hostess vorstellt. Sie machen absolut alles – *alles* –, was ein Kunde wünscht ... für die richtige Geldsumme.

Aber dazu gehöre ich nicht.

Wie sich zeigt, gibt es eine Menge Leute, die nicht mehr wollen, als für einen Abend eine Augenweide anzuheuern. Kein Sex. Kein Gutenachtkuss. Keine Erwartungen, wenn sich die Autotür schließt. Es ist eine Marktlücke, aus der Randi Kapital schlägt, und ein Bereich ihres Geschäfts, der sich in den letzten zwei Jahren mehr als verdoppelt hat.

Ich bin das, was Randi als »Partygast-Geschenk« bezeichnet. Wir sehen hübsch aus, wir schmücken unsere Kunden, wir himmeln sie an, wir mischen uns unter die Leute, wir spielen die Rolle, die uns zugewiesen wird, und nach dem »Date« gehen wir ein paar Hundert oder Tausend Dollar reicher nach Hause, mit geschlossenen Beinen und intaktem Stolz. Ich könnte dreimal so viel verdienen, wenn ich mehr als nur meine Zeit verkaufen würde, doch das werde ich nicht. Ich mag dringend ein Zubrot benötigen, doch ich würde dafür nie meinen Körper oder mein Gewissen verkaufen, auch wenn ich die Frauen, die es tun, nicht verurteile. Für mich ist es einfach nicht das Richtige.

Die meiste Zeit ist dieser Job okay. Manchmal macht er sogar Spaß. Ich treffe interessante Menschen, ich speise in den feinsten Restaurants. Trinke die teuersten Weine. Wenn ich meinen Lebensunterhalt allein damit bestreiten wollte, was viele von Randis Angestellten tun, könnte ich es. Mit dreihundertfünfzig Dollar die Stunde wäre es eine sehr lukrative Arbeit.

Aber wie eine hübsche Christbaumkugel am Arm eines reichen Mannes zu hängen ist nicht das Leben, das mir vorschwebt, selbst wenn mir das die finanzielle Freiheit bieten würde, nach der ich mich sehne. Dabei weiß ich gar nicht mehr so recht, was das für ein Leben sein soll, und das ist wohl Teil des Problems. Ich weiß nicht weiter. Wenn ich ehrlich bin, schon seit langer Zeit.

Ich bin zur Schauspielerei gekommen, weil es mir vorkam, als hätte ich schon mein Leben lang geschauspielert. Ich war gut darin. Ich musste die Starke sein. Nach außen hin musste ich so tun, als würde ich alles zusammenhalten, während ich innerlich stillschweigend draufging. Dummerweise hatte ich geglaubt, damit meinen Lebensunterhalt bestreiten zu können. Doch dann änderte sich wieder alles, und ich musste schnell erwachsen werden.

Deshalb stehe ich jetzt hier, an der wunderschönen goldenen Art-déco-Wand des ehrwürdigen Festsaals im Four Seasons, und ertränke die Sorgen meines beschissenen Tags und meine finanziellen Probleme in Alkohol, enttäuscht, dass dieser Abend nicht so läuft wie erhofft.

Da ich noch ein Weilchen für mich brauche, bevor ich mich wieder meinem »Date« anschließe, nippe ich an meinem Cocktail und beobachte, wie perfekt gekleidete machthungrige Männer und Frauen mit Überlegenheitskomplexen virtuos im Raum interagieren, in Ärsche kriechen und um die Oberhand wetteifern, als sich jemand von der Seite an mich heranmacht.

»Was macht so ein süßes hübsches Ding wie Sie ohne Beschützer in einem Saal voll skrupelloser Jäger?«, grollt mir eine heisere Männerstimme ins Ohr. Es ist eine köstlich tiefe Stimme, von der Frauenslips sofort feucht werden, egal wie das Gesicht des Mannes aussieht, und ohne diesen Mann auch nur anzusehen, weiß ich, dass er in der oberen Liga spielt.

Obwohl ich darauf wetten würde, dass dieser Typ ein seiner Stimme entsprechendes sexy Aussehen hat, erliege ich nicht der Versuchung, es zu überprüfen. Ich will nur noch zwei Minuten einfach ich selbst sein, statt wieder diese Rolle zu spielen, zu der ich gezwungen bin. Den Blick nach vorn gerichtet, führe ich mein Glas an meine Lippen und trinke daraus.

Ich rechne fest damit, dass er wieder abzieht, wenn seine Frage auf Schweigen stößt. Fehlanzeige. Er bleibt neben mir, und wir stehen schweigend nebeneinander.

Dann fühle ich mich auf einmal schlecht. Vielleicht hat er eine Pause genauso sehr nötig wie ich und ich bin grundlos zickig. Vielleicht will er nur nett sein. Was für ein neuartiges Konzept. Vielleicht sollte ich mich erkenntlich zeigen.

Mir fällt eine dunkelhaarige Frau von klassischer Schönheit auf, die zu uns herüberschaut, und wenn ich mich nicht irre, sprühen ihre Blicke vor Gift.

»Gehört sie zu Ihnen?«

»Wer?«

Ich nicke zu der Frau, die versucht, unsere kleine Interaktion diskret aus den Augenwinkeln zu beobachten. »Die Brünette mit den Voodoo-Augen.«

Er lacht laut auf, was ein paar Blicke auf uns zieht, inklusive ihre. »Voodoo-Augen?«

»Ja. Wenn sie in dieser winzigen Handtasche eine von diesen

kleinen Puppen hätte, hätte sie sie inzwischen schon mit einem Fluch belegt und ihr Nadeln ins Auge gestochen, in der Hoffnung, mich zu blenden.«

Er braucht ein paar Sekunden, bevor er murmelt: »Ich glaube, da könnten Sie recht haben.« Doch er führt es nicht weiter aus, weshalb ich mich frage, ob sie eine der vielen Frauen ist, die er mit gebrochenem Herzen zurückgelassen hat. Höchstwahrscheinlich.

»Ihr erstes Mal bei so was?«

»Ja«, antworte ich wahrheitsgemäß.

»Das kann einen ein bisschen überwältigen.«

Ich murmele etwas Unverbindliches und starre weiter stur nach vorn.

»Sind Sie von hier?«

»Aus Montlake.« Inzwischen wohne ich zwar mit Sierra in einer Zweizimmerwohnung in Beacon Hill, doch ich bin in Montlake aufgewachsen, weshalb es eigentlich nicht gelogen ist.

»Schick. Sind Sie allein hier?«

Uuund los geht's. Ich zwinge mich, ein enttäuschtes Ausatmen zu unterdrücken.

»Ich bin übrigens Noah.« Als ich nicht reagiere, hakt er nach. »Und Sie sind …«

»Nicht zu haben«, kontere ich hitzig genug, um sicherzugehen, dass er es kapiert. Ich halte den Blick weiter auf das Mondlicht gerichtet, das vom dunklen Wasser des Puget Sound reflektiert wird, und sehe den Mann mit der schmeichelnden Stimme immer noch nicht an.

Mein selbst ernannter Beschützer lacht tief. Ich kämpfe gegen das Lächeln an, das um meine Lippen zuckt.

»Ihr Familienstand interessiert mich nicht. Dass Sie unverheiratet sind, erkenne ich daran, dass Sie keinen Ring tragen.«

»Der Schein kann trügen.«

»Ja. Allerdings.« Habe ich mir das eingebildet, oder ist seine Stimme gerade noch eine Oktave tiefer geworden. »Zum Beispiel wirkten Sie ein bisschen verloren, und ich dachte, Sie müssten gerettet werden, aber vielleicht habe ich mich geirrt.«

»Sie glauben also nicht mehr, dass ich verloren bin?«, frage ich sarkastisch und trinke meinen Cocktail aus.

»Nein. Verloren sind Sie schon. Ich glaube nur nicht, dass Sie gefunden werden wollen.«

Mir stockt der Atem angesichts seiner Einfühlsamkeit. Mein Kopf fährt herum und …

Ich hatte recht. Sein Gesicht passt tatsächlich zu seiner sündigen Stimme. Er ist zweifellos umwerfend und gefühlstief. Kein Wunder, dass Voodoo-Auge eifersüchtig ist. Ich wäre es auch, wenn dieser Typ mich vernichtet hätte.

Sein schlanker Körper, bekleidet mit glänzend dunkelgrauem Stoff, überragt mich. Dunkle Augen durchdringen meine und suchen nach Geheimnissen, die er zu finden können glaubt, aber nicht finden wird. Ich fühle mich sofort zu ihm hingezogen, doch es ist anders als bei dem Typen, der mich heute gerammt hat. Diese Anziehung kam aus dem Bauch heraus, von einer Stelle tief in mir, die dieser Typ hier nie erreichen könnte. Doch ich spüre eine merkwürdige Verbundenheit mit ihm, als könnte er mir ein wirklich guter Freund sein, wenn ich ihn so nah an mich heranließe.

»Wie heißen Sie, meine Schöne?«, fragt er noch einmal mit tiefer, schmeichelnder Stimme. Neunundneunzig Prozent der Frauen würden sich geschlagen geben und ihren Namen wie heiße Lava fließen lassen, in der Hoffnung, sich einen Weg ins Herz dieses Mannes zu brennen.

Ich gehöre nicht dazu.

Ich stoße mich von der Wand ab, an die ich mich gelehnt

habe, reiche mein leeres Glas einem Kellner und richte meine volle Aufmerksamkeit auf den Süßholz raspelnden Adonis neben mir. »Okay, ziehen Sie Ihr Hemd aus.«

»Verzeihung?« Eine seiner Augenbrauen zuckt amüsiert nach oben.

Ich lasse den Blick über seinen festen maskulinen Körper gleiten und hoffe inständig, dass sich das nicht als Eigentor erweist. »Ihr Hemd. Ausziehen. Wenn ich jetzt eine Entscheidung treffen muss, ob ich Sex mit Ihnen will, muss ich die Ware zuerst prüfen.«

Er sieht sich im Saal um, und zum ersten Mal bemerke ich, dass ich diesen selbstbewussten Mann leicht aus dem Gleichgewicht gebracht habe. Ich beiße mir auf die Lippe, um ein Lächeln zu unterdrücken.

»Wer hat gesagt, dass ich Sex mit Ihnen will?«

»Etwa nicht?«, fordere ich ihn heraus. *Was in Gottes Namen tust du, Willow?*

»Ich –« Er lacht kopfschüttelnd.

Ich trete einen Schritt näher, sehe zu seinen über eins achtzig auf und senke die Stimme. »Nun? Worauf warten Sie?«

Auf seinem Gesicht breitet sich ein amüsiertes Lächeln aus, sodass sich die Haut um seine Augen leicht kräuselt. »Wer zum Teufel sind Sie?«

»Da sind Sie ja, Summer. Ich habe Sie schon überall gesucht«, lallt eine Männerstimme. Die Dämpfe des Bourbon, den Paul den ganzen Abend in sich reingeschüttet hat, machen mich fast schwindlig, als sie über meine Schulter wehen.

Als Noah meinen Namen hört, meinen falschen Namen, heben sich seine Augenbrauen. Ich zucke leicht zusammen. Während des Geplänkels mit Noah war ich gar nicht Summer gewesen. Sondern Willow, und ich hatte mich zum ersten Mal seit langer Zeit wirklich amüsiert.

»Tut mir leid, ich wurde aufgehalten, Paul. Ich komme gerade von der Damentoilette. Dieser liebenswürdige Gentleman hat mich vor einem ziemlich üblen Sturz bewahrt, als ich mit dem Absatz am Teppich hängen geblieben bin.«

Mein Blick geht zu Noah. Ich lache fast über den irritierten Blick aufgrund meines plötzlich veränderten Verhaltens. Er blickt von mir zu dem Mann, der jetzt neben mir steht und dessen Hand besitzergreifend in meinem Kreuz liegt.

Ja, das ist mir nicht entgangen. Genauso wenig wie Noah.

»Ich fasse es nicht. Noah Wilder«, sagt Paul. »Es überrascht mich, Sie hier zu sehen.« Er streckt ihm die Hand hin, die Noah fest drückt.

»Ich halte mir alle Optionen offen.« Er zwinkert. »Wie läuft das Geschäft, Paul?«

»Ein unerwartetes Problem bei der Expansion, aber ich bin dabei, es zu lösen. Und bei Ihnen?«

»Könnte nicht besser laufen.«

»Dieser Mann wird Preston einen harten Wettkampf liefern.« Paul nickt in Richtung des Bürgermeisterkandidaten.

»Sie setzen wohl alles auf eine neue Karte?«

Paul zuckt nonchalant die Achseln. »Die andere Karte scheint nicht mehr zu stechen.«

»Vielleicht ist sie auch nur ausgereizt«, antwortet Noah kühl. Ich habe keine Ahnung, was diese rätselhafte Diskussion bedeutet, und ich kenne diesen Mann überhaupt nicht, doch ich spüre, dass er einen langsam schwelenden Ärger verbirgt. »Wie geht's Velma?« Noahs verdunkelte Augen huschen kurz zurück zu mir, bevor sie sich wieder auf Paul heften.

»Keine Ahnung. Wir gehen getrennte Wege.« Er klingt traurig und bedauernd, hat aber, als er glaubte, ich würde nicht zuhören, die Fähigkeiten seiner »noch nicht *ganz*« dritten Exfrau im Bett herabgesetzt. Scheißkerl.

Er hält mich fest an seiner Seite wie eine Trophäe, die Noah ihm stehlen will, und fragt: »Sind Sie inzwischen sesshaft geworden?«

»Dafür ist das Angebot zu groß.« Sie lachen. Ich verdrehe die Augen – im Geiste, weil ich zurück in die Rolle der vernarrten Summer geschlüpft bin. »Wollen Sie mich nicht dieser Schönheit vorstellen?« Mit einem Schimmer in den Augen, den ich nicht ganz enträtseln kann, richtet Noah seine Aufmerksamkeit wieder auf mich.

»Nie im Leben. Ich würde Ihnen zutrauen, dass Sie versuchen, sie unter mir wegzustehlen.« Er beugt sich zu Noah und senkt die Stimme. »Und die hier gefällt mir ziemlich. Vielleicht wird sie Nummer vier.«

Ich bekomme einen Hustenanfall, weil ich mich an der Spucke verschluckt habe, die mir in die Luftröhre geraten ist, als ich angesichts seiner anzüglichen Bemerkung nach Luft geschnappt hatte.

»Geht es Ihnen gut?«, fragen sie unisono.

Ich hebe einen Finger, während ich mir die andere Hand vor den Mund halte. »Alles in Ordnung«, krächze ich. Ich deute in Richtung Toiletten, bevor ich abziehe und die zwei zurücklasse.

Als ich wenige Minuten später zurückkomme, bin ich etwas enttäuscht, als ich den Süßholz raspelnden Noah am anderen Ende des Saales entdecke, jetzt tief ins Gespräch mit einem älteren Paar vertieft. Er fängt meinen Blick auf und fragt mich stumm, ob alles in Ordnung sei. Als ich nicke, lächelt er und nickt mir höflich zu, bevor er seine Aufmerksamkeit wieder auf den Mann mit den graumelierten Haaren richtet.

Da ich weiß, dass ich noch nicht gehen kann, obwohl ich mir das sehnlichst wünsche, schlängele ich mich widerstrebend durchs Gedränge zurück zu meinem Begleiter. Ich behalte

Noah eine Weile im Auge und sehe ihn kurz mit Ian sprechen, bevor er verschwindet.

In den nächsten anderthalb Stunden stehe ich an Pauls Seite und mache Small Talk, bis er endlich bereit ist, nach Hause zu gehen. Als wir drei gemeinsam nach draußen gehen, schicke ich Abraam rasch eine SMS. Ian folgt uns, während Paul sich in seiner Betrunkenheit schwer auf mich stützt.

Das ist der Teil des Abends, der normalerweise ohne Zwischenfälle verläuft. Schließlich wissen die Kunden, wofür sie bezahlt haben. Sie kennen die Regeln, segnen sie ab. Randi ist, was Vorgehensweise, Abläufe und Dokumentation betrifft, sehr akkurat.

Aber Paul und Ian haben andere Vorstellungen.

Paul säuselt mir ins Ohr: »Es würde mir sehr gefallen, wenn Sie mich heute Abend in mein Hotel begleiten würden.«

Ich werfe einen Blick zurück zu Ian und ertappe ihn dabei, wie er mir unverhohlen auf den Hintern starrt. Ich bin mir ziemlich sicher, dass sie, selbst wenn ich einwilligte – auch wenn ich mich schon bei dem Gedanken am liebsten übergeben würde –, beide an alkoholbedingter Impotenz leiden würden und ich mich letztlich selbst befriedigen müsste.

»Ich weiß Ihr Angebot zu schätzen, Paul, aber ausgemacht ist, dass der Abend hier endet.« Ich bleibe höflich und freundlich und bete inständig, dass Abraam jede Sekunde aus dem Parkhaus gefahren kommt.

»Ach, komm schon, *Summer*.« Fleischige Finger schneiden in meine Oberarme, während er mich grob an sich zieht. »Wir wissen doch beide, womit du deine Brötchen verdienst.«

Ich beiße die Zähne zusammen und versuche ruhig zu bleiben, doch mir dreht sich vor Angst der Magen um. Das Getümmel hat sich erheblich ausgedünnt, und dort, wohin er uns geführt hat, ist es ziemlich dunkel. Diese zwei Männer könnten mich mühelos in ihren Wagen zwingen, bevor irgendjemand registriert, was los ist.

»Sie lassen mich jetzt besser los«, stoße ich hervor.

Ich versuche mich loszureißen, spüre aber Körperwärme an meinem Rücken. Ich zucke zusammen, als unerbetene Hände über meine Taille fahren. »Es wird sich für dich lohnen, Süße«, murmelt Ian ekelhaft an meinem Hals. Meine Gedanken an Erektionsprobleme erledigen sich, als ich seinen Ständer in meinem Kreuz spüre. »Vielleicht hinterlassen wir dir am Morgen sogar ein schönes fettes Trinkgeld, wenn du uns vollkommen befriedigt hast.«

Oh scheiße. Scheiße. Scheiße. Ich könnte in ernsthaften Schwierigkeiten stecken.

Ich frage mich gerade, ob ich pro forma mitspielen soll, um Zeit zu schinden, bis Abraam kommt, als eine dunkle, sexy rettende Stimme fragt: »Gibt es hier ein Problem?«

Noah.

Erleichterung übermannt mich so schnell, dass meine Knie fast nachgeben. Paul lockert seinen Griff, und Ian tritt einen Schritt zurück. Ich ergreife die Gelegenheit, Paul abzuschütteln, und trete zur Seite, um nicht mehr zwischen diesen zwei widerwärtigen Kerlen eingeklemmt zu sein. Ich seufze erleichtert, als Abraam um die Ecke biegt.

»Alles in Ordnung, Noah.« Paul schwankt, weil er sich nicht mehr auf mich stützen kann.

Ich bin so verlegen, dass ich Noah nicht einmal anschauen will, doch als ich einen Blick zu ihm wage, erkenne ich den entspannten Mann nicht wieder, der vorhin mit mir gescherzt und geflirtet hat. Der Mann, den ich jetzt vor mir sehe, ist leidenschaftlich, beschützend und stinksauer.

Abraam parkt und umrundet den Wagen, während Noah mir die Hand ins Kreuz legt und mich zu ihm schiebt. »Alles in

Ordnung? Sie sehen aufgewühlt aus«, sagt er leise, seine Wange nah an meiner.

»Mir … mir geht's gut.« Aber meine zitternde Stimme verrät mich. Mein Adrenalinpegel war in schwindelnde Höhen geschnellt, doch jetzt, wo die Gefahr vorüber ist, zittere ich unkontrolliert.

»Ist alles in Ordnung, Ma'am?«, fragt Abraam, als er mir die Tür aufhält. Sein Blick huscht zwischen den drei Männern hin und her. Abraam ist groß und wuchtig, ein ehemaliger Soldat. Wenn nötig, könnte er jeden einzelnen von ihnen problemlos außer Gefecht setzen. Er würde nicht zögern, wenn er sie für eine Gefahr für mich hielte.

»Ja«, flüstere ich mit einem dünnen Lächeln. »Ich glaube, ich habe ein bisschen zu viel getrunken.«

»Sorgen Sie dafür, dass die Dame sicher nach Hause kommt«, befiehlt Noah, während er mir beim Einsteigen hilft. Er beugt sich in den Wagen und sieht mich eindringlich an. »Sie sollten wirklich besser aufpassen, mit wem Sie Umgang pflegen.«

»Das Leben lässt uns nicht immer die Wahl«, bricht es aus mir heraus.

Seine Mundwinkel verziehen sich leicht nach unten. »Trotzdem, passen Sie nächstes Mal besser auf.« Seine Sorge ist echt. Als ich nicke, überrascht er mich, indem er die Hand an meine Wange legt und mir einen Kuss auf die Stirn haucht.

»Noah«, rufe ich, bevor sich die Tür schließt. Als er den Kopf wieder hereinsteckt, füge ich leise hinzu: »Danke.«

Er nickt, die Lippen fest zusammengepresst. Die Deckenleuchte erlischt, und wir fahren los, während ich den hitzigen Wortwechsel zwischen zwei betrunkenen Männern und meinem Retter beobachte.

Zum ersten Mal, seit ich für Randi arbeite, frage ich mich, was zum Teufel ich da tue und ob es keinen anderen Weg gibt.

Doch ich weiß, dass es keinen gibt, sonst wäre er mir schon längst eingefallen.

Ich verliere nicht oft die Beherrschung. Es ist wehleidig und ändert nichts an den Umständen. Alles, was man von seiner kurzen Selbstmitleidsorgie hat, ist eine verstopfte Nase und pochende Schläfen.

Doch zum zweiten Mal an diesem Tag breche ich zusammen und lasse die Tränen ungehindert fließen.

Ich vermisse meine Familie.

6. KAPITEL

Shaw

»Damit ich das richtig verstehe«, beginnt Noah, als er den Rest seines Drinks runtergekippt hat und das jetzt leere Glas auf den Tisch knallt. »Du willst wieder mit Lianna ausgehen, weil … *Warum* noch mal?«

Die Verwirrung ist ihm anzusehen. Wäre diese Situation nicht total verkorkst, wäre es lustig. Allein bei dem Gedanken, Lianna anzurufen und sie zu bitten, mir diesen Gefallen zu tun – oder noch wichtiger, meinem Vater –, kriege ich eine Gänsehaut. Aber ich weiß nicht, was ich sonst tun soll. In meiner Vergangenheit gibt es sonst keine Frau, die ich wegen so etwas anrufen könnte, und schließlich kann ich nicht einfach irgendeine an der Ecke Third und Cherry Street auflesen.

»Noch einen, Hübscher?« Unsere leicht bekleidete Kellnerin Gina deutet mit dem Kopf auf Noahs leeres Glas. Obwohl sie für ein Dutzend Tische zuständig ist, ist sie nicht von unserem gewichen, als seien wir heute Abend ihre VIPs.

»Klar, Schätzchen.« Noah zwinkert ihr kokett zu und nimmt sie mit seiner freundlichen Art und seinen Doppelgrübchen gefangen. Wir sind ein eingespieltes Team, Noah und ich. Er kann besser den entspannten, unbekümmerten Anbaggerer geben; ich glänze durch meine dominierende und kontrollierende Art. Wenn wir auf eine Nacht reinen unersättlichen Genusses aus sind, funktioniert das gut.

Heute Abend erkenne ich an der Art, wie er mit der Hand über die Hinterseite von Ginas nacktem Schenkel streicht, dass er mit den Gedanken in der Höhle der Verderbtheit ist. Und so glasig, wie ihre Augen dabei werden, ist sie offenkundig dafür offen.

Beim Griff nach dem Glas beugt sich Gina übertrieben weit über den Tisch, wodurch ihre aufgepolsterten Brüste mit Körbchengröße D noch weiter herausquellen. Als ich ansatzweise ihre dunkelbraunen Brustwarzenhöfe erkenne, regt sich mein Schwanz. Wenn diese kleine Geste keine stumme Einladung war, dann ist die Botschaft laut und deutlich, als sie sich auf die Lippe beißt, uns *beide* ansieht und mit rauer Stimme sagt: »Ich hab um elf Feierabend.«

Sie ist schön, und es ist offensichtlich, dass sie nur auf eine einzige ausschweifende Nacht aus ist und nicht etwa auf Verheißungen auf ein Morgen. Genau der Typ Frau, den ich zurzeit brauche. Ich stelle mir vor, wie mein Schwanz zwischen ihren fleischigen Lippen versinkt, während Noah von hinten in sie stößt, sodass sie aufschreit. Und ich in ihrer langen, biegsamen Kehle komme.

Noch vor Tagen wäre ich begeistert von ihrer unverhohlenen Einladung gewesen, aber jetzt habe ich ein Versprechen gegeben, das ich irgendwie halten muss und das nicht beinhaltet, sie ins Hotel und auf meinen Schwanz zu kriegen.

Ich seufze schwer, während ich zusehe, wie unsere Nachspeise entschwindet und verführerisch die schmalen Hüften schwingt. Es ist schon viel zu lange her, seit ich zuletzt Sex hatte. Ich werde ruhelos und weniger wählerisch. Ich brauche einen Orgasmus, der nicht irgendein Gleitgel, meine eigene Hand und Gedanken an eine zerzauste blonde Nymphe beinhaltet, deren nackten versohlten Hintern ich hoch in die Luft gereckt auf der Motorhaube meines Rovers sehen will.

»Also … Lianna?«

Mist. Namenlose strahlend blaue Augen, die vor Feuer lodern, verwandeln sich in Liannas tieftraurige mokkafarbene.

»Ja, Lianna.«

»Du willst wieder mit ihr ausgehen, weil dein Vater dich darum *gebeten* hat?«, fragt er ungläubig. »Und du ziehst es in Betracht?«

»Das ist nicht so einfach, Noah.«

»Klar ist es das. Für mich ist das verdammt einfach. Um deinem Vater bei der Wiederwahl für seine zweite Amtszeit als Bürgermeister von Seattle zu helfen, willst du dich an eine Frau fesseln, die ihre Krallen so tief in dich schlagen wird, dass sie versteinern. Herrgott, Merc, wenn er dich fragen würde, ob du sie heiratest, würdest du das auch tun?«

Mein Vater wurde nicht offiziell auf seinen aktuellen Posten als Bürgermeister gewählt. Wenn der Amtsinhaber seine Pflichten nicht mehr erfüllen kann, wenn er etwa verstirbt, rückt der Vorsitzende des Stadtrats nach. Deshalb wird diese Wahl die erste Wahl meines Vaters durch das Volk sein, in eine Funktion, für die er fraglos geboren ist. Die Leidenschaft meines Vaters war schon immer die Politik, nicht die Firma. Preston Mercer mag ein großartiger Geschäftsmann sein, aber er ist ein noch besserer Politiker. Ich will ihm, so gut ich kann, bei der Verwirklichung seines Traumes helfen, genau wie er mir dabei geholfen hat.

»Hier geht es nicht um Lianna, Noah. Er hat mich nicht gebeten, speziell mit ihr auszugehen, sondern nur, mich eine Weile mit *einer* Frau zu begnügen, und …«

»Und was?«

Ich mustere Noah. Ich habe kein Problem mit dem, was wir machen. Jedes gemeinsame Treffen mit einer Frau ist lustvoll und einvernehmlich. Ich ficke eine Frau auch liebend gern allein, aber wenn sie will, gefällt es mir auch, ihr beim Ausleben der Fantasie zu helfen, von zwei Männern gleichzeitig dominiert zu werden.

Das ist nichts, was wir uns vorgenommen haben. Wir sind da als Studenten an einem feuchtfröhlichen Abend auf einer Verbindungsparty ganz zufällig reingestolpert, als ich hereinplatzte, während Noah Katrina vögelte, ein Mädchen, an dem wir damals beide interessiert waren. Als ich auf dem Absatz kehrtmachen wollte, bat sie mich zu bleiben. Fragte mich, ob sie meinen Schwanz lutschen dürfe, während Noah weiter in sie stieße. Noah zuckte mit den Schultern, als wäre es ihm egal, und seien wir mal ehrlich … welcher heißblütige Neunzehnjährige würde diese kleine Bitte ablehnen? Kein einziger.

»Er hat Gerüchte über uns gehört. Darüber, was wir so treiben. Genau wie Wicklow Harrington der Dritte, wie es scheint.« Der Konkurrent meines Vaters um den Bürgermeisterposten.

»Dein Sexualleben steht nicht zur Wahl, mein Freund. Die Wiederwahl deines Vaters sollte nichts mit dir zu tun haben. Du bist ein erwachsener Mann, der mit wem, wann und wie er will ins Bett gehen kann.«

»Da hast du recht. Das sollte es nicht. Aber wir wissen beide, dass es so sein wird. Harrington hat die Unterstützung einiger sehr mächtiger und fragwürdiger Leute und auch die Gewerkschaft in der Tasche. Er will gewinnen, und er fängt an, tief zu graben. Dad hat mir gesagt, er wüsste schon über Bluebelles letzten Aufenthalt in der Entzugsklinik Bescheid, obwohl das geheim gehalten werden sollte. Es ist nur eine Frage der Zeit, bis seine Kumpane auch den anderen Mist rausfinden.«

»Shit.« Noah fährt sich durch die Haare.

»Ja. Und dann ist da noch Gemmas Mann, das fremdgehende Arschloch, und natürlich dürfen wir Lincoln nicht vergessen und seine Art, wie er Mode einsetzt, um seine Geschlechtsidentität auszudrücken. Mein Vater mag die besten Beliebtheitswerte aller Bürgermeister der vergangenen fünfzig Jahre haben, doch all das bedeutet auch, dass Harrington schwerere Geschütze auffahren wird.«

»Also wird sich seine Kampagne persönlich gegen deine Familie richten? Alle Leichen im Keller zutage fördern?«

»Nach Aussage meines Vaters ja. Harrington ist ein skrupelloser zwielichtiger Scheißkerl. Er wird Himmel und Hölle in Bewegung setzen, um zu gewinnen, und ich werde alles dafür tun, um meine Familie davor zu bewahren, in eine politische Schlammschlacht hineingezogen zu werden.«

Sogar wieder mit Lianna ausgehen. *Gnade mir Gott.*

»Hör zu, Merc«, sagt er und beugt sich zu mir. »Ich verstehe, dass du deine Familie schützen willst. Ich verstehe, dass du nicht willst, dass Bluebells Jugendgefängnisstrafen und Vorstrafenregister offengelegt oder Lincs *Vorlieben* gelüftet werden, sodass alle darüber urteilen können. Aber ich verstehe nicht, inwiefern du das alles verhindern kannst, indem du eine feste Beziehung eingehst. Werden sie dann nicht nur noch tiefer graben, mehr Steine umdrehen?«

Ich zucke mit einer Schulter. Genau dasselbe habe ich zu meinem Vater gesagt, als er mir seinen Plan darlegte. »Der neue Wahlkampfleiter meines Vaters glaubt, dass die Medien ihre Aufmerksamkeit von den unappetitlicheren Details im Leben der Kinder von Preston Mercer abwenden, wenn ich und mein Liebesleben in den Blickpunkt der Öffentlichkeit rücken.«

»Und da du Seattles ungebundener Sonnyboy bist – jedenfalls einer von ihnen«, er grinst, »wird es einen Medienrummel geben, wenn du eine angeblich ernsthafte Beziehung eingehst. Was die Aufmerksamkeit von allem Negativen abziehen wird, stimmt's?«

Ich nicke langsam. »So was in der Art, ja.«

»Oh … Mist. Damit könnte er recht haben.«

»Ganz meine Meinung.« Ich trinke noch einen Schluck und genieße das langsame Brennen auf meiner Zunge.

Nach kurzem Schweigen fragt Noah: »Hast du Lianna schon angerufen?«

»Noch nicht. Ich kann mich nicht überwinden, ihre Nummer zu wählen.«

»Und wenn ich eine Alternative zu Lianna hätte?«

»Was meinst du damit, ›eine Alternative zu Lianna‹?«, frage ich zögernd.

»Genau wie ich gesagt habe. Ich muss nur noch ein paar Dinge abklären, aber was, wenn ich eine Frau für dich finden würde, die überglücklich wäre, ein paar Monate lang deine Freundin zu spielen? Umsonst wäre es natürlich nicht, aber du würdest auch nicht wieder in Cruella de Vils Klauen landen. Und kurz nach der Wahl – wenn auch nicht allzu schnell, damit es nicht inszeniert wirkt – könnt ihr zwei einen sehr öffentlichen Bruch zelebrieren. Und dann hast du es geschafft. Keine Verpflichtungen, kein theknot.com, keine Treueschwüre. Du gehst zurück in dein Leben, sie zurück in ihres. Feierabend.«

»Theknot.com? Was zum Teufel ist das?«

»Keine Ahnung, irgendein Hochzeitsmist, den Bräute benutzen. Ich habe Maris ständig dabei ertappt, als sie letztes Jahr ihre Hochzeit plante. Aber vergiss es. Was ich dir vorschlage, ist eine sinnvolle Alternative zu deinem Problem. Du hilfst deinem Dad, ohne dich dabei wieder an Brautzilla zu verkaufen.«

Ich lehne mich zurück und mustere Noah, während ich seine Worte zu verarbeiten versuche. »Schlägst du etwa vor, dass ich eine Hure engagiere?«, frage ich. Mir schwirrt der Kopf.

»Nicht … *ganz.*« Das Lächeln auf seinen Lippen ist verschmitzt.

»Herrgott, Noah, ich kann keine Hure engagieren. Was ist, wenn Harrington *das* in die Hände fällt? Das wäre viel schlimmer für meinen Vater, als wenn durchsickerte, dass ich gelegentlich auf eine kleine Perversion stehe.«

»Nichts ließe sich zu dir zurückverfolgen, versprochen. Ich würde alles regeln. Außerdem ist sie keine Hure.« Wenn ich mich nicht irre, klang er ein wenig defensiv.

»Was ist sie dann? Eine Weltverbesserin, die nur zufällig ein bisschen zusätzliche Kohle braucht?«

»Könnte sein«, antwortet er nachdenklich. Als ich finster dreinblicke, fügt er hinzu: »Glaub mir, Merc. Ich würde nichts tun, was dir oder Prestons Chancen auf eine Neuwahl schaden würde.«

»Wie kommt es, dass du so eine Frau überhaupt kennst?« Ich weiß, dass Noah genau wie ich mit vielen Frauen schläft, aber dass er eine dafür bezahlen muss, ist mir neu.

Bevor er antworten kann, kehrt Gina mit zwei frischen Cocktails in unsere abgeschiedene Ecke zurück, für jeden einen, obwohl ich keinen Nachschub bestellt hatte.

»Das geht auf mich, Süßer.« Sie leckt sich die Lippen, streift mit dem Mund an meiner Ohrmuschel entlang und legt ihre Hand gefährlich hoch auf meinen Schenkel. »Und das meine ich wortwörtlich. Ich habe gehört, dass Macallan am besten schmeckt, wenn er direkt von meiner Pussy geleckt wird.«

Herr im Himmel. Ich weiß nicht, ob mir je eine Frau begegnet ist, die so dreist, aufdringlich und willig gewesen wäre. Obwohl es mich total anmachen sollte, tut es das seltsamerweise nicht. Ich bevorzuge Frauen, die noch etwas der Fantasie überlassen. Mir gefällt es, wenn ich mich ein bisschen anstrengen muss.

Die Ecke in dem Klub ist relativ dunkel. Mann, wir könnten sie wahrscheinlich gleich hier nehmen, ohne dass jemand es mitkriegen würde, aber ich kann das Versprechen meinem Vater gegenüber nicht brechen, schon gar nicht gleich zweiundsiebzig Stunden später.

Oder doch?

»Tut mir leid, Süße. Danke für das Angebot, aber nicht heute Abend.«

Ich nehme sanft ihre Hand weg, die jetzt meinen mit Jeansstoff bedeckten Schwanz streichelt. Sofort hört sie auf, mit ihren Lippen über meinen Kiefer zu streichen.

»Mist«, höre ich Noah murmeln. Er ist schwer enttäuscht.

Ginas Gesicht wird lang. Sie richtet sich auf und sieht wütend aus. »Aber ich dachte –«

»Hey.« Noah packt sie am Handgelenk und zieht sie zwischen seine gespreizten Beine, bevor er die Hände auf ihre Hüften legt. »Ich bin noch bereit, wenn du es bist.«

»Ja?«, fragt sie zögernd und blickt von einem zum anderen. Wie ich unschwer erkenne, hofft sie immer noch, dass ich meine Meinung ändere.

Noah dreht ihr Gesicht zurück zu sich. »Ja, aber nur ein bisschen Action zu zweit, okay?«

Ich beobachte, wie er die Hände gemächlich über ihre Kurven bis zum Saum ihres Rocks gleiten lässt. Seine Finger verschwinden darunter und krabbeln wieder nach oben. Ihr Atem wird schneller, als er sie näher an sich zieht und beginnt, ihren vermutlich festen, nackten Po zu massieren. Ich weiß, dass er zwei Finger tief in ihr versenkt hat, als ihr Atem stockt, ihre Augen sich flatternd schließen und ihr Mund sich leise öffnet.

»Okay?« Er stößt grob in sie. Mit jedem Pumpen seiner Hand bewegt sich sein Bizeps leicht. Ich rücke meinen schnell hart werdenden Schwanz zurecht.

Sie nickt, bevor sie sich an Noahs Schultern festklammert und ihre Beine zu zittern beginnen.

»Willst du kommen, Süße?«, fragt er gedehnt. Er erhöht das Tempo und befummelt sie jetzt ernsthaft. Er beugt sich vor und fährt mit der Zunge über das entblößte Stück gebräunter Haut knapp unter ihrem Bauchnabelring.

»Gott, ja«, flüstert sie heiser.

»Willst du meinem Freund hier nicht zeigen, was ihm entgeht?«, stichelt Noah und grinst hinterhältig in meine Richtung.

Sie reißt die Augen auf. Ihre Pupillen sind geweitet, ihr glasiger Blick ist auf mich gerichtet. Ich mache ein neutrales Gesicht und nippe lässig an meinem Scotch, während ich zusehe, wie Noah sie fachmännisch näher zum Orgasmus bringt, sie aber bewusst noch zurückhält.

»Sieh ihn an«, befiehlt Noah ihr.

Mein Kiefer spannt sich an, doch ich halte Noah nicht auf. Ich sollte es, weil es leichtsinnig ist. Wenn irgendwer ein Bild davon schießt, wäre es schwer, das meinem Vater zu erklären. Doch ein schneller suchender Blick durch den Klub zeigt, dass in unmittelbarer Nähe keine Gäste sitzen. Ich höre zwar Stimmen, sehe aber keine Menschenseele.

Er deutet mein Schweigen als Zustimmung und dreht sie mit einer fließenden Bewegung mit dem Rücken zu sich. Er rutscht ein wenig zur Seite, sodass sie jetzt in der Ecke sind. Er legt ihre Hände auf den Tisch und beugt sie leicht nach vorn, sodass sich mir ein einmaliger Blick auf ihr üppiges Dekolleté bietet.

Als Noah um sie herumgreift und ihr das Uniform-Oberteil zusammen mit den Körbchen ihres Spitzen-BHs herunterreißt, ermöglicht er mir einen noch besseren Blick. Ihre Brüste springen heraus, zusammengequetscht von dem Stoff, der sie noch umschließt. Er zwickt sie nicht allzu sanft in die schon harten Nippel, die sich zu roten Spitzen aufrichten, die jetzt mit jedem groben Stoß seiner Finger zwischen ihren Schenkeln über den Tisch schrammen.

»Sieh nicht von ihm weg«, befiehlt Noah barsch. Himmel, ich kann vom anderen Ende des Tisches hören, wie feucht sie ist. »Scheiße ja. Ich kann es kaum erwarten, diese saftige Pussy zu vernaschen.«

Scheiße noch mal, sie ist wahnsinnig begehrenswert, und ich spiele mit dem Gedanken, mitzumachen. In diese köstliche Knospe zu beißen, während Noah sie gleich hier oral befriedigt, bis ihre Brust rot angelaufen ist und sie sich durch einen Orgasmus nach dem anderen hechelt. Zu jedem anderen Zeitpunkt wäre die Vorstellung, ertappt zu werden, total antörnend gewesen, und ich hätte meinen Schwanz schon längst in der Hand, doch heute Abend ist es genau das, was mich zurückhält.

Noah hebt schamlos eine Seite ihres Rockes hoch und versenkt seine Zähne in ihrem Hintern. Sie öffnet den Mund, doch es kommt kein Laut heraus.

Während ich zusehe, wie Noah diese Frau ins Nirwana schickt, versuche ich davon unberührt zu bleiben. Ich versuche zu verhindern, dass mein Schwanz pocht, und denke an die Erleichterung, die ich in ihr finden würde. Doch vor allem versuche ich nicht an den blauäugigen weiblichen Kobold zu denken, dem Mascara in Streifen übers Gesicht lief und dessen feuchtes goldenes Haar an seinem Kopf klebte. Ich versuche mir nicht vorzustellen, wie ihr ekstatisches Stöhnen klingen oder sich ihr wunderschönes Gesicht verzerren würde, wenn ich sie an Orte triebe, die ihr zwar unbehaglich wären, ihr aber eine Lust bereiten würden, die sie bis dahin nicht gekannt hat.

Und zwar *ich*, und nicht Noah. Auch wenn ich all die Jahre

kein Problem damit hatte, mir eine Frau mit meinem besten Freund zu teilen, versetzt mir der Gedanke, dass er spürt, wie ihre inneren Muskeln sich beim Orgasmus um seinen Schwanz zusammenziehen, oder dass sie ihn mit demselben Ausdruck nackten Verlangens ansehen würde, einen Stich, der verdammt nah an Eifersucht grenzt.

Ehe ich mich versehe, werde ich von Ginas leisem Aufschrei aus meiner kleinen Koboldfantasie gerissen. Sie streckt die Hand aus und packt mich kurz am Hemd, die Augen ekstatisch zusammengekniffen, am ganzen Körper zitternd, während Noah sie fester packt, damit sie nicht hinfällt.

Ich liebe keinen Anblick mehr als den einer Frau, die gerade kommt, und Gina ist spektakulär. Bevor ich weiß, was ich tue, streichele ich mit den Fingerknöcheln über einen dunklen, gedehnten Nippel. Ihre Augen öffnen sich blinzelnd, doch sie kneift sie wieder zu, als ich nicht widerstehen kann, die steinharte Knospe zwischen meinen Fingern zu rollen. Ich packe sie am Kinn, hebe ihren Mund für einen kurzen keuschen Kuss an meinen und zwinge mich dazu, mich wieder hinzusetzen. Ich kann mich gerade noch beherrschen, sie nicht auf die Knie zu drücken, damit sie mich in den Mund nimmt.

Erschöpft sinkt sie auf Noahs Schoß. Er hält sie eine Weile sanft, bis sie sich wieder erholt. Ein paar Minuten später schickt er sie mit einem Klaps auf den Po und dem Versprechen auf einen späteren Nachschlag weg.

»Was zum Teufel war das?«, stoße ich wütend hervor, als Gina auf Beinen, die wie Gummi aussehen, davonwankt. Eigentlich bin ich nicht sauer auf Noah, sondern auf mich selbst, weil ich mir Gedanken über eine Frau mache, die ich mir noch nie gemacht habe. Eine Frau, bei der ich nichts dagegen hätte, dass sie ein paar Monate lang meine Freundin spielt, damit ich jeden köstlichen Zentimeter dieses fantastischen festen kleinen Körpers kennenlernen könnte, den sie für jedermann zur Schau gestellt hat. Eine Frau, die ich anscheinend aus jedem verdammten Gedanken von mir herausschneiden muss.

Noahs Grinsen nervt. »Ich wollte dir nur einen Vorgeschmack darauf geben, worauf du in den nächsten Monaten verzichten wirst. Wir haben jetzt Juli. Die Wahlen sind erst im November.« Er prostet mir zu, bevor er den Rest hinunterkippt. »Also … wegen meines Angebots. Soll ich das mal prüfen?«

Minutenlang antworte ich nicht, während ich versuche, peinlich genau meine Optionen zu durchdenken. So ungern ich es auch zugebe, wäre es, auch wenn es nicht die beste Alternative ist, sicherlich besser, als wieder an Lianna gefesselt zu sein, möglicherweise lebenslang. »Aber mach nichts, ohne zuerst die Details mit mir zu besprechen.«

Er grinst siegesbewusst und nickt.

»Ich meine es ernst, Noah. Ich muss jeden einzelnen Aspekt genehmigen.«

»Alles klar. Gib mir ein paar Tage. Ruf auf keinen Fall – und ich wiederhole – ruf auf keinen Fall Scheiß-Lianna an, egal wie viel Druck dein Vater auf dich ausübt.«

»Keine Sorge.«

»Willst du auch sicher keine letzte Nacht der Sünde und Ausschweifung, bevor du die Eier eine Weile in der Schlinge hast?«

Ich lache. »Wollen? Klar. Es auch machen? Nein. Ich denke, ich überlasse dir heute Abend die liebreizende Gina.«

Er zuckt mit den Achseln. »Dein Pech.« Im Gegensatz zu Gina ist es ihm wahrscheinlich egal, ob ich dabei bin oder nicht.

»Zweifellos«, stimme ich ihm beim Gedanken an unsere willige Kellnerin leise zu.

Fünfzehn Minuten später, als ich meinen Freund zurückgelassen habe und darauf warte, dass der Parkdienst mir meinen Wagen bringt, ertappe ich mich bei der heimlichen Hoffnung, dass egal, wen mir Noah als falsche Freundin für die nächsten Monate organisiert, diejenige meinem Goldengel sehr ähnlich sehen wird.

Ich nehme mir vor, am Morgen noch einmal bei Dane nachzufragen, ob sie inzwischen angerufen hat. Zum Teufel, wenn ich glauben würde, dass ich *sie* überzeugen könnte, ein paar Empfänge mit mir zu besuchen, ein paar Fototermine mitzumachen und sich ein paar kurze Wochen nackt auf meinem Bett zu rekeln, würde ich es sofort tun.

Doch da ich leider nichts Geringeres als ein Mistkerl bin, hätte ich eine größere Chance, den nächsten Bürgermeisterposten selbst zu gewinnen, als sie davon zu überzeugen, etwas anderes mit ihr zu machen, als ihr für eine neue Matchbox-Stoßstange für diese lebensgefährliche Schrottkarre einen hübschen dicken Scheck auszustellen.

Und ist es nicht passend? Die einzige Frau, die ich gern eine Weile hätte, will nichts mit mir zu tun haben.

7. KAPITEL

Willow

Ich halte vor Randis abgelegenem 2,7-Millionen-Dollar-Haus in Windermere. Ich parke neben einem schicken silbernen Sportwagen, schalte meinen minderwertigen Fiat aus und bleibe einen Moment oder auch zwei sitzen. Ich habe eine katastrophale Woche hinter mir und bin nicht in der Stimmung für eine weitere Standpauke von Randi, aber sie ist jemand, dem man nichts abschlägt. Sie zitiert einen herbei, man kommt.

Nach vier Tagen hatten wir endlich einen Mechaniker gefunden, der den Wasserboiler im Haus meiner Mutter überprüfte und uns die schlechte Nachricht überbrachte, dass er ausgetauscht werden muss. Nachdem ich schon dreihundert Dollar für Reparaturen bezahlt habe, muss ich jetzt noch siebenhundert für ein neues Gerät berappen. Zudem hat meine Mutter eine besonders schlechte Woche gehabt und sich eine Erkältung eingefangen, wobei wir uns immer Sorgen machen, dass sie sich zu einer Lungenentzündung entwickeln könnte. Inzwischen geht es ihr anscheinend besser, aber ich frage mich stets, wodurch sie mir einmal genommen wird. An Alzheimer stirbt man nicht. Man kann jahrelang in einem kerngesunden Körper leben, während der Verstand dahinsiecht und einen völlig hilflos und infantil macht.

In dem Wissen, dass ich mir schon zu viel Zeit gelassen habe, steige ich aus meinem Wagen und gehe über das Kopfsteinpflaster und drei entsprechende Stufen hinauf. Als hätte sie schon auf mich gewartet, öffnet mir Randis Haushälterin Graciella sofort die Glastüren und geleitet mich ins Haus.

Als ich einen Blick zurückwerfe, um sicherzugehen, dass ich mein Fenster hochgekurbelt habe, falls es einen plötzlichen Regenguss gibt, runzele ich die Stirn über meine zerknautschte Stoßstange. Bei all den Problemen bin ich nicht dazu gekommen, »Dane« anzurufen und den Schaden regeln zu lassen, aber ich habe sowieso keine Zeit, den Wagen zur Reparatur zu bringen. Verdammt sei das Pilotenbrillen-Arschloch, weil es mir das Leben noch schwerer macht.

»Hier entlang, Ma'am.« Graciella zeigt mir den Weg.

Während ich ihr schweigend folge, nehme ich den gewaltigen resortähnlichen Palast in mich auf. Der ganze offene Raum ist in weißen und hellgrauen Tönen gehalten, und es gibt mehr Fenster und Oberlichte, als ich zählen kann. Die Linien sind streng, schnittig und modern, während ein Raum nahtlos in den anderen übergeht. Wir laufen durch den Eingangsbereich und kommen an drei großen Erkerfenstern vorbei, durch die man ein Langschwimmbecken sieht, das sich am ganzen Haus entlang erstreckt.

Ich war erst einmal bei Randi zu Hause, als meine Freundin Jo mich mit einer List zu einem Bewerbungsgespräch hierher gebracht hat. Ich habe Jo im ersten Studienjahr kennengelernt, und wir wurden enge Freundinnen, obwohl wir nicht gegensätzlicher hätten sein können. Sie ist in jeder Beziehung das Schwarz zu meinem Weiß. Haut, Haare, Augen, Herz. Aber irgendwie passen wir zusammen.

Doch erst als mein Leben vor ein paar Jahren finanziell den Bach runterging, habe ich von Jos Anstellung bei Randi erfahren. Und erst als Randi ihr Unternehmenskonzept erweiterte und auch »Partygast-Geschenke« anbot, zog ich in Betracht, für sie zu arbeiten. Ich bin ihr erstes und vielleicht erfolgreichstes Experiment, auch wenn sie das niemals zugeben würde.

Als wir Randis Arbeitszimmer erreichen, bin ich ein Nervenbündel.

In der Nacht nach der Benefizveranstaltung letzte Woche war ich zu aufgewühlt, um mit ihr zu sprechen, und hatte ihr nur eine kurze Nachricht geschickt, dass ich sie am nächsten Tag informieren würde. Als ich sie dann anrief, war ich zu beschämt, um ihr zu beichten, dass ich mich in eine schlimme Lage gebracht hatte.

Ich hätte cleverer sein müssen. Ich hätte diesen letzten Cocktail nicht trinken dürfen. Ich hätte dafür sorgen müssen, dass Abraam schon auf mich wartete, als wir hinauskamen. Ich hätte mich nicht an eine abgeschiedene Stelle lotsen lassen dürfen. Ich hätte vieles anders machen müssen, und sie sollte nicht wissen, wie sehr ich es verbockt hatte, weshalb ich die Wahrheit beschönigt hatte.

Sie war ungewöhnlich still gewesen, bevor sie mir gesagt hatte, wie enttäuscht sie sei, was hieß, dass sie mit dem Kunden gesprochen hatte. Wer wusste schon, welche Lügen er ihr aufgetischt hatte. In den vergangenen Tagen hatte ich überhaupt keine Vorstellung davon gehabt, wo ich bei ihr stand. Wollte sie mich feuern? War das der Grund, warum sie mich privat treffen wollte?

Ich denke an meine Mutter, an ihr Haus, an die Pflege, die sie braucht, und an die schweren finanziellen Belastungen, die wie ein Damoklesschwert über mir schweben. Obwohl ich die ganze Woche zwischen Kündigen und Bleiben geschwankt habe, macht mich das Wissen, dass ich das Einkommen durch diesen Job verlieren und mich somit nicht mehr um meine einzige lebende Angehörige kümmern könnte, krank vor Sorge. Ich könnte zwar jederzeit meine Wohnung mit Sierra aufgeben und wieder in mein Elternhaus ziehen, um ein paar Dollar Miete zu sparen, aber das habe ich mir als letzte Option offengehalten. Sosehr ich meine Mutter auch liebe, ich brauche meine Unabhängigkeit. Außerdem ist es schwierig zu arbeiten, wenn ich sie um mich habe, und das ist nur ein weiterer Fluss aus Schuldgefühlen, durch den ich Tag für Tag wate.

Graciella bleibt stehen und klopft an eine geschlossene Tür. Randis rauchige Stimme antwortet kurz angebunden. »Was ist?«

Nun ja … das beantwortet wohl meine Frage.

Scheiß drauf, denke ich. Vielleicht ist das mein nächstes Indiz. Wenn sie mich feuern will, soll sie mich feuern. Dann suche ich eben einen neuen Weg, um über die Runden zu kommen. Ich habe zwar keine Ahnung, was das sein sollte, doch ich finde es heraus. Aber Betteln werde ich auf keinen Fall.

Graciella tritt ein und verkündet: »Ihr Gast ist eingetroffen, Ma'am.«

»Danke, Graciella. Sorgen Sie dafür, dass wir nicht gestört werden, und schließen Sie auf dem Weg hinaus die Tür.«

»Natürlich, Ma'am.« Graciella nickt mir höflich zu, bevor sie uns leise allein lässt.

Randi ist stets wie aus dem Ei gepellt, und das ist heute nicht anders. Ein strahlend weißes Kleid, das eng an jeder einzelnen ihrer Kurven anliegt, überlässt wenig der Fantasie. Randi ist nicht nur eine abgebrühte Geschäftsfrau, sondern auch schön und perfekt proportioniert. Bei ihrer Größe von knapp über eins fünfzig ist sie mit den zehn Zentimeter hohen Stilettos, die sie trägt, etwa so groß wie ich.

»Setz dich, Willow.«

Oh Mist. Das ist übel. Randi spricht mich sonst immer mit meinem Künstlernamen an. Das stiftet weniger Verwirrung und sorgt dafür, dass niemand einen Fauxpas begeht, indem er vor einem Kunden aus Versehen den echten Namen einer ihrer Angestellten benutzt.

»Ich bin gefeuert, oder?«, frage ich, nachdem ich mich in einen cremefarbenen Plüschsessel habe gleiten lassen.

Nicht betteln, Willow. Nicht. Betteln.

Perfekt gezupfte Augenbrauen ziehen sich zusammen. »Wie kommst du darauf?«

»Weil Sie … Weil Sie mich mit meinem richtigen Namen angesprochen haben.«

»Ah.« Randi schlägt die Beine übereinander, macht es sich auf ihrem hochlehnigen Stuhl bequem und mustert mich so lange, dass mir der Schweiß ausbricht.

»Hören Sie, Randi –«

Sie schneidet mir mit einer Handbewegung das Wort ab. »Bist du immer noch an einem Stammkunden interessiert?«

»Was?« Ich muss sofort an Paul Graber denken und erschaudere. »Hören Sie, ich weiß nicht, was Paul Graber Ihnen erzählt hat, aber …«

»Vergiss ihn.«

»Aber ich dachte, Sie seien enttäuscht?«

Sie hebt eine Augenbraue und zieht einen Mundwinkel hoch, als sei beides miteinander verbunden. »Sagen wir einfach, ich wurde aufgeklärt.«

Sie weiß es. Natürlich weiß sie es. »Okay.« Ich wundere mich, wie sie es herausgefunden hat. Von Paul Graber selbst kann sie es auf keinen Fall haben, und Abraam hat meines Wissens nichts mitbekommen. Doch ich werde sie nicht weiter bedrängen. Sie würde es mir sowieso nicht sagen.

»Also, bist du es? Noch interessiert?«

Ich hatte schon in Betracht gezogen zu kündigen, und jetzt scheint sie mir sogar einen Goldesel auf dem silbernen Tablett servieren zu wollen. Aber will ich das immer noch?

»Ich denke, es kommt darauf an«, antworte ich ausweichend.

Ihre Augen weiten sich überrascht. »Worauf?«

»Wie die Anforderungen lauten.«

Es wird still im Raum, während sie mich mustert. Schließlich lehnt sie sich mit gefalteten Händen nach vorn und stützt die Ellbogen auf ihren Schreibtisch. Sie dämpft ihre Stimme und wird mütterlich, wie sie es bei mir häufiger tut. Ich habe mich oft gefragt, wie alt Randi ist. Ich habe das Gefühl, dass sie weit älter ist, als ihr jugendliches Gesicht verrät. »Er hat ausdrücklich nach dir verlangt. Hat nicht lockergelassen.«

»Nach mir? Wer? Und woher kennt er mich?«

Sie beantwortet meine Fragen nicht und sagt stattdessen: »Das ist eine gute Gelegenheit für dich, Willow, aber es ist natürlich deine Entscheidung.«

Vor dem Zwischenfall im Four Seasons hätte ich mich darum gerissen. Hätte es mir sogar verzweifelt gewünscht. Doch jetzt bin ich zögerlich. Ängstlich, um ehrlich zu sein. Ich habe mir oft gedacht, wenn ich eine Weile einen Stammkunden hätte, könnte ich genug sparen, um mir eine Auszeit von diesem Job zu nehmen, mich auf mein Hörbuch-Geschäft zu konzentrieren und meinen Kundenstamm zu erweitern. Verdammt, wenn ich genug verdienen würde, bräuchte ich vielleicht nie zurückzukommen.

Doch ein Stammkunde könnte sich auch als zweiter Paul Graber entpuppen. Sachen verlangen, die nicht im Angebot sind. Sie einfach erwarten.

»Ist es ein früherer Kunde von mir?«

»Nein.«

»Und wenn sich herausstellt, dass er wie Paul ist?«

»Dann schneide ich ihm höchstpersönlich die Eier ab«, gibt sie hitzig zurück. Sie weiß es.

Ich lasse mir die Optionen durch den Kopf gehen. Ich weiß,

dass ich mich noch nicht festzulegen brauche, deshalb kann es nicht schaden, es zumindest in Betracht zu ziehen. Nach ein paar tiefen Atemzügen frage ich: »Haben Sie Unterlagen, die ich prüfen kann?«

Sie lächelt leise. »Ich habe was Besseres für dich.«

Sie drückt auf einen Knopf an ihrem Bürotelefon und sieht mich mit funkelnden Augen an, während durch den Lautsprecher Graciellas Stimme ertönt. »Ja, Ma'am?«

»Lassen Sie jetzt unseren anderen Gast herein.«

»Sofort, Ma'am.«

Randi erhebt sich und läuft auf die Tür zu, die sich gegenüber jener befindet, durch die ich hereingekommen bin. »Ich lasse euch beiden etwas Privatsphäre. Du kannst allein rausgehen, wenn ihr fertig seid. Ach, und Willow … Ich hoffe, du triffst die richtige Entscheidung. Wir wissen beide, dass dieses Leben nichts für dich ist.«

Ich bin verwirrt. Rät sie mir, die Beine in die Hand zu nehmen oder zu bleiben?

Dann ist sie weg, und ich bleibe allein zurück und starre in den leeren Raum. Dies ist das erste Mal in zwei Jahren, dass sie darauf hinweist, dass ich hier eigentlich nicht hingehöre, und auch wenn sie recht hat, schmerzt das ein bisschen. Wir haben nie über meine Situation gesprochen. Warum ich bei ihr bin, warum ich das Geld brauche. Jeder hat seine Geschichte, nehme ich an. Junge Mädchen wachsen nicht mit dem Ziel auf, sich auf irgendeine Art und Weise zu verkaufen, um ihren Lebensunterhalt zu verdienen.

Doch das hier ist mehr als grotesk. Einen Kunden privat treffen? Bei Randi zu Hause? Wer zum Teufel ist dieser Typ, dass er so viel Einfluss hat? Und warum sollte er ausdrücklich nach mir fragen, wenn wir uns noch nie begegnet sind? Ich fange an, auf und ab zu laufen, während ich mich frage, was zum *Teufel* hier los ist und warum ich hierbleibe, um es herauszufinden.

Mir bleibt nicht viel Zeit, um mich das zu fragen. Als sich die Tür öffnet und mein rätselhafter Verehrer sich zeigt, bin ich so verblüfft, dass ich nur flüstern kann:

»Sie?«

8. KAPITEL

Shaw

So lange Noah und ich uns auch schon kennen und so nahe wir uns auch stehen, ist er trotzdem weit davon entfernt, ein offenes Buch zu sein. Bei einigen Lebensgeheimnissen hält er sich so bedeckt, dass er sie wahrscheinlich mit ins Grab nimmt. Woher er Ms Randi Deveraux von La Dolce Vita kennt, ist immer noch ein Rätsel, das er nicht preisgeben wird.

Als er mir von seinem Plan erzählte und mir das Bild der Frau zeigte, die in den nächsten Monaten meine Angebetete spielen soll, fühlte ich mich sofort zu ihr hingezogen, brauchte aber ein paar Sekunden, um mir über den Grund klar zu werden.

Es war *sie*.

Mein scharfes kleines Goldlöckchen.

Die Frau, von der ich immer noch nichts gehört hatte.

Die Frau, die mir in den letzten acht Tagen nicht aus dem Kopf gegangen ist.

Die Frau, bei der mein Schwanz im Dunkel der Nacht unwillkürlich hart wird.

Die Person auf dem glänzenden Farbfoto, auf das ich lange Minuten starrte, war der totale Gegensatz zu der feurigen Frau, mit der ich zusammengestoßen war.

Ihr Äußeres war makellos. Kein Härchen der wie aus Stein gemeißelten Augenbrauen verrutscht. Auffallend blaue Augen, umrandet von der richtigen Menge an Lidschatten, Eye-Liner und Mascara, die sie verführerisch, aber nicht nuttig aussehen ließen. Schmolllippen mit tief weinrotem Lippenstift, perfekt konturiert, damit die Farbe nicht ausblutete, und in der Mitte genügend Gloss, um die Aufmerksamkeit auf ihre Fülle zu lenken. Haare, die ihr in losen Locken über die Schultern und den schmalen Rücken fielen.

Doch während ihr Äußeres routinierte Perfektion war, wirkte ihr Inneres wie tot. Nicht angeknackst, verletzt oder lädiert, sondern leblos. Dieses wunderschöne Wesen funktionierte nur. Es ging durchs Leben, ohne zu leben. Ich weiß nicht, wie ich es wahrnahm, oder warum, doch ich weiß, dass es keine Ausgeburt meiner zu lebhaften Fantasie war. Der Schmerz dieser Frau war tief verwurzelt, doch sie verschanzte sich hinter einer teuren Fassade, die der Welt etwas anderes vorgaukelte.

Als ich ihr vor Tagen im Schutz meiner Sonnenbrille in die wütenden Augen gesehen hatte, hatte ich dasselbe registriert, aber auch noch etwas anderes. Eine rauchende Glut unter Aschehaufen vergraben. Gott steh mir bei, doch aus irgendeinem Grund will ich der Mann sein, der die glimmende Asche schürt, bis sie sich zu einem brennenden Inferno entzündet und sie zurück zum Leben erweckt.

Als ich jetzt vor ihr stehe, habe ich keinen Zweifel, dass ich der Zünder bin, das einzelne Streichholz, das gebraucht wird, um sie von den Untoten zu erwecken.

»Summer, stimmt's?« Ich schließe die Tür hinter mir, gehe zur Couch und bedeute ihr, sich zu setzen.

Sie tut es nicht. Sie blinzelt nur, als hätte sie einen Geist gesehen. Das bringt mich aus irgendeinem Grund zum Lächeln.

Ich weiß, dass der Name, den sie benutzt, falsch ist. Ich hasse ihn. Nicht den Namen an sich, sondern die Tatsache, dass ich ihren richtigen nicht kenne. Ich habe Ms Deveraux von meiner Situation und meinen Bedenken, einen falschen Namen zu benutzen, erzählt. Die Presse wird es irgendwann in Erfahrung bringen, also wäre es das Beste, wenn wir von Anfang an offen und ehrlich wären, damit die Journalisten nicht denken, wir hätten etwas zu verbergen, wenn sie mit dem Wühlen beginnen. Das wäre fatal. Sie hatte mir zugestimmt, jedoch eingewandt, dass die Entscheidung bei Summer läge. Wenn sie meinen Bedingungen zustimmte, könnte ich meine Position ihr gegenüber vertreten. Wenn nicht, wäre ihre Anonymität gewahrt.

»Sie sehen nicht aus wie eine Summer«, sage ich beiläufig, als ich mich setze und die Beine übereinanderschlage.

Obwohl sie das in gewisser Weise doch tut. Sie ist heiß und sinnlich, und ich habe keinen Zweifel, dass sie an der Stelle, in die ich unbedingt meinen Schwanz schieben will, angenehm feucht ist. Himmel, bei ihrem Anblick läuft mir das Wasser im Mund zusammen. Und sie hat die erotischste Stimme, die ich je gehört habe. Kein Wunder, dass ich nicht aufhören kann, an sie zu denken.

Sie verschränkt die Arme und schiebt irritiert eine Hüfte vor. »Ach ja? Wie sehe ich denn aus?«

Als gehörtest du mir.

Ich habe keine Ahnung, warum mir dieser verstörende Satz in den Sinn kommt. *Aber sie gehört dir nur vorübergehend. Falls* sie zustimmt.

»Wie geht es Ihrem Hals?«

Das scheint sie zu überraschen, denn ihre Großspurigkeit gerät ins Wanken. »Ähm … gut. Dem geht's gut.« Sie greift sich unwillkürlich an den Hals und betastet ihn. Mir juckt es in den Fingern, weil ich mir wünschte, stattdessen lägen sie auf ihrer Haut. Ich erinnere mich noch an die elektrischen

Impulse, die mir über den Arm liefen, als ich sie neulich berührte. »Sie haben Glück, wissen Sie. Ich könnte eine Halskrause tragen und Ihnen einen Anwalt auf den Hals hetzen.«

»Dann wären Sie trotzdem noch genauso schön.« Ihre Bemerkung über den Anwalt ignoriere ich. Ich weiß, dass sie nur stichelt. Als sie errötend den Blick abwendet, grinse ich breiter und erlaube mir ein paar Sekunden lang, sie von Kopf bis Fuß zu mustern. Ich bin fasziniert von dem winzigen Diamant-Stecker in ihrer Nase, der jetzt das Licht einfängt. Er ist mir zum ersten Mal aufgefallen, als sie an das Fenster meines Rovers hämmerte und mich beschimpfte. Für gewöhnlich finde ich die Dinger kindisch, aber an ihr stelle ich fest, dass es mich wahnsinnig anmacht.

»Warum setzen Sie sich nicht?« *Am liebsten auf meinen Schoß.*

Trotzig erwidert sie meinen Blick. »In letzter Zeit wieder Fahrerflucht begangen?«

»Fahrerflucht?« Ich lache. »Bei Ihnen habe ich keine Fahrerflucht begangen. Ich habe die Haftung übernommen.«

»Ja. Nachdem ich Ihnen Autowrackteile auf den Schoß gekippt habe, war es ziemlich schwer, es weiterhin zu leugnen.«

Himmel. Diese Frau brennt vor unterdrückter Leidenschaft. Sie braucht nur jemanden, der ihr dabei hilft, sie kontrolliert zu entfesseln.

»Warum haben Sie noch nicht wegen Ihres Wagens angerufen? Haben Sie es sich anders überlegt, wessen Schuld es war?« Ich reize sie, aber *verdammte Scheiße*. Die Funken, die sie versprüht, machen süchtig.

»Klar war es Ihre Schuld«, schnauzt sie. »Aber ich war … beschäftigt.«

»Ja, ich kann mir vorstellen, dass Ihr Terminplan sehr voll ist.« Ich klinge sarkastischer als beabsichtigt, doch die Vorstellung, dass sie mit einem anderen Mann zusammen ist, gibt mir genau das Gefühl, das ich hatte, als ich mir Noah mit ihr vorstellte.

Sie kneift die Lippen zusammen. Sie ist fuchsteufelswild. Ich bin härter als ein Kantholz.

»Warum sind Sie hier, Verkehrsrowdy?«

Verkehrsrowdy? Ich lache über ihre Angriffslust. Gott, am liebsten würde ich sie küssen. Spüren, wie ihre Zunge sich mit meiner duelliert. Sehen, ob sie nach Wut und purer Energie schmeckt.

»Mir wurde der Eindruck vermittelt, Sie seien mit einem Treffen mit mir einverstanden.«

Als Noah das eingefädelt hat, habe ich auf drei Sachen bestanden.

Erstens: Das Treffen wird allein mit ihr bei Ms Deveraux zu Hause stattfinden. Ich will auf keinen Fall fotografiert oder gefilmt werden, wenn ich ihre »Firma« betrete oder verlasse.

Zweitens: Ich treffe mich vorab mit Ms Deveraux und regele die vertraglichen Details zu meiner Zufriedenheit. Sagen wir einfach, ich bin jetzt zuversichtlich, dass wir ein beiderseitiges Interesse haben, dieses Arrangement streng geheim zu halten.

Und drittens: Es wird mir gestattet, »Summer« persönlich zu treffen, bevor sie den Vertrag unterschreibt. Überraschenderweise war das am schwierigsten auszuhandeln. Mir scheint, dass Ms Deveraux sie unter ihre Fittiche genommen hat, aber vielleicht ist sie auch bei all ihren Angestellten so.

Alles, was ich getan habe, um sie mir zu sichern, ist von Ms Deveraux' normalem Geschäftsablauf abgewichen, doch diese Situation ist auch weit von jeder Normalität entfernt. Sie ist im schlimmsten Fall gewagt. Im besten Fall prekär.

»Wie haben Sie mich gefunden?«

Reiner Glücksfall.

»Ich bin sehr findig.«

Sie runzelt die Stirn. »Das hier ist ein Fehler.«

Als sie sich zum Gehen wendet, gerate ich in helle Panik. Bei dem Gedanken, dass sie gleich durch diese Tür geht und ich sie vielleicht nie wiedersehe, erfasst mich echte Panik. Ich kenne ihren richtigen Namen nicht. Ich wüsste nicht, wie ich sie kontaktieren sollte, und wenn dieses Treffen den Bach runtergeht, werde ich von Randi Deveraux keine Infos mehr bekommen, das weiß ich. Wenn sie mir jetzt davonläuft, wird sie ohne Zweifel nicht mal ein müdes Lächeln für mich übrig haben, wenn sie sich endlich wegen ihres Autos bei Dane meldet.

Keine Ahnung, warum es mir so verdammt wichtig ist, dass ich die nächsten Monate mit ihr und nur mit ihr verbringen werde. Es ist einfach so.

»Warten Sie«, bitte ich.

Sie bleibt stehen, ohne sich umzudrehen. Ich habe keinen Schimmer, was mich reitet, doch ich trete so nah zu ihr, dass sie nur noch ein Flüstern von mir entfernt ist. Ich spüre ihre Körperwärme, und mir wird mit jeder Sekunde heißer.

»Sie haben sich meinen Vorschlag noch nicht einmal angehört«, raune ich ihr ins Ohr.

Ihr Atem geht schneller. Gut. Ich bin nicht ohne Wirkung auf sie, und das wird mir in die Hände spielen.

»Sie können sich eine andere suchen.« Ihre Antwort ist leise und klingt wenig überzeugend.

Ich streiche ihr die langen Haare von der Schulter und berühre dabei ganz leicht ihre nackte Haut. Sie ist weich und seidig. Sie erschaudert. Ich unterdrücke ein Stöhnen. Verdammt, ich begehre sie so sehr. Das ergibt keinen Sinn.

»Aber ich will keine andere«, flüstere ich wahrheitsgemäß.

»Warum?«

Keine Ahnung. Ich habe keinen Schimmer, was mich so zu ihr hinzieht. Ich wünschte, ich wüsste es. Ich muss damit aufhören. Ich sollte die Sache sofort beenden – mir das Dutzend anderer Fotos ansehen und mir eine Frau aussuchen, bei deren bloßer Anwesenheit ich nicht schon durcheinandergerate und Gedanken hege, die ich nie zuvor hatte. Gedanken, die mir unangenehm sind. Es ist verwirrend.

Aber scheiß drauf. Ich kann es nicht. An dieser Frau ist irgendetwas anders, und ich werde nicht ruhen, bis ich herausfinde, was es ist.

»Setzen Sie sich. Lassen Sie mich ausreden. Bitte«, füge ich aufrichtig hinzu.

Sie steht reglos da, und ich frage mich, was ihr nächster Schachzug sein wird. Ich balle die Hände zu Fäusten, während ich an mich halte, um sie nicht über meine Schulter zu werfen und sie zu mir nach Hause zu schleppen. Ich glaube, sie könnte von einer harten Hand und einem roten Po sehr profitieren. Ich habe das Gefühl, dass es ihr vielleicht sogar gefallen würde.

Als sie mühelos zu einem der mit Samt bezogenen Sessel gleitet, atme ich insgeheim auf. Ich nehme den Vertrag von Ms Deveraux' Schreibtisch, mache mir es ihr gegenüber bequem und lege die Papiere auf den Tisch zwischen uns. Ihr Blick fällt darauf, doch sie macht keine Anstalten, sie in die Hand zu nehmen.

»Wie lautet also Ihr Vorschlag, Mr Knowles?«

»Mr Knowles?«

»So heißen Sie doch, oder? Dane Knowles. Wildemer & Company?«

Amüsiert stütze ich meine Ellbogen auf die Knie und grinse sie an. »Nein. Dane ist mein Assistent. Ich wollte, dass Sie ihn anrufen, damit er sich um den Schaden an Ihrer Todesfalle kümmert.«

»Todesfalle?« Sie klingt beleidigt.

»Kennen Sie die Sicherheitsbewertung für diese kleine Blechkiste, die Sie fahren?« Als sie den Mund aufmacht, um zu antworten, komme ich ihr zuvor. »Fünf Komma sieben Punkte von zehn. Sie fahren im Prinzip in Ihrem eigenen stählernen Sarg herum.«

Ich rechne mit einer scharfen Erwiderung oder damit, dass sie beleidigt abzieht. Womit ich nicht rechne, ist ein aufrichtiges, atemberaubendes Lächeln, das ihr Gesicht erhellt wie die Sonne und meinen Schwanz dazu bringt, in einem vergeblichen Versuch, sie zu erreichen, unangenehm gegen meinen Reißverschluss zu drücken. Mein Gott, sie bringt mich jetzt schon fast um.

»Sind Sie eine wandelnde Crashtest-Analyse, Mr …?«

»Ich verfüge über eine enorme Ansammlung nutzlosen Trivial-Pursuit-Wissens«, kontere ich grinsend und tippe mir an den Kopf. Dass ich mich erst nach unserem kleinen Zusammenstoß schlau gemacht habe, würde ich niemals zugeben. In diesem lächerlichen Miniatursarg auf Rädern, der irgendwie als Scheißkarre durchgeht, hätte sie sich ernsthaft verletzen können. Mann, wäre ich fester in sie reingefahren, wäre sie im Krankenhaus gelandet. »Und ich bin Shaw. Shaw Mercer.«

»Shaw Mercer«, wiederholt sie langsam, als würde sie meinen Namen zum ersten Mal schmecken. Sich jeden Konsonant und jeden Vokal auf der Zunge zergehen lassen. Scheiße. Ich lehne mich zurück und schlage die Beine übereinander, um meine steinharte Erektion zu verbergen.

»Irgendwie verwandt mit Preston Mercer?«

Ich nicke, beeindruckt, dass sie die Verbindung zu meinem Vater hergestellt hat, statt mich als einen der begehrtesten Junggesellen in Seattle einzuordnen. Sie ist intelligent und kennt sich mit Politik aus. Das gefällt mir. Ungemein. Wenn man drei Viertel der Einwohner von Seattle befragen würde, wüssten sie nicht, wie die Gewaltenteilung funktioniert, obwohl das zum Lehrstoff an der Mittelschule zählt, ganz zu schweigen davon, wer der Bürgermeister von Seattle ist.

»Warum also ist der Sohn des Bürgermeisters … *hier?*«

Sie sieht mir in die Augen und wartet auf eine Antwort.

Als sie schluckt, folge ich der grazilen Linie ihres Halses bis zur Schwellung ihrer Brüste, die aus dem trägerlosen hellrosa Kleid aus fließendem Stoff hervorlugen, das sie wie eine griechische Göttin trägt. Ein Schnipsen mit dem Finger und ich könnte die Farbe ihrer Warzenhöfe und die Größe ihrer Nippel herausfinden, bevor ich sie zur Probe in meinen Mund saugen würde. Bei dem Gedanken wird mir der Mund wässrig.

Das Gespräch, das Ms Deveraux und ich vorhin über Erwartungen geführt haben, macht mir noch zu schaffen. Einerseits war ich erleichtert, die Bestätigung zu bekommen, dass sie nicht ihren Körper verkauft, sondern nur ihre Zeit, doch jetzt, wo ich vor ihr sitze, werde ich nicht ruhen, bis sie mir erlaubt, jeden Quadratzentimeter ihres perfekten Körpers und vor allem ihrer vielschichtigen Seele zu erforschen. Ich will sie kennen, wie sie noch nie jemand gekannt hat.

Als sich unsere Blicke wieder treffen, bin ich mir sicher, dass meiner voll hitzigem Begehren ist. Ihrer ist es eindeutig.

Sie räuspert sich. Die Röte, die sich über ihr Schlüsselbein ausbreitet, ist bezaubernd. »Ich glaube, Sie haben eine falsche Vorstellung von meiner Arbeit.«

»Nein«, erkläre ich rundheraus.

»Ich schlafe nicht mit meinen Kunden, Mr Mercer.«

Oh doch, das wirst du. Wir wissen beide, dass unsere Bestandteile explosiv sind.

»Frauen würden bezahlen, um Sex mit mir zu haben, nicht andersherum.«

Sie lacht schnaubend, und ein ironischer Ausdruck huscht über ihr Gesicht. »Was brauchen Sie dann, wenn es kein guter Fick ist?«

Ich lache leise, und als ich mich vorbeuge, setzt sie sich aufrechter hin. Mir gefällt, dass selbst meine einfachsten Bewegungen in ihre Richtung sie beeinflussen, genau wie ihre mich. »Ist es das, was mir bei Ihnen entgeht? Ein guter Fick?« Mir wird überhaupt nichts entgehen. Sie wird mir in jeder erdenklichen Hinsicht gehören. Ich weiß es, und sie auch.

»Nicht nur gut. Lebensverändernd«, scherzt sie aalglatt.

Jetzt ist es an mir, wissend zu lächeln. Was gäbe ich nicht alles dafür, sie gegen die Wand zu drücken und ihr zu zeigen, was genau ein lebensverändernder Fick ist. Wir starren uns herausfordernd an, während wir darauf warten, welchen Schritt der andere unternehmen wird.

Ich schüttele ihren Zauber ab, nehme die Papiere und reiche sie ihr.

»Was ist das?«

»Ihr Arbeitsvertrag.«

»Alle Formalitäten werden über Randi abgewickelt.«

»Ich will eine kleine Zusatzversicherung.«

Sie blättert rasch durch das fünfseitige Dokument, bevor sie wieder aufblickt. »Geheimhaltungsvereinbarung? Das klingt sehr nach Fifty Shades. Und nur zu Ihrer Information, wenn ich auch nur eine Erwähnung von Hard Limits oder Safewords finde, platzt unser Deal.«

Ich muss laut lachen.

»Ich scherze nicht«, sagt sie ernst.

»Glauben Sie mir, Goldlöckchen, wenn ich das an Ihrer teuflisch-kriegerischen Aufpasserin vorbei in den Vertrag hätte einschleusen können, hätte ich es getan.«

Sie verengt die Augen zu schmalen Schlitzen, aber ich sehe

ein leichtes Zucken um ihre Mundwinkel, deshalb kämpfe ich mich weiter voran und nehme mir vor, in Handschellen und einen Flogger zu investieren. Oder in sechs.

»Die Laufzeit beträgt etwa die nächsten vier Monate. Zehn Stunden pro Woche, vielleicht mehr, vielleicht weniger, das hängt von meinem Terminplan ab. Es kann sein, dass Sie mit mir reisen müssen, und Sie werden jederzeit verfügbar sein, wenn ich Sie brauche, Tag und Nacht. Sie werden an gesellschaftlichen Ereignissen teilnehmen, an Benefizveranstaltungen, Geschäftsessen und Familienfeiern. Sie werden fotografiert werden, und es ist nur fair, Sie zu warnen, dass Sie wahrscheinlich von der Presse verfolgt werden, doch ich werde versuchen, Sie so gut wie möglich zu schützen.«

Sie mustert mich stumm. Ich wünschte, ich wüsste, was in ihrem hübschen kleinen Kopf vor sich geht. Ich verziehe einen Mundwinkel, als sie sagt: »Die Wiederwahl steht unmittelbar bevor.«

Es ist keine Frage, und ich antworte nicht, verbuche aber noch einen Punkt für sie.

Nicht zum ersten Mal frage ich mich, ob dieser kleine Plan von Noah nicht nach hinten losgehen könnte und uns alle in einer Rauchwolke aus heißen Flammen ins Verderben reißen wird. Sie hat innerhalb von zwei Minuten erkannt, was ich vorhabe. Lianna wäre eine viel sicherere, glaubhaftere Wahl. Andererseits existiert zwischen uns auch eine nicht zu leugnende, stark aufgeladene Verbindung, die zu widerlegen schwer sein wird.

»Und was genau ist meine Rolle dabei?«

Nachdem ich beschlossen habe, dass mir egal ist, ob die ganze Sache ins Auge geht, weil ich sonst nicht bekomme, was ich will – nämlich sie –, stehe ich auf, trete um den Tisch herum und halte ihr meine Hand hin.

Als sie zögernd ihre Hand in meine legt, helfe ich ihr auf und schlinge einen Arm um ihre Taille.

Ich ziehe sie an mich und ergötze mich daran, wie ihr der Atem stockt. Ich lege die Hand an ihre Wange und streichele die babyzarte Haut unter meinem Daumen. Ich atme tief ein und nehme begierig ihren zarten blumigen Duft in mich auf. Sie ist berauschend, und mir wird schon ganz schwindlig.

»Was machen Sie?«, flüstert sie, während ihre kleinen Hände zu meiner Brust wandern.

Ich senke den Kopf und streiche mit der Nase an ihrem Kiefer entlang, bis ich anhalte, damit meine Lippen über ihr Ohr streifen können. »Ich sorge dafür, dass die Chemie zwischen uns stimmt.«

Sie murmelt einen halblauten Fluch, den ich nicht hören soll, bevor sie stammelt: »W… warum?«

Mist, wenn sie nur wüsste, was für schmutzige Gedanken mir gerade durch den Kopf gehen.

»Weil, mein naives kleines hübsches Ding, du meine neue Angebetete spielen wirst. Meine Freundin. Meine *feste* Freundin.« Ich betone das Wort, damit sie versteht, worauf sie sich einlässt. Ich bezahle sie nicht dafür, mit mir ins Bett zu gehen, doch das heißt nicht, dass sie nicht sowieso dort landen wird.

»Ich … Ich habe noch nicht zugestimmt.« Ihre Atemlosigkeit stellt mich auf die Probe, und sie ist nur noch gut einen Zentimeter davon entfernt, herauszufinden, wie sehr.

Als ich zu diesem Treffen kam, hatte ich bereits einem, wie ich fand, großzügigen Angebot an ihre Chefin, Zuhälterin, Aufpasserin, wie auch immer sie sich nennt, zugestimmt. Doch nach den letzten fünfzehn Minuten habe ich beschlossen, dass ich alles bezahlen werde, um sie zu bekommen. Um sie zu besitzen. Ich würde meine Seele dafür hergeben.

Ihr Gesicht jetzt in beiden Händen haltend, beuge ich mich vor, bis mein Mund nur noch Millimeter von ihrem entfernt ist. Ihr Blick fällt auf meine Lippen. Ich spüre ihre Vorsicht, aber auch ihren Hunger. Sie öffnet die Lippen, und ich beobachte mit einem tiefen Schmerz in meinen Lenden, wie ihre Zunge hervorschnellt, um sie in Erwartung meines Kusses zu benetzen.

Ich halte mich davon ab, meinen Mund auf ihren zu drücken und mir zu nehmen, was ich will. Was ich mir nehmen soll, egal wie sehr sie versucht, mich zu widerlegen.

»Aber das wirst du. Jeder hat seinen Preis, *Summer*. Wie lautet deiner?«

9. KAPITEL

Willow

»Du hast was getan?«

»Ich glaube, ich habe mich gerade für zweihundertfünfzigtausend Dollar verkauft.«

Ich starre auf den dunklen Fernseher in unserem schwach beleuchteten Apartment. Mir trocknen schon die Augen aus, weil meine Lider in der aufgeklappten Position festklemmen, während ich herauszufinden versuche, was zum Teufel gerade passiert ist und wie ich das bloß zulassen konnte. Gerade noch war ich auf dem Weg zur Tür hinaus, und im nächsten Moment ließ ich mir seinen Namen auf der Zunge zergehen und unterschrieb einen bindenden Vertrag, ohne ihn auch nur flüchtig juristisch überprüfen zu lassen.

Nicht, dass er einem Richter vorgelegt werden könnte und vor einem ordentlichen Gericht Bestand haben würde. Randis Firma ist nicht gerade seriös, aber die Geheimhaltungserklärung würde vielleicht Bestand haben, weshalb ich besser fest den Mund halten sollte. Und trotzdem sitze ich hier und rede wie ein Wasserfall.

Meine wunderschöne Freundin Jo sitzt hoheitsvoll in dem Sessel rechts von mir. Ihre langen, in Leder gekleideten Beine hat sie übereinandergeschlagen. »Das ist eine gute Nachricht«, verkündet sie.

»Ja«, murmele ich zustimmend. Gute Nachricht. Warum

kommt es mir dann so vor, als hätte ich einen Bären aus dem Winterschlaf geweckt?

Sierra lässt sich mit einem Lutscher im Mund neben mich plumpsen. Als sie ihn herauszieht, ertönt ein Schmatzgeräusch, das mich sonst erschaudern ließe, doch im Moment ist es mir egal.

»Ich dachte, das hättest du dir gewünscht? Einen Stammkunden zu finden, damit du ein bisschen Geld sparen, dich auf deinen *richtigen* Job konzentrieren kannst und möglichst schnell aus der Nummer herauskommst, die eigentlich nur eine vorübergehende Notlösung sein sollte?«

»Habe ich auch. Tue ich auch. Es ist nur …«

»Wie lange dauert dieser Job?«, fragt Jo.

»Etwa vier Monate, schätze ich.«

»Ist der Typ missgebildet?«, schaltet sich jetzt Sierra ein.

»Nein.«

Sierra hält mir ihren Lutscher hin. Ich nehme ihn und stecke ihn mir in den Mund. Es ist Kirsche, meine Lieblingssorte. Dann feuert sie eine Frage nach der anderen auf mich ab.

»Ist er kleinwüchsig?«

»Nein.« Ich lache schnaubend.

»Hat er eine Glatze? Ich meine, am richtigen Typen kann das geil aussehen, aber wie ich weiß, ist das nicht dein Ding.«

»Nein.« Er hat die wunderschönsten tiefschwarzen Locken. Ich will mit den Fingern hindurchfahren, während er sich meines Mundes bemächtigt, als hätte er ein Recht dazu.

»Ist er verheiratet?«, fragt sie vorsichtig.

Als sie auffordernd mit den Fingern wedelt, gebe ich ihr den Lutscher zurück. »Nein. Definitiv nicht.« Ich weiß nicht viel über Shaw Mercer, aber dass er als verheirateter Mann während der Wiederwahl-Kampagne seines Vaters eine Freundin ausführt, traue ich ihm nicht zu. Nein … er benutzt mich zu einem bestimmten Zweck und will es nicht zugeben, aber ich weiß, dass das alles mit jenem ersten Dienstag im November und dem Kandidaten zu tun hat, der »Preston einen harten Wettkampf liefern kann«.

»Ist er heißer Kaffee?«

Mein Lachen hallt von den Wänden wider. Heißer Kaffee ist unser Codewort für einen megascharfen Fremden, mit dem man im Hinterzimmer schlafen würde, ohne ihn auch nur nach seinem Namen zu fragen.

Sierra setzt sich auf und beugt sich zu mir. »Oh Gott, ich wusste es! Er ist eine dampfende Tasse mit verdammt heißem Kaffee, stimmt's? Das ist das Problem. Du *magst* ihn.«

Sie weiß nicht, wie nahe sie der Wahrheit kommt. Er ist arrogant, übertrieben selbstbewusst, sogar ein wenig herablassend, was mich abtörnen sollte, aber bei Gott, es tut *alles andere* als das.

»Hat dein heißer Kaffee einen kleinen Schwanz?«

»Himmel, Sierra. Woher soll ich das wissen?«

Gelogen.

Ich habe eine ziemlich gute Vorstellung davon, dass die Wölbung, die sich fest an meinen Unterbauch gedrückt hat, während ich in die fesselndsten ozeanblauen Seen aller Zeiten geblickt habe, mehr als ausreichend ist, um mich – ich meine, eine *Frau* – auf Dauer zu befriedigen.

»Du enthältst uns etwas vor. Er ist heiß, er ist reich, und er hat einen großen Schwanz.« Sie lehnt sich entspannt in die Kissen zurück, legt die Füße auf den Couchtisch und steckt sich den Lutscher wieder in den Mund. Dann murmelt sie undeutlich: »Für mich klingt das wie die perfekte Dreierwette.«

Ich werfe Sierra einen Blick zu, aber ich kann es nicht leugnen. Er scheint perfekt zu sein.

»Er ist …« Ich verstumme, weil ich nicht genau weiß, wie ich Shaw Mercer beschreiben soll.

Er ist was?

Umwerfend? Häkchen.

Dominant? Häkchen.

Zu schön, um wahr zu sein? Doppelhäkchen.

Besitzt bewusstseinsverändernden Sex-Appeal? Gott, wenn ein Dutzend Häkchen in dieses Kästchen passen würden, würde ich sie reinmalen.

Aber nichts davon bereitet mir wirklich Sorgen.

Ich habe noch nie einen Mann getroffen, der in mein echtes Ich hineinblicken konnte. Bis ins Schwärzeste des Schwarzen. Es ist unmöglich. Dafür bin ich zu gesichert. Undurchdringlich. Eine stählerne Festung. Nicht einmal der Mann, mit dem ich verlobt war, konnte zu dieser dunklen Stelle vordringen, und er hat es drei Jahre lang versucht. Doch ich kann auch nicht leugnen, dass ich genau dieses Gefühl hatte, als ich an seinem knapp eins neunzig großen Körper hinauf in Augen blickte, die direkt in mein tiefstes Inneres tauchten. Obwohl ich schon seit Stunden zu Hause bin, spüre ich ihn immer noch, wie einen lästigen Splitter.

»Was ist er denn? Traumhaft?«, fragt sie mit Singsangstimme, während sich auf ihrem Gesicht Sehnsucht breitmacht. Sie faltet die Hände, stützt ihr Kinn darauf und wiegt sich vor und zurück.

»Klappe.«

Als ich sie auf den Arm haue, schubst sie mich, und wir kichern, während wir einen Hagel aus Schlägen aufeinander einprasseln lassen, bis meine Haut brennt.

Als ich wieder zu Atem komme, lehne ich mich zurück und gestehe leise: »Er ist …« *Gefährlich.* »Der Verkehrsrowdy.«

Wieder kommt der Lutscher mit einem Plopp heraus. »Der

Mistkerl, der dir letzte Woche reingefahren ist?«, fragt sie mit schriller Stimme.

Ich lache leise und kann es selbst noch nicht glauben. Wie kann das ein Zufall sein? »Genau der.«

Wir drehen uns synchron die Köpfe zu. »Dann ist es also vom Tisch, dir ein- oder zweimal die Zunge am heißen Kaffee zu verbrennen, hmm?«

»Oh mein Gott«, kreische ich und versetze ihr einen kräftigen Stoß gegen die Schulter. »Ich schlafe nicht mit meinen Kunden. Das weißt du doch.«

Lachend fällt sie gegen die Armlehne. »Du weißt ja, was man über Regeln sagt.«

Ich habe keinen Sex mit Kunden. Es ist eine meiner festen Regeln. Geschäftliches mit Privatem zu verbinden ist nicht nur eine schlechte Idee, sondern Männer, die in irgendeiner Form für die Gesellschaft einer Frau bezahlen müssen, sind auch nicht der Typ Mann, mit dem ich den Abend im Bett beenden wollen würde.

Außer Shaw. Zum ersten Mal überhaupt gerate ich wirklich in Versuchung, meine selbst auferlegten Grundsätze zu brechen.

Ich riskiere einen Blick auf Jo, die ungewöhnlich still ist. Unser Gespräch scheint ihr egal zu sein. Ich weiß es besser. Sie *durchschaut* es. Die Lügen, die ich mir selbst aufzutischen versuche. Und wie eine wahre Freundin lässt sie es mir nicht durchgehen.

»Männer wie er haben einen Grund, diesen Service zu nutzen.« Jos hochgezogene, aufgemalte Augenbrauen unterstreichen ihre Worte, von denen ich sowieso schon weiß, dass sie wahr sind.

»Ich weiß.«

»Und der lautet nicht, eine neue Ehefrau zu finden.«

Auch das weiß ich. Aber das ist auch nicht das, was ich von Shaw Mercer will. Warum fühlt sich diese Mahnung dann wie ein Hieb an, der noch eine Weile wehtun wird?

»Kapiert«, krächze ich.

Sie schwingt ihren Fuß in einem Jimmy Choo vor und zurück, während ihre French-Fingernägel auf dem Leder ihres Sessels einen Rhythmus klopfen. »Wirklich, Löw?«

Ich blinzele ein paarmal, um Zeit zu schinden. Ich muss meine Stimme in den Griff kriegen, um glaubhaft zu klingen. »Natürlich. Das ist nur ein Job. Eine weitere Rolle. Sonst nichts.«

Sie mustert mich so lange, bis ich weiß, dass ich aufgeflogen bin. »Es gibt nicht viele Frauen, die meinen Job tagaus tagein machen können, ohne dabei Gefühle zu entwickeln. Und du gehörst nicht dazu.«

Jo ist kein »Partygast-Geschenk«. Sie macht den richtigen Job. Sie bekommt einen Tausender pro Stunde und ist das gefragteste Callgirl im La Dolce Vita. Sie ist weltgewandt, kultiviert und nüchtern. Zudem hat sie eine noch tiefere, größere, schwärzere innere Leere als ich. Doch während ich mir manchmal wünsche, dass ich mich selbst aufknacken und mein vernarbtes Inneres dem richtigen Menschen zeigen könnte, hat Jo es geschafft, diese Seite von sich vollkommen auszublenden.

»Das weiß ich, Jo.«

»Dann belässt du es beim Geschäftlichen, wie du es immer tust. Geh rein in den Job, geh wieder raus, verdien dir ein hübsches fettes Sümmchen und schmeiß den Scheißjob hin«, trägt Sierra mir an. Mit einem verstohlenen Blick auf Jo fügt sie hinzu: »Ist nicht bös gemeint.«

»Schon gut.« Sie meint es ernst. Was die Leute über ihre Berufswahl denken, kümmert sie nicht die Bohne.

Sierra nimmt meine Hand und drückt sie. »Rein geschäftlich, okay?«

Klar. Rein geschäftlich.

Außer dass es sich, als Shaws Lippen über meine strichen, während er mein Gesicht in seinen sanften Händen hielt, nicht wie *rein geschäftlich* anfühlte. Mein ganzer Körper wurde durchgerüttelt. Er ist der personifizierte Sex. Unwiderstehlich. Eingebildet wie er ist, weiß er das auch. Hätte er mich ausgezogen und mich gleich dort in Randis Büro genommen, hätte ich es zugelassen. Ich hätte ihn fast darum *gebeten*, habe es aber noch geschafft, die Worte herunterzuschlucken.

Ich begehre den rätselhaften Shaw Mercer, wie ich noch nie einen Mann begehrt habe, und das erschreckt mich zu Tode. Diese unbehagliche Chemie zwischen uns wird mein Verhängnis sein. Ich sehe meinen Niedergang, mein gebrochenes Herz, bevor es überhaupt begonnen hat. Das Ende vor dem Anfang.

Ich lasse die Menschen aus sehr guten Gründen nicht nah an mich heran, doch ihm ist es gelungen, sich innerhalb von dreißig Minuten tiefer unter meine Haut zu bohren als jemals jemand zuvor.

Gott, ich hätte nie einwilligen dürfen. Wenn ich mir vierundzwanzig Stunden Bedenkzeit erbeten hätte, statt sofort zu unterschreiben, als er einwilligte, zusätzlich hunderttausend Dollar zu zahlen, wenn er mit einem ausgefertigten Vertrag nach Hause ginge, wäre ich zu dieser Erkenntnis gekommen.

Wenn ich klug wäre, würde ich jetzt Randi anrufen. Ihr sagen, dass ich es mir anders überlegt habe. Es mag ihr nicht gefallen, aber sie würde für mich den Kopf hinhalten. Sie würde ihm jemand anderes empfehlen, und ich müsste nie wieder mit ihm sprechen.

Ein Telefonanruf, und es wäre alles vorbei.

Ich beäuge das Handy auf dem Beistelltisch neben mir, greife aber nicht danach, denn machen wir uns nichts vor: Geld regiert die Welt, und ich brauche die Kohle. Zweihundertfünfzigtausend Dollar sind eine irre Summe dafür, mich als jemand anders auszugeben. Um zu tun, was ich am besten kann. In den ganzen zwei Jahren in diesem Job habe ich nicht mal ein Viertel davon verdient. Ich wäre dumm, das Angebot auszuschlagen, wenn das der ganze Grund ist, warum ich den Job ursprünglich angenommen habe.

Vier Monate meines Lebens sind ein geringer Preis dafür, die finanzielle Bürde loszuwerden, die mich belastet. Wenn Shaw mir einen irrsinnig hohen Geldbetrag dafür bezahlen will, dass ich seine Freundin spiele, werde ich die Kohle nehmen und reinen Gewissens aus der Sache rausgehen, wenn unser Vertrag endet.

Aber Jo hat recht. Ich kann mich auch nicht selbst belügen, denn dann sehe ich schneller kein Land mehr, als die Flut steigt. Ich mag mich zu ihm hingezogen fühlen, doch Shaw Mercer ist zweifellos ein Mann, der seine Wünsche und Bedürfnisse über die aller anderen stellt, und ich habe schon mein ganzes Leben als Anhängsel verbracht und nur eine Nebenrolle gespielt.

In meinem Job mache ich das, aber das ist gewollt. Ich bin nicht bereit, diese Rolle je wieder aus freien Stücken einzunehmen.

Ich kann das durchziehen. Zu meinen Bedingungen. Auf meine Art. Ohne dabei irgendetwas von mir preiszugeben. Ich weiß, dass ich es kann. *Es ist nur ein weiterer Job.*

Ich sehe Jo fest in die Augen und sage laut, mehr zu mir als zu ihr: »Ich kriege das hin«, während ich gleichzeitig zu ignorieren versuche, wie der Splitter, den er in mir zurückgelassen hat, schon wie verrückt brennt.

10. KAPITEL

Willow

Als sich das Sicherheitstor mit einem Summen geöffnet hat, fahre ich langsam weiter, bis Shaws Haus in Sicht kommt. Ich parke, schalte den Motor aus und starre auf das riesige Haus vor mir: eine ruhige, abgeschiedene dreistöckige Schönheit mit Blick auf die Yarrow Bay. Es ist majestätisch, eindrucksvoll, einzigartig.

Genau wie sein Besitzer.

Bevor ich von Randi weggefahren bin, habe ich eingewilligt, mich mit Shaw bei ihm zu Hause zu treffen, damit wir die Details unserer Vereinbarung durchsprechen können. Er hielt es für das Beste, wenn wir vor unserem ersten öffentlichen Auftritt ein bisschen Zeit privat miteinander verbringen würden, damit wir unsere Versionen über unser Kennenlernen und die Dauer unserer Bekanntschaft aufeinander abstimmen können. Alles Dinge, die normale Paare aus dem Stegreif wüssten, wenn sie ausgefragt würden. Obwohl es mich nervös macht, Zeit allein mit ihm zu verbringen, musste ich zustimmen, denn ich weiß, dass die Idee vernünftig ist.

Letzte Nacht lag ich stundenlang wach, dachte gründlich über die ganze Situation nach und gestand mir die Gefühle ein, die er in mir ausgelöst hat. Ich muss mich ihnen stellen und mit ihnen umgehen, statt ihre Existenz zu leugnen.

Monatelang zehn Stunden oder mehr pro Woche mit ihm

zu verbringen, ohne in seinem Bett zu landen, wird kein Zuckerschlecken. Aber Shaw bezahlt mich dafür, dass ich seine Freundin spiele, was natürlich viel über ihn aussagt: Er kann – oder will – sich nicht binden, und anscheinend gibt es in seiner Vergangenheit niemanden, der willens ist, ihm zu helfen.

Dieses Arrangement ist nur vorübergehend, und ich täte gut daran, das im Kopf zu behalten. Ich kann mir unschwer vorstellen, dass ich mich in mehr als nur seinen sexy Körper verlieben würde, sollte ich mit Shaw im Bett landen. Das kann ich nicht zulassen.

Denk an das Danach, Willow. Denk an das Danach.

»Du kannst das. Denk an deine Mutter«, murmele ich vor mich hin.

Tief durchatmend steige aus dem Wagen und gehe den Weg hinauf zu Shaws Haustür. Ich klingele und warte. Die Schmetterlinge in meinem Bauch flattern auf, als ich Füße über den Boden tapsen höre. Dann bekomme ich einen Kloß im Hals, als er die Tür öffnet und ich unvermittelt in seine fesselnden blauen Augen sehe.

Heilige Mutter Gottes, er ist so schön.

Ich stecke in Schwierigkeiten.

Riesenschwierigkeiten.

»Ich dachte, du würdest es dir vielleicht anders überlegen.« Seine tiefe Stimme vibriert durch mein Blut und rüttelt alle Zellen wach. Verräter. Allesamt.

Ich lege den Kopf schief und versuche den Eindruck zu erwecken, kein Nervenbündel zu sein. »Wie kommst du darauf?«

»Weil du die letzten zehn Minuten in deinem Auto gesessen hast.« Er zieht eine Augenbraue hoch. Seine Selbstgefälligkeit geht mir unter die Haut.

»Ich hatte noch etwas zu erledigen.«

Er lächelt schief. Er weiß, dass ich lüge.

Benimm dich wie eine Erwachsene und hör auf, dich wie ein Vollidiot aufzuführen.

»Lässt du mich jetzt rein, Verkehrsrowdy, oder wollen wir dieses Gespräch vor der Haustür führen? Mir ist beides recht.«

Schon viel besser.

Er tritt grinsend beiseite und winkt mich galant hinein. »Immer hereinspaziert.«

»Danke«, murmele ich, als ich an ihm vorbeigehe, und versuche zu ignorieren, dass mein Körper in so unmittelbarer Nähe zu ihm auflodert und die Luft angesichts der elektrischen Spannung zwischen uns knistert. Ich versuche auch, nicht darauf zu achten, wie verdammt sinnlich seine nackten Füße sind. Das sind Füße. Einfach nur Füße. Aber *sexy* Füße.

Mist.

Ich streife meine Schuhe ab, und er führt mich schweigend durch den Eingangsbereich, jeder Schritt leise auf dem fantastischen Fußboden aus Roteiche. Er muss verdammt schwierig sauber zu halten sein, sieht aber makellos aus, genau wie alles andere.

Meist sind so große und überbordende Häuser kalt und leer. Trostlos. Eine äußere Fassade, mit der unglückliche Menschen erfolglos versuchen, eine Leere tief in ihrer Seele auszufüllen. Normalerweise signalisieren solche Häuser Reichtum, Maßlosigkeit und Überheblichkeit, sodass ich die Augen verdrehe. Doch Shaws Haus ist anders.

In tiefen Rot- und unterschiedlichen Brauntönen gehalten, fühlt es sich warm, wohnlich und behaglich an. Es ist perfekt. Wie er. Wie ein Idiot sehe ich mich voll Bewunderung um.

Die Raumaufteilung ist offen, aber überraschend einladend. Der Hauptwohnbereich geht ins Esszimmer über, das in eine echte Traumküche mündet. Die Ebenholzschränke scheinen individuell gefertigt zu sein. Die Küchengeräte sind die neusten Spitzenprodukte. Eine dreieinhalb Meter lange Insel mit einer Steinplatte aus prächtigem mokka- und sandfarben marmorierten Granit nimmt den Platz in der Mitte ein. Die Südseite des Hauses ist aus Hartglas und bietet eine atemberaubende Aussicht auf die Bucht.

Als mein Blick auf den größten, dicksten und cremefarbensten Teppich fällt, den ich je in einem Wohnzimmer gesehen habe, folgere ich daraus, dass er keine Haustiere haben kann. Die Vorstellung, meine Zehen in seiner weichen Tiefe zu versenken, erregt mich. Ich verbanne Fantasien, wie ich mich nackt mit Shaw darauf herumwälze, in meinem Kopf ganz weit nach hinten, was mich jedoch gewaltige Anstrengung kostet.

In den neunzig Sekunden, seit ich hier bin, habe ich sehr viel mehr über ihn erfahren. Er ist sauber. Akkurat. Schlicht und dezent. Er ist stolz auf sein Haus, ohne das Bedürfnis zu haben, mit seinem Reichtum zu protzen. Das macht ihn mir nur noch sympathischer. Verdammt.

Ich bemerke zu spät, dass er mich scharf beobachtet, um meine Reaktion abzuschätzen. Das macht er anscheinend oft. Er ist still und bedachtsam und überlegt sich genau, was er sagen will. Als wollte er seine Worte detailliert ausformulieren, weshalb er die kleinstmögliche Menge von ihnen benutzt, während er seinen Standpunkt dennoch deutlich macht.

»Wie lautet das Urteil?«, fragt er leise.

Als ich spüre, dass er wirklich wissen will, was ich von seinem Zuhause halte, antworte ich ehrlich. »Es ist wunderschön. Du bist ein guter Raumgestalter.«

Leicht verlegen antwortet er: »Das Verdienst meiner Schwester, fürchte ich. Sie ist Innenarchitektin.«

»Ah.« Ich lächele und fühle mich mit jeder Sekunde entspannter. »Dann kannst du ihr sagen, dass sie sehr gute Arbeit geleistet hat.«

Er wippt leicht mit dem Kopf. »Das kannst du ihr selbst sagen, wenn du sie kennenlernst.«

Und mir nichts, dir nichts sind die Schmetterlinge wieder da.

Der Öffentlichkeit aufzutischen, dass wir ein Paar sind, wird nicht so schwer sein. Seiner Familie hingegen … da ist es Betrug. Ich wusste, dass es Teil des Deals war, aber es ist einer, mit dem ich mich nicht sehr wohlfühle. Deshalb frage ich mich, wie viel sie wissen.

»Oh. Ähm, klar.«

Ein paar Herzschläge lang stehen wir in verlegenem Schweigen da, bevor Shaw sich räuspert. »Möchtest du etwas trinken?«

Auf dem Weg hierher habe ich mir gesagt, dass ich keinen Alkohol trinken werde. Keinen einzigen Tropfen. Es würde meine Hemmungen verringern und mich anfälliger für Shaws wenig subtile Verführungstaktik machen, und doch gibt es jetzt, da ich hier stehe und seine verdammt erotischen Kraftpaket-Oberschenkel und seinen schlanken Oberkörper in einem eng sitzenden grünen Polohemd auf mich wirken lasse, nur eine richtige Antwort.

»Klar.«

Sein Lächeln ist atemberaubend. »Was hättest du denn gern, Goldlöckchen?«

Dich, wie es scheint.

»Ähm, ich bin nicht wählerisch. Was du da hast.«

»Ist dir ein Bier recht?«

Ich nicke.

»Toll. Nimm im Wohnzimmer Platz. Ich bin gleich wieder da.«

»Okay.«

Während ich in den großen gedämpft beleuchteten Raum schlendere und der Teppich sich genauso weich anfühlt, wie ich es mir vorgestellt hatte, wäge ich meine Optionen ab. Sessel, Couch oder Zweiersofa? Wieder eine klare Entscheidung.

Einen Moment später sitze ich in dem dick gepolsterten kaffeebraunen Ledersessel. Er scheint abgenutzt, ein Möbelstück, das oft benutzt wird. Ich stelle mir Shaw abends darin vor, wenn er an seinem Laptop arbeitet oder die Nachrichten schaut. Die Vorstellung, dass ich am selben Platz sitze wie er jeden Abend, löst bei mir ein Kribbeln aus.

»Möchtest du ein geeistes Glas?«, ruft er aus der Küche.

»Das wäre toll, danke.«

Ein paar Minuten später bestätigen sich meine Überlegungen, als er den Raum betritt und seine Schritte ins Stocken kommen. Ich mache Anstalten, aufzustehen. »Tut mir leid, sitze ich in deinem Sessel?«

»Nein, nein. Ich meine, ja, aber … das ist in Ordnung. Bleib sitzen.«

Er fordert mich mit einem Nicken auf, mich wieder zu setzen, was ich auch tue. Er stellt mein Bierglas auf das Glastischchen neben mir. Ich greife sofort danach und trinke daraus, um etwas zu tun zu haben. Als mein Blick zu seinem huscht, mustert er mich wieder. Diesmal ist sein Gesichtsausdruck merkwürdig.

»Was ist?« Ich lache nervös. »Habe ich Schaum auf der Lippe?« Ich fahre mir mit den Fingern über den Mund und spüre nichts.

Sein Lächeln ist sanft, aufrichtig und süß. Ich schmelze dahin. »Du siehst gut da aus.«

»Wo?«, frage ich töricht. Er meint doch sicher nicht …

»In meinem Sessel. Das gefällt mir.« Den zweiten Teil fügt er nachträglich hinzu, fast als hätte er es nicht laut aussprechen wollen, und ich schwöre bei Gott, meine Zehen krampfen, während sich in alarmierendem Tempo heißes Verlangen in mir ausbreitet.

Wie können sechs kleine nichtssagende Worte in mir den Wunsch erwecken, aufzustehen, mich auszuziehen und mich rittlings auf ihn zu setzen? Ohne jede Anstrengung hat er mich quasi jeden Grund vergessen lassen, warum es keine gute Idee ist, seinen beeindruckenden Schwanz nicht so schnell wie menschenmöglich zu genießen.

»Also, ähm …«, setze ich an, irritiert über das winzige Zittern in meiner Stimme, »wann beginnt diese kleine Farce offiziell?«

»Vor drei Tagen.« Ich finde den vorwurfsvollen Unterton ziemlich daneben.

Unser erstes Treffen ist jetzt drei Tage her. Drei Tage, seit ich die nächsten vier Monate meines Lebens an ihn überschrieben habe. Heute Abend war das erste Mal, dass Shaw einen freien Abend hatte, um mit mir zusammenzukommen.

In den drei Tagen habe ich darüber nachgegrübelt, was wir da eigentlich tun, wann wir es tun werden und warum. Mir ist zudem klar geworden, dass ich keine Ahnung habe, wer sonst noch in diesen kleinen Schwindel eingeweiht ist. Ich habe kein Problem damit, so zu tun, als hätten wir uns rettungslos ineinander verliebt, wenn er das will, aber ich will mich nicht vor jemandem zum Deppen machen, der weiß, dass wir nicht mehr sind als eine teure Show.

»Wer außer Randi weiß von dieser Vereinbarung?«, frage ich und stelle mein Glas auf meinem Schenkel ab. Die Kälte sickert rasch durch mein Kleid.

Shaw hat sich auf das Zweiersofa gesetzt, das Möbelstück, das am nächsten bei mir steht. Jetzt verlagert er sein Gewicht und schlägt ein Bein über das andere, wodurch sein Fuß nur noch Zentimeter von mir entfernt ist. Wir senken beide den Blick, als er, aus Versehen oder mit Absicht, mein nacktes Bein streift. Ich lasse zu, dass sich meine Augen schließen, unterdrücke aber einen Schauder, als ein Blitz aus Verlangen direkt zwischen meine Schenkel schießt.

Sein Begehren ist viel offenkundiger, unverkennbar. Als ich mich zwinge, ihn wieder anzusehen, ertappe ich ihn dabei, wie er mir auf den Mund starrt. Ich spüre, wie mein ganzer Körper schwach wird.

Oh Gott, hör auf damit. Reiß dich zusammen, sonst landest du noch heute Abend mit ihm im Bett.

»Shaw.« Meine piepsige Stimme scheint ihn aus seiner Trance zu reißen, doch seine Lider sind schwer, seine Augen immer noch wie Lava.

»Was ist?«, fragt er geistesabwesend, während er mir weiter auf die Lippen starrt. Ich kann nicht umhin, sie mir zu lecken, und meine, ihn stöhnen zu hören.

Ich habe es mir anders überlegt. Es wird nicht schwer sein, nicht mit ihm im Bett zu landen.

Es wird unmöglich sein.

»Ich sagte, weiß sonst noch jemand von dieser … Vereinbarung?«

Hitzige blaue Augen, durchflutet von nacktem Verlangen, heben sich zu meinen und bohren sich in mich. Graben sich in meine Tiefen ein. Ich will wegsehen, doch die Flammen, die ich darin tanzen sehe, hypnotisieren mich. Sie laben sich an dem Sauerstoff im Raum, reduzieren ihn, während ich darauf warte, dass er etwas sagt. Irgendwas, das diesen Strudel, in dem wir herumwirbeln, durchbrechen wird.

»Ja«, antwortet er schließlich mit leiser, heiserer Stimme. Zu dem Zeitpunkt bin ich mir nicht einmal sicher, ob er weiß, was er antwortet.

»Wer?«, frage ich, als er wieder verstummt. »Wer weiß davon?«

Er holt tief Luft und schüttelt leicht den Kopf. Der Bann, der uns umfangen hat, bricht. Noch etwas länger, und meine Klamotten würden in einem Haufen auf dem Boden liegen. »Mein Geschäftspartner.«

An dem Abend, als wir unsere Vereinbarung getroffen hatten, habe ich Nachforschungen über Shaw Mercer angestellt und herausgefunden, dass ihm und Noah Wilder Wildemer & Company gehört, eine Unternehmensberatungsfirma, die unter der Führung der Ur-Urenkel der ursprünglichen Gründer wahnsinnig erfolgreich ist. In den letzten fünf Jahren haben die beiden den Wert des sowieso schon lukrativen Geschäfts fast verdoppelt.

Außerdem habe ich herausgefunden, dass er und Noah ein gefundenes Fressen für die Klatschpresse sind und beide über die Jahre mit den unterschiedlichsten Frauen gesehen wurden. Noah scheint nie mit derselben Frau zweimal auszugehen, doch Shaw wurde bis vor Kurzem mehrmals mit genau jener Frau fotografiert, die mich am Abend der politischen Benefizveranstaltung mit Blicken erdolcht hat.

»Ist das Noah Wilder?«, frage ich. *Mein Schutzengel.*

Er legt den Kopf schief. Warum ist seine subtile Arroganz so verdammt sexy? »Wie ich sehe, hast du dich schlaugemacht.«

Ich zucke mit den Achseln. Am liebsten würde ich ihn fragen, wie jemand, der so kultiviert und vernetzt ist, in Randis Büro landen konnte, um mich zu kaufen, aber ich tue es nicht. »Dann weiß es also keiner in deiner Familie?«

Er führt sein Bier an seine Lippen. Meine inneren Muskeln ziehen sich zusammen, als er sich mit der Zunge über die Unterlippe bis zu seinem Mundwinkel fährt, um einen vereinzelten Tropfen Bier aufzufangen. Ich schwöre, das hat er absichtlich gemacht. »Dass ich dich dafür *bezahle*, meine Freundin zu sein?« Er lacht sarkastisch. »Nein. Und so wird es auch bleiben. Davon könnte ich mich nie mehr reinwaschen, und meine Mutter wäre schwer enttäuscht von mir.«

Eine Welle der Scham durchrollt mich. Ich verstehe es nicht, und es gefällt mir ganz eindeutig nicht. Wenn sich hier irgendjemand schuldig fühlen sollte, dann Shaw, nicht ich.

»Ich hatte nicht vor, etwas zu sagen«, antworte ich defensiv. »Ich wollte nur Bescheid wissen, wer was weiß, und wer nicht. Ich will nicht dastehen wie ein Idiot.«

Er nickt fast entschuldigend. Dann sagt er: »Erzähl mir von dir, Summer.«

Ich schlucke heftig. Auch wenn ich weiß, dass ich genau deshalb hier bin, bin ich trotzdem nervös. Ich muss gerade so viel über mich offenbaren, um ihn und andere zufriedenzustellen, und dabei trotzdem mein wahres Ich schützen.

»Nun, ich bin sechsundzwanzig. Ich war nie verheiratet. Ich wohne mit meiner besten Freundin Sierra zusammen. Keine Haustiere. Ich habe nichts gegen sie – ich habe nur keine Zeit, mich um eins zu kümmern. Meine Lieblingsfarbe ist blau. Ich laufe eine Meile in acht Minuten und bin ziemlich klasse im Kickboxen. Ich liebe Slasher-Filme, Schokoladeneis, Tanzen und den Herbst. Ich hasse Schottenstoff, Schlangen, Pizza und Sonntagsfahrer.«

Sein helles Gelächter entlockt mir ein Lächeln, bis er sagt: »Klingt wie eine gut einstudierte Aufzählung von oberflächlichem Bullshit.«

Ich zucke grinsend mit den Achseln, während mich Ärger durchfährt. »Es mag oberflächlich sein, aber wenn es wahr ist, ist es kein Bullshit. Wir brauchen keinen Einblick in die geheimsten Träume und Hoffnungen des anderen, um das hinzukriegen. Das Wesentliche reicht.«

Der Laut, den er in seiner Kehle macht, klingt, als würde er nicht zustimmen, doch er widerspricht nicht.

»Geschwister? Eltern?«

Ich reiße mich zusammen. Mit dieser Frage hatte ich gerechnet, doch sie schmerzt mich trotzdem sehr. Und das ist eine Sache, die ich für mich behalten werde. Der Schmerz in meiner Seele geht den Mann, den ich nach vier Monaten nicht wiedersehen will, nichts an. »Nur ich und meine Mama.«

Er sieht aus, als wollte er nachhaken, lässt das Thema aber fallen.

»Machst du irgendwas beruflich außer … *dieser Sache?*«

Spott. Er ist mir nicht entgangen. Ich erröte vor Verlegenheit, lasse das unliebsame Gefühl aber von mir abprallen. Ihm steht kein Urteil über mich zu. »Ich habe meine Gründe für mein Handeln, und ich lasse nicht zu, dass du oder sonst jemand mir das Gefühl vermittelt, etwas Kriminelles zu tun.«

»Was sind das für Gründe?«, fragt er scharf. Er scheint fast wütend über meine Berufswahl zu sein, dabei würde ich andernfalls gar nicht hier sitzen und ihm aus irgendeinem Dilemma heraushelfen. Wie sauer sollte er also sein?

»Das ist ein Einblick, der nicht nötig ist«, antworte ich ebenso säuerlich. »Aber um deine ursprüngliche Frage zu beantworten, ich habe wirklich noch einen anderen Job. Ich spreche Hörbücher ein.«

Er zieht eine Augenbraue hoch. »Interessant. Ich höre selbst ab und zu Hörbücher.«

Fraglich, ob es die sind, die ich einspreche.

Als ihm klar wird, dass ich nicht weiter ins Detail gehen will, nimmt er sein Fragespiel wieder auf.

»Du bist momentan mit niemandem zusammen, korrekt?«

»Korrekt.«

»Irgendwelche Exfreunde, bei denen ich befürchten muss,

dass sie aus der Versenkung auftauchen, um dich zurückzuerobern? Denn wenn es sie gibt, ist es besser, darüber Bescheid zu wissen, um darauf vorbereitet zu sein.«

Bei dieser Frage verkrampft sich mein Magen. Natürlich war ich mit ein paar Männern zusammen, doch ich hatte keine ernsthafte Beziehung mehr, seit ich den Mann, den ich liebte, törichterweise verlassen habe. Deshalb nein, es wartet definitiv niemand auf seine Chance, mich zurückzuerobern.

»Nein.«

»Ganz sicher? Ich nehme ein Zögern wahr.«

»Kein Zögern. Bei mir hat schon seit einiger Zeit niemand diesen Platz eingenommen. Und bei dir?« Ich versuche, das Thema zu wechseln, weil ich es leid bin, über mich zur reden. Es wird mir zu persönlich. »Schleichen irgendwelche verschmähten Frauen herum, die versuchen könnten, mir die Augen auszustechen?«

Er verzieht die Lippen zu einem ironischen Lächeln. »Ich bin sechsunddreißig. Ich habe Leichen im Keller.«

Ich frage mich, ob er von der dunkelhaarigen Schönheit spricht, Voodoo-Auge. Noch eine Frage, die ich gern stellen würde, doch auch hier entscheide ich mich dagegen. Wenn ich nicht will, dass er mich ausfragt, darf ich es auch nicht tun. »Werden diese Leichen dir Knochen zwischen die Beine werfen?«

Sein lautes bellendes Lachen bringt mich zum Kichern. »Sehr clever. Ich glaube nicht, dass mit Knochen geworfen werden wird, nein. Alle Frauen, mit denen ich zusammen war, liegen tief in der Vergangenheit begraben.«

Mein Gelächter erstirbt, als mir klar wird, dass auch ich nur allzu bald zu dieser sehr langen, skandalösen Liste gehören werde. »Und deshalb bin ich hier.«

»Der Punkt geht an dich.« Er prostet mir zu, bevor er sein

Bier austrinkt. »Willst du noch eins?« Er wirft einen Blick auf mein fast leeres Glas, doch ich schüttele den Kopf. Meine Nerven haben sich beruhigt, also ist ein Bier ausreichend.

Wir verbringen die nächsten Stunden mit Small Talk. Er erzählt mir von seinen Eltern und drei Geschwistern. Er spricht über die Wiederwahl seines Vaters, gibt jedoch zu keinem Zeitpunkt zu, dass sie der Grund für die List ist, für die er mich engagiert hat, obwohl ich davon immer überzeugter bin. Ich erfahre von seiner Liebe zum Wasser und seiner Abneigung gegen seinen Schwager. Ich erfahre auch, dass er in Seattle aufgewachsen ist und dass sein Ur-Urgroßvater und Ur-Urgroßonkel Mercer Island gegründet haben, wo seine Eltern immer noch zu Hause sind.

Wie ich gibt er nur oberflächliche Fakten preis. Wenn ich bei etwas nachhake, das er nicht diskutieren will, wechselt er das Thema. Aber es gab zwei Dinge, die er nicht verbergen konnte: seine Leidenschaft für seine Firma und seine große Zuneigung zu seiner Familie. Über seine Nichte Cora sprach er, als sei sie ein Mitglied des Königshauses. Beide Eigenschaften waren liebenswerter, als ich mir eingestehen wollte.

Als ich auf die Uhr sehe, stelle ich überrascht fest, dass es schon kurz vor neun ist. Ich bin seit fast drei Stunden hier. Ich war so entspannt, so vertieft in unser Gespräch, dass es mir wie fünfzehn Minuten vorkam. *Oh nein*. Rote Flaggen schießen aus dem Boden wie Maulwürfe in dem Computerspiel Whac-A-Moles.

»Ich sollte jetzt gehen.« Ich stelle die Füße nebeneinander, streiche mein leichtes Sommerkleid glatt und will aufstehen, als er mir die Hand auf den Arm legt. Das Herz schlägt mir sofort bis zum Hals, während meine Augen zwischen seinem intensiven Blick und der Stelle, an der unsere Körper Funken sprühen, hin und her huschen.

»Da war noch etwas anderes, worüber ich heute Abend mit dir sprechen wollte, bevor du gehst.« Als er sein frisches Bier an seine Lippen führt, zwinge ich mich, nicht darauf zu achten, wie sich seine Kehle beim Schlucken bewegt.

»Okay«, antworte ich nervös. Der Hopfen dreht sich heftig in meinem Magen.

Er beugt sich vor und stellt sein Bier auf dem Couchtisch ab, bevor er die Hände faltet und mich fixiert. Er bereitet sich auf einen Kampf vor. Ich spüre es. »Wir müssen deinen echten Namen benutzen.«

»Was?«, quietsche ich. »Nein. Nein, das war so nicht abgemacht.«

»Ich habe viel darüber nachgedacht, und unter den gegebenen Umständen halte ich es für das Beste, so ehrlich wie möglich zu sein. Je weniger wir lügen müssen, desto eher wird uns die Presse in Ruhe lassen. Wenn sie nichts über dich finden können, *Summer*«, er betont meinen Falschnamen, »werden sie nicht ruhen, bis sie fündig werden, und keinem von uns werden die Konsequenzen gefallen, wenn sie deinen wahren Beruf aufdecken.«

Er hat recht. Natürlich hat er recht. Und ich könnte mich treten, weil ich nicht daran gedacht habe, als ich ihm mein Leben für Monate überschrieben habe. Er hatte die Medien zwar erwähnt, doch ich hatte nur Dollarzeichen in den Augen.

Trotzdem, meinen richtigen Namen in Verbindung mit Shaw öffentlich zu machen bedeutet, dass ich nie mehr zu La Dolce Vita zurückkehren kann, selbst wenn ich es wollte – was ich nicht tue –, weil ich kompromittiert sein werde. Auf ewig assoziiert mit Shaw Mercer, meine wahre Identität der Öffentlichkeit bekannt. Erst jetzt beginne ich, die Schwere des Fehlers zu begreifen, den ich begangen habe, Geld hin oder her.

»Randi wird niemals einwilligen«, erkläre ich scharf.

»Das hat sie schon. Auf diese Art sind wir einer geringeren Gefahr ausgesetzt. Durch den Namen Summer kann man dich zu ihr zurückverfolgen. Durch deinen echten Namen nicht.«

Herr im Himmel. Ich weiß nicht so recht, welches Gefühl in mir die Oberhand hat. Verraten worden zu sein oder Panik. Randi wusste genau, was sie tat, und dass sie im Voraus nicht ganz aufrichtig zu mir war, ist nach allem, was ich für sie getan habe, niederschmetternd. Vielleicht war sie doch wütender auf mich, als sie sich hat anmerken lassen.

Aber die Panik löscht rasch das Niedergeschmettertsein aus.

Es gibt einen viel triftigeren Grund, warum ich nicht will, dass er meinen echten Namen kennt. Das hier ist nur ein Job, eine weitere Rolle, eine weitere Show. Ein Gehaltsscheck, nicht mehr. Ein Künstlername schützt nicht nur meine wahre Identität, sondern hilft mir auch dabei, fest in der Realität verankert zu bleiben. Er erinnert mich daran, Distanz zu wahren, die Situation völlig nüchtern zu betrachten, damit ich niemals vergesse, was ich tue und für wen.

Ohne »Summer« werde ich verwundbar. Ich werde *ich*. Diese ganze Farce wird zu real. Der Schleier über meiner Identität ist verschlissen, aber effektiv. Wenn mir dieser Schutz abhandenkommt, bin ich völlig wehrlos gegen den Sog seiner Anziehungskraft. Ich habe ihm schon gezeigt, wie er mich schwächen kann. Ich darf nicht noch mehr preisgeben.

Nein. Ich darf nicht hören, wie er an meinen Lippen oder in mein Ohr »Willow« flüstert. Wenn er in den nächsten vier Monaten meinen echten Namen benutzt, werde ich mich an ihn verlieren. Ich werde anfangen zu glauben, dass diese wahnsinnige Anziehung zwischen uns eine Zukunft haben kann. Ich darf nicht zulassen, dass die nüchterne Realität dieser Situation sich in eine kindische Fantasie verwandelt.

Nein, nein, nein.

Spiel auf Zeit. Finde einen anderen Weg.

»Ich muss selbst mit Randi sprechen.«

Er verzieht die Mundwinkel nach unten. »Natürlich. Aber du weißt, dass es die richtige Entscheidung ist.«

Vielleicht. Wahrscheinlich sogar, aber meine Seele schreit Nein. »Ich muss jetzt wirklich gehen.«

Er wirkt enttäuscht, steht aber auf, als ich es tue. Ich zucke leicht zusammen, als er seine Hand in mein Kreuz legt und ich sie am ganzen Körper spüre. Ohne ein Wort bringt er mich zur Haustür. Als ich in die Ballerinas schlüpfe, die ich auf dem Fliesenboden liegen lassen habe, spüre ich seinen prüfenden Blick auf mir.

Ich greife nach der Türklinke und sage über meine Schulter »Gute Nacht«, zu versteinert, um mich umzudrehen, aus Angst, dass ich unter der Macht seines Blicks einknicke.

Nur dass ich keine Chance zum Umdrehen bekomme, da mein Rücken an die kalte Facetten-Scheibe und meine Vorderseite an seinen straffen Körper gepresst wird. Er betastet mein Gesicht und hebt mein Kinn mit den Daumen an, sodass mir nichts anderes übrig bleibt, als seinen lusterfüllten Blick zu erwidern.

»Shaw, was machst du da?« Ich erkenne meine eigene Stimme nicht, die vor aufkommenden Gefühlen erstickt klingt. Ich weigere mich, es mir einzugestehen. Sein massiver Körper umfängt meine schmale Gestalt. Es macht mir Angst, dass es sich so richtig anfühlt. Ich kann kaum denken, vom Atmen ganz zu schweigen.

»Du darfst nicht bei jeder meiner Berührungen zusammenzucken.« Seine dunklen Augen blicken mir forschend ins Gesicht. Er versucht, meine widersprüchlichen Reaktionen zu deuten. Dass ich ihn begehre, ist klar, aber er hat recht. Jedes Mal, wenn er mich berührt, durchfährt mich ein Blitz aus

Energie. Es ist elektrisierend und sehr beängstigend. So etwas habe ich noch nie empfunden.

»Das ... Das tue ich doch gar nicht.«

»Und ob. Wenn wir glaubwürdig sein wollen, musst du dich meiner Berührung hingeben. Dich mit Leib und Seele danach sehnen und nicht davor zurückschrecken.«

Oh Mist. Ich sehne mich doch schon danach. Zu sehr.

Ich lecke mir die Lippen, eine unwillkürliche, nervöse Reaktion. Als er mit dem Daumen über meine feuchte Unterlippe fährt, gerät mein Blut in Wallung. Ich fühle mich von der reinen Lust, die uns umwabert, betrunken.

»Du bist so gottverdammt schön.« Leise, sehnsüchtige Worte streichen sanft über mein Gesicht und kratzen an meiner Willenskraft, als sei ich mitten in einer blendenden Lawine gefangen. »Wann bist du zum letzten Mal nach allen Regeln der Kunst geküsst worden? So gewissenhaft und vollkommen von einem Mann markiert worden, dass du den Druck seiner Lippen und das Spiel seiner Zunge noch spüren konntest, wenn du am Abend ins Bett gingst?«

»Stopp.« Meine Forderung ist eine Lüge in einem Atemzug.

»Mir gehen so viele sündige Dinge durch den Kopf. So verdammt viele. Doch im Moment werde ich mich damit begnügen, dir einen Kuss zu geben, den du direkt zwischen deinen verkrampften Schenkeln spüren wirst.«

Oh Gott.

Ich will mit dem Kopf schütteln, den er jedoch zwischen seinen kräftigen Händen festhält. Seine tiefen Seen sieden vor Lust, als er das Gesicht senkt, bis es nur noch zwei Zentimeter von meinem entfernt ist.

»Das gehört zum Tanz dazu, Goldlöckchen.«

»Hör auf, mich so zu nennen.« Mein Tadel kommt gehaucht heraus statt zornig, wie ich es eigentlich gewollt hatte.

»Jedes Paar hat Kosenamen füreinander. Und wir sind jetzt ein Paar.«

»Nur auf dem Papier.«

Heiße Atemzüge streichen über meinen Hals, während sein Mund zu meinem Ohr wandert. »Das ist mehr als nur auf Papier, Süße. Meine Hände werden auf deinem Körper liegen. Dich berühren, dich streicheln, dich halten. Meine Lippen werden dein Ohr streifen, deinen Hals, deine Schulter, deinen Mund. *Besonders* deinen Mund. Du musst dich daran gewöhnen, denn das werde ich tun. Sehr oft.«

Als sich sein weicher Mund auf die empfindliche Stelle unter meinem Ohr presst, stöhne ich. »Shaw.«

»Scheiße, ich liebe die Atemlosigkeit, mit der du meinen Namen sagst.«

»Wir – Gott, wir dürfen das nicht tun.« Doch meine Augen verraten mich. Sie sind in süßer Vorfreude geschlossen, während er weiter an mir knabbert. Bartstoppeln kratzen. Schauer laufen mir über den Rücken. Verlangen ist ein Kaleidoskop, das sich in mir dreht.

»Genau das müssen wir aber tun. Wir können uns nicht in der Öffentlichkeit zum ersten Mal küssen. Das muss echt rüberkommen und schon eingespielt sein, ähnlich wie die Liste der Charaktereigenschaften, die du vorhin fehlerfrei aufgesagt hast.«

Bevor ich ihn als Arsch beschimpfen oder einen anderen Protest äußern kann, dreht er meinen Kopf und lässt mich mit einem rauen »Ich kann nicht aufhören, darüber nachzudenken, wie du schmeckst« dahinschmelzen.

Dann ist sein Mund auf meinem und verscheucht alle Bedenken.

Seine Lippen sind weich und warm, haben jedoch auch genug Macht, um mir klarzumachen, dass er in jeder Sekunde, die er mich berührt, das Sagen hat. Es ist berauschend. Es gefällt mir zu sehr.

Shaws Präsenz ist dominierend, absolut. Eine ernst zu nehmende Macht. Deshalb erwarte ich, dass er einfordert, in Besitz nimmt, eindringt. Doch das tut er nicht. Er nimmt sich Zeit und prägt mich stattdessen. Markiert mich langsam, wie versprochen, zieht meine Oberlippe zwischen seine, bevor er dasselbe mit der Unterlippe tut.

Er wiederholt den sorgfältigen, langsamen Vorgang immer und immer wieder, saugt und kneift, übt genau den richtigen Druck aus. Es ist narkotisierend, süß und wahnsinnig gut. Ich kann mich nicht erinnern, je so geküsst worden zu sein. Als ich die erste Berührung seiner Zunge spüre, die Zugang fordert, will ich es so sehr, dass meine Lippen sich automatisch öffnen und ihn willkommen heißen.

Anfangs sind seine Zungenstöße leicht, als wollte er sich mich aneignen, mich schätzen lernen. Doch rasch werden sie tief, drängend. Fordernd. Ich schnappe nach Luft, als er mich so fest in die Lippe beißt, dass es schmerzt, bevor er zurückkommt, um mich zu verschlingen. Stöhnend verlagert er sein Gewicht und drückt seinen harten Schwanz tiefer in meinen Bauch. Ich pulsiere überall.

»Oh Gott«, flüstere ich. Eine heiße Spur brennt an meinem Kiefer entlang über meinen Hals, überall, wo seine Zähne spielerisch beißen und seine Zunge den Schmerz lindert.

»Herrgott, ich will dich.« Seine Lust kracht so heftig gegen mich wie Monsterwellen, die mich mit unersättlichem Verlangen überfluten. Ich ertrinke fast und lasse mich von ihm hinabziehen.

»Das dürfen wir nicht«, stoße ich hervor. Mein Körper schreit mich an: *Warum nicht? Lass dich gleich hier von ihm nehmen. Jetzt sofort. Es ist sowieso unvermeidlich.*

»Du willst mich. Ich kann es riechen.«

Ich auch. Ich gebe nicht einmal vor, es zu leugnen.

»Das spielt keine Rolle. Ich werde nicht mit dir schlafen«, keuche ich.

Inzwischen sind auch seine Hände beteiligt. Sie wandern langsam an meinem Oberkörper hinauf und versuchen mich umzustimmen. Meine Brüste sind schwer und schmerzen.

»Ach, Goldlöckchen, schlafen werden wir sowieso nicht, nur ficken, immer und immer wieder ficken«, knurrt er, als er sich auf den Weg zur anderen Seite meines Halses macht. Ich neige den Kopf.

Es ist verführerisch. *Er* ist verführerisch. Nur immer und immer wieder ficken klingt so unglaublich verlockend.

»Shaw, hör bitte auf.«

Er hält inne, weil er diesmal meine innere Zerrissenheit spürt, doch seine Muskeln bleiben angespannt, bereit, dort weiterzumachen, wo wir aufgehört haben, wenn ich es nur sage. *Sag es, sag es endlich, Miststück,* fauchen meine Geschlechtsorgane. Aber ich kann nicht. Davon würde ich mich nicht mehr erholen.

Shaw bedrängt mich nicht, sondern legt sanft seine Stirn an meine. Wir warten, bis unsere Atmung sich beruhigt und unsere Lust sich legt.

Mit rauer Stimme sagt er zu mir: »Du spürst das zwischen uns genauso sehr wie ich. Es wird nicht verfliegen. Es wird um sich greifen und sich verdichten, bis es uns beide verzehrt, so heiß und stark brennen, dass es niemals ausgelöscht werden kann.«

Ja. Genau das bereitet mir Sorgen.

»Ich muss jetzt gehen«, flüstere ich heiser. Bevor ich es nicht mehr kann.

Da er weiß, dass er mich nicht umstimmen wird, tritt er

seufzend einen halben Schritt zurück. Ich denke, dass er mich einfach durch die Tür schlüpfen lassen wird, weil er wütend darüber ist, dass er mich heute Abend nicht ins Bett gekriegt hat, doch er überrascht mich, indem er sanft mein Kinn umschließt und, den Blick mit meinem verschmolzen, mit verschlossenem Mund einen Kuss auf meine von ihm geschwollenen Lippen drückt.

»Gute Nacht, meine schöne Freundin.« Seine Augen funkeln.

Diese dämliche Bezeichnung durchfährt mich wie ein Blitzstrahl. Ich bin scharf und wütend darüber, dass es mir gefallen hat. Seine erotischen roten lächelnden Lippen flehen mich an, zu ihnen zurückzukommen. »Gute Nacht«, antworte ich, bevor ich es noch tue.

»Fahr vorsichtig.« Seine immer noch vor Lust belegte Stimme folgt mir den ganzen Weg zum Wagen. Als ich einsteige und losfahre, sehe ich, dass er mich von der Veranda aus beobachtet, die Hände in den Hosentaschen vergraben. Während er im Rückspiegel kleiner und kleiner wird, frage ich mich, warum die Vorstellung, dass er meinen echten Namen weiß, mir nicht halb so viel Angst macht wie noch vor fünfzehn Minuten, und wieso ich jetzt darauf brenne zu hören, wie er auf *seinen* atemlosen Lippen klingt.

An diesem Abend gehe ich in dem Wissen ins Bett, dass er sein Ziel erreicht hat. Ich konnte seinen Kuss überall fühlen, und ich schwöre, dass ich immer noch spüre, wie seine Lippen sich auf meine pressen, als mich der Schlaf übermannt.

11. KAPITEL

Shaw

Ihr Geruch.

Ihr Geschmack.

Ihre Rundungen.

Ihre weichen Lippen.

Ihre zarte Haut.

Ich kriege sie nicht aus dem Kopf. Dieser ungestillte Durst nach ihr grenzt an Besessenheit. Er ist seit fast zwei Wochen jeden verdammten Tag größer geworden, seit ich ihr – durch Liannas mitleiderregend traurige Bitte um Versöhnung abgelenkt – hinten reingefahren bin.

Oh Mist, ich will ihr wieder von hinten reinfahren, doch diesmal auf viel lustvollere Art. Für uns beide. Ich begehre sie so sehr, dass meine Eier permanent angespannt sind, und der Schmerz lässt sich nicht lindern, egal wie oft ich Druck ablasse. Ich brauche nur an ihre honigsüße Haut oder an ihr hauchiges Stöhnen zu denken, und schon leide ich genauso wie vorher. Höllenqualen.

Sie will mich, so viel ist klar. Sie hat aber auch eine Grenze gezogen, die sie nicht überschreiten will. Auf sonderbare Art und Weise verstehe ich ihre Zurückhaltung sogar. Unsere Vereinbarung ist nur kurzzeitig. Ein Geschäft. Und wir wissen alle, dass man Sex und Geschäft nicht mischt, es sei denn, man will später irgendwann dumm dastehen.

Ich kann ihr keine Zukunft bieten. Das weiß ich. Das ist natürlich Absicht, doch die Gründe sind unerheblich. Das Einzige, was ich zu bieten habe, ist Lust. Unermessliche, intensive, unvorstellbare Lust.

So beschissen das von mir ist, ich muss einen Weg finden, sie davon zu überzeugen, weniger vorsichtig zu sein und mich an sich heranzulassen, sonst werde ich vier Monate lang todunglücklich sein. Schließlich habe ich nicht nur von *ihr* verlangt, in den nächsten langen Wochen enthaltsam zu sein, sondern auch von mir selbst. Ich kann schlecht die Nummer mit der festen Freundin durchziehen, wenn ich um zwei Uhr morgens dabei ertappt werde, wie ich mit einem One-Night-Stand aus einem Hotelzimmer spaziere. Ein Großteil von mir wünscht sich jetzt, ich wäre letzte Woche auf Ginas Angebot eingegangen, denn so hätte ich zumindest etwas Dampf abgelassen.

Als ich von meinem Drink aufblicke, sehe ich die Empfangsdame auf mich zukommen. Erst als sie mit einer Handbewegung beiseitetritt, sehe ich *Summer*. Mein Schwanz zuckt.

Sie ist absolut umwerfend in ihrem schlichten schwarzen Cocktailkleid, dessen Ausschnitt tief genug ist, um reichlich Dekolleté zu zeigen, ohne dabei billig zu sein. Sie lächelt, als sie mich sieht, und bemerkt gar nicht, dass die Blicke aller Männer im Raum jetzt auf sie gerichtet sind, was sie nur noch faszinierender macht.

Ich will wissen, wer diese Frau wirklich ist. Nicht nur, wie sie heißt, sondern auch was sie denkt und was sie liebt. Ich will alles über ihre traurige Vergangenheit wissen.

Das schreit nach Zukunft, Shaw. Reiß dich zusammen.

»Du siehst zum Vernaschen aus«, flüstere ich und streife mit meinen Lippen über ihre Wange.

»Danke, Verkehrsrowdy.« Sie zuckt nicht zusammen, als ich meinen Arm um ihre Taille schlinge und sie nah an mich ziehe, während mein Mund bewusst noch ein Weilchen an ihrer warmen Haut verweilt.

Ja, ihr Wichser. Ich melde mein Anrecht an, auch wenn es nur vorübergehend ist.

Widerstrebend lockere ich meinen Griff und ziehe rechts von mir einen Stuhl für sie heraus. Ich warte, bis sie sich setzt, bevor ich meinen Platz wieder einnehme. Heute Abend ist unser erster öffentlicher Auftritt, seit sie vor fünf Tagen bei mir zu Hause war. Nur ein schlichtes Abendessen, aber ich habe dafür gesorgt, dass es in einem renommierten, exklusiven Treff nicht allzu weit vom Rathaus entfernt stattfindet.

Unsere Kellnerin ist sofort zur Stelle und nimmt die Getränkebestellung auf, bevor ich Summer auch nur fragen kann, wie ihre Woche war, was mich überraschenderweise wirklich interessiert.

»Wie war deine Woche, Goldlöckchen?« Ich grinse, als sie die Nase rümpft.

»Willst du mich jetzt immer so nennen?«

»Wie denn?« Ich heuchele Unschuld und halte mein breites Lächeln im Zaum. Ich habe keine Ahnung, warum es mir solchen Spaß macht, sie zu provozieren, denn so bin ich sonst gar nicht. Das ist eher Noahs Masche. Aber es macht mir Spaß. Ungeheuren. Man kann sie so leicht ärgern, und ich sehe so gern ihr Feuer brennen. Mit jedem Stochern löse ich die versteinerte Asche ein wenig mehr, damit ich den schlafenden Vulkan darunter vollkommen freilegen kann.

»Du weißt schon. *Goldlöckchen?*« Sie sieht so verdammt süß aus, wenn sie die Augenbrauen hochzieht und diesen fragenden Gesichtsausdruck aufsetzt. Er reizt mich zum Lachen.

»Ich habe dir doch schon gesagt, dass *Goldlöckchen* mein Kosename für dich ist. Deshalb habe ich fest vor, dich so zu nennen.«

»Er ist dämlich«, beklagt sie sich leise und unterbricht den Blickkontakt, als sie sich die schwarze Stoffserviette auf den Schoß legt und ihre Speisekarte in die Hand nimmt. Ich glaube nicht, dass sie das wirklich findet, habe aber nicht die Absicht, ihr zu widersprechen. Ich bin mit drei Frauen aufgewachsen. Dabei habe ich gelernt, mir meine Schlachten auszusuchen.

»Wenn du mir deinen echten Namen sagen würdest, würde ich ihn vielleicht weniger häufig verwenden.«

Ihre strahlend blauen Augen richten sich wieder auf mich.

»Hast du mit Ms Deveraux gesprochen«, frage ich unverblümt und halte ihrem finsteren Blick stand.

»Ja«, antwortet sie nach kurzem Zögern.

»Und?«

»Was, und?« Sie lässt die Speisekarte sinken und schenkt mir ihre ganze Aufmerksamkeit.

»Und, was habt ihr entschieden?«

Sie beißt sich auf die Lippe und sieht weg. Ihre Atmung ist tief. Die Kellnerin unterbricht uns mit ihrem Glas Rotwein, verschwindet jedoch schnell wieder, als ich ihr mit einem Blick zu verstehen gebe, dass wir noch Zeit brauchen. Nachdem Summer einen Schluck getrunken hat, richtet sie ihre Aufmerksamkeit wieder auf mich.

»Ein Name bedeutet Macht.«

Ich bin verblüfft, durcheinander. »Macht? Ein Name ist nur ein Name, Goldlöckchen.«

»Nein.« Sie schüttelt entschieden den Kopf. »Nein, er ist mehr als das, Shaw. Er bedeutet, Kontrolle abzugeben. Er bedeutet, ein Stück von sich selbst preiszugeben, das man nur freiwillig weggeben kann. Er ist eine Verbindung, die Menschen einander nahebringt. Er ist sogar etwas Intimes. Man verflucht einen Namen, indem man ihn laut herausschreit oder in einem leisen Atemzug flüstert. Man schreit ihn in unvorstellbarer Qual oder aus schierer Ekstase. Wenn du mich mit meinem Namen ansprichst, verändert sich die Dynamik zwischen uns. Das hier« – sie deutet auf uns beide – »wird persönlich statt geschäftlich.«

Sie ist eine erstaunliche Frau. Mit jedem aufschlussreichen Wort fasziniert sie mich mehr. Mein schöner weiblicher Kobold hat einen Abgrund aus Schmerz in seiner Seele, deshalb hält er die Zügel der Kontrolle fest umklammert und gibt auch nicht das kleinste Stückchen davon ab.

Doch auch wenn ihre Theorie etwas für sich hat und in ihrem Beruf vielleicht sogar notwendig ist, liegt das Problem dabei, sie auf uns zu beziehen, darin, dass wir uns in der kurzen Zeit, die wir uns kennen, nähergekommen sind als nur auf Armeslänge. Das zwischen uns *ist* schon persönlich. Ich weiß es. Sie weiß es. Sie will es nur nicht wahrhaben, und ich weiß nicht so recht warum.

Ich beuge mich dicht zu ihr und lege die Hand an ihre Wange. Mein Daumen streichelt in Kreisen über ihre weiche Haut. Ich will sie küssen. Ich will sie verdammt noch mal inhalieren. Mit leiser Stimme sage ich zu ihr: »Ich weiß, dass du es nicht glauben willst, Süße, aber egal, ob ich deinen richtigen Namen weiß oder nicht, versichere ich dir, dass meine Gefühle für dich vollkommen unprofessionell sind.«

Ihre Augen schließen sich flatternd, als ich dem Verlangen nachgebe, meinen Mund auf ihren zu legen. Ich bewege die Lippen sanft, andächtig, und meine behutsame Erkundung bestätigt, dass sie so verdammt gut schmeckt wie in meiner Erinnerung von neulich Abend.

»Zwischen uns wird es sehr persönlich werden. Das ist es schon«, flüstere ich an ihren feuchten Lippen und zwinge mich, mich zurückzuziehen, obwohl ich nichts anderes will, als sie auf meinen Schwanz zu setzen. »Du weißt, dass ich recht habe.«

»Ich … Ich kenne die richtige Antwort nicht.« Ihre leise Stimme klingt unsicher und entzündet eine wütende Fackel in mir.

»Du hast dich vertraglich verpflichtet. Die Sache ist zu wichtig, um sie zu vermasseln.«

Offenbar hat meine Bemerkung auch in ihr ein Feuer entzündet. Als sie spricht, ist ihr Ton schroff und bissig. Davon werde ich sogar noch härter, als ich schon bin.

»Apropos. Wenn ich genau wüsste, *warum* wir das tun, könnte ich eine fundiertere Entscheidung treffen. Immerhin werden wir viel Zeit miteinander verbringen, und ich habe eine Geheimhaltungsvereinbarung unterschrieben. Eigentlich finde ich, dass du mir das schuldig bist. Wenn du mich im Dunkeln tappen lässt, ist es wahrscheinlicher, dass ich es vermassele.«

Ich seufze schwer. »Kannst du mir nicht einfach vertrauen?«

»Das sollte auf Gegenseitigkeit beruhen«, antwortet sie entschieden.

Ich schinde Zeit, indem ich einen Schluck von meinem Manhattan schlürfe. Wie es aussieht, ist sie auf der richtigen Spur, kann es also schaden, vollkommen ehrlich zu ihr zu sein?

Vollkommen? Ja. Ich tue das für meinen Vater, das stimmt schon, doch ich tue es zum Großteil, um Bluebelle und ihre schmutzige Vergangenheit zu schützen oder vielleicht sogar ihre schmutzige Gegenwart. Aber *teilweise?* Das sollte in Ordnung sein.

»Na schön, dass mein Vater als Bürgermeister wiedergewählt werden will, weißt du ja schon. Sagen wir einfach, dass sein neuer Wahlkampfmanager es für eine gute Idee hält, wenn ich für eine Zeit solide würde.«

Sie betrachtet mich eingehend, bevor ein leises Lächeln um ihre Lippen spielt. »Da steckt doch noch mehr dahinter.«

»Wie kommst du darauf?«, frage ich, von ihrem Durchblick beeindruckt, obwohl ich das wohl inzwischen nicht mehr sein sollte.

»Weil diese Argumentation einfach nur dumm ist. Dass du eine Freundin hast, garantiert deinem Vater nicht seine Wiederwahl, und wenn der neue Wahlkampfmanager das glaubt und deinen Vater davon überzeugt hat, muss nicht nur sein Wahlkampfmanager gefeuert werden, sondern dann verdient es dein Vater auch zu verlieren.«

Nachdem mein Schock nachgelassen hat, lache ich so laut, dass ich die Aufmerksamkeit der Tische um unseren, der fernab von lauschenden Ohren in einer Ecke steht, auf mich ziehe. Es ist eine gute Stelle, um gesehen, aber nicht belauscht zu werden.

Immer noch lachend sage ich: »Du musst eine der scharfsinnigsten Frauen sein, die ich je getroffen habe.«

Stirnrunzelnd legt sie den Kopf schief. »In Anbetracht des Umfangs deiner Erfahrungen verrät mir das viel über den Umgang, den du pflegst.«

»Ist das so?« Ich bin ernüchtert und frage mich, warum das mehr schmerzt, als es sollte. Ich war schon mit vielen Frauen zusammen, ja, doch bis jetzt habe ich mich nicht im Entferntesten dafür geschämt. Selbst meine Familie konnte mich nicht beschämen, obwohl sie es zu diversen Gelegenheiten versucht hat. Ich weiß, dass dieses liebreizende Geschöpf neben mir das nicht mit Absicht getan hat. Sie hat nur eine Tatsache festgestellt. Trotzdem muss ich erst einmal schlucken.

Bevor ich antworten kann, nähert sich unsere Kellnerin wieder. Wenige Minuten später geht sie mit unserer Essensbestellung weg, und wir verstummen, halten aber weiter Blickkontakt.

»Willst du mir deinen Namen jetzt nicht sagen?«, dränge ich sie.

»Sobald du deine Geschichte fertig erzählt hast. Du weißt schon, die wahre Geschichte, nicht die gut einstudierte Aufzählung von oberflächlichem Bullshit«, antwortet sie frech und grinst selbstzufrieden.

Ich blinzele und verdaue den Spruch, der mein eigener war.

»Was ist los? Sprachlos, Shaw?« Sie stützt die Ellbogen auf den Tisch und beugt sich zu mir. »Vielleicht gefällt es dir nicht, wenn eine Frau zu direkt ist? Vielleicht sind dir unterwürfige kleine Mädchen lieber, die mit den Wimpern klimpern, sich hinknien und sich dir mit den Worten ›Ja, Sir‹ auf den Lippen unterwerfen.«

Mein Schwanz springt auf ihre Großmäuligkeit an. Himmel Herrgott, ich will sie dominieren und kontrollieren. Ich will sie vögeln, brutal und schnell und so verdammt grob, dass sie sich gut merkt, wer hier das Sagen hat, und sich ihre Unverschämtheit zweimal überlegt, auch wenn sie mich steinhart macht.

Den Daumen fest unter ihrem Kinn lege ich die Hand an ihren schlanken Hals, ziehe ihr Ohr an meinen Mund und sage mit rauer Stimme: »Ich schwöre bei Gott, meine Schöne, wenn wir irgendwo anders wären als in einem Raum voll mit den angesehensten Geschäftsleuten in Seattle, würde ich dich übers Knie legen, dein Slip läge auf dem Boden, und meine Handabdrücke würden deinen festen kleinen Arsch zieren, bevor ich dich mit meinen Fingern ficke, bis du heiser bist.«

Mein harter Schwanz zuckt, als sie leise stöhnt. Ich bin so auf das schnelle Trommeln ihres Pulses unter meinen Fingern und auf die Beschleunigung ihrer Atemzüge fokussiert – was beides darauf hindeutet, dass das, was ich ihr angedroht habe, gar keine Drohung war, sondern ein Versprechen, von dem sie gern hätte, dass ich es erfülle –, dass ich vergesse, wo wir uns befinden. Erst als es zu spät ist, höre ich jemanden kommen.

»Shaw Mercer, sind Sie das? Sie sind es. Wie überaus nett, Sie hier zu sehen.«

Summer windet sich in meinem Griff und befreit sich schließlich daraus, aber nur weil ich ihn angesichts der unliebsamen Störung gelockert habe. Mein Blick hebt sich widerwillig zu unserem Störenfried, und obwohl dieses Szenario mich freuen sollte, da ich dieses Restaurant genau aus dem Grund ausgewählt habe, kann ich an nichts anderes denken als daran, dass ich die Frau neben mir mit zu mir nach Hause nehmen und ihr Lust bereiten will, bis ihre Muskeln zittern und ihr Gehirn zu Brei wird. Ich will sie mir so gern unterwerfen, dass es mir die Kehle zuschnürt.

Ich stehe auf, um der Vorsitzenden des Stadtrats ein Küsschen auf die Wange zu geben, während ich mir strategisch die Serviette vor meine pulsierende zornige Erektion halte.

Trotz des Versuchs, die Lust in meiner Stimme zu verbergen, krächze ich: »Emily, die Freude ist ganz meinerseits. Wie geht es Howard und den Kindern?«

»Gut, danke«, lügt sie. Ich weiß nämlich zufällig, dass Howard letzten Monat fünf Riesen verloren hat und sie deshalb ihre Hypothekenrate zu spät bezahlt haben. Ich weiß auch, dass ihr achtzehnjähriger Sohn letztes Wochenende verhaftet wurde, weil bei ihm genügend Gras entdeckt wurde, um eine Anklage wegen versuchten Drogenhandels zu rechtfertigen. Die Familie der armen Emily geht den Bach runter, und weil sie eine öffentliche Person ist, kann sie solchen Mist nur schwer geheim halten. Unmöglich ist es nicht – ich habe das auch schon geschafft –, aber schwierig.

Emilys Aufmerksamkeit richtet sich jetzt auf meine hübsche Begleiterin. Ich lächele über die Röte, die immer noch ihre hellen Wangen verfärbt, und sehne mich danach zu sehen, wohin sie sich sonst noch ausgebreitet hat. »Und wen haben wir hier?«, fragt sie mit aufrichtigem Interesse.

Emily Smith mag in der Stadtverwaltung von Seattle eine mächtige Frau sein, doch sie ist auch eine der größten Klatschbasen, die je ein öffentliches Amt bekleidet hat.

»Äh, das ist meine Freundin …« Ich stocke wie ein Idiot, weil ich nicht weiß, wie ich sie vorstellen soll, da sie mir ihren verdammten Namen immer noch nicht verraten hat.

Aber sie ist schon aufgestanden, lächelt freundlich und streckt ihr die Hand hin. »Willow Blackwell. Freut mich, Sie kennenzulernen, Emily.«

Ich schwöre bei allem, was mir heilig ist, es hätte mich fast aus den Socken gehauen. Bis zu diesem Moment war mir nicht klar gewesen, wie viel Macht ein Name haben kann. Aber jetzt schon, denn ihrer fegte einfach durch mich hindurch wie ein F5-Tornado, bevor er sich irgendwo um die Mitte meiner Brusthöhle festsetzte.

Willow. Musik für meine Seele. Und perfekt für diese starke und schöne Frau.

Mist. Was macht sie mit mir?

»… sich kennengelernt?«

Ich war so hingerissen, endlich ihren wahren Namen zu erfahren, dass mir die Hälfte des Gesprächs zwischen Emily und Willow entgangen ist.

»Ach, Shaw ist mir hinten reingefahren.« Sie klimpert mit den Wimpern und lächelt süß, während sie über den Tisch greift und ihre Finger mit meinen verschränkt. Ich drücke ihre Hand fest und setze ebenfalls ein Lächeln auf. Ich habe keine Ahnung, warum sie von der Farce abweicht, die wir uns Anfang der Woche überlegt hatten, dass wir uns durch einen gemeinsamen Freund kennengelernt haben.

»Oje.« Emily greift sich ans Herz. »Hoffentlich geht es Ihnen gut, meine Liebe.«

»Ach, alles in Ordnung. Nur ein bisschen angeschlagen. Mein Hals ist aufgrund des Schleudertraumas noch ein bisschen steif, aber Shaws magische Hände lösen die Verspannungen, wenn ich mich verkrampfe. Aber danke der Nachfrage.« Sie berührt Emily leicht am Arm und fügt hinzu: »Das ist sehr freundlich von Ihnen.«

Angeschlagen? Verkrampft? Was soll das? Das haben wir so nicht besprochen.

»Du meine Güte, Shaw Mercer, Sie sollten lernen, vorsichtiger zu fahren«, schimpft mich Emily aus, als sei ich wieder siebzehn und beim Rückwärtsherausfahren versehentlich gegen das Garagentor gerumst. Niemand ist unfehlbar.

»Ja, das sollte ich wohl«, murmele ich und überlege, wie es dazu kommen konnte, dass ich jetzt wie der Bösewicht dastehe, obwohl Willow an meiner Seite zu haben mich doch zum besseren Menschen machen soll.

»Ich hoffe, Sie sind für den Schaden aufgekommen.«

Ich öffne den Mund, um zu antworten, als Willow mir zuvorkommt. »Nun, ich sollte es wohl nicht sagen, da wir uns nicht kennen, aber er war so um meine Sicherheit in dem kleinen Fiat, den ich fahre, besorgt, dass er sich geweigert hat, ihn reparieren zu lassen, und mir stattdessen einen brandneuen Audi bestellt hat. Er hat eine Sicherheitsbewertung von zehn Punkten, und Shaw ist ein Kontrollfreak, wenn es um meine Sicherheit geht. Mir war gar nicht klar, wie gefährlich diese kleine Blechkiste, die ich fahre, eigentlich ist.«

Der liebevolle, bewundernde Blick, den sie mir zuwirft, haut mich völlig um und lässt mein Herz schneller schlagen. Sie ist so verdammt gut, dass sie sogar mich zum Narren hält.

»Ein neues Auto? Meine Güte. Dann muss es zwischen Ihnen sehr ernst sein. Ich hatte ja keine Ahnung, dass Sie mit jemandem zusammen sind, Shaw. Ihr Vater hat kein Wort gesagt.« Sie klingt skeptisch, und ich versuche die neue Auto-Story so weit zu verdauen, dass ich imstande bin, die Scherben unserer nun zerschmetterten Geschichte zu etwas Glaubhaftem zusammenzuschustern, als Willow wieder einspringt.

»Wir haben es geheim gehalten, wissen Sie. Ich will nicht, dass irgendetwas zwischen Shaw und mir die Kampagne zur Wiederwahl des Bürgermeisters, die gerade erst in Fahrt kommt, in den Hintergrund drängt.« Wieder diese verliebten Blicke. »Er hat versucht mich davon zu überzeugen, dass wir die Sache trotzdem geheim halten können, auch wenn er mich seiner Familie vorstellt, aber ich habe mich gewehrt. Deshalb muss ich die Schuld dafür auf mich nehmen, dass der Bürgermeister noch nichts von mir weiß, fürchte ich.«

Ach du.

Scheiße.

Die Frau ist verdammt genial.

»Natürlich, klar, das ist sehr vernünftig«, antwortet Emily und klingt, als hätte sie es nicht geglaubt, bis sie es selbst laut ausgesprochen hat.

Gott sei Dank kommt das Essen und bewahrt uns vor einer weiteren Störung. Ich bin auf dem falschen Fuß erwischt worden und erhole mich nur langsam davon.

»Nun, Shaw, es war schön, Ihre Neuigkeiten zu erfahren. Ich lasse Sie zwei Turteltäubchen in Frieden essen, und keine Sorge.« Sie beugt sich zu uns und senkt die Stimme zu einem krächzenden Flüstern. »Ich werde Ihrem Vater keinen Ton sagen. Das steht mir nicht zu.«

»Natürlich, Emily. Das wüsste ich sehr zu schätzen«, antworte ich und klinge, als sei ich ihr zu Dank verpflichtet. Ich glaube ihr. Sie wird meinem Vater kein Wort davon erzählen.

Zufällig weiß ich, dass mein Vater die hinterhältige Ziege nicht ausstehen kann, doch mir ist nicht entgangen, dass sie nicht versprochen hat, es niemandem sonst zu sagen. Ich denke, ich sollte lieber früher als später ein Familientreffen ansetzen, sonst stehe ich bei meiner Mutter das ganze nächste Jahr auf der schwarzen Liste.

»Was zum Teufel war das gerade?«, frage ich wütend, als Emily außer Hörweite ist.

»Keine Ahnung, was du meinst«, antwortet sie süß und nimmt ihre Gabel in die Hand.

»Du weißt verdammt gut, was ich meine, *Willow*.« Himmel, ihr Name klingt auf meiner Zunge nach wie alter Scotch.

Sie hält mitten im Bissen inne und richtet ihre feuchten Augen auf mich. Ich lasse den Blick auf ihr nacktes Dekolleté sinken, das jetzt leicht gerötet ist, und wenn ich mich nicht irre, hebt und senkt sich ihre Brust mit ihrer beschleunigten Atmung etwas schneller. Mir fällt wieder das zarte abstrakte Silberkettchen auf, das mit einem Hauch Violett schattiert ist und direkt unter ihrer Halsgrube liegt. Sie hat es bei jedem unserer Treffen getragen, und ich frage mich, warum es ihr so wichtig ist. Als sich unsere Blicke endlich wieder begegnen, erwarte ich, Verlangen darin zu erkennen, sehe aber nur Zwiespältigkeit.

Sie spielt ihre Rolle brillant, während ich sie zu manipulieren versuche.

Ich bin ein Arschloch. Mein außer Kontrolle geratenes Verlangen nach ihr treibt mich zu vollkommen untypischem Verhalten. Ich laufe Frauen nicht nach. Sie laufen mir nach. Das ist eine Tatsache und hat nichts mit einem übersteigerten Ego zu tun. Vielleicht muss ich bei ihr meine Taktik ändern. Den Druck rausnehmen und sie langsam zu mir ziehen, statt sie mit meiner unerbittlichen Verfolgung zu verscheuchen.

Okay. Neuer Schlachtplan.

Ich spreche sanfter, ziehe den Mundwinkel hoch und sage: »Ich kaufe dir also einen neuen Wagen, ja?«

Die Stimmung verändert sich spürbar, als sich ein verlegenes Lächeln, das ihre Augen erreicht, auf ihrem Gesicht ausbreitet. Herr im Himmel, es haut mich jedes Mal um, wenn sie das tut.

»Ich habe darüber nachgedacht, was du neulich gesagt hast, dass man so nahe bei der Wahrheit bleiben soll wie nur möglich, und da dachte ich, dasselbe sollte auch dafür gelten, wie wir uns kennengelernt haben. Ich wollte das heute Abend mit dir besprechen, hatte aber keine Gelegenheit mehr dazu, und es ist mir einfach rausgerutscht. Vielleicht bin ich etwas zu weit gegangen. Entschuldige.«

Ich lache. »Nein, schon gut. Du hast natürlich recht. Außerdem wirst du, wenn das hier vorbei ist, einen hübschen kleinen Notgroschen haben, um dir deinen eigenen neuen Wagen zu kaufen, stimmt's?«

Als ihr Gesicht lang wird, weiß ich, dass ich etwas Falsches gesagt habe. »Stimmt«, murmelt sie.

»Habe ich etwas gesagt, das dich verärgert hat?« Als ich den Blick senke, liegt ihre Hand in meiner. Wie sie dorthin gekommen ist, weiß ich nicht.

»Nein.« Sie sieht mich nicht an, als sie antwortet, und da weiß ich, dass sie lügt.

»Sieh mich an.«

Sie zögert.

»Willow.« Das funktioniert. Ich weiß nicht, was ich erwarte, als sie mir in die Augen sieht, aber nicht diese Leere in ihrem Blick. Ihre Fassade ist sicher festgezurrt. Es macht mich stinkwütend. Ich habe Mist gebaut, sie wieder dazu gebracht, dichtzumachen, und ich habe keine Ahnung, wie.

»Hey.« Ich beuge mich zu ihr, bis unsere Gesichter nur noch Zentimeter voneinander entfernt sind. »Was ich auch gesagt habe, das dir die Stimmung verhagelt hat, tut mir leid.«

»Du hast nichts gesagt, was ich nicht hätte hören müssen«, erwidert sie distanziert.

»Willow«, flehe ich und weiß nicht mal, worum ich sie anbettele. Ich will nur wieder dieses umwerfende Strahlen in ihren Augen sehen, wenn ich sie zum Lächeln bringe.

»Schon okay. Mir geht's gut. Wirklich.«

Ihr künstliches Lächeln ärgert mich. Als sie ihre Hand unter meiner wegzieht und weiterisst, nehme ich den Verlust ihrer Berührung intensiv wahr. Das verwirrt mich.

Wir essen schweigend, bis ich es nicht mehr aushalte. »Und dein Hals? Tut er wirklich weh?«

Mir wird ein weiteres Lächeln gegönnt, und ich bin erleichtert, das Richtige gefragt zu haben.

»Ein bisschen, aber keine Muskelkrämpfe.«

»Das ist jammerschade. Ich hätte sie dir wegmassieren können.« Ich wackele vielsagend mit den Augenbrauen, und sie kichert. Volltreffer. »Hat sich das schon ein Arzt angesehen? Ich komme für alle Arztkosten auf«, sage ich entschieden.

Ich habe mich schon in den Arsch gebissen, weil ich am Tag des Unfalls keine Kontaktdaten mit ihr ausgetauscht habe. Ich war so sehr auf mein eigenes Leben fokussiert, auf meine eigenen belanglosen Probleme, dass ich mich wie der letzte Scheißkerl verhalten habe.

»Nein, Shaw. Mir geht es wirklich gut. Es war nach ein paar Tagen wieder weg.«

»Du musst mir erlauben, deinen Wagen reparieren zu lassen. Du suchst die Karosserie-Werkstatt aus, und ich kümmere mich um alles.«

»Das mache ich. Ich war nur … Ich war sehr mit anderen

Dingen beschäftigt. Ich kann damit noch fahren. Ich werde mir bald die Zeit dafür nehmen.«

Meine Mundwinkel verziehen sich nach unten, während ich mich frage, womit sie so verdammt beschäftigt ist, dass sie nicht einen oder zwei Tage erübrigen kann, um ihren Wagen reparieren zu lassen. Mir gefällt es nicht, dass sie meinetwegen in einem kaputten Wagen herumfährt. Eigentlich gefällt es mir nicht, dass sie überhaupt in dieser Schrottkarre herumkurvt.

»Es tut mir wirklich sehr leid. Was an dem Tag passiert ist. Wie ich mich verhalten habe.«

Sie legt ihre Gabel weg. Sie hat ihr Essen kaum angerührt, und ich bin mir sicher, dass es inzwischen genauso kalt geworden ist wie meins. »Du warst abgelenkt. Das kommt vor.«

»Ich war ein Trottel.«

»Das auch.« Sie zwinkert mir zu. Ich lache. Die Spannung legt sich, als hätte sie die Atmosphäre nie gestört.

»Also … dir ist klar, dass du meine Familie jetzt sehr bald kennenlernen musst.«

»Jetzt schon?« Das versetzt sie fast in Panik.

»Ich fürchte ja. Du warst großartig mit Emily, aber diese Frau hat Yayas praktisch erfunden.«

»Yayas?«

»Ja. So nennt meine Mutter sie. Waschweiber, Plaudertaschen, Klatschmäuler. Emily Smith ist zwar die Stadtratsvorsitzende, aber vor allem als die größte Wichtigtuerin im Rathaus bekannt.«

»Oh.« Ihre Augen werden groß, als ihr klar wird, was sie angerichtet hat. »Oh Mist.«

»Hey, ist schon okay.« Ihre Hand liegt wieder in meiner. Es fühlt sich so verdammt gut an. Zu gut, eigentlich. Aufgrund der Gefühle, die diese Frau in mir auslöst, sollte das Schrillen der

Alarmglocken mich taub machen, doch merkwürdigerweise bleiben sie aus. »Es musste ja früher oder später passieren. Das ist genau das, was wir brauchen.«

»Ja, okay.« Das klingt nicht sehr überzeugt.

»Wie bist du hierhergekommen?«, frage ich sie rasch, da ich nicht will, dass ihre Stimmung wieder in den Keller geht.

Sie lächelt dünn. »Mit dem Taxi.«

»Dann ist es beschlossene Sache. Ich fahre dich nach Hause.« Ich winke die Kellnerin heran und bitte um die Rechnung.

»Nein, Shaw, das musst du nicht.«

»Aber so enden richtige Dates nun mal.«

»Aber das ist kein –«

»Sag das nicht«, schnauze ich sie an. »Das ist ein beschissenes Date, Willow, und ein Nein lasse ich nicht gelten.«

Ihr hitziger Blick brennt Löcher in meine Haut. Er ist voller Trotz und Sturheit. Ich spüre ein heftiges Ziehen im Schwanz. Ihr Stuhl schrammt über den Boden, als sie aufsteht, und gerade, als ich denke, dass sie mich hier allein sitzen lassen will, gibt sie nach.

»Was soll's. Ich denke, jetzt, wo du meinen Namen kennst, hänge ich voll mit drin. Wenn ich Nein sage, wirst du mich sowieso ausfindig machen.«

»Da hast du wahrscheinlich recht.« Ich grinse triumphierend.

»Wahrscheinlich?«

»Vielleicht?«

Ihr biegsamer Hals streckt sich, als sie sich kichernd zurücklehnt, womit sie eine Kettenreaktion auslöst. Immer, wenn ihr Gesicht sich zu einem Lächeln verzieht, tut es auch meins. Jedes Mal, wenn ihr Herz rast, hält meins Schritt. Jedes Mal, wenn ihr Blick sich mit Verlangen füllt, will ich in sie hineingleiten und dort bleiben.

»Bist du so weit?«, murmele ich und hauche ihr einen Kuss auf die Wange. Gott, wie gern ich dieses Stocken ihres Atems an meiner Wurzel spüren würde, wenn sie mich tief in sich hält.

Mist, wie lautet der neue Schlachtplan noch mal?

Ich werfe drei Hundertdollarscheine auf den Tisch, in denen ein hübsches Trinkgeld für unsere Kellnerin enthalten ist. Mit meiner Hand tief auf Willows Kreuz führe ich sie durch die eng stehenden Tische hindurch und grüße auf dem Weg höflich mehrere Restaurantgäste, darunter auch einen Reporter von der *Seattle 7-Day*, eine der alternativeren Zeitungen in der Gegend, die eine Vorliebe für politischen Klatsch hat. Ich wäre nicht überrascht, wenn sie in der nächsten Ausgabe eine Titelgeschichte über uns brächten.

Als Willow in meinem Rover sitzt, frage ich: »Wohin?«

»Beacon Hill.«

Ich würde gern ihre Hand halten, tue es aber nicht. Jetzt, wo wir nicht mehr im Blickpunkt der Öffentlichkeit stehen, gibt es keinen Grund mehr dafür. Ich bin erstaunt darüber, wie aufgebracht ich war, weil sie nicht zugeben wollte, dass wir ein Date hatten, obwohl sie damit recht hat. Es ist rein geschäftlich. Ich bin über viele Dinge erstaunt, vor allem über den Gedanken, was meine Familie von ihr halten wird. Warum sollte mich das interessieren? Ich bezweifele, dass ich Willow Blackwell nach diesen vier Monaten je wieder zu Gesicht bekommen werde.

Beim Gedanken daran trifft mich eine weitere Überraschung in Form eines starken Schmerzes mitten in meiner Brust.

Allzu bald biege ich in den Court Way ein und halte vor einer zweigeschossigen Eigentumswohnung. Willows schwarzgelb gestreifter Fiat mit seiner teilweise abgebrochenen, gerade noch festhängenden Stoßstange ist ein Leuchtfeuer, sodass ich weiß, dass wir am richtigen Ort sind. Die Wohnung ist nicht heruntergekommen, aber auch nicht sehr schön.

»Du wohnst mit deiner Freundin hier?«

»Ja.«

»Glaubst du wirklich, dass es sicher ist?« Ich spähe durch die Windschutzscheibe und stelle fest, dass die Bäume und Sträucher verwildert sind und Verbrechern ein perfektes Versteck bieten würden.

»Ja, es ist sicher. Ich wohne hier schon seit Jahren ohne Zwischenfälle.«

»Hast du ein Überwachungssystem?« Ich drehe mich zu ihr.

»Weißt du, ich bin mein ganzes Leben recht gut ohne dich klargekommen. Ich denke, ich komme zurecht.«

»Wirklich?«, frage ich. Jetzt, wo sie eine Tür geöffnet hat, trete ich hindurch.

»Wirklich, was?«

»Bist du wirklich recht gut klargekommen?«

Ihr Gesicht wird ausdruckslos, und wir starren uns in unbehaglichem Schweigen an. Nicht einmal die Luft wagt es, sich zu bewegen. Ich sehe ihre Antwort deutlich, auch wenn sie sie nicht aussprechen will. *Nein. Ich bin überhaupt nicht klargekommen.* Doch es ist offensichtlich, dass trotz meines Eintretens durch diese Tür sie mich nicht zwangsläufig drin bleiben lässt.

Das Verandalicht springt an und zieht ihre Aufmerksamkeit auf sich. Ich spüre, wie ich nicht sehr subtil zurück über die Schwelle geschubst werde und dass der flüchtige Blick auf ihre Verletzlichkeit vorbei ist. Ich spüre fast, wie die Tür auf meinem Hintern brennt, als sie sie zuknallt.

»Danke für das schöne Abendessen. Ich werde voll Ungeduld auf deinen nächsten Anruf warten«, witzelt sie. Es klingt angespannt, hölzern. Ich merke, dass sie weg will.

Ich bin ihr auf der Spur. Wenn ich ein Thema anspreche, das ihr nicht gefällt, weicht sie aus, indem sie wegläuft.

»Ich melde mich bei dir«, verspreche ich ihr.

Im Grunde will ich ihr sagen: *Komm mit zu mir nach Hause. Lass mich dich vögeln, bis du vor Befriedigung so sehr schluchzt, dass du deine Finsternis nicht mehr spürst.*

Mit einem angespannten Lächeln zieht sie am Türriegel und steigt aus meinem SUV. Ich lasse sie ohne ein Wort oder einen Gutenachtkuss gehen. Sie läuft anmutig den Weg hinauf, steigt die drei Treppenstufen zur Veranda hoch und steckt ihren Schlüssel ins Schloss. Die Haustür schwingt auf, und in dem Moment, als ich glaube, dass sie sie gleich hinter sich schließt, dreht sie sich um und schenkt mir ein aufrichtiges, wenn auch kurzes Lächeln, bevor mir ein verhasstes Stück Massivholz den Blick auf sie versperrt.

Ich schalte den Rover in den Rückwärtsgang und fahre mit einem letzten Blick auf das Haus langsam weg. Erst in diesem Moment braust die größte, schockierendste Offenbarung durch mich hindurch wie ein Crescendo.

Wenn es mir gerade so viel schwerer fiel als gedacht, Willow Blackwell von mir fortgehen zu lassen, wie zum Teufel wird es dann erst in vier Monaten sein, wenn sie für immer von mir geht?

12. KAPITEL

Willow

»Hallo?«, rufe ich in das stille Haus und lege Handtasche und Schlüssel auf dem Küchentisch ab. Mein Blick wandert durch den geräumigen, unbelebten Raum. Ich glaube nicht, dass sich seit dem Tag vor viereinhalb Jahren, an dem mein Vater starb, etwas geändert hat. Eigentlich bin ich mir nicht einmal sicher, ob sich in den vierzehn Jahren, seit meine Schwester Violet starb, viel geändert hat.

Ich lasse den Blick über die kanariengelben Wände schweifen und stelle fest, dass sie einen frischen Anstrich gebrauchen könnten. Mein Blick bleibt am dritten Schrank von links hängen, der immer noch eine große runde Delle von dem Zwischenfall aufweist, als Violet einmal versuchte, mit dem falschen Besenende eine riesige Spinne zu töten. Sie hat sie zwar erwischt, bekam aber auch Riesenärger, als meine Eltern nach Hause kamen und den Schaden entdeckten, den sie angerichtet hatte.

Ich lächele, als mir die Kratzer auffallen, die in der Mitte des Parkettbodens, wo Violet und ich damals versuchten, in den Stöckelschuhen meiner Mutter unsere Laufstegtechnik zu perfektionieren, immer noch zu sehen sind. Ich war damals fünf. Violet bekam auch damals die Strafe voll ab, weil sie »reifer« war und »es hätte besser wissen müssen«.

Violet war zwar fünf Jahre älter als ich, aber trotzdem meine beste Freundin. Sie behandelte mich nie wie eine dumme, nervige kleine Schwester. Bis zum Schluss behandelte sie mich wie eine Gleichberechtigte. Das liebte ich an ihr, und jetzt, wo ich erwachsen bin, weiß ich es umso mehr zu schätzen.

Als mein Blick auf den verstaubten KitchenAid-Mixer fällt, überkommt mich eine unerwartete Welle der Trauer. Ich vermisse meine Schwester. Ich vermisse meinen Vater. Ich vermisse unsere Familie, wie sie früher war. Glücklich. Als wir noch nichts von den Tragödien ahnten, die uns widerfahren würden.

Ich fahre mit dem Finger über den glänzenden, glatten Deckel des Mixers und erinnere mich. Früher war meine Mutter eine leidenschaftliche Bäckerin. Da sie schwor, dass man mit Jonagold den besten Apfelkuchen backen könne, machten wir jeden Herbst einen Tagesausflug nach Skagit County, um sie scheffelweise zu pflücken. Dann aßen Violet und ich so viele davon, bis uns schlecht wurde.

Dieses Haushaltsgerät sehe ich seit Jahren jede Woche, und doch zerreißt mich ausgerechnet heute eine unliebsame Erinnerung.

»Was ist das?«

»Mach es einfach auf, Evelyn«, drängt mein Vater. Wir wechseln Blicke. Ich sehe, dass er nervös ist und hofft, dass sein Geschenk seine Frau aus ihrer Depression reißen wird. Ich glaube nicht daran. Nichts als die Auferstehung ihrer Lieblingstochter von den Toten wird das schaffen, aber ich habe auch nicht versucht es ihm auszureden. Ich habe nie die Liebe eines Mannes zu einer Frau erlebt, die so tief und allumfassend war wie die meines Vaters zu meiner Mutter. Selbst mit sechzehn träume ich davon, eines Tages eine solche Liebe zu finden.

»Aber heute ist gar nicht mein Geburtstag.«

»Es muss doch nicht Geburtstag sein, damit ich meiner hübschen Frau ein Geschenk kaufen darf, oder?«

»Wahrscheinlich nicht.«

»Gut.« Er beugt sich zu ihr und drückt ihr einen keuschen Kuss auf die Wange. »Jetzt mach es auf.«

Ihre Augen funkeln, als sie den sperrigen Karton hochhebt. »Es ist schwer.« Als sie versucht, den Karton zu schütteln, bin ich auf einmal ganz aufgeregt, weil sie aufgeregt ist. Ich kann mich nicht daran erinnern, dass ich sie wegen irgendetwas je aufgeregt erlebt habe. Vielleicht hatte mein Vater doch recht. Vielleicht ist das genau das, was sie braucht.

Ich habe meine Mutter vor vier Jahren verloren, in derselben Nacht wie meine Schwester. Ich will sie zurück. Genau wie mein Vater. Ich hoffe, das hier bringt sie uns zurück.

Die Spannung im Raum steigt, bis ich es kaum noch ertrage. Meine Mutter schiebt ihren dünnen Finger unter den Rand des Geschenkpapiers und trennt sorgfältig das Klebeband ab, das das dünne Papier zusammenhält. Das macht sie immer mit Geschenken. Am Weihnachtsmorgen brauchen wir ewig, bis wir mit dem Geschenkeöffnen fertig sind. Violet und ich saßen immer hibbelig da und versuchten ihr ein schlechtes Gewissen zu machen, damit sie die Geschenkeverpackung zerriss und wir wieder an die Reihe kamen. Dann machte sie nur langsamer.

Sie arbeitet sich akribisch um das Rechteck herum. Atemlos habe ich das Gefühl, seit einer Stunde keine volle Lunge Sauerstoff mehr bekommen zu haben, und fühle mich leicht schwindlig. Als sie endlich das Papier vom Karton schält, steht die Zeit still.

Meine Aufregung verwandelt sich in Unbehagen, als sie ausdruckslos auf den brandneuen KitchenAid-Mixer starrt, dessen Farbe zu ihrer Küchenausstattung passt. Das Schweigen verdichtet sich um uns wie grobe Erbsensuppe, die immer mehr gerinnt, je länger sie schweigt.

Mein Vater räuspert sich, was klingt wie ein Tornado, der auf uns zusteuert. Als er spricht, ist es, als würde der Laut durch eine Million Glasscherben gepresst. »Ich dachte, es würde dir das Backen erleichtern. Meine Assistentin schwärmt von dem Gerät.«

Wortlos stellt meine Mutter den Karton auf den Küchentisch und lässt uns stehen. Wir sehen ihr betreten nach, als sie den Raum verlässt. Ich weiß nicht, wie lange wir wie Statuen dastehen, unfähig, uns zu bewegen, unfähig, zu atmen.

»Sie kommt schon wieder zu sich«, flüstert er schließlich.

Ich stelle mich neben ihn und schlinge den Arm um seine Taille. »Klar. Sie kommt wieder zu sich«, stimme ich zu. Wir wissen beide, dass es nicht wahr ist. Wenn sie nach vier Jahren nicht zu sich gekommen ist, haben wir sie für immer verloren.

Meines Wissens hat meine Mutter den apfelgrünen Mixer, den mein Vater so sorgfältig für sie ausgewählt hat, nie benutzt. Als sie weggegangen war, setzte er ein Lächeln auf, das dem ähnelte, das ich immer aufsetze, und begab sich daran, das Ding auszupacken. Er fand genau den richtigen Platz auf der Theke dafür, wo es unberührt stand. Jahr für Jahr. Ob meine Eltern je über dieses Geschenk gesprochen haben, sollte ich nie erfahren, doch ich weiß, dass in meiner Gegenwart nie wieder darüber gesprochen wurde. Wir lebten einfach unser Leben weiter, als sei die Sache, die meine Mutter einmal fast so sehr geliebt hatte wie ihre Mädchen, nicht mit ihrem ältesten Kind gestorben.

Dass sie jetzt übers Backen spricht, manchmal unentwegt, ist für mich unfassbar. Sie hat seit meinem zwölften Lebensjahr nichts mehr gebacken. Als ich klein war, bedeutete Backen immer »Mutter-Töchter«-Zeit … jedenfalls vorher.

In diese Kategorien teile ich mein Leben ein.

Vor und nach Violet.

Vor Violet war meine Mutter rührig, glücklich, unbeschwert, liebevoll und ein Vorbild.

Nach Violet war sie auf einmal verschlossen, reizbar, ängstlich, paranoid und depressiv.

Vor Violet war unser Haus von Musik, Lachen und Freude erfüllt.

Nach Violet war es totenstill. Die Stille war ohrenbetäubend.

Ich gebe zu, dass vor Violets Tod das Wunderkind, das meine Schwester war, die meiste Aufmerksamkeit bekam, aber das war okay. Auch ich betete den Boden unter ihren Füßen an. Aber danach? Ich war so gut wie vergessen von meiner Mutter, die Violets Tod nicht überwinden konnte, und von meinem Vater, der alle Hände voll zu tun hatte, seine Frau davon abzuhalten, eine weitere Zahl in der Statistik zu werden. Unglaublich, dass stattdessen *er* dem erlag.

Ich nahm es meinem Vater nicht übel, dass er sich auf sie konzentrierte. In den ersten Jahren, nachdem Violet eine Überdosis genommen hatte, versuchte meine Mutter zwei Mal, sich umzubringen, bis die Ärzte die Dosis der Antidepressiva so eingestellt hatten, dass sie ausreichend betäubt war. Ich nahm es ihr nicht übel, dass sie nicht in einer Welt ohne ihr wunderschönes begabtes Kind leben wollte. Ich wollte es auch nicht. Ich gab nicht mal mehr Violet die Schuld, obwohl ich das lange Zeit getan hatte.

Mit zwölf habe ich es nicht verstanden, doch mit sechsundzwanzig tue ich es. Das Bedürfnis, dem Druck zu entkommen, der einen niederdrückt, kann manchmal übermächtig sein. Obwohl ich meine Schwester stets um ihr magisches Talent, ein einfaches Notenblatt in etwas zu verwandeln, das vor Leben pulsierte, beneidet habe, war es für sie eine schwere Bürde.

»Hey, alles okay?« Millies Stimme holt mich unsanft in die Gegenwart zurück.

»Ja, ja«, stammele ich und versuche die Geister der Vergangenheit abzuschütteln, die an mir haften bleiben, egal wie sehr ich mich bemühe, mir eine Teflonbeschichtung zuzulegen. »Alles in Ordnung. Wie geht's dir?«

Ich umarme die Vollzeitpflegekraft, die bei meiner Mutter im Haus wohnt.

Nach Violet hatten wir uns einen neuen Tagesablauf angewöhnt, und im Laufe der Jahre hatte meine Mutter sich so in ihr Schneckenhaus zurückgezogen, dass wir ihre Vergesslichkeit oder ihre Verwirrung oder die Tatsache, dass sie fast zur Einsiedlerin wurde, nicht hinterfragten. Wir hatten uns daran gewöhnt. Das ist der »Nach Violet«-Effekt, dachte ich.

Ich hatte unrecht.

Im jungen Alter von neunundfünfzig Jahren, als ich achtzehn war, wurde bei meiner Mutter Alzheimer im mittelschweren Stadium diagnostiziert, eine Krankheit, die üblicherweise Menschen befällt, die über siebzig und älter sind. Als wir wussten, was mit ihr nicht stimmte, ergab das Ganze mehr Sinn. Es war leichter zu handhaben, doch die Krankheit schritt rasch zu einem Punkt fort, an dem es wieder schwierig wurde.

Bis ich das College abschloss, war sie eine Gefahr für sich selbst geworden. Sie verursachte einen kleinen Brand im Schlafzimmer im ersten Stock, als sie vergaß, dass sie das Bügeleisen eingeschaltet hatte, und es flach auf dem Bügelbrett stehen ließ. Der Schaden betrug über zehntausend Dollar. Wäre mein Vater nicht rechtzeitig nach Hause gekommen, wäre sie wahrscheinlich verbrannt, das Haus um sie herum zu Asche zerfallen.

Ich hatte große Träume, als ich auszog und aufs College ging. Ich wollte nach New York City ziehen und ein Engagement am Broadway ergattern. Ich wollte meine Eltern stolz machen. Violet stolz machen. Ich war nur Wochen davon entfernt, meinen Traum zu verwirklichen. Ich hatte mir schon eine überteuerte verwohnte Atelierwohnung ausgesucht. Ich hatte in einem Off-Off-Broadway-Stück eine kleine Rolle als Statistin bekommen. Mein nicht vorhandenes Einkommen wollte ich ganz dem Klischee entsprechend mit Kellnern aufbessern. Mein Leben fing endlich an.

Doch nach dem Brand wusste ich, dass ich nicht aus Seattle weg konnte. Meine Eltern brauchten mich. Ich war alles, was sie noch hatten. Der Druck am Arbeitsplatz und die Sorge um seine immer hinfälliger werdende Frau belasteten meinen Vater schwer, und ich konnte ihn damit nicht alleinlassen.

Aber anscheinend reichten wir beide nicht, um ihn durchhalten zu lassen. Und diese Erkenntnis schmerzt mich mit jedem Tag mehr.

Millie legt mir die Hand auf die Schulter. »Geht's dir auch wirklich gut, Willow? Du siehst blass aus.«

Ich schlucke die Melancholie herunter und krächze: »Natürlich. Ja, mir geht's gut. Gut.«

Sie sieht mich prüfend an. Ich sehe ihr an den Augen an, dass sie weiß, dass ich nur Unsinn erzähle, doch sie bedrängt mich nicht. Wie ich jemals diese Heilige finden konnte, die sich um meine Mutter kümmert wie um eine enge Verwandte, werde ich nie verstehen. Ich habe das Gefühl, mein Vater hat sie meiner Mutter und mir aus dem Grab geschickt.

Ohne Millie hätte ich keine andere Wahl, als meine Mutter in ein Pflegeheim oder eine Langzeitpflegeeinrichtung zu geben. Ich kann mich unmöglich selbst um sie kümmern. Nach dem Tod meines Vaters habe ich es ein paar Monate lang versucht, doch mir wurde schnell klar, dass die Betreuung eines Menschen mit rasch fortschreitendem Alzheimer identisch mit der Versorgung eines Kleinkindes ist. Ich konnte nicht gleichzeitig für sie sorgen *und* arbeiten, aber ich musste arbeiten, um für ihre und meine Kosten aufzukommen. Deshalb stellte ich für mein dürftiges Gehalt stundenweise eine Hauspflegerin ein, musste aber nach zwei Monaten feststellen, dass sie meine Mutter bestahl.

Als Nächstes schickten sie mir Millie. Als ich ihr vorschlug, ihren Job beim Gesundheitsdienst aufzugeben und in Vollzeit für mich zu arbeiten, war sie sofort dabei. Sie sagte, sie fühle sich mir und meiner Mutter besonders verbunden. Inzwischen ist sie für mich wie die Mutter, die ich vor so vielen Jahren verloren habe.

Ich bezahle ihr nicht annähernd so viel, wie sie wert ist. Versteht mich nicht falsch – sie ist teuer genug. Teurer, als ich es mir allein von meinem Brotjob leisten kann. Nach zwei Jahren, als meine Ersparnisse aufgebraucht waren und meine Optionen immer mehr schwanden, fiel mir das Geschenk La Dolce Vita in den Schoß.

Und mit dem Geld, das Shaw mir jetzt zahlt, kann ich problemlos für mehrere Jahre Millies Gehalt abdecken, neben den anderen Ausgaben, um mein Elternhaus instand zu halten. Bis dahin werde ich meine Position auf dem Hörbuchmarkt so weit gefestigt haben, dass Geld kein Problem mehr für mich sein wird.

»Wie geht es Mama?«

»Sie macht ein Nickerchen. Aber es war ein guter Tag. Ein wirklich guter Tag.«

»Ist sie klar?« Das wird in letzter Zeit immer seltener.

»Sie hatte heute ein paar klare Momente. Sie hat viel über dich gesprochen.«

»Wirklich?« Normalerweise spricht sie mehr über meine tote ältere Schwester.

»Ja.« Millie lächelt herzlich. »Sie hat mir von deinem Date für deinen ersten Schulball erzählt.«

»Oh Gott, das hat sie nicht«, stöhne ich und schlage mir mit der flachen Hand vor die Stirn.

Millies Lachen ist schrill, laut und schmerzt in den Ohren, doch es wärmt mich jedes Mal, wenn ich es höre. »Und ob sie das hat. Sie hat mir alles darüber erzählt, dass Johnny Hankins' Mutter euch beide hingefahren hat, weil Johnny seine Fahrprüfung nach drei Versuchen immer noch nicht bestanden hatte. Und wie sie euch in die Notaufnahme fahren musste, weil du von deinem Blumenarmband am ganzen Arm Nesselausschlag bekommen hast, und dass der kleine Johnny dich im Untersuchungszimmer küssen wollte und dann wegen einer fünf Zentimeter langen Platzwunde genäht werden musste, weil du ihn mit der Blutdruckmanschette geschlagen hast.«

»Ich bin mir ziemlich sicher, dass nicht die Manschette den Schaden angerichtet hat. Sondern der Behandlungstisch, auf den er durch die Wucht des Schlages geknallt ist. Und das habe ich Mama nicht erzählt, aber der kleine Johnny hat doch tatsächlich versucht mich zu befummeln, deshalb hat er meiner Meinung nach bekommen, was er verdient hat.«

Daraufhin kreischt Millie nur noch schriller. Nur ein paar Minuten lang kichern wir und vergessen alles. Es fühlt sich gut an, als ob ich mit Shaw zusammen wäre. Jedes Mal, wenn wir zusammen sind, fühle ich mich ein bisschen weniger leer. Ich hasse es, dass er mir ein Gefühl gibt wie niemand sonst und dass es im Handumdrehen wieder vorbei sein kann.

»Tee?«, fragt Millie.

»Klar, aber mach dir meinetwegen keine Umstände. Ich weiß ja, wo alles ist.«

»Kein Problem, Liebes. Ich wollte mir sowieso gerade eine Tasse machen.«

Nach ein paar Minuten Betriebsamkeit stellt Millie mir eine dampfend heiße Tasse Tazo-Minztee hin. »Danke«, murmele ich und nippe vorsichtig daran. »Ist bei euch sonst alles in Ordnung? Muss noch irgendwas gemacht werden?«

Millie runzelt die Stirn, bevor sie antwortet. »Nein, Willow. Es ist alles in Ordnung. Aber ich wünschte wirklich, du würdest es dir noch einmal überlegen, dieses große alte Haus zu behalten. Du gibst unnötig viel Geld für Heizung und Klimaanlage aus, ganz zu schweigen von den Steuern, die dich das kosten muss.«

Millie hat mich nie direkt gefragt, aber ich weiß, dass sie sich wundert, woher ich so viel Geld habe, um nicht nur meine eigenen Ausgaben, sondern auch noch ihr Gehalt und die Instandhaltung dieses Hauses zu finanzieren. Mein Vater hat gut verdient, und mir blieb genug von seiner Altersvorsorge, um die Hypothek, Kreditkartenrechnungen und Ähnliches abzubezahlen, doch davon blieb nicht viel übrig. Meinen Eltern mangelte es nicht an Geld, aber sie waren auch keine Millionäre.

»Millie –«

»Bevor du mir sagst, dass ich es nicht verstehe, ich verstehe es sehr gut. Ich habe mich um meine Mutter gekümmert, als sie genau dasselbe durchmachte wie deine Mama jetzt. Aus reinem Prinzip habe ich mich geweigert, ihr Haus zu verkaufen, das Haus, in dem sie neunundvierzig Jahre mit meinem Vater gewohnt hat, doch am Ende war es einfach nicht wichtig. Sie wusste sowieso nicht, wo sie war, und als sie starb, musste ich ein Darlehen aufnehmen, nur um sie begraben lassen zu können.«

»Millie, ich kann es nicht. Mama fühlt sich hier wohl. Das ist ihr Zuhause, auch wenn sie sich die meiste Zeit nicht daran erinnert.«

Das war auch *mein* Zuhause. Jeder Zentimeter dieses Hauses ist voller Erinnerungen. Ich sehe immer noch vor mir, wie

Violet und ich auf dem Wohnzimmerboden liegen und aus zerschnittenen Zeitschriften eine Collage unseres Traumjungen anfertigen, oder wie wir genau an diesem Tisch hier rohen Plätzchenteig gegessen haben, bis wir solche Bauchschmerzen hatten, dass wir uns schworen, es nie wieder zu tun. Oder wie wir stundenlang in dem Baumhaus hinten lagen und sie von dem neusten Jungen erzählte, in den sie verknallt war.

»Wie ist es, einen Jungen zu küssen?«, frage ich sie. Wir liegen auf dem Rücken und beobachten, wie in der Ecke eines Balkens eine Spinne eine Fliege einwickelt, die sie in ihrem Netz gefangen hat.

»Tja, es ist feucht, und zuerst fühlt sich seine Zunge komisch an, aber es ist … schön.«

»Man küsst mit der Zunge?«, frage ich entgeistert. »Das klingt ekelhaft.«

Ihr Lachen ist melodisch. »Ach, Willow. Du hast ja keine Ahnung. Aber ich bringe es dir bei. Wenn du irgendwas wissen willst, frag mich, nicht Mama. Sie rastet nur aus.«

Ich bekam keine Gelegenheit mehr zu fragen.

Mein Blick schweift zur Treppe, die in den ersten Stock führt, und ich sehe die klaren blauen Augen meines Vaters vor Stolz aufleuchten, als ich im Alter von neun Jahren jede einzelne Treppenstufe vorsichtig hinabsteige, um mit ihm zu meinem ersten Vater-Tochter-Ball zu gehen.

»Du bist wunderschön, mein süßes Mädchen«, schwärmt er, als er meine Hand nimmt und mich so schnell dreht, dass mein elfenbeinfarbener Rock sich bläht.

»Danke, Daddy.« Ich schlinge die Arme um ihn und halte mich an dem besten Mann fest, den ich kenne.

Ich kann mir problemlos unsere Silhouetten vorstellen – wie wir in jeder Phase meines Lebens, sogar noch als ich erwachsen war, zusammen auf der dritten Stufe von unten sitzen und über meine Probleme oder meine Tränen sprechen.

»Ich glaube, er wird um meine Hand anhalten, Daddy.«

Er legt den Arm um meine Schulter. »Du klingst ängstlich. Willst du das denn?«

»Ich glaube schon.«

Er hebt mein Kinn an und zwingt mich, ihn anzusehen. »Es wäre besser, es nicht nur zu glauben, Schätzchen. Es wäre besser, es zu wissen.«

Das war unser »Platz«. Es war »unser Ding«, das wir mit niemand anderem teilten. Jedes Mal, wenn ich nach unseren Gesprächen von diesen Stufen aufstand, fühlte ich mich leichter. Ich fühlte mich erneuert. Ich fühlte mich geliebt und verstanden.

Im Gebälk dieses Hauses sind Trauer und Freude und Gelächter und Tränen von jedem von uns. Die Vergangenheit hängt vor mir in der Luft und ist manchmal so real, dass ich glaube, ich könnte danach greifen und sie festhalten.

Tränen steigen in mir auf und ein Schluchzen bleibt mir in der Kehle stecken. Ich werde das Haus nicht aufgeben. Ich kann es nicht. Es fühlt sich zu sehr danach an, als würde ich jedermann und alles, was ich geliebt habe, darin zurücklassen.

»Nein. Ich kann das Haus unmöglich verkaufen«, flüstere ich.

Lieber verkaufe ich mich selbst.

13. KAPITEL

Shaw

Ich klopfe und warte, wippe auf den Absätzen vor und zurück. Kurz darauf höre ich auf der anderen Seite Getuschel. Ich kann nichts verstehen, bis ich Willow kreischen höre: »Gottverdammt, Sierra Linn Wiseman!«

Ich schmunzele, als eine nervöse, aber atemberaubende Willow vor mir steht. Ich habe kaum eine Chance, ihr leichtes blaues Sommerkleid, das sich an ihre Rundungen schmiegt, zu bewundern, bevor sie hastig sagt: »Hallo, gehen wir.« Sie versucht, beim Herauskommen die Tür hinter sich zuzuschlagen, doch ihr geschmeidiger Körper wird zurückgezerrt, als die Tür wieder aufgerissen wird.

»Sierra«, knurrt sie.

»Na so was«, fängt die große dunkelhaarige Frau an, die jetzt cool am Türpfosten lehnt und Willows Verärgerung ignoriert. »Was sagt man dazu? Seattles begehrtester Junggeselle steht tatsächlich vor meiner Tür. Wie aufregend!«

Ich würde diese Frau mit den misstrauisch verengten Augen und dem herablassenden Ton als schön bezeichnen, doch das beschreibt sie aufgrund ihres Dutzends Piercings und der hellrosa getönten Strähnen in ihren dunklen Locken nicht zutreffend. Einzigartig wäre wahrscheinlich eine bessere Bezeichnung.

Und beschützerisch. Sehr beschützerisch.

»Und Sie müssen die gottverdammte Sierra Linn Wiseman sein«, kontere ich mit der Andeutung eines Lächelns. Ich strecke ihr die Hand hin und rechne eigentlich nicht damit, dass sie sie nimmt, doch sie überrascht mich.

Ihre fantastischen kaffeebraunen Augen verlieren den Großteil ihres Spotts, als sie Willow ansieht, um die ich den Arm geschlungen habe und die ich jetzt an mich ziehe. Gott, ich habe sie vermisst. Überraschenderweise. Sich nur ein- oder zweimal pro Woche zu treffen ist Schwachsinn. Ich will mehr Zeit mit ihr verbringen. Das werde ich veranlassen. Schließlich steht sie unter Vertrag.

»Du hast mir nicht gesagt, dass er so schlagfertig ist«, tadelt Sierra ihre Freundin, während jetzt ein aufrichtiges Lächeln ihre Augen anerkennend aufleuchten lässt. Ich vermute, die Billigung dieser Frau zu erlangen ist wie einen tonnenschweren Felsbrocken einen Berg hinaufzurollen. Man kann es schaffen, aber nur mit viel Witz, Planung und Anstrengung.

»Ist er doch gar nicht«, witzelt sie fröhlich.

Ich schmunzele, als ich den Kopf drehe, um ihr ins Ohr zu flüstern: »Bestrafungen sind meine Spezialität, Goldlöckchen. Ich habe das Gefühl, schon genau zu wissen, was dir gefallen wird.«

Ihr Lachen klingt erstickt.

»Bist du hier rausgekommen, um mein Date anzugaffen, oder wolltest du uns nur mit einer Fanfare losschicken?« Als Willow den Arm um meine Taille legt und sich in den Stoff meines grauen Button-down-Hemds krallt, steigt in meiner Brust Besitzgier auf. Ich umfasse sie fester, bis sie quietscht.

Nachdem sie mich unverfroren taxiert hat, warnt Sierra mich mit ihrem Blick, als sie sagt: »Nee, adrette Männer mit Budapestern und Tausend-Dollar-Jeans sind nicht so mein Fall.«

»Sierra«, schimpft Willow, doch die quatscht einfach weiter, während ich nur amüsiert grinse.

»Nein, ich wollte unserem großen dunklen Helden hier nur sagen: Wenn er meiner besten Freundin – die nicht nur wie eine Schwester für mich ist, sondern auch der beste Mensch, den ich kenne – wehtut, werde ich ihn höchstpersönlich aufspüren und die Ecke Sixth und Pine mit seinen Eingeweiden dekorieren, nachdem ich ihm alle Gliedmaßen und den Kopf abgeschnitten und sie an jeder Ecke im Staat aufgespießt habe, um andere davor zu warnen, was passiert, wenn man meine Freundin nicht respektiert.«

Mist. Autsch. Mein Schwanz ist tatsächlich geschrumpft. Ich denke, ich glaube ihr. »Wow … das klingt sehr nach … *Braveheart*.«

»Oh Gott, wir sollten gehen.« Willow strebt zur Treppe, während Sierra lachend den Kopf zurückwirft.

»Ich mag Sie, Mercer. Deshalb wäre es schade, wenn ich das wahrmachen müsste.«

»Ganz Ihrer Meinung«, murmele ich und bemühe mich, mir nicht schützend die Hände vor mein schrumpfendes Gehänge zu halten.

»Hier, das hat Willow in ihrer Eile, Sie von mir wegzuschaffen, vergessen.«

Ich sehe auf die zwei Flaschen Wein, die sie mir in die Hand gedrückt hat. »Danke, Sierra. Ich würde ja sagen, es sei nett gewesen, Sie kennenzulernen, aber … ich war nie ein großer Fan von *Braveheart*. Mel Gibson hat die Geschichte völlig falsch interpretiert.«

Brüllendes Gelächter begleitet mich den ganzen Weg zu meinem Wagen, in dem Willow bereits sitzt und ihre Freundin mit Blicken erdolcht.

»Es tut mir wahnsinnig leid. Sie ist eine tickende Zeitbombe.

Absolut niemand kann sie kontrollieren«, stammelt sie, sobald ich eingestiegen bin. Ihre Augen sind groß wie Untertassen, und sie spricht so schnell, dass ich nur etwa jedes zweite Wort verstehe. »Sie denkt nicht nach, bevor sie redet. Wahrscheinlich ist sie als Kind auf den Kopf gefallen, aber sie schwört, dass sie –«

Ich halte an und bringe sie zum Schweigen – mit meinem Mund.

»Shaw.« Ihre feuchten Lippen streifen meine. Mein Schwanz pulsiert. Himmel, ich wünschte, ich könnte sie mit zu mir nehmen und die nächsten acht Stunden damit verbringen, mein Verlangen auf so viele Arten wie menschenmöglich zu stillen, statt sie zum Abendessen mit zu meinen Eltern zu nehmen. Ich stelle fest, dass ich sie ganz selbstsüchtig nur für mich haben will.

»Sei still, Willow.«

Ich packe sie an der Taille und helfe ihr über die Konsole auf meinen Schoß. Ich halte sie, wo ich will, und küsse sie, bis ich spüre, wie ihre Muskeln sich entspannen und sie mit mir verschmilzt. Erst dann entziehe ich mich ihr. Doch eigentlich will ich es nicht. Himmel Herrgott, ich will mit den Händen über die Innenseite ihrer nackten Schenkel fahren, meine Finger in ihre Hitze tauchen und zusehen, wie sie sich in Ekstase windet. Wenn ich Zeit hätte, würde ich das auch tun, denn ihr Keuchen klingt wie der süße Atem der Unterwerfung.

Doch wenn ich sie jetzt berührte, wenn sie mich ließe, könnte ich das Abendessen mit meiner Familie vergessen. Stattdessen würde ich mich an jedem Quadratzentimeter ihres Körpers gütlich tun. Sie würde die ganze Nacht mir gehören.

Ich fahre mit den Handflächen über ihre offenen Haare und halte sie still, bis sich ihre schweren Lider öffnen. Ihre Augen sind unfokussiert und glasig und sehen mich prüfend an.

»Tut mir leid«, flüstert sie leise.

»Was tut dir leid?« Meine Baritonstimme durchdringt das Brummen des Motors, der im Leerlauf läuft.

Bitte sag nicht, dass es dir leidtut, auf meine Berührung reagiert zu haben, als begehrtest du mich genauso sehr wie ich dich.

»Die Sache mit Sierra. Sie ist ... sie ist –«

Sobald meine Organe und Gliedmaßen bedroht waren, wusste ich genau, was los war. Es erklärte einiges über dieses vernarbte Wesen, das momentan viel zu nahe an meinem Schwanz sitzt. »Sie will nur erbittert ihre Freundin verteidigen. Fast als versuche sie zu verhindern, dass alte Wunden wieder aufbrechen.« Bei dem Gedanken, dass irgendein Mann ihr furchtbar wehgetan hat, dreht sich mir der Magen um, obwohl ich genau das selbst vielen Frauen angetan habe. Obwohl ich ihr vielleicht genau das antun werde.

Ihre Augen spiegeln wider, dass ich den Nagel auf den Kopf getroffen habe. Der Ausdruck verfliegt so schnell, wie er gekommen ist. Himmel, ich will diese Frau kennenlernen. Ich habe so viele Fragen, doch ich widerstehe dem Verlangen, sie zu bedrängen, weil ich weiß, dass ich sie damit vertreiben werde.

»Wir sollten weiterfahren.« Ihre Stimme ist weich. Ich glaube nicht, dass sie es ernst meint.

»Gleich«, antworte ich, noch nicht ganz bereit, sie gehen zu lassen. Als ich mein Kinn wieder hebe, lasse ich meine Lippen auf ihrer Haut verweilen. Ich strecke meine Zunge heraus, um ihren Geschmack einzufangen.

»Bist du nervös?«, frage ich an ihrem warmen Hals.

Ich bin es jedenfalls. Das ist zwar nicht das erste Mal, dass ich meiner Familie eine Frau vorstelle, doch es ist das erste Mal, dass ich deshalb nervös bin. Ich werde es darunter verbuchen, dass ich Willow dafür bezahle, meine Freundin zu spielen, und dass unsere List jede Sekunde auffliegen könnte, wenn wir unsere Karten nicht richtig spielen. Das würde meine Mutter umbringen und meinen Vater verärgern. Er wollte nur, dass ich eine Weile zur Ruhe komme; er hat mich nicht gebeten, loszuziehen und jemanden dafür zu bezahlen.

»Ja.« Sie zieht den Vokal in die Länge, als ich den dünnen Träger ihres Kleids herunterziehe und beginne, an ihrer Brust zu saugen. Statt mich wegzustoßen, wie ich es erwarte, fährt sie mir mit den Händen durch die Haare und drückt mich an sich, während ich sie mit meiner Zunge errege. Ihr Keuchen und Stöhnen ermutigen mich, und bald hängen beide Träger an ihren Armen herab und meine Zunge ist überall.

Als ihr Becken anfängt, langsam gegen meins zu rotieren, stöhne ich, höre aber auf und presse jeden Zentimeter von ihr fest an mich. Wenn ich das nicht tue, werde ich sie gleich hier in meinem Wagen am Straßenrand vor den drei Kindern nehmen, die keine fünfzehn Meter entfernt in ihrem Vorgarten spielen, und sie fürs Leben zeichnen. Sie verdient viel mehr als das.

»Sie werden dich lieben.« Ein Schauder läuft ihr über den Rücken, als meine Lippen ihr Ohr streifen.

»Ja, genau das macht mir Sorgen.«

Sie sagt es so todernst, dass ich ein paar Sekunden brauche, bis ihr Witz bei mir ankommt; wenigstens glaube ich, dass es ein Witz sein soll. Als ich spüre, wie ihre Schultern beben, weiß ich, dass sie lacht. Ziemlich bald ist der Wagen von den Echos ihrer Fröhlichkeit erfüllt. Ich kann den Blick nicht von ihr wenden. Sie ist exquisit.

»Diese Seite an dir mag ich wirklich.« In Wahrheit *liebe* ich diese Seite von ihr sogar.

»Was für eine Seite meinst du?«, fragt sie verlegen, und ihre Wangen färben sich hellrosa.

»Das wahre Ich, das du unter deinen Ascheschichten verbirgst.«

Bevor mir das letzte Wort über die Lippen kommt, sehe ich, wie sie sich direkt vor mir verschließt, als würden nach dem letzten Akt eines Theaterstücks die Vorhänge zugezogen. Die fröhliche, unbeschwerte Frau ist Staub im Wind.

»Tu das nicht«, verlange ich, ergreife ihr Gesicht und ziehe es nahe zu mir.

»Wir kommen zu spät«, ist ihre einzige Antwort. Der rasche Wechsel zwischen Kampf- und Fluchtmodus scheint bei ihr normal zu sein.

»Willow.« Ich seufze. »Ich werde dir nicht wehtun.«

Ihr Blick pinnt mich an den Sitz, ihre leise gesprochenen Worte schlagen die letzten Nägel durch meine Lunge und machen mich sprachlos. »Du wirst es nicht mit Absicht tun.«

Sie rutscht zurück auf ihren Sitz und rückt ihr Kleid zurecht, bevor sie sich anschnallt. Ich bin verwirrt.

Kryptische Weiber.

Ich schalte in den ersten Gang und steuere den Wagen vorsichtig zurück auf die Straße. Den Rest der Strecke nach Mercer Island legen wir schweigend zurück.

14. KAPITEL

Shaw

»Bist du bereit?« Ich schalte den Motor aus und drehe mich zu ihr, doch erst nachdem ich Lincs und Gemmas Autos gesehen habe. Keine Spur von Bluebelle. Meine heutigen Textnachrichten und Anrufe an sie sind frustrierenderweise unbeantwortet geblieben. Typisch!

Es braucht ein paar Sekunden, doch schließlich erwidert sie meinen Blick mit einem kleinen Lächeln. »Ich bin die Bereitschaft in Person.« Sie ist entschlossen, eine kampfbereite Kriegerin. So, wie sie Emily Smith bezirzt hat, habe ich keinen Zweifel, dass meine Familie ihr nach höchstens zwei Minuten aus der Hand fressen wird.

Nach unserem Abendessen neulich Abend rief mich mein Vater innerhalb von vierundzwanzig Stunden an, und ich erzählte ihm genau das, was Willow Emily erzählt hatte. Ich überzeugte ihn, dass das Timing eine Art kosmischer Zufall sei, merkte aber, dass er immer noch skeptisch war. Heute Abend werden wir verdammt gut schauspielern müssen.

»Also … gehen wir rein, oder wollen wir den ganzen Abend hier sitzen und uns anstarren, Verkehrsrowdy?«, zieht Willow mich auf. Wieder ganz ihr vorlautes Ich, wie ich sehe.

Ich sollte aus meinem Wagen steigen. Ich sollte ihr die Tür aufhalten, ihre Hand nehmen und sie bis zur Haustür geleiten. Doch zuerst muss ich noch eine letzte Sache tun.

Ich packe sie am Nacken und ziehe sie zu mir, bis ich ihr fest in die Augen sehe und sie meinem Blick nicht mehr ausweichen kann. »Ich werde immer ehrlich zu dir sein.«

Sie runzelt die Stirn. »Okay.«

Mein Telefon brummt, doch ich ignoriere das Scheißding. Ich werde mir diesen Moment von nichts verderben lassen.

Ich atme tief ein und inhaliere ihren blumigen Duft. Ich bin so verdammt hart, dass ich Beton durchbohren könnte, und meine Stimme klingt tief und schroff. »Gott, wie ich dich begehre, Willow. Ich weiß nicht, ob ich je eine Frau mehr begehrt habe.«

»Das Unerreichbare ist immer am begehrenswertesten«, antwortet sie wie aus der Pistole geschossen. Das macht mich wütend. Hier geht es *nicht* um den Kick, endlich etwas zu bekommen, was unerreichbar war. Sie ist anders als alle anderen Frauen, die ich je getroffen habe. An ihr ist etwas, das mich anspricht. Es klingt verdächtig nach *Du gehörst mir*.

Das ist das zweite Mal, dass ich das höre. Ich ziehe es vor, es genauso wie beim ersten Mal zu ignorieren.

»Nein, du hast unrecht. Ich werde dich kriegen, meine Schöne. Du und ich wissen das.« Sie macht den Mund auf, doch ich bringe sie mit meinem Finger zum Schweigen. »Aber ich will dir wirklich nicht wehtun, Willow. Ich werde dich nicht anlügen, ich werde dir keinen Mist erzählen, nur um dich ins Bett zu kriegen, und ich werde dir nichts versprechen, was ich nicht auch halten will. Du wirst immer wissen, woran du bei mir bist. Wir haben ein Ablaufdatum, das stimmt, aber wir fühlen uns zueinander hingezogen, und es ist nichts dabei, wenn zwei erwachsene Singles bis dahin *lebensverändernden* Sex genießen.« Ich benutze mit voller Absicht ihre Worte. »Aber bitte glaub mir, wenn ich dir sage, dass es mich umbringen würde, wirklich *umbringen* würde, dir am Schluss wehzutun. Das will ich nicht.

Wenn wir beide ehrlich zueinander sind, was das zwischen uns angeht, wird niemand verletzt werden.«

Ihr Gesicht wird weich. Mein Schwanz zuckt wie verrückt, und meine Lider werden schwer, als sie ihre Hand an mein Gesicht legt. Es fühlt sich so verdammt gut an, wenn sie mich berührt. Ich kann es kaum erwarten, ihre feste Faust zu spüren, die mich bis kurz vor den Höhepunkt pumpt, bevor ich zwischen ihren Brüsten zum Ende komme.

»Sierra hat dich zu Tode erschreckt, stimmt's?«

Ich bin zwei Sekunden lang verblüfft, bevor ich vor Lachen brülle. Sie kreischt, als ich sie rechts und links am Oberkörper packe und zudrücke. Ziemlich bald balgen wir uns in meinem Rover wie zwei Teenager, lachen und schlagen einander die Hände weg, bis wir beide nach Luft schnappen.

Dann verschlingen meine Lippen ihre, und sie erwidert den Kuss.

Schlag für Schlag.

Hieb für Hieb.

Atemzug um Atemzug.

Sie schlingt die Arme um meinen Hals, und ihr süßes Stöhnen verweilt zart auf meinen Geschmacksknospen.

Mist, ich will sie.

Ohne darauf zu achten, wo wir uns befinden, drehe ich ihr Gesicht in eine günstigere Position, als ich spüre, dass wir beobachtet werden. Ich öffne ein Auge und erstarre angesichts unseres Publikums.

»Bitte sag mir, dass da niemand ist«, flüstert sie mit rauer Stimme an meinem lockeren Mund.

»Okay. Wenn es das ist, was du hören willst.« Lachend gebe ich ihr noch einen letzten harten Kuss.

Sie schlägt sich die Hände vors Gesicht. »Oh Gott«, kommt es gedämpft dahinter hervor.

»Bleib hier.« Ich drücke ihren Schenkel, schnappe mir die Weinflaschen und steige aus, um außen herumzurennen und ihr die Tür zu öffnen. Ich winke meiner grinsenden Familie zu und grinse zurück, bevor ich Willows Tür aufmache.

»Komm, Schätzchen.«

Sie sieht mich mit großen Augen an, dann blickt sie auf meine ausgestreckte Hand. Ich wackele auffordernd mit den Fingern, bis sie sie nimmt. Als sie sicher ausgestiegen ist, ziehe ich sie an mich und drücke ihr noch einen Kuss auf die Lippen. Dann flüstere ich: »Packen wir's.«

Sie lächelt zu mir auf. Ich kann nicht mehr klar denken. »Zeigen wir's ihnen.«

»Genau.«

Meine Nervosität verfliegt. Ein paar Minuten später ist die Vorstellungsrunde beendet und meine Mutter hat Willow in Beschlag genommen und führt sie Arm in Arm ins Haus.

Während ich hinterherdackele, fische ich mein Handy heraus und grinse breit, als ich sehe, dass ich eine SMS von Dane habe.

Projekt A in Arbeit, Sir.

Als wir drin sind, halten Linc und ich uns zurück, während alle anderen um Willow herumscharwenzeln. Es erinnert mich daran, als wir alle zusammen ins Krankenhaus fuhren, um den neu geborenen Nicholas zu begutachten. Immerhin war er das erste Enkelkind. Das funkelnagelneue Spielzeug, das weinte und schrie, während es zur Ansicht herumgereicht wurde. Nur dass Willow nicht weint und schreit. Sie lacht und wickelt mühelos alle um den Finger, als wollte sie wirklich hier sein. Und sie kaufen es ihr ab, denn was für eine Wahl haben sie schon? Sie hat diesen angeborenen Magnetismus, der alle in ihrer Nähe anzieht. Sie ist … hinreißend.

»Also, wie hast du sie kennengelernt?«, fragt mich Linc leise.

Keiner von uns kann den Blick von Willow wenden, während meine Mutter ihr stolz ihre wertvolle Glasvasensammlung von jedem Ort, den sie und mein Vater bereist haben, zeigt. Einige der Stücke sind Unikate und müssen unbezahlbar sein. Ab und zu sieht Willow zu uns herüber und schenkt mir ein kleines Lächeln, das ihre Augen zum Funkeln bringt wie einen Nachthimmel voller Sterne. Ich weiß nicht, warum, aber ich habe das Gefühl, einer der wenigen Auserwählten zu sein, der diese flüchtigen Einblicke in ihr wahres Ich bekommt.

Ich ertappe mich dabei, wie ich die anmutigen Bewegungen ihres schlanken Körpers ausgiebig genieße, während sie durch den Raum schlendert. Es gibt nur sehr wenige Frauen, die eine so harmonische verführerische Art ausstrahlen. Willow ist eine von ihnen. Sie ist in jeder Hinsicht originell und einnehmend, soweit ich es beurteilen kann. »Das war rein zufällig«, murmele ich abwesend, während ich mit Blicken jedem ihrer Schritte folge.

Oder war es göttliche Fügung?, flüstert mein Gewissen.

Ich gehöre nicht zu den Menschen, die an Schicksal glauben. Ich glaube nicht daran, dass es auf der Welt nur eine einzig wahre Seele gibt, die unsere widerspiegelt. Ich glaube, einen Menschen zu treffen und sich in ihn zu verlieben ist einfach reines Glück. So lange mit ihm zusammen zu bleiben wie meine Eltern und nach all der Zeit immer noch verliebt zu sein? Heutzutage fast ein statistischer Ausreißer. Tiere sind nicht für die Monogamie geschaffen. Es gibt nur sehr wenige Tierarten, die sich wirklich auf Lebenszeit paaren, und der Homo sapiens gehört nicht in diese elitäre Kategorie.

Doch als ich in der Küche meiner Eltern stehe und beobachte, wie natürlich Willow mit meiner Mutter und Gemma interagiert, als ob sie einander schon ewig kennen würden und die Zeit, die sie getrennt waren, nicht von Bedeutung wäre, muss ich mich fragen, ob ich mit dieser Schicksals-Sache die ganze Zeit über falschlag.

Wie kommt es, dass ich ihr genau an dem Abend, an dem mein Vater mich um Hilfe gebeten hat, hinten reingefahren bin?

Wie kommt es, dass Noah mir ausgerechnet sie auf dem Silbertablett serviert hat, als ich mir wünschte, dass sie es wäre, die mir in den nächsten Monaten aufgebürdet würde?

Wie kommt es, dass ausgerechnet sie all meine Gedanken einnimmt und ich mich auf die Zeit mit ihr mehr freue, als ich es je bei einer anderen Frau getan habe?

Auch wenn diese Farce nur ein paar Monate dauern wird, ertappe ich mich bei dem Wunsch, alles über sie zu erfahren. Was ist in ihrer Vergangenheit geschehen, das das Licht in ihr gedämpft hat? Wie ist sie in dieses fragwürdige Metier geraten? Macht es ihr Spaß? Will sie damit weitermachen, wenn wir miteinander fertig sind? Wünscht sie sich mehr vom Leben, als den Arm irgendeines reichen Mannes zu zieren? Warum gehört diese ätherische Schönheit noch nicht zu jemandem?

»Sie scheint ein schöner Zufall zu sein«, sagt Linc. Er führt seinen Kräutertee an den Mund und trinkt einen großen Schluck. Lincoln trinkt keinen Alkohol. Er nimmt auch keine Drogen, raucht nicht und flucht nicht. Als Heranwachsender musste er sich viel Mist anhören, weil er ein speichelleckender Gutmensch sei, jedoch nie von uns, seinen Geschwistern. Ich liebe meinen Bruder. Er mag ein kompliziertes Leben führen, weil seine Geschlechtsidentität am Rande der gesellschaftlichen Akzeptanz verortet ist, doch er ist der unverfälschteste Mensch, den ich je getroffen habe. Mit reinem Herzen und reiner Seele. Jeder, der das Glück hat, von ihm geliebt zu werden, sollte es schätzen wie Gold.

Mit Mühe reiße ich mich von Willows Anblick los, um meinen Bruder anzuschauen. Er sieht müde aus. »Das ist sie«, gestehe ich überraschend offen.

»Wie lange kennst du sie schon?«

»Noch nicht sehr lange.« Und doch kommt es mir vor wie ein Leben lang.

Er blickt wieder zu Willow und zurück zu mir. »Hmmm.«

»Was, hmmm?«, dränge ich und stelle mich ein bisschen aufrechter hin. Ist er uns auf der Spur?

»Nichts. Vergiss es.«

»Verarsch mich nicht, Linc. Spuck einfach aus, was du sagen willst«, knurre ich.

Er zuckt mit den Achseln. »Es wird dir nicht gefallen.«

Oh. Scheiße. *Er weiß es.* Erst dreißig Minuten und wir sind schon aufgeflogen.

»Wetten?«, stoße ich hervor und werde wütender als angemessen.

»Sie ist anders als die anderen, die du bisher mit nach Hause gebracht hast.« Als hätte ich schon *soooo* viele Frauen mitgebracht.

»Was soll das heißen?«

»Ich weiß nicht genau.« Er betrachtet sie wieder. Es provoziert mich. Ich habe das Gefühl, dass er sie schonungslos kritisieren wird, wie er es mit den wenigen Frauen getan hat, die er bisher kennengelernt hat. Wenn er damit anfängt, werden er und ich die Diskussion draußen weiterführen. Es wird nicht das erste Mal sein, dass ich versuche, etwas mit den Fäusten zu regeln und er mit Worten. Ich mag CEO eines der umsatzstärksten Unternehmen des Landes sein, aber ich war auch mal ein klasse Straßenkämpfer und habe mehr als einmal die Ehre meiner Schwester Gemma verteidigt. »Zunächst einmal scheint sie nicht das Bedürfnis zu haben, alle zu beeindrucken.«

Meine Fäuste entspannen sich. Ich lache leise. »Da hast du recht. Unter dem Komplex leidet sie nicht.«

»Und sie scheint sich in ihrer Haut wohlzufühlen.«

Ich weiß nicht so recht, ob ich dieser Einschätzung zustimme, aber es zeigt nur, wie gut sie darin ist, alle über die wirkliche Identität von Willow Blackwell zu täuschen. »Was sonst noch?«, stochere ich. Jetzt, wo ich weiß, dass er sie nicht in Stücke reißen will, ist meine Neugier geweckt.

»Sie schwarwenzelt nicht um dich herum. Das gefällt mir.« Er lacht, als ich ihn mit der Schulter anstupse. »Sie wird dich auf Trab halten.«

»Ja, mir tun schon die Füße weh«, antworte ich aufrichtig.

Linc lächelt leise, als sich unsere Blicke treffen. »Sie hat etwas Magisches. Ich habe das Gefühl, du wirst eine Menge Fallen aufstellen müssen, um sie einzufangen, Bruder. Vielleicht ist sie ein bisschen zu schlau für Shaw Mercer, Geschäftsmann der Extraklasse und Meister im Schiffeversenken.«

Meine Lunge fühlt sich an wie abgeschnürt und füllt sich nicht genug, um über seinen Witz über mein Können in der Vorstandsetage und am Spielbrett zu lachen. »Wie kommst du darauf, dass ich sie einfangen will? Wer sagt, dass ich mir nicht nur die Zeit vertreibe wie immer?«

»Zeit zu essen, Jungs«, ruft meine Mutter von fern.

Er legt mir die Hand auf die Schulter und drückt sie. »Wie ich schon sagte. Diese hier ist anders.«

Zwei Stunden später fahren wir in der vom Mond erleuchteten Dunkelheit rückwärts aus der Einfahrt. Willow winkt noch einmal meiner Mutter, die sie sogar umarmt hat – *umarmt* –, als wir gingen. Wie sich herausstellte, hatte ich keinen Grund zur Sorge. Ich glaube, als der Abend sich dem Ende neigte, liebte meine Familie sie mehr als mich.

Mir schwirrt der Kopf davon, wie gut der Abend gelaufen ist. Ich glaube, jedes einzelne Familienmitglied hat mich allein abgepasst, um mir ausdrücklich zu sagen, wie sehr sie sie mögen. Das ist in all den Jahren nie vorgekommen. Und außer Lianna, die einen Monat brauchte, bis meine Mutter mit ihr warm wurde, ist keine andere Frau je mit solcher Zuneigung und offenen Armen aufgenommen worden.

Als wir gingen, hat mein Vater mich sogar ausdrücklich ermahnt, das nicht zu versauen. Er hat *genau* diese Worte benutzt. »Versau das nicht.« Und er benutzt nur selten Kraftausdrücke. Ich hatte keine Gelegenheit, ihn zu fragen, ob es wegen der Wahl war oder weil er dasselbe gesehen hat wie Linc.

Sie hat etwas Magisches.

Ich glaube, ich hätte Willow nicht besser beschreiben können.

Als ich jetzt zu ihr hinübersehe, blickt sie tief in Gedanken versunken aus dem Seitenfenster. Ihre linke Hand ruht in ihrem Schoß, aber sie macht mit Daumen und Mittelfinger schnelle kleine Kreise. Mir ist aufgefallen, dass sie das oft tut, als könnte sie ihre nervöse Energie durch die Fingerspitzen abbauen. Ich glaube, die meiste Zeit bemerkt sie es gar nicht.

Der Song »Yellow« von Coldplay durchdringt das Wageninnere. Wir haben kein Wort gewechselt, seit wir das Haus meiner Eltern verlassen haben. Ich will wissen, was sie denkt. Mag sie meine Familie? Bereut sie, sich auf diese Sache eingelassen zu haben? Würde sie alles abblasen, wenn sie die Wahl hätte?

Das Bedürfnis, sie in die Arme zu nehmen, ist überwältigend. Ich will sie halten, beschützen, *behalten*. Ich habe sie den ganzen Abend über angefasst, und ihre Berührung nicht mehr zu spüren macht mich rastlos. Obwohl wir allein sind, weigere ich mich diesmal, mir zu versagen, was ich will. Ich greife zu ihr hinüber und nehme ihre kleinere Hand in meine. Das lenkt ihren Blick vom Beifahrerfenster zu unseren verschlungenen Händen und dann zu mir.

»Was machst du da drüben?«, frage ich und führe ihre Hand an meine Lippen.

Ihr Blick huscht zwischen meinen Augen hin und her. »Ich habe nur nachgedacht«, sagt sie traurig.

»Keine Sorge.« Ich zwinkere ihr zu. »Beim ersten Mal ist es immer am schwersten.«

Ihr Ernst wird schnell von Belustigung abgelöst. Es gefällt mir sehr, wenn ich das schaffe.

»Damit du es weißt, ich habe meinen Schulabschluss als Zweitbeste gemacht.«

Warum liebe ich alle bruchstückhaften Informationen über sie, als seien sie winzige Goldstückchen, die ich aufsammele?

»Dir ist schon klar, dass du nur Zweitbeste warst, oder? Das ist eigentlich nichts, womit ich mich brüsten würde«, ziehe ich sie auf.

Sie entzieht mir ihre Hand, lacht aber dabei. »Du bist so ein Arsch. Kein Wunder, dass du keine Freundin hast.«

»Autsch.« Ich greife mir ans Herz. »Das schmerzt körperlich.«

»Die Wahrheit schmerzt eben.« Mit einem umwerfenden Lächeln dreht sie sich auf dem Sitz zu mir. »Und was ist mit dir? Was war dein Klassenrang?«, fordert sie mich heraus. »Mir ist klar, dass dir in deinem Alter die Erinnerung schwerfällt. Du gehst sicher bald zu deinem wievielten, deinem zwanzigjährigen Abschlusstreffen? Das Gedächtnis lässt normalerweise als Erstes nach. Oder der Haarwuchs.«

Ach Willow.

Mein Blick gleitet zu ihr. Als mein Grinsen breiter wird,

stöhnt sie und lässt den Kopf an die Fensterscheibe sinken. »Natürlich. Der Einzige, der den Ruhm des Zweibesten herabsetzen kann, ist der Erste, stimmt's?«

»Ich kann nichts dafür, dass ich das geborene Genie bin.«

»Du bist so von dir selbst erfüllt.« In ihren Worten liegt keine Schärfe, nur Humor, doch es macht mich wahnsinnig hart. Ich habe schon den ganzen Abend gegen eine halbe Erektion angekämpft. Wieder nehme ich ihre Hand, und sie lässt es zu.

»Ich habe keinen Zweifel, dass du es toll fändest, wenn du auch von mir erfüllt wärest.« Eine kühne Behauptung mit einem Hauch purer Lust. Ihr heftiges Luftschnappen verändert die Atmosphäre von unbeschwert und neckend zu dicht und pulsierend. Ich nutze meinen Vorteil sofort. »Sag mir, dass du daran denkst, wie mein Schwanz dich ausfüllt.«

»Shaw.«

Sie will sich mir entziehen, doch ich halte sie fest. »Sag es mir, Willow«, verlange ich.

Dreißig Sekunden später parke ich vor ihrer Wohnung. Sie hat immer noch nichts gesagt. Ich schnalle sie rasch ab und versuche sie auf meinen Schoß zu ziehen, doch sie leistet Widerstand. Sie und ich wissen beide, wenn sie sich erst an meinen pulsierenden Schwanz schmiegt, ist das Spiel aus.

Da sie nicht zu mir kommen will, gehe ich eben zu ihr. Ich beuge mich hinüber, bis sie in ihren Sitz gedrückt ist und nicht mehr ausweichen kann. Ich nehme ihr Kinn zwischen meine Finger und sage mit belegter Stimme: »Ich will, dass du mir sagst, dass du genauso oft daran denkst wie ich, wie mein Schwanz immer wieder in dich hineingleitet, Willow. Ich will dich sagen hören, dass du dich Fantasien über die Ekstase hingegeben hast, mit der ich jeden Zentimeter von dir überschütten werde, wenn du es mir nur erlaubst. Ich will dich sagen hören, dass du dich mitten in der Nacht berührst und dir wünschst, dass es meine Finger sind, die federleicht über deine Klitoris streichen, statt deine eigenen.«

»Warum machst du das?«, raunt sie, bevor sie sich die Lippen leckt. Noch ein verräterisches Zeichen, dass sie mich begehrt.

»Warum leugnest du es?«, gebe ich hitzig zurück. Unfähig zu widerstehen, küsse ich sie sanft auf den Mundwinkel, dann auf den anderen, bevor ich Küsse über ihre Wangen und geschlossenen Augenlider regnen lasse. »Gib zu, dass du genauso oft daran gedacht hast wie ich, wie ich dich nehme«, flüstere ich, als ich sie wieder loslasse.

»Ja. Gott … ja«, murmelt sie, kurz bevor ich meinen Mund auf ihren senke.

»Komm mit zu mir«, bitte ich sie zwischen den Küssen, mit denen ich uns betäube. Ich habe noch nie eine Frau angefleht, mit zu mir nach Hause zu kommen. Sie scheint mich zu Dingen zu bringen, zu denen andere Frauen nicht in der Lage sind.

»Nein.« Ihre Zurückweisung fächelt kühl über mein Gesicht, woraufhin sich meine Haut vor Ärger zusammenzieht.

»Dann lass mich mit zu dir kommen.« Meine freie Hand findet ihren nackten Schenkel und krabbelt nach oben, wo ich den Saum ihres Kleides hochschiebe. Mein Daumen streift fast über ihren honigsüßen Punkt, als sie mein Handgelenk festhält und mich stoppt.

»Nein.«

Ich verstärke meinen Griff um ihr Kinn. »Warum wehrst du dich gegen uns? Du willst es doch genauso sehr wie ich.«

»Man bekommt nur selten, was man will«, sagt sie hölzern.

Die Fassade ist wieder da. Ich fange an, es zu hassen, wie mühelos sie zwischen offen und verschlossen hin und her wechselt, als würde sie ein Schild in einem Fenster umdrehen, auf dem steht »Bin in zehn Minuten zurück«.

»Wer hat dir wehgetan, Willow?«

Sie schüttelt den Kopf. »Das tut nichts zur Sache.«

Ich fühle plötzlich schmerzhaft mit ihr. In dem Moment wird mir klar, dass ich noch nie von jemandem verletzt worden bin – mich nie von jemandem habe verletzen lassen –, doch es ist klar, dass sie verletzt wurde, und ich habe keine ähnliche Erfahrung, auf die ich mich beziehen könnte.

»Du irrst dich, Willow. Du irrst dich in so vielem.«

Ihre Blicke huschen zum Fenster, damit sie mich nicht ansehen muss. Sie wehrt sich nicht einmal mehr gegen meinen Griff. Ich glaube, er ist beruhigender, als sie zugeben will. Sie will vieles nicht zugeben. »Wahrscheinlich hast du recht«, sagt sie leise.

Ich drehe ihr Gesicht, bis sie mir wieder in die Augen sieht. »Lass mich an dich ran«, sage ich ihr mit Nachdruck.

Ihre schönen blauen Augen werden glasig und tränenfeucht. »Ich wünschte, ich könnte es.«

Endlich ein bisschen Ehrlichkeit. Damit können wir arbeiten.

»Willst du, dass ich mich zurückziehe? Ich kann aufrichtig behaupten, dass es nicht einfach sein wird, aber ich werde es versuchen, wenn es das ist, was du willst.« Ich verabscheue diese bitteren Worte, doch das Letzte, was ich tun will, ist dieser Frau wehzutun, deren Stärke die Fragilität der Wunden, die ihr jemand oder etwas in der Vergangenheit zugefügt hat, verdeckt.

»Ich weiß nicht, was ich will.«

Ich schenke ihr ein sanftes Lächeln. »Du irrst dich schon wieder.«

Ich lasse sie kein Wort mehr sagen, sondern küsse sie zärtlich, sodass sie ihre Lippen öffnet. Unsere Zungen duellieren sich träge, bis ihr Atem schneller wird und sie diese sinnlichen kehligen Laute von sich gibt, die mich verdammt noch mal umbringen.

Ich will sie. Ihre Pussy, ihren Po, ihren Mund. Ich kann sie mir jetzt auf Händen und Knien vorstellen, wie sie genau diese Laute ausstößt, während sie jeden Zentimeter von mir in sich aufnimmt, wo immer es mich danach verlangt. Ich will Teile von ihr, die sie mir nicht geben will, und ich will sie unbedingt.

Doch seltsamerweise ist mein Wunsch, sie zu beschützen, größer. Deshalb trete ich vorerst einen halben Schritt zurück. »Du warst heute Abend gut«, lobe ich sie.

»Es war leicht. Deine Familie ist toll.«

»Das stimmt.« Während ich meine Lippen noch ein paar Sekunden länger auf ihren verweilen lasse, wird mir klar, dass ich, wenn ich nicht sofort gehe, kein Nein mehr gelten lassen werde. Mit ein wenig Aufwand könnte ich sie wahrscheinlich überreden, Ja zu sagen, aber ich will auch nicht, dass sie es später bereut, weshalb mir jetzt nur zu sagen bleibt: »Gute Nacht, Goldlöckchen.«

Sie wirkt sowohl erleichtert als auch enttäuscht, als sie antwortet: »Nacht, Verkehrsrowdy.«

Sie überrascht mich, indem diesmal sie die Initiative zu einem Kuss ergreift, doch er ist nur flüchtig, bevor die Autotür zuknallt und sie zum Haus eilt. Ich warte, bis sie wohlbehalten drinnen ist, und hoffe, dass sie sich wie beim letzten Mal noch einmal umdreht. Fehlanzeige.

An diesem Abend gehe ich mit meinem Schwanz in der Hand ins Bett und komme heftig zu Fantasien von flachsblonden Haarsträhnen in meiner Faust, während ich ihren Mund rücksichtslos in Besitz nehme. Ich stelle mir vor, wie sie ihre betörenden blauen Augen an meinem Körper hinaufgleiten lässt, um sich zu vergewissern, dass sie mich mit jedem Stoß meines Schwanzes zufriedenstellt. Ich stelle mir vor, wie sie jeden Tropfen schluckt, während sie mit meinem schweren Schaft im Mund stöhnt, als könnte sie nicht genug bekommen. Ich male mir aus, wie sie es sich selbst besorgt, sodass wir zur gleichen Zeit abheben.

Mein Körper versteift sich, während ich in dem verdunkelten Raum meinen leeren Orgasmus verfluche und mir wünsche, dass alles von dem, was ich heraufbeschworen habe, real sei. Danach liege ich reglos und nur notdürftig befriedigt in einem feuchten Fleck aus Sperma und abkühlendem Schweiß.

Bevor ich Willow traf, habe ich im Alter von siebzehn Jahren zum letzten Mal zu Gedanken an eine Frau onaniert. Ich brauchte es nicht. Normalerweise komme ich an alle Frauen ran, die ich haben will.

Doch Gedanken an andere Frauen lösen bei mir nicht mal im Entferntesten eine Erektion aus.

Das ist der Moment, in dem ich weiß, dass ich mir genauso viele Sorgen machen sollte wie Willow. Die Alarmglocken, die bisher so auffallend geschwiegen haben, gellen jetzt. Ermahnen mich, den Rückzug anzutreten. Flehen mich an, eine von den vielen Frauen anzurufen, die willens wären, zu mir zu fahren und sich die ganze Nacht von mir benutzen zu lassen; doch das klingt nicht nur abstoßend, sondern fühlt sich auch ein bisschen wie Betrug an.

Nein. Ich will momentan niemand anderen hier als sie, deshalb lasse ich alle beunruhigenden Gedanken in meinem lustumnebelten Hirn verpuffen. In meinem ganzen Leben habe ich mir immer alles genommen, was ich wollte. Willow Blackwell wird da keine Ausnahme sein. Ich werde sie vögeln, und zwar oft, wenn es nach mir ginge. Ich werde einfach diese nächsten langen Wochen genießen, und dann werde ich sie gehen lassen, genau wie geplant.

Obwohl mir bei dem Gedanken ganz anders wird, weiß ich, dass es genau so sein muss. Nur so kann es sein. Ich kenne nichts anderes.

15. KAPITEL

Shaw

»Wie fühlst du dich?«, frage ich leise an ihrem grazilen, samtenen Hals.

»Viel besser. Ich glaube, ich bin endlich auf dem Weg der Besserung.«

Am Tag nach dem Treffen mit meinen Eltern war Willow an einer Nebenhöhlenentzündung erkrankt und musste zwei Tage das Bett hüten. Am liebsten hätte ich ihr Hühnersuppe mit Nudeln gebracht, sie im Arm gehalten und wieder gesund gepflegt. Ich wollte ihr ein heißes Bad einlassen und sie von vorn bis hinten bedienen. Aber ich tat es nicht. Ich sagte ihr nicht einmal etwas davon. Aus Gründen, die zu vielfältig waren, um sie aufzuzählen, behielt ich diese unerwartet zarten Gefühle für mich.

»Warum sind wir noch mal hier?«, flüstert sie mir zu.

Weil ich einfach nicht genug von dir kriegen kann.

»Um gesehen zu werden natürlich.« Ihr stockender Atem setzt meine Haut in Brand. Ich will meine Zähne in der weichen Haut an ihrem Hals versenken und sehen, was für erotische Laute ich ihr noch entlocken kann.

»Das ist ein merkwürdiger Ort dafür.« Ihre Stimme zittert. Ich lächele zufrieden. »Da sonst niemand hier ist.«

»Bist du schon mal im Giant Shoe Museum gewesen, Willow?«

Ihr Lachen muntert mich auf wie sonst nichts.

»Das kann ich nicht behaupten. Ich stehe nicht so auf Sonderausstellungen.«

»Was?« Ich heuchele Ungläubigkeit. »Niemand, der aus Seattle stammt, darf sich diese Wahnsinnssammlung der größten Schuhe der Welt entgehen lassen. Das wäre ein Sakrileg.«

»Na, dann bin ich froh, dass du mich darüber aufklärst. Ich wage zu bezweifeln, dass ich nur noch eine Nacht ruhig hätte schlafen können, wenn ich gewusst hätte, dass ich mir ein Paar sechzig Zentimeter große Clownsschuhe habe entgehen lassen.«

»Freut mich, dass ich helfen konnte«, witzele ich. Als ich einen Vierteldollar in den nächsten Automaten werfe, öffnet sich der Vorhang und bringt ein gewaltiges Paar Slipper zum Vorschein. »Mein Vater hat mich mit hierher genommen, als ich elf war.«

»Wirklich?«, fragt sie geistesabwesend und legt den Finger an die Glasscheibe, die dieses groteske Lederungetüm schützt.

»Ja.« Ich lache leise. »Ich habe mich ständig über meine großen Füße beklagt. Als ich elf war, hatte ich Schuhgröße 41/42, und er hat mich hierher gebracht, um mir zu zeigen, dass es immer noch schlimmer kommen kann, egal, was uns an unserem Leben stört.«

Diese Geschichte habe ich noch nie jemandem erzählt. Nicht einmal Noah.

Ich spüre, wie sie mich mustert, obwohl ich starr geradeaus sehe. Es war so dumm, deswegen traurig zu sein, doch meine großen Füße machten mich tollpatschig, und ich wünschte mir nichts mehr, als Basketball zu spielen. Ich war es nicht gewohnt, etwas nicht gut zu können. Während der Pubertät stimmten die Proportionen meines Körpers nicht. Deshalb schaffte ich es in der sechsten Klasse nicht ins Basketball-Team, und ich muss zugeben, dass ich noch nie ein guter Verlierer war. An dem Tag weinte ich, als ich nach Hause kam. Mit elf kommen einem die trivialsten Dinge wie ein Riesenberg vor, den man nicht erklimmen kann. Doch irgendwie fühlte ich mich nach diesem einfachen Ausflug, um mir absurde, überdimensionale Schuhe anzusehen, hundertmal besser.

»Du findest deine Füße groß, Shaw? Sei dankbar, dass du Füße hast«, sagte mein Vater, als wir genau diese Schuhe betrachteten.

»Er hatte schon immer die Gabe, Dinge in die richtige Perspektive zu rücken, selbst etwas so Simples wie die Größe eines Körperglieds.«

Sie prustet über meinen Witz. Ich sehe sie lächelnd an. Sie senkt den Blick auf meine Füße und lässt ihn langsam über meinen Körper nach oben gleiten. Ich spüre ihn wie die Fingerspitzen von Gespenstern, die nach oben geistern. Ich könnte schwören, dass ich spüre, wie sie meinen Schwanz umkreisen und spielerisch an ihm ziehen, bevor Willows Blick wieder auf meinem Gesicht landet.

»Hmm. Mir scheint, als seien deine Gliedmaßen perfekt proportioniert«, sagt sie mit einem kessen Lächeln.

Metall drückt schmerzlich gegen meinen Schwanz, der jetzt schneller hart wird, als ich blinzeln kann.

»Ach, mein unschuldiges kleines Goldlöckchen.« Ich schiebe sie rückwärts gegen die nächste Wand, drücke meinen Unterleib an ihren und sehe zu, wie sich ihre Augen mit einem Seufzen schließen. Meine Lippen sind nur Millimeter von ihren entfernt, und wir tauschen mit Lust angereicherten Sauerstoff aus. »Der Schein kann trügen. Vielleicht solltest du lieber selbst nachsehen.«

Ich nehme ihre Hand, lege sie um meinen steifen Schwanz und drücke ihre Finger mit meinen.

»Gott«, flüstert sie.

Sie greift fest zu und beginnt unter meiner Führung einen langsamen, pulsierenden Rhythmus.

Ich vergesse, wo wir sind, während mein Mund ihren erobert, um sie hungrig zu küssen. Meine freie Hand umfasst ihren Po und zieht sie näher an mich, sodass unsere Hände zwischen uns gefangen sind. Der Druck ihrer Hüften und ihrer Hand auf meinem Schwanz treibt mich in Sphären, in die ich hier in aller Öffentlichkeit nicht aufsteigen kann, aber verdammt, ich will es. Zum Glück höre ich Kinder kreischen, sodass ich mich von ihr löse, bevor ich noch etwas tue, wofür wir ins Gefängnis wandern.

»Ähm, also … Was steht nach der großen Schuh-Enthüllung auf dem Programm?«, fragt sie mit einem zittrigen Keuchen.

»Hast du Hunger?«

Ihre Augen werden groß. *Oh ja, ich weiß genau, was ich gefragt habe.*

»Ja, ich könnte einen Happen vertragen.« Sie erwidert mein Grinsen.

Jetzt verstehen wir uns.

Als ich mich wieder an sie lehne, schiebt sie die Hand zwischen uns und stößt mich gegen die Brust. »Etwas zu essen. Ich könnte etwas zu essen vertragen«, stellt sie mit einem Lachen klar. Sie klingt entschlossen, deshalb lasse ich es dabei bewenden. Vorerst. Doch wir sind jetzt näher dran, diesen Tanz in die Horizontale zu verlegen, und wir wissen es beide.

»Komm mit.« Ich nehme ihre Hand und gehe mit ihr durch die Tür hinaus und die Straße hinunter, bis wir zu einem kleinen französischen Café kommen, das mir gefällt. Es ist nicht besonders schick, aber man kann dort wunderbar draußen sitzen, und es liegt an einer Ecke zwischen zwei belebten Straßen. Ein großartiger Ort, um gesehen zu werden.

Wir müssen nur wenige Minuten warten, bis uns ein Platz zugewiesen wird.

»Ich weiß noch, wie ich als Kind an jedem Muttertag hierherkam. Meine Mom liebt dieses Café. Sie hat immer gesagt, es erinnere sie an die Sommer, die sie mit ihrer Mutter in Frankreich verbracht hat, als sie klein war.«

Sie lächelt. »Hast du etwa im zarten Alter von fünf Salade niçoise und Räucherlachs-Carpaccio gegessen?«

»Sollte man meinen, nicht?« Ich zwinkere ihr zu, was mir ein helles Lachen einbringt, sodass mein Grinsen wiederum breiter wird. »Nein. Mein unentwickelter Gaumen bevorzugte Arme Ritter mit Rührei. Und Profiteroles, obwohl ich meine Eltern jedes Mal darum anbetteln musste, weil ich mein Essen nie aufgegessen habe, um noch Platz dafür zu lassen.«

»Ich habe noch nie hier gegessen.«

In mir steigt Stolz auf, weil ich ihr Dinge zeige, die sie in unserer beider Heimatstadt nie erlebt hat. »Dann steht dir ein Gaumenschmaus bevor.«

In der nächsten Stunde plaudern wir, als würden wir uns schon ein Leben lang kennen und nicht erst wenige Wochen. Es ist schön. Entspannend. Erfrischend.

Als Kellie, unsere Kellnerin, zurückkommt, bestelle ich eine Portion Profiteroles, obwohl ich pappsatt bin.

»Oh, für mich nichts«, sagt Willow, als Kellie sie fragend anschaut.

»Bringen Sie uns zwei Gabeln«, trage ich ihr auf.

»Shaw, nein. Ich kriege wirklich nichts mehr runter.«

Ich ziehe eine Augenbraue hoch und mache mir nicht die Mühe, mich gegen ein Grinsen zu wehren. Eine wunderschöne Röte kriecht über ihre Brust und ihr Gesicht, als ihr klar wird, was sie gesagt hat. »Oh … so hab ich das nicht gemeint.«

»Du solltest deine Worte sorgfältiger wählen, Willow. Ein

Mann könnte eine solche Aussage als Herausforderung verstehen.«

Sie beugt sich vor und legt ihre Unterarme übereinander auf den Tisch. Sie strahlt übers ganze Gesicht. »Dieser Mann auch?«

Ich nehme die gleiche Haltung ein wie sie. Unsere Gesichter sind jetzt nur Zentimeter voneinander entfernt. Ich streichele mit einem Finger ihre Wange und senke die Stimme. »Auf jeden Fall.«

Ich beuge mich gerade zu ihr, um sie zu küssen, als das Dessert serviert wird. Saublöd! Willow beobachtet, wie ich meine Gabel in den blättrigen Teig mit der dickflüssigen Creme steche. Als ich sie ihr vor den Mund halte, öffnet sie ihn, ohne den Blickkontakt zu unterbrechen, und lässt sich von mir füttern. Es ist ein weiterer intimer Moment, in dem mein Blut vor ungeheurem Verlangen nach ihr in Wallung gerät.

Sie umschließt die Gabel mit ihren sinnlichen Lippen und schließt stöhnend die Augen. Ich muss meine Hose zurechtrücken, die wieder unerträglich eng geworden ist. Ich esse selbst einen Bissen und füttere sie mit einem weiteren Happen, bevor sie die Hand hebt, um mich zu stoppen.

»Was denkst du?«, frage ich gespannt.

»Es schmeckt himmlisch«, antwortet sie mit verträumter Miene. »Danke.«

Ich strecke die Hand aus, um ihr mit dem Daumen einen Klacks Creme aus dem Mundwinkel zu wischen. Ich tippe an ihre Lippen, bis sie den Mund öffnet und mich hineingleiten lässt. Ich stöhne, als sie den Mund um meinen Daumen schließt und daran saugt, und stelle mir vor, dass es stattdessen mein Schwanz ist. So wie sie mich ansieht, denkt sie genau dasselbe.

»Verdammt, Willow.«

Widerstrebend ziehe ich mich zurück, obwohl ich sie eigentlich viel lieber über meine Schulter werfen und zu mir nach Hause schleifen würde, damit ich sie bis zum Morgengrauen vernaschen kann. Als ich sie heute Abend abholte, habe ich mir geschworen, sie nicht anzuflehen, mit zu mir nach Hause zu kommen, doch mein Mund ist schon geöffnet, um genau das zu tun, als ich eine Stimme sagen höre: »Summer, bist du das?«

Willows Gesicht wird ausdruckslos. Sie dreht ruckartig den Kopf zur Straße, wo ein großer schlaksiger Mann steht, der zu lange auf der Sonnenbank gelegen hat. Ein zweiter Mann, der kleiner und stämmiger, aber nicht weniger interessiert an ihr ist, begleitet ihn. Ich kenne keinen von beiden, doch mein Blut siedet jetzt aus einem ganz anderen Grund.

Sie würdigt mich keines weiteren Blickes, bevor sie aufsteht und sich unseren Störenfrieden zuwendet. Sie geht ein paar Schritte auf das schmiedeeiserne Geländer zu, das den Gehweg vom Restaurant trennt.

»Bill, wie geht es dir?«, fragt sie süß und hält ihm die Hand hin. Der Mann namens Bill nimmt sie und streift mit den Lippen über ihre Fingerknöchel. Am liebsten würde ich ihm mein Buttermesser direkt ins Herz stoßen.

»Könnte nicht besser sein«, antwortet unser Störenfried mit einer aufreizend fröhlichen Grundhaltung.

Direkt vor meinen Augen verwandelt sich Willow in einen anderen Menschen. Sie ist steif, künstlich und zurückhaltend, während sie sich ein paar Minuten mit den zwei Männern unterhält, die sie zweifellos durch ihren »Job« kennen. Und nicht von ihrem ersten Tag.

Als sie endlich gehen und sie sich wieder zu mir setzt, kann ich meine unangebrachte Wut nur mit Mühe im Zaum halten. Ich wusste, wer sie war und was sie getan hat, bevor ich dieser kleinen Farce überhaupt zugestimmt habe, und doch bin ich machtlos gegen diesen schwarzen Hass auf andere Männer, die ihre Gesellschaft vielleicht genauso sehr genossen haben, wie ich es tue. Und wie könnten sie das auch nicht? Ich beiße die Zähne zusammen, bis mir die Backenzähne wehtun.

»Alte *Freunde?*« Mir ist vollkommen bewusst, dass ich die Frage mit Feindseligkeit und Abscheu ausgespien habe. Und diese angriffslustigen Worte werden der Katalysator sein, der mich dazu treibt, noch jede Menge anderen Mist zu sagen, den ich später bereuen werde. Meine einzige Entschuldigung lautet, dass ich mich bisher bei keiner Frau so verdammt hilflos gefühlt habe. Mir ist dabei sehr unbehaglich zumute. »Hat es dir die Sprache verschlagen?«, frage ich schneidend, als sie nicht schnell genug antwortet.

Willows kühler Blick huscht zur Straße und zurück zu mir. »Wie hast *du* mich denn gefunden? Bei Randi?«

Ihr Ablenkungsmanöver macht mich stinkwütend.

»*Ich* stelle hier die Fragen, *Summer.*« Meine Stimme trieft vor Verachtung, als ich ihren falschen Namen sage.

Ihre Augen, die noch vor Minuten vor Freude und Verlangen gestrahlt haben, werden so hart wie Stein. »Warum bist du so ein Arschloch? Du hast doch mich kontaktiert, nicht andersherum.«

Ich sollte sofort damit aufhören. Den Mund halten und diese Irrationalität, die mein Urteilsvermögen getrübt hat, herunterschlucken. Aber ich kann es nicht. Rasende Eifersucht hat ein Feuer in mir entfacht, dessen schwarzer Rauch zu dicht ist, um hindurchzusehen. »Weil du in dieser Stadt wirklich viele Männer zu kennen scheinst. Berufsrisiko, nehme ich an.«

Herrgott. Die Bestürzung in ihrem Gesicht, bevor sie ihre Maske wieder aufsetzt, zerreißt mich. Ohne ein Wort steht sie würdevoll von ihrem Stuhl auf. Sie schnappt sich ihre Handtasche und steuert auf den Ausgang zu. Angesichts der Distanz, die sie immer zwischen uns aufzubauen versucht, lodert mein Zorn wieder auf. Wenn es schwierig wird, geht sie in Deckung. Nun, das wird bald aufhören. Dieses ewige Weglaufen ist nicht gesund.

»Wohin gehst du?«, blaffe ich, ohne mich darum zu scheren, dass wir an den vollen Tischen um uns herum ein interessiertes Publikum haben.

»Nach Hause.« Ihre Stimme ist fest und sicher. Sie ist eine sehr starke Frau, und ich versuche sie zu beschneiden wie der letzte Scheißkerl. Aber hält mich das ab? Himmel nein. Auf keinen Fall.

»Ich bestimme, wann du gehen kannst«, brülle ich fast.

Sie bleibt abrupt stehen. Sie reckt stolz das Kinn in die Höhe, hebt die schmalen Schultern an, antwortet aber nicht. Ich stehe auf und lege die kurze Distanz zwischen uns zurück, um sie zur Rede zu stellen.

»Du kannst mir nicht einfach davonlaufen. Du bist mein Besitz. In den nächsten drei Monaten gehörst du mir. Du tust, was ich dir sage, wann ich es sage und wie ich es sage. Das war die Vereinbarung, die du unterschrieben hast.« Meine scharfe, gedämpfte Stimme klingt fremd. Arschlöcher haben die Macht über mich übernommen.

Ihr böser Blick wird süß und nachsichtig, und im Nu wird mir klar, was sie tut. Dafür bezahle ich sie schließlich. Verdammt, ich habe sie gerade dazu herausgefordert, aber es abzubekommen macht mich fertig. Richtet mich zu Grunde. Dann macht sie den vorlauten Mund auf, den ich so anziehend finde, und ihr Ton mag zuckersüß sein, doch ihre Worte riechen abscheulich und schmecken bitter.

»Wow. Lassen Sie uns eins klarstellen, *Mr Mercer*. Sie verfügen vielleicht über meine Zeit. Sie verfügen vielleicht darüber, wie ich mich kleide, wie ich mich verhalte, was ich sage, wohin ich gehe. Aber über etwas zu verfügen heißt nicht, es zu besitzen. Und ich bin niemandes Besitz. Deshalb nein« – mit einer berechnenden Bewegung, die alle Zuschauer täuschen soll, beugt sie sich zu mir und flüstert mir ins Ohr – »Sie besitzen mich nicht. Sie werden mich *niemals* besitzen.«

Dann küsst sie mich auf die Wange und sagt so laut, dass es alle mitbekommen: »Wir sehen uns zu Hause, Schatz«, und geht. Ich stehe da und glotze ihr mit offenem Mund hinterher wie ein Fisch, der aus dem Wasser geholt wurde und verzweifelt nach Luft schnappt.

Ich bin auf dem trockenen Land. Absolut nicht in meinem Element.

Niemand bietet mir derart die Stirn. Niemand manipuliert mich auf diese Weise.

Heftige, grausame Entschlossenheit steigt in mir auf, bis sie vollkommene Macht über mich hat.

Und *ob* ich sie besitze.

Sie gehört nur mir.

Ratet mal, was ich mir jetzt wünsche? Mehr als alles andere bisher?

Einen brandneuen Besitz, dem ich den Hintern versohlen kann.

16. KAPITEL

Willow

Heute ist ein schöner Tag. Strahlender Sonnenschein. Es weht nur ein leises Lüftchen. Die Luft ist frisch, als wollte der Herbst sich schon seinen Weg bahnen, doch der Sommer hält ihn noch ein bisschen länger ab. Und ich will, dass der Sommer gewinnt, denn Herbst heißt, dass wir uns ruck, zuck dem Winter nähern.

Und Winter heißt keinen Shaw mehr. Ich weiß nicht so recht, wie ich das finde, doch während die Tage mit ihm wie im Flug vergehen, weiß ich, dass mir die Enttäuschung nicht gefällt, die sich bei dem Gedanken in mir breitmacht.

Dabei sind wir nichts Reales. Nur ein Auftrag. Ein Schwindel. Und gestern Abend hat er mich mit seinen kalten Worten im Restaurant deutlich daran erinnert.

Du bist mein Besitz.

Wie kann er es wagen? Er mag in vielerlei Hinsicht recht haben, doch die Art, wie er es gesagt hat, hat meine Haut gepikst wie ein Dornenbett. Er hat es nicht mit der erbitterten Besitzgier eines Mannes gesagt, der sich wünscht, dass eine Frau wirklich zu ihm gehört. Ganz im Gegenteil. Ich war etwas, worauf er Anspruch erhebt. Das man begehrt und zur Schau stellt, bis man keine Verwendung mehr dafür hat.

Es schmerzte, denn warum sollte er anders empfinden? Dass ich mir das wünschte, gefällt mir nicht.

Wie aufs Stichwort klingelt mein Telefon heute Morgen schon zum fünften Mal. Ich ignoriere es. Eins muss ich ihm lassen: Shaw lässt nicht nach in seinem Bemühen, sich zu entschuldigen. Irgendwann werde ich es ihm erlauben, aber zuerst muss der Schmerz ein wenig nachlassen. Er verurteilt mich für etwas, worüber er überhaupt nichts weiß, und auch wenn das nicht seine Schuld ist, weil ich ihm keine Erklärung dafür geliefert habe, schmerzt es dennoch.

Dies ist keine Beziehung, in der wir uns höchst persönliche Dinge anvertrauen, weil wir hoffen, dass der andere sie in sein Leben und letztendlich in sein Herz aufnehmen wird. Vielleicht fühlen wir uns körperlich voneinander angezogen, doch selbst ich weiß, dass das, was wir nach außen vermitteln, nicht real ist. Sosehr ich es mir seit Neustem auch wünsche.

Ich setze den Blinker nach links und lasse den Gegenverkehr durch, bevor ich abbiege. Nachdem ich das vertraute schmiedeeiserne Tor hinter mir gelassen habe, fahre ich langsam weiter zu meinem Ziel. Als ich es erreicht habe, schalte ich den Wagen auf »Parken« und stelle den Motor ab. Ich bleibe still sitzen und starre durch die Frontscheibe auf die riesige Trauerweide, deren geschwungene Zweige zu schützen und zu behüten scheinen.

Ich muss weinen. Das muss ich immer.

Ich werde nie vergessen, wie ich zum ersten Mal den Ort sah, an dem meine Schwester für immer zur Ruhe gebettet werden sollte. Mein Vater stand neben mir und stützte mich, weil meine Knie zu schwach waren, um mich ohne Hilfe auf den Beinen zu halten.

»Diese Grabstelle habe ich sechs Monate vor deiner Geburt gekauft, Willow.«

Ich erinnere mich, dass ich das damals sehr merkwürdig fand. Mein Vater war noch jung. Er war noch weit davon entfernt zu sterben. Aber so war mein Vater. Er plante immer im Voraus.

»Ich hatte sie für deine Mutter und mich gedacht, wenn wir sterben, doch jetzt denke ich, dass ich vielleicht eine sonderbare Vorahnung hatte. Ich denke, das ist ein Zeichen, dass sie okay sein wird.«

Ich erinnere mich, wie ich den Kopf in den Nacken gelegt und nach oben in die grüne Unterseite des riesigen Baumes gesehen habe, dessen satte grüne Blätter mit uns zu trauern schienen. Selbst in diesen jungen Jahren verstand ich das. Im Leben war sie meine Beschützerin gewesen. Im Tod war ich ihre. Ich brach zusammen. Er musste mich zurück zum Wagen tragen und eine Stunde lang mit mir dort sitzen bleiben, bis ich mich so weit beruhigt hatte, um mich von ihm zurück zum Bestattungsunternehmen fahren zu lassen.

Jedes Mal, wenn ich hier halte, trifft mich die Erinnerung mit derselben Wucht. Mein letzter Besuch ist zu lange her. Sonst lasse ich nicht mehr als ein paar Wochen verstreichen, doch ich war so von Shaw gebannt, dass ich an nichts anderes denken konnte. So geht das jetzt schon seit zwei Monaten. Das darf nicht wieder vorkommen.

Mein Blick fällt auf den Beifahrersitz, von dem ich zwei kleine Sträuße nehme, die ich im Garten hinter meinem Elternhaus abgeschnitten habe. Ich rieche daran und atme tief ein, inhaliere den kräftigen Geruch von Lavendel und Geißblatt. Ich blinzele heftig und lasse den Schmerz sich einen Weg über meine Wangen brennen, bis ich mir die Tränen wegwische.

Nachdem ich tief durchgeatmet habe, steige ich aus. Unter den Sohlen meiner Sandalen knirscht der Kies, bis ich die gedämpfte Stille des ordentlich gemähten Rasens erreiche. Nur noch wenige Schritte, dann bleibe ich stehen und knie mich ins Gras, das von dem Regen heute Morgen noch feucht ist. Ich ignoriere die unangenehme Kälte, die an meine Knie dringt.

»Hallo, Vi. Hallo, Daddy«, flüstere ich und wische mir mit der freien Hand die letzten Tränen aus dem Gesicht. Ich lege die blühenden Zweige auf den nebeneinanderliegenden Gräbern ab und räume die vertrockneten vom letzten Mal vorerst beiseite.

Ich befinde mich auf dem riesigen Friedhof so weit hinten, dass ich nur Vogelgezwitscher und das fast unmerkliche Geräusch der Luft höre, die durch die winzigen Blätter um mich herum fährt. Es ist friedlich und still.

»Es tut mir leid, dass ich länger nicht hier war. Ich hatte viel zu tun.« Ich zupfe ein paar lange Grashalme vom Rand von Violets kunstvoll gemeißeltem Grabstein und werfe sie beiseite. Wie immer zeichne ich die Noten vom Anfang des Metallica-Songs »Fade to Black« nach, die in den Stein graviert sind, bevor ich mich zurück auf die Fersen setze und wehmütig lächele.

Den Song hat Violet ständig gespielt. Jedenfalls ihre Version davon. Meine Mutter hasste es, doch mein Vater und ich liebten den klassischen Dreh, den sie dem Heavy Metal Song verlieh. Als meine Mutter darauf bestand, dass Violets Grabmal irgendeine musikalische Referenz aufweisen sollte, wechselten mein Vater und ich einen Blick und lächelten. Er machte ihr weis, dass es Griegs Klavierkonzert in a-Moll sei. Das ist bis zum heutigen Tag unser Geheimnis geblieben.

»Ach ja, ich, äh, habe jemanden kennengelernt«, stammele ich und frage mich, warum ich ausgerechnet damit angefangen habe. Shaw wird nur ein Wimpernschlag in der Zeit bleiben. Eine Erinnerung. Wahrscheinlich ein Bedauern und dazu noch ein selbst verschuldetes. »Er ist mir hinten reingefahren«, fahre ich fort. *Er bezahlt mich dafür, dass ich seine Freundin bin.* »Er ist ein arrogantes Arschloch.« *An das ich jede einzelne Sekunde des Tages denken muss.* »Sein Name ist Shaw Mercer.« Ich halte inne und überlege, was ich als Nächstes sagen soll. »Ich …« *Mist.* »Ich mag ihn trotzdem.« *Ich denke, es ist vielleicht mehr als nur mögen.*

Verdammt. Verdammt. Verdammt.

Wie habe ich mich in diese Situation manövriert?

»Wisst ihr noch, als ich mit zehn in Tommy Miller verknallt war?« Ich war in der fünften Klasse und er in der sechsten. Er hatte ziemlich lange wellige blonde Haare, die ihm beim Mittagessen immer in seine treuherzigen Augen fielen. Er war süß. Das wusste er auch und sog die Aufmerksamkeit auf wie ein Schwamm. Alle Mädchen waren verknallt in ihn. Auch ich war nicht immun. »Und erinnert ihr euch an den Tag, als ich am Boden zerstört aus der Schule nach Hause kam, weil ich gesehen hatte, wie Tommy in der Nähe der Mädchentoilette Karyn Vencezzino auf den Mund geküsst hat, obwohl er mir erst am Tag zuvor gesagt hatte, dass er nur mich mag?« Ich halte inne und hole Luft. »Weißt du noch, was du zu mir gesagt hast, Daddy? Du hast gesagt: ›Es muss erst ein ganz besonderes Mädchen kommen, um einem Jungen die Augen dafür zu öffnen, was direkt vor ihm steht, Willow. Aber wenn er es merkt, wird er auf Leben und Tod um sie kämpfen und nur für sie. Gib dich nicht zufrieden, bis du diesen Mann findest.‹ Violet hat mir nur geraten, ihn in die Eier zu treten.« Ich lache. »Aber deine Worte waren klug.« In der Woche darauf bekam ich mit, wie Tommy Miller noch zwei andere Mädchen küsste, die *nicht* Katryn Vencezzino waren.

Ein Wagen nähert sich. Ich warte, bis er vorbeifährt, und frage mich, was mein Vater über Shaw Mercer sagen würde. Er würde ihn allein schon aus Prinzip nicht mögen. Selbst wenn wir uns unter anderen Umständen getroffen hätten, wenn Shaw mich nicht dafür *bezahlt* hätte, alle um uns herum zu täuschen, bin ich mir sicher, dass mein Vater mir raten würde, weiterzusuchen. Mir sagen würde, dass Shaw auch nicht der Typ sei, der um eine Frau kämpft, genau wie Tommy Miller. Dass er damit recht hätte, macht mich traurig.

Dann kommt mir etwas anderes in den Sinn, und die Wut, die ich in mir zu vergraben versuche, brennt wieder lichterloh.

»Warum hast *du* nicht härter gekämpft, Daddy?«, frage ich heiser. »Warum hast du nicht mit mir gesprochen? Dich auf mich gestützt? Mich um Hilfe gebeten? Warum hast du uns einfach aufgegeben? Mama und ich haben dich gebraucht.«

Violets Tod war für mich verwirrender als alles andere. Sie hat eine schlechte Entscheidung getroffen, für die sie mit dem Leben bezahlte, aber mein Vater? Seine war wohlüberlegt. Monatelang weigerte ich mich zu glauben, dass es Selbstmord war. Es musste ein Unfall gewesen sein. Mein Vater hatte *alles*, wofür es sich zu leben lohnte. Seine Karriere. Seine Frau. Mich. Doch sein Wagen war mitten auf der Brücke abgestellt, mit offener Tür, Schlüssel und Brieftasche darin. Es gab keinerlei Hinweise auf Fremdeinwirkung oder darauf, dass sich noch jemand vor Ort befunden hätte. Keine Zeugen, keine Passanten. Nur erstickender Schmerz und eine harte Realität, die ich nicht wahrhaben wollte.

Mein Vater hat sich *absichtlich* das Leben genommen.

Er hat mich und meine Mutter *absichtlich* verlassen.

Das schmerzt mich am meisten.

Er vertraute mir nicht genug, um mich um Hilfe zu bitten. Er war stolz. Ein echter Kerl. Ein Beschützer für mich und meine Mutter. Deshalb ringe ich bis heute mit seiner Tat. Ein großer Teil von mir fragt sich, ob mein Vater nicht nur vom Verlust seiner Erstgeborenen angeschlagen war, sondern auch dadurch, dass er zusehen musste, wie seine geliebte Frau langsam dahinsiechte, wie sie ihn vergaß, ihr gemeinsames Leben vergaß. Und genauso hilflos war wie ich, sie zu retten. Manchmal glaube ich, er war genau wie ich; er tat so, als ginge es ihm gut, während er innerlich verkümmerte.

Schuld züngelt an mir, bis meine Haut fast Blasen bekommt. *Ich hätte es wissen müssen. Ich hätte etwas tun müssen. Warum habe ich es nicht gesehen?*

Ich hätte ihm helfen können, genau wie Violet. Oder etwa nicht?

An manchen Tagen vermisse ich meine Familie so sehr, dass es schwer ist, nicht im Kummer zu ertrinken, doch ich muss zugeben, dass mir das Atmen in den letzten paar Wochen etwas leichter fällt, und ich will mir den Grund nicht eingestehen.

Ich schließe die Augen und konzentriere mich darauf, warum ich hier bin. Es fällt mir immer schwerer, mich an Kleinigkeiten zu erinnern. An die Stimme meines Vaters. Daran, wie lieblich Violets Lachen klang. Wie sich die Arme meines Vaters und meiner Schwester um mich anfühlten, wenn sie mich an sich drückten. Man macht sich nicht klar, dass man Kleinigkeiten für selbstverständlich hält, bis sie einem entrissen werden und ein klaffendes, blutendes Loch hinterlassen.

Ich schlinge die Arme um mich, lasse mir den warmen Wind ins Gesicht wehen und tue so, als seien sie hier und hörten mir zu. Doch meine Gedanken schweifen ab. Ich denke daran, was ich mit Shaw tue und warum. Versuche es damit zu rechtfertigen, dass wir niemandem schaden. Ich denke an die Zweihundertfünfzigtausend und dass er sie sich leisten kann. Versuche verstandesmäßig zu erklären, dass ich es für meine Mutter tue. Dass ich mich, wenn ich eine Wahl hätte, anders entscheiden würde. Nicht zum ersten Mal sage ich den beiden: »Es ist schwer, aber ich tue mein Bestes.«

Ich bin mir sicher, ich höre ein leise geflüstertes: *»Ich weiß.«* Vielleicht ist es auch nur Wunschdenken. Trotzdem fühle ich mich besser.

Ich bringe sie, was meine Mutter betrifft, auf den neuesten Stand, und Stunden später, als ich endlich zum Wagen zurückgehe, bin ich erschöpft, aber mir ist leichter ums Herz. Ich bin länger geblieben, als ich wollte, doch dort zu sein war reinigend für mich. Ich konnte mich nicht zum Gehen aufraffen, obwohl ich den Nachmittag mit Tonaufnahmen hätte verbringen sollen. Ich nehme mir vor, meine Mutter nächstes Mal mit hierherzubringen. Selbst wenn sie nicht weiß, warum sie hier ist, genießt sie normalerweise die Ruhe.

Ich lasse den Wagen an, greife in meine Handtasche und hole mein Handy heraus. Ich habe mehrere verpasste Anrufe und nahezu ein Dutzend Textnachrichten von Shaw. Ich stelle seufzend fest, dass ich mich kindisch aufführe. Ich muss über meine Gefühle für ihn hinwegkommen und einfach nur meinen Job professionell erledigen. Ich habe mich sowieso inzwischen abgeregt. Größtenteils.

Es würde nur zehn Sekunden dauern, ihm vor der dreißigminütigen Fahrt nach Hause eine SMS zu schicken, dass zwischen uns alles in Butter ist, doch ich fürchte, das würde ihm nicht reichen. Er würde mich sofort anrufen, und ich bin durstig und müde und muss aufs Klo. Deshalb fahre ich los und nehme mir vor, ihn gleich anzurufen, wenn ich zu Hause bin.

Doch als ich in meine Einfahrt fahre, bin ich überrascht, am Straßenrand Shaws Rover stehen zu sehen. Mit ihm darin. Ein rascher Blick auf die Uhr auf dem Armaturenbrett zeigt, dass es erst kurz nach vier am Nachmittag ist. Hm. Ich frage mich, wie lange er schon auf mich wartet.

Mein Magen schlägt vor Aufregung und Nervosität Purzelbäume. Im Grunde habe ich ihn den ganzen Tag ignoriert, und er ist hergekommen, um mich abzufangen. Warum? Um sich zu entschuldigen? Oder dafür zu sorgen, dass ich meinen Teil der Abmachung einhalte? Oder vielleicht um mich zu feuern.

Bis ich meine Tür geöffnet habe, um der Sache auf den Grund zu gehen, ist er schon halb bei meinem Wagen.

»Solltest du nicht zu dieser Tageszeit bei irgendeinem wichtigen Meeting sein, Verkehrsrowdy?«, lasse ich leicht giftig vom Stapel, als er mich erreicht. Anscheinend bin ich doch noch angepisster als gedacht.

»Wo zum Teufel warst du den ganzen Tag?«

Tja, das beantwortet meine Frage wohl. Sich zu entschuldigen ist überhaupt nicht seine Absicht. Sich wie ein Arschloch aufzuführen schon.

Ich richte mich gerade auf, als hätte mir jemand eine Stahlstange in den Rücken geschoben. »Weißt du, ich schulde dir keine minuziöse Rechenschaft über meinen Tagesablauf. Ich habe dir immer zur Verfügung gestanden, wenn du mich brauchtest. Und war das nicht ›der Deal, den ich unterschrieben habe‹?«, schieße ich sarkastisch zurück.

»Außer heute«, murmelt er halblaut.

Ich mache Anstalten, ihn stehen zu lassen, als er mich am Ellbogen packt und mich sanft zurückschiebt. »Du hast recht. Es tut mir leid. Können wir bitte noch mal von vorne anfangen?«

Ich hole tief Luft und stoße sie mit dem Großteil meines Ärgers langsam wieder aus. »Willst du mit reinkommen?«

»Danke gern.«

Mit jedem Schritt, den ich auf die Haustür zugehe, werde ich mir bewusster, dass er hinter mir ist, nahe bei mir, und mich nicht aus den Augen lässt. Als ich aufschließe, weiß ich, dass wir allein sind, da Sierras Wagen nicht in der Einfahrt steht. Ohne einen Blick zurück gehe ich in die Küche und schnappe mir eine Flasche Wasser aus dem Kühlschrank.

»Willst du auch etwas?«, frage ich in dem Bemühen, höflich zu sein.

»Ich brauche nichts.« Seine Blicke wandern umher, und ich weiß, dass er mein ärmliches Zuhause in sich aufnimmt. Es wahrscheinlich mit seinem vergleicht. Unsere gesamte Wohnung würde in sein Wohnzimmer und seine Küche passen. »Deine Wohnung gefällt mir. Sie ist hübsch.«

»Was willst du, Shaw?«, frage ich und setze mich an den Tisch, damit ich etwas – irgendwas – als Barriere zwischen uns bringen kann.

Je länger er mich mustert, desto nervöser werde ich. Vielleicht ist er doch hier, um mit mir Schluss zu machen. Vielleicht hat er beschlossen, dass er es nicht riskieren will, mit mir gesehen zu werden. Vielleicht hat er beschlossen, dass ich den Aufwand nicht wert bin.

Traurigerweise könnte ich ihm das nicht einmal verübeln, und ein Teil von mir will sich nicht einmal dagegen zur Wehr setzen, doch dann denke ich an das Geld, das ich dann verlieren würde, und gerate leicht in Panik.

Mit einem Räuspern sagt er: »Das von gestern Abend tut mir leid. Das war unangebracht.«

Ich starre ihn nur an und suche nach der richtigen Antwort. Er zieht einen Holzstuhl heraus und setzt sich, lehnt sich schwer zurück, als sei er müde. Jetzt, wo ich ihn genauer ansehe, erkenne ich Tränensäcke und Ringe unter seinen babyblauen Augen.

Seine Nacht war wohl genauso schlimm wie meine.

Ich sehe kurz weg, um meine Gedanken zu sammeln. Ich will ihm verzeihen, doch zuerst brauche ich ein paar Antworten.

»Warum hast du dich so aufgeführt? Du warst ein Idiot. Du hast es mich nicht mal erklären lassen.«

Er zuckt mit den Schultern. »Keine Ahnung.«

Ich lege den Kopf schief und werfe ihm einen Blick zu. Den, der besagt: *Ich weiß, dass du nur Scheiße laberst.*

Er lächelt selbstironisch. »Okay, schön. Mir hat nicht gefallen, dass er ein ehemaliger Kunde von dir war. Mir hat nicht gefallen, wie er dich angesehen hat. Mir hat auch nicht gefallen, dass er entweder aufs Engste mit dir vertraut zu sein scheint oder es gern sein möchte. Mir hat sein Handkuss nicht gefallen. Mir hat nicht gefallen, wie er mit seinem Blick deinen perfekten Körper gescannt hat. Mir haben die Gedanken nicht gefallen, die ihm durch den Kopf gingen und laut herausschmetterten wie durch ein Megafon. Mir hat nichts davon gefallen.«

Mit anderen Worten: eine langatmige Erklärung dafür, dass er eifersüchtig war. Hmmm. Ich muss den glückseligen Ausdruck unterdrücken, der sich wie ein Hautausschlag auf meinem Gesicht breitmachen will.

»Und was für Gedanken sollten das sein?«

Mit verschränkten Armen und den Ellbogen auf dem Tisch beugt er sich vor und macht mit seiner Wut seine Entschuldigung wieder zunichte. »Dass er dich ficken wollte.«

Ich lache, weil ich weiß, wie unzutreffend diese Behauptung ist. »Nicht jeder will mich ficken.«

»Da irrst du dich, Willow«, beharrt er mit absoluter Überzeugung, bevor er sich wieder zurücklehnt. »Sogar sehr.«

»Er ist kein Kunde«, sage ich schnell, weil ich die Spannung auflockern will, die jetzt so dicht zwischen uns hängt wie eine Gewitterwolke. Shaw sitzt wie versteinert da, doch ich fahre unverdrossen fort. »Der Gentleman, der mir die Hand geschüttelt hat, war Bill. Wer der andere Mann war, weiß ich nicht.

Wahrscheinlich ein Freund von ihm. Bill arbeitet für Randi, und ich kann dir versichern, dass er mich nicht ficken will. Seine Vorlieben gehen in die entgegengesetzte Richtung.«

Er blinzelt ein paarmal. »Warum hast du mir das gestern Abend nicht einfach gesagt?«

»Weil du mich stinkwütend gemacht hast«, erwidere ich scharf. »Ich weiß, dass du meinen Job nicht gutheißt, aber ich brauche deine Einwilligung nicht. Ich habe meine Gründe, und ich bin es leid, dass du mich wegen etwas verurteilst, worüber du nichts weißt.«

Seine ganze Haltung wird versöhnlicher. »Ich verurteile dich nicht, Willow. Ich will nur ...« Er lässt den Kopf in den Nacken fallen und starrt tief durchatmend an die Decke. Als er den Kopf wieder hebt, macht der warme Ausdruck in seinen Augen meiner Verärgerung den Garaus. »Komm her.« In der Erwartung, dass ich ihm gehorche, hält er mir die Hand hin.

Ich will es nicht, doch irgendetwas treibt mich dazu. Ich stehe auf und nehme sie; dann stehe ich zwischen seinen gespreizten Beinen, und seine Hände kneten meine Hüften. Mit bittendem Blick sieht er zu mir auf. »Es tut mir leid.«

Ich gebe nach wie nasser Sand unter der Macht des Meeres. Ich fahre mit den Händen durch seine kurzen Haare und versichere ihm: »Ich verzeihe dir.«

Mit einem Nicken und einem schweren Seufzer schiebt er den Stuhl zurück. Er erhebt sich zu seiner vollen Größe und überragt meine zierliche Gestalt, umgibt mich mit einer Behaglichkeit, die ich schmerzlich vermisst habe. »Ich muss gehen. Ich muss ein paar Dinge regeln, die ich in die Wege geleitet habe.« Er klingt so enttäuscht, wie ich mich fühle.

»Okay«, stimme ich leise zu.

An der Tür fährt er mir mit den Fingern durch die Haare und neigt meinen Kopf in genau den richtigen Winkel, damit er seinen Mund auf meinen senken und mich leidenschaftlich küssen kann. Als er sich abwendet, um zu seinem Wagen zu gehen, atmen wir beide schwer, und mein ganzer Körper müsste mit Eiswasser übergossen werden, um das Inferno zu löschen, das in mir brennt.

Erst als er wegfährt, wird mir klar, dass ich immer noch keine Ahnung habe, wie lange er auf mich gewartet hat, nur um sich bei mir zu entschuldigen. Oder warum mir der Gedanke so gut gefällt.

17. KAPITEL

Willow

Ich drücke auf »Aufnahme« und fange an. Schon wieder.

Ich öffne meine Wohnungstür und erwarte, von Livvy begrüßt zu werden, doch das Einzige, was mich willkommen heißt, ist Vanilleduft, sinnliche Musik und Kerzenlicht. Ich schließe die Tür, lasse meinen Koffer stehen und gehe ein paar Schritte hinein. Als ich sehe, was mich im familiären Esszimmer erwartet, erstarre ich.

Herr. Gott. Mein Schwanz zuckt.

Livvy liegt splitternackt und mit verbundenen Augen ausgestreckt auf meinem Tisch. Ihre Hände sind an den Handgelenken gekreuzt und liegen anmutig über ihrem Kopf, während eine ihrer schlanken Fesseln behutsam über der anderen positioniert ist. Ihr Rücken ist leicht gewölbt, ihre glänzend roten Lippen sind geöffnet, als sei sie schon mitten in der Ekstase, und die Schatten der Kerzen um sie herum tanzen wie ein eng umschlungenes Liebespaar über ihre errötete Haut. Zwei Flöten mit sprudelndem Champagner stehen am oberen Tischende und warten darauf, genossen zu werden.

Ich stehe eine gefühlte Ewigkeit dort und nehme ihren Anblick begierig in mich auf. Sie ist so verdammt schön, dass ich nur mit Mühe atmen kann. Die lebendig gewordene Fantasie eines jeden Mannes, aber sie gehört nur mir. Sie ist alles für mich.

Mein Leben.

Mein Atem.

Meine Nahrung.

Mein Schwanz war noch nie so hart.

»Himmel, Livvy. Du bist eine Göttin«, presse ich schließlich hervor, als ich am Tisch entlanggehe und langsam und bedächtig mit dem Finger von ihren Zehen bis zu ihren Fingerspitzen streiche. Ihr Atem stockt, und ich beobachte, wie sie dort, wo ich entlanggestrichen habe, eine Gänsehaut bekommt. Ich gehe zur anderen Seite und wiederhole denselben Vorgang, wobei ich diesmal näher zu den Stellen vordringe, auf die ich meine Hände und meinen Mund am liebsten legen würde.

»Scheiße, ich gebe auf.« Ich schneide eine Grimasse und werfe meine Kopfhörer auf den Schreibtisch. Ich habe diesen Teil von *Forsaking Gray* heute Morgen schon sechs Mal gelesen und jede einzelne Aufnahme verworfen. Ein Buch aus der Perspektive eines Mannes zu erzählen kann schwierig sein, doch normalerweise leiste ich morgens meine beste Arbeit, wenn meine Stimme noch tief und rau ist. Es ist dieselbe Zeit, in der ich normalerweise die sehr erotischen oder expliziten Sexszenen einlese, weil meine Stimme sinnlicher ist, bevor sie ganz aufgewärmt ist. Heute Morgen wollte ich zwei Fliegen mit einer Klappe schlagen, aber ich glaube, ich habe sie stattdessen beide verstümmelt.

Heute hätte ich schon bei Tagesanbruch aufstehen können, und es hätte trotzdem nicht geholfen. Ich muss diese Romanfiguren verkörpern, wenn ich sie lese. Ich denke mich in sie hinein, in ihr Leben, ihre Höhen und Tiefen, bis ich glaube, sie zu sein, doch heute war die einzige Zone, in der ich mich befunden habe, die Gefahrenzone.

Ich kann nur an *ihn* denken.

Bei jedem Wort stelle ich mir statt der Heldin mich selbst und statt des Helden Shaw vor.

Ich war Livvy. Shaw war Gray.

Ich lag auf seinem Tisch.

Ich war sein Opfer.

Ich gehörte ihm.

Ich bin ein verdammter Dummkopf. Nichts von dem darf passieren. Das mit dem Sex vielleicht. *Verdammt, wem mache ich was vor?* Da gibt es kein *Vielleicht*.

Ich denke über die letzten Tage nach, darüber, wie schnell meine Barrieren zusammenstürzen, eine nach der anderen. Dabei sind es nicht seine herrischen, sexuell expliziten Worte, die mich berühren, sondern seine aufrichtigen.

Es war seine aufrichtige Entschuldigung, sich wie ein Arschloch aufgeführt zu haben. Es war seine Eifersucht. Es war, wie er mit seiner Familie umging. Es ist die Schwere seines Blickes, die ich auf mir spüre, wenn ich ihn nicht ansehe. Es ist seine Aufmerksamkeit, selbst wenn sie nur eine Masche ist. Es ist all das und so vieles mehr, was ich nicht verstehe. Hinter seiner kontrollierenden, aggressiven, manchmal unerträglichen Fassade ist Shaw ein mitfühlender liebevoller Mann. Er liebt seine Familie abgöttisch, und wenn ich das vorher nicht ganz verstanden hatte, tue ich es jetzt, nachdem ich sie kennengelernt habe.

Er ist körperlich attraktiv, doch es ist seine Fürsorge, die ihn wirklich unwiderstehlich macht. Er ist das Gesamtpaket, das jede Frau sich erträumt auszupacken, ihr Eigen zu nennen und es ein Leben lang zu lieben.

Wenn ich Shaw Mercer das nächste Mal sehe, werde ich ihm nicht widerstehen können. Na schön, es wird zum Sex kommen, doch ein unliebsamer Teil von mir kann nicht anders, als sich nach mehr zu sehnen. Nach etwas, das über körperliche Lust hinausgeht. Die Liebe, die diese zwei Romanfiguren füreinander empfinden, ist echt und greifbar. Sie spricht einen an und zieht einen in ihren Bann. Verdammt, sie bringt selbst mich dazu, an eine zweite Chance für vom Leben Gebeutelte zu glauben.

Ich will jemandes Leben sein.

Ich will sein Atem sein.

Ich will seine Nahrung sein.

Doch ich bin mir nicht sicher, ob das für mich jemals wahr wird.

Die Menschen können dich nicht lieben, wenn du sie nicht lässt, Willow.

Bis zum heutigen Tag, vier Jahre später, klingen die Worte meines Verlobten noch immer glaubhaft. Ich leugne nicht, dass ich verkorkst bin. Das bin ich. Ich weiß es. Ich verstehe vollkommen, dass die Prüfungen, die ich in meinem Leben erdulden musste, mich unauslöschlich geprägt haben. Mich für bedeutsame Beziehungen voller Tiefe und Vertrauen verschlossen haben.

Ich stoße andere nicht wirklich weg, aber ich lade sie auch nicht zu mir ein. Und auch wenn es so scheint, als sei andere von sich fernzuhalten leicht, so ist es das nicht. Glaubt mir. Es ist anstrengend. Ich bin nicht stolz darauf. Aber ich habe lange gebraucht, um herauszufinden, dass ich nicht weiß, wer ich bin. Ich habe mich verloren, weil ich war, wie mich alle anderen haben wollten, und wie kann man jemanden an sich heranlassen, wenn man keinen blassen Schimmer hat, wer man selbst ist?

Ich habe jahrelang nach dem echten Ich gesucht, das ich zurückgelassen habe. Das Ich, das ich kenne, ist da drin und wartet geduldig darauf, unter dem verschlungenen Labyrinth, das ich zu seinem Schutz geschaffen habe, gefunden zu werden, und ehrlich gesagt, dachte ich, dass es schon lange verloren sei. Ich hatte akzeptiert, dass ich es niemals wiederfinden würde, und das war okay für mich.

Doch dann traf ich Shaw Mercer. Ich hasse es, dass ich, als ich ihn zum ersten Mal sah, einen Blick auf mein echtes Ich erhascht habe. Mein altes Ich. Das einst voller Feuer und Hoffnung und Lebenskraft war. Ich hasse, hasse, *hasse* es, dass ich beim Blick in seine Augen mein Licht in ihm brennen sehe. Ich will nicht, dass er es hat. Ich will nicht, dass er es behütet, als sei es wertvoll und als gehöre es ihm.

Er ist nicht der Richtige.

Er benutzt mich. Ich benutze ihn. Er wird mir wehtun, wenn auch unbeabsichtigt. Vielleicht werde ich ihm genauso wehtun. Ich *weiß* es. Unser Fundament ist nichts als eine unsichere Basis aus kreativ gesponnener Irreführung. Wie Seidenpapier wird es sich beim geringsten Druck auflösen, weil es schwach ist.

Obwohl ich all das weiß, entwickele ich törichterweise Gefühle für ihn. Doch sosehr er meinen Körper auch begehrt, hat er auch sehr deutlich gemacht, dass über sein Herz dauerhaft ein »Kein-Zimmer-frei«-Schild genagelt ist. Ich bin emotional verkorkst, während er emotional unzugänglich ist. Dies – was auch immer es ist – auf eine andere Ebene als die professionelle zu bringen, ist eine ganz schlechte Idee.

Und doch … was er neulich Abend gesagt hat, klingt seitdem endlos in meinem Kopf nach: »Wenn wir beide ehrlich zueinander sind, was das zwischen uns angeht, wird niemand verletzt werden.«

Ich bin mir nicht sicher, ob ich das glaube, aber habe ich noch eine Wahl? Ich bin hoffnungslos auf dieses verdammte Licht fixiert, das er hält, als würde es flackernd erlöschen, bevor ich herausfinden kann, wie ich es zurückbekomme. Dabei *brauche* ich es zurück. Vielleicht kann ich es löschen, wenn ich mit ihm schlafe?

»Bist du wach, Löwenbräu?«

Ich kann nur lachen, als Sierra an meine *geschlossene* Tür hämmert. An die ich ein »Achtung-Aufnahme«-Schild geheftet habe, in der Hoffnung, dass es sie daran erinnert, mich in Ruhe zu lassen, wenn ich arbeiten will. Ich muss mir wohl etwas anderes einfallen lassen.

»Es ist fast Mittag«, verkünde ich, als ich meine Tür öffne. »Seit wann stehe ich nicht vor zwölf Uhr auf?«

»Du brauchst mich nicht anzumeckern.«

»Tut mir leid«, murmele ich. Dabei tut es das nicht. »Und warum bist du auf? Solltest du nicht schlafen?«

Sierra ist eine der heißesten DJanes im ganzen oberen Nordwesten. Eindeutig die erfolgreichste Frau in einem von Männern dominierten Beruf. Die Leute strömen aus einem Umkreis von Hunderten Meilen herbei, um sie im angesagtesten Klub der Seattler Innenstadt auflegen zu hören. Sie hat ungewöhnliche Arbeitszeiten und schläft zu noch ungewöhnlicheren Zeiten. Obwohl wir seit Jahren zusammenleben, habe ich ihren Terminplan immer noch nicht durchschaut.

»Hier«, blafft sie mich an. Als ich den Blick senke, sehe ich mein Handy in ihrer Hand. Es klingelt. »Um deine Frage zu beantworten, ich *würde* ja schlafen, aber dieses Scheißding will nicht mit seinem permanenten Klingeln aufhören. Immer wenn ich am Einnicken bin, fängt es wieder an.«

»Oh. Tut mir leid.« Diesmal meine ich es ernst.

Ohne ein weiteres Wort geht sie zurück in ihr Zimmer und knallt die Tür zu. Meine Hand vibriert. Als ich sehe, dass es Shaw ist, schlucke ich.

»Äh, hallo?«

»Was soll das, Willow? Ich rufe dich schon den ganzen Morgen an«, dröhnt sein Bariton.

Herrgott, der Mann kennt genau die richtige Reihenfolge, in der er die Knöpfe drücken muss, um mich zu reizen. »Ich dachte, das hätten wir geklärt. Ich habe ein eigenes Leben. Eine andere Arbeit, weißt du noch?«, schieße ich zurück und schließe meine Tür, bevor ich mich auf mein immer noch ungemachtes Bett fallen lasse.

»Ich habe mir langsam Sorgen um dich gemacht.« Er klingt ein klitzekleines bisschen weniger wütend als vor einer Sekunde. »Ich bin fast von der Arbeit weg, um nachzusehen, ob es dir gut geht. Mal wieder.«

Oh.

Tja.

Jetzt komme ich mir wie eine echte Zicke vor.

»Entschuldige«, sage ich zerknirscht. »Ich habe aufgenommen und hatte meine Kopfhörer auf und die Tür geschlossen. Mein Handy war unten beim Aufladen.«

»Du bist doch nicht mehr sauer auf mich, oder?«

»Nein«, antworte ich rasch. »Versprochen.«

Ein langer, gleichmäßiger Atemzug kommt durch den Lautsprecher. Ich kann mir genau vorstellen, wie er in seinem Büro auf und ab geht und sich frustriert die Haare rauft. Ich wette, er sieht verdammt sexy aus.

»Es tut mir echt leid. Ich wollte nicht, dass du dir Sorgen machst.« Wer hätte geahnt, dass er sich Sorgen machen würde? »Warum rufst du an?«

»Gib mir nur eine Minute«, flüstert er.

Ist er wirklich *so* aufgewühlt, weil er mich nicht erreichen konnte?

»Shaw?«

»Ja.«

»Ist alles in Ordnung?«

Er antwortet nicht gleich. »Ja, mir geht's gut. Es ist nur …« Wieder seufzt er. »Es tut mir leid, dass ich mich wie ein Arsch verhalten habe.«

»Das wird langsam zur Gewohnheit«, ziehe ich ihn auf. »Vielleicht hätte ich einen Gefahrenzuschlag aushandeln sollen.« Er lacht, und ich spüre, wie sich die Energie zwischen uns erheblich aufhellt. »Also, was war so weltbewegend, dass du fast die Nationalgarde gerufen hättest, um mich zu finden?«

Ich höre das Lächeln in seiner Stimme, als er antwortet. »Du übertreibst das Ausmaß meiner Sorge.«

»Wirklich?«, gebe ich amüsiert zurück.

»Ja. Sie war allenfalls ein leichtes Ärgernis.« Er ist jetzt wieder der entspannte, stichelnde Shaw, den ich so schnell lieb gewonnen habe.

»Ärgernis? Wie wenn jemand nur noch einen Schluck Milch im Karton übrig gelassen hat, oder wie wenn dir jemand hinten reingefahren ist?«

Sein unbändiges Lachen durchwogt mich. Es kribbelt am ganzen Körper.

»Ich will dich heute Abend sehen«, sagt er heiser.

Gott, ich liebe es, wenn er so sehnsüchtig klingt.

»Na, heute ist wohl dein Glückstag. Ich habe rein zufällig nichts vor. Ein kurzfristig anberaumtes Geschäftsessen?«, füge ich rasch hinzu, weil er doch bestimmt nicht meint, dass er *mich*, mich persönlich sehen will.

Mein Blick fällt auf meinen Nachttisch, wo ich eine leichte Schicht Staub bemerke, die sich schon ansammelt, obwohl ich erst vor zwei Tagen sauber gemacht habe. Ich fahre geistesabwesend hindurch und betrachte eingehend die Teilchen, die im Licht glänzen. Mein Blick wandert zu dem fantastischen Blumenarrangement, das mir gestern zugestellt wurde. Es ist wunderschön, doch was es einzigartig macht, sind die roten Weidenkätzchen darin und die mitgelieferte Karte, auf der steht:

Eigentlich wollte ich dir Rohrkolben schicken, doch dann fand ich es ein bisschen zu klischeehaft.
– Verkehrsrowdy

Ich stelle fest, dass ich grinse wie ein verknallter Teenager, als ich ihn sagen höre: »Die Einzelheiten simse ich dir heute Nachmittag.«

»Kannst du mir nicht einfach jetzt sagen, warum du dich so sehr angestrengt hast, mich zu finden?«

»Nein, Goldlöckchen, das kann ich nicht. Ich habe mit dem Versuch, dich zu erreichen, so viel Zeit vergeudet, dass ich meine anderen Verpflichtungen heute Morgen vernachlässigt habe. Jetzt muss ich umso härter arbeiten, um noch alles zu erledigen, was auf meinem Programm steht.«

»Das wird nicht wieder vorkommen, Sir«, sage ich frech. Ich liebe es, wie wir einander ausspielen.

»Verdammt, Willow.« Sein Ton ist etwa zwei Slips versengende Oktaven tiefer als noch vor Sekunden. »Wenn du das das nächstes Mal sagst, wirst du mich anflehen, dich zum Orgasmus zu bringen.«

Ich atme mit einem Zischen aus, weil ich mir sofort vorstelle, wie ich ausgestreckt auf seinem Bett liege, während mein nackter, zuckender Körper von den vielen Beinah-Orgasmen, denen er mich ausgesetzt hat, nur um mich in süßer Qual auf der Schwelle schweben zu lassen, schweißgebadet ist.

»Ich flehe niemanden an«, stoße ich schließlich hervor.

»Mmmm. Aber wenn du liebenswürdig genug bist, sorge ich dafür, dass der Schmerz es wert ist.«

Da sind so viele Dinge, die ich jetzt aus seiner Stimme heraushöre. Versprechen. Macht. Purer Sex. Aber Ironie ist nicht dabei. Er ist todernst.

Ach du Scheiße.

»Behalt dein Handy ab jetzt in deiner Nähe. Und geh dran, wenn ich anrufe.«

Omnipotent.

Das ist das beste Wort, das mir einfällt, um diesen Mann zu beschreiben. Wenn er blafft, springen die Leute. Jammerschade, dass ich keine Angst davor habe, dass er beißt. Ich sehne mich sogar danach.

»Ich sehe mal, was ich tun kann.«

»Willow«, sagt er, und seine Stimme klingt eindeutig ermahnend.

»Hast du nicht noch viel zu tun, Verkehrsrowdy? Geh jetzt lieber, damit du später Zeit hast, mir zu simsen.«

Das leise Grollen in seiner Kehle klingt wölfisch. »Ich kann es kaum erwarten, dir beizubringen, wie man seinem Boss Respekt erweist.«

Ich warte auf ein dunkles Lachen. Es kommt nicht.

Schluck.

Zwischen meinen verkrampften Schenkeln verstärkt sich langsam eine Hitze.

»Ich kann es kaum erwarten, es zu lernen«, hauche ich.

Dumm. Typisch für mich. Ich reize einen Löwen nur mit einem Strohhalm als Waffe. Ich habe eindeutig keinen Selbsterhaltungstrieb.

Er räuspert sich, doch seine Stimme ist immer noch heiser. Nun, heiserer als sonst. »Vergiss das nicht.«

Ich glaube nicht, dass ich auch nur eine Sekunde dieses Telefonats vergessen werde. Da ich mir aber nicht sicher bin, welchen Teil davon ich mir merken soll, frage ich: »Was denn vergessen?«

»Dass du es herausgefordert hast.«

Oh. *Scheiße.* Mein ganzer Körper zieht sich zusammen.

Ich bin mir nicht sicher, wie lange ich brauche, bis ich merke, dass er aufgelegt hat, ohne sich auch nur zu verabschieden. Ich werfe mein Handy neben mich und blinzele langsam. Meine Brust hebt und senkt sich so schnell, als sei ich acht Kilometer gejoggt.

Jetzt ist es so weit. Wir werden es wirklich tun. Er hat mich mürbe gemacht.

Es ist nur Sex, Willow, sonst nichts.

Wir haben einen Vertrag, ein Ablaufdatum. Das war's. *Blende alles andere aus, denn wenn du es nicht tust, könntest du dich leicht zwischen dem, was ist, und dem, was niemals sein kann, verlieren.*

Das darf ich einfach nicht zulassen.

18. KAPITEL

Willow

Himmel, bin ich nervös.

Ich sehe mir etwa zum hundertsten Mal heute Shaws SMS an, um sicherzugehen, dass ich sie bei den vorherigen neunundneunzig Malen richtig gelesen habe.

Abendessen. Bei mir zu Hause. Punkt 19 Uhr.

Warum sollten wir bei ihm zu Hause zu Abend essen, wo es doch darum geht, dass wir in der Öffentlichkeit gesehen werden? Ich sehe hier keine anderen Autos, außer einem bestimmt teuren silbernen Sportwagen. Er steht dicht vor der Garage und sieht aus wie der, den ich vor Randis Haus gesehen habe, also muss es Shaws sein. Vielleicht hat er mich früher herbestellt als die anderen Gäste?

Ich beschließe, mich nicht wieder von ihm zur Rede stellen zu lassen, weil ich im Wagen sitzen geblieben bin, und habe die halbe Strecke zum Haus zurückgelegt, als die Tür aufschwingt. Mit einem schiefen Grinsen, die muskulösen Arme verschränkt, lehnt Shaw lässig am Türpfosten und sieht mit seiner verwaschenen Jeans und dem tintenschwarzen T-Shirt, das sich über seinen Muskeln spannt, absolut zum Anbeißen aus. Er ist wieder einmal barfuß, und seine Haare sind feucht, als sei er frisch geduscht.

Er sieht aus wie Sex und Süßigkeiten. Und Sex. Vergessen wir die Süßigkeiten. Er sieht *genau* aus wie Sex.

»Gut gemacht, Goldlöckchen. Du hast deine Zeit im Wagen um die Hälfte reduziert. Du machst Fortschritte.«

Ich ignoriere seine Stichelei und lasse den Blick über seinen sündhaften Körper zu seinem schönen Gesicht gleiten. Das sexy Grinsen ist breiter geworden. »Du hast gesimst, wir würden zu Abend essen.«

»Das werden wir auch.«

»Warum bist du dann so angezogen?« *Als würden wir gleich zum Sex übergehen.*

Er packt mich mit beiden Händen an der Taille und zieht mich an sich. Ich hasse es, dass ich am liebsten schnurren würde, wenn er mich anfasst.

»Dir gefallen meine Klamotten nicht?«

Doch! Ich *liebe* sie.

»Das … das habe ich nicht gesagt.«

»Dann *gefallen* dir meine Klamotten.« Seine süffisante Stimme wird tiefer, und er wackelt mit den Augenbrauen, was mich zum Lachen bringt.

Warum vor dem Haus dieses sexy, gottgleichen Mannes nicht jeden Tag Frauen kampieren, um sich wie schamlose Flittchen auf seinen Wagen zu stürzen, ist mir schleierhaft. Ich lese keine Klatschblätter, und Seattle ist zugegebenermaßen eine große Stadt, doch es überrascht mich, dass ich bis vor wenigen Wochen noch nie etwas von Shaw Mercer gehört hatte.

»Das habe ich auch nicht gesagt.«

Bevor er mich auf die Wange küsst, senkt er den Kopf und murmelt: »Das brauchst du gar nicht. Ich sehe mehr, als du glaubst, Ms Blackwell.«

Ja. Genau das macht mir Sorgen.

Ich ziehe an der Tür meine Schuhe aus, und er nimmt mich bei der Hand und führt mich durch sein Haus, durch die gläsernen Schiebetüren geradewegs nach draußen auf seine riesige mehrgeschossige Terrasse. Wir bleiben am Geländer stehen, und ich sehe mich staunend um.

»Wow!«, hauche ich beeindruckt und blicke auf das ruhige dunkelblaue Wasser hinaus. Mehrere Schiffe durchschneiden langsam die gläserne Oberfläche und verursachen träge Wellen, die an das felsige Ufer plätschern, das nicht einmal hundert Schritte entfernt ist. Ich stelle mir ihre Passagiere vor, ein Getränk in den Händen, den Wind in den Haaren und die Sonne in den Augen. »Das ist umwerfend. Wirklich wunderschön.«

Shaw lehnt sich mit den Unterarmen auf das Eisengeländer. Sein Blick folgt meinem. »Allerdings. Die Aussicht ist nicht so schön wie bei meinen Eltern, aber sie kommt gleich an zweiter Stelle.«

Ich nehme sein gewaltiges abgeschiedenes Grundstück in mich auf, das auf beiden Seiten von großen prachtvollen Bäumen gesäumt ist. Unmittelbar unter uns befindet sich eine Terrasse aus Beton mit einem riesigen Schwimmbecken. Weiter hinten links sehe ich einen in den Boden eingelassenen Whirlpool und rostrote Outdoor-Sessel, die im Kreis um eine gewaltige Feuerstelle aus Backsteinen stehen. Pflanzen, Blumen, strategisch platzierte Sträucher und Felsblöcke runden die Gartenoase ab.

Es ist spektakulär. Wenn mir dieses Haus gehörte, würde ich mich ständig draußen aufhalten. »Ach, ich weiß nicht. Das ist echt toll.«

»Danke«, antwortet er ruhig.

»Wohnst du schon lange hier?«

»Inzwischen seit fast vier Jahren.«

»Es ist friedlich. Das gefällt mir.« Mehr als es sollte.

»Es ist ein guter Ort, um abends nach Hause zu kommen.«

Ich will ihn anschauen, halte aber den Blick aufs Wasser gerichtet. »Warum wohnst du nicht auf Mercer Island?« Das ist das dritte Mal, dass er mit großer Wertschätzung über die Insel spricht, die seine Familie gegründet hat, deshalb frage ich mich, warum er, auch wenn sein Haus wirklich spektakulär ist, nicht dort lebt.

»Zuerst wollte ich unabhängig sein. Ich liebe meine Familie, aber als ich jünger war, wollte ich weg von meinen Eltern, deshalb habe ich mir nach dem College ein eigenes Haus gekauft. Das habe ich für ein Vermögen wieder abgestoßen und für einen Spottpreis dieses hier erstanden, als die Vorbesitzer es zwangsversteigern ließen. Meine Familie hätte gerne, dass ich zurückziehe, und das tue ich eines Tages vielleicht auch. Aber momentan gefällt es mir hier.«

»Ich finde, das Haus passt zu dir«, sage ich zu ihm.

»Danke. Was ist mit dir? Hast du dein ganzes Leben in Seattle gewohnt?«

Ein unverfängliches Thema. »Ich bin hier geboren, in Montlake aufgewachsen und zur University of Washington gegangen. Nach dem Abschluss bin ich mit Sierra zusammengezogen.« Das stimmt, auch wenn ich den Teil auslasse, in dem ich ein Jahr mit meinem Verlobten zusammen wohnte, bevor ich mit ihm Schluss machte und wieder zu Sierra zog.

»Was hast du studiert?«

Ich sehe ihm in die Augen und lächele. »Schauspiel.«

Sein Lachen heitert mich auf. »Klar. Hast du jemals Gebrauch davon gemacht?«

Mein Lächeln erstirbt. »Ich brauche es jeden Tag in meinem Job.«

»In welchem?« Mir entgeht nicht, dass seine Stimme schärfer geworden ist.

»In beiden«, flöte ich ungerührt. Ihm mag nicht gefallen, was ich tue – korrigiere, getan *habe* –, aber ich wäre sonst nicht hier.

Wir verstummen, während ich dem beruhigenden Rauschen der Brandung zuhöre. Ich schließe die Augen und genieße die Strahlen der frühen Abendsonne, die mein Gesicht wärmen, und den Frieden, in diesem Moment hier zu sein. Es ist dieselbe Behaglichkeit, wie ich sie beim letzten Mal, als ich hier war, empfunden habe. Ich weiß nicht, ob an diesem Haus etwas Besonderes ist – oder an seinem Besitzer –, das mir das Gefühl gibt, hierher zu gehören. Das tue ich nicht, aber in dieser Sekunde beschließe ich, mir keine Gedanken über das Warum zu machen und es einfach zu genießen.

Da meine Augen geschlossen sind, bin ich mir Shaws langsamer gleichmäßiger Atmung nahe an meinem Ohr nur allzu bewusst. Mein Blut erhitzt sich, was aber rein gar nichts mit der Sonne und dafür alles mit dem Mann zu tun hat, der gerade seinen Arm um meine Taille geschlungen hat. Das Flattern tief in meinem Unterleib geht in die Vollen, als er mich zu sich dreht und mein Gesicht mit seinen Händen umschließt.

»Sieh mich an, Willow«, befiehlt er mir leise flüsternd.

Gott, ich wusste, dass die Sache mit dem Namen mein Verderben sein würde.

Keine Ahnung warum, aber ich habe das Gefühl, dass dieser Moment alles zwischen uns verändern könnte. Ich mache mir Sorgen, dass er, sobald ich ihm in die Augen blicke, zu viel sehen wird … nämlich dass ich mich trotz größter Bemühungen schwankend am Rande des Abgrunds bewege, ihm und seinem unwiderstehlichen Charme zu erliegen. Obwohl ich mir gestern Abend noch eingeredet habe, es ginge nur um Sex.

Ich bin eine solche Lügnerin.

»Warum?«

»Mach die Augen auf.« Ein leichter Druck auf meinen geschlossenen Lidern erschreckt mich, bis ich seine Lippen registriere. Mir bleibt keine andere Wahl, als ihm zu gehorchen, als er sich zurückzieht, weil das schiere Verlangen, das ich in seiner Stimme höre, meine Abwehrmechanismen ausschaltet. Spürt er auch nur einen Bruchteil dessen, was ich gerade fühle? Bin ich mit diesen verrückten Gedanken allein, die rapide zwischen uns anschwellen?

Wir haben ein Ablaufdatum.

Stimmt ja.

Ich nehme jedes Fünkchen Kraft zusammen, um ihm in die Augen zu sehen. Doch meine Anstrengung ist müßig. Mein Herz rast angesichts des Potpourris der Emotionen, die ich in seinem Blick sehe. Sie stimmen mit meinen überein.

Verlangen.

Verwirrung.

Zuneigung.

»Ich will nicht, dass du den Job weitermachst, wenn das mit uns vorbei ist.«

Ich will ihm sagen, dass ich das sowieso nicht kann. Dass es ihm nicht zusteht, mir vorzuschreiben, was ich tue, wenn wir getrennte Wege gehen. Stattdessen sage ich: »Das werde ich nicht.«

Sein Blick wird dunkler und weicher. »Was du mit mir machst, ist keine Schauspielerei.«

»Doch. Das muss es sein«, flüstere ich verzweifelt. Das muss es einfach sein.

»Das ist es nicht. Ich will nicht, dass es das ist.« Sein Geständnis verwirrt mich nur noch mehr. Der Alarmknopf meines Selbstschutzes blinkt kräftig und grellrot auf.

»Shaw, wir dürfen nicht beschmutzen, was zwischen uns ist.«

Die Zeit scheint stillzustehen, während ich darauf warte, dass er mir zustimmt. Aber irgendetwas, das ich nicht verstehe, wogt durch seine großen blauen Augen, woraufhin er knurrt: »Was machst du mit mir, Willow?«

»Ich weiß nicht«, ist die einzige Antwort, die mir einfällt. Nur dass es eine dreiste Lüge ist, weil es genau dasselbe ist, was er mit mir macht. Eine berauschende Kombination aus ungezügelten Emotionen peitscht durch mich hindurch wie ein reißender Fluss, der mich schwindlig macht, während er mich nach unten zieht. Ich habe furchtbare Angst, darin zu ertrinken. In ihm.

»Was es auch ist, ich kann es anscheinend nicht stoppen«, sagt er, bevor er seine Lippen sanft auf meine legt.

Alle Sorgen und abschweifenden Gedanken sind wie weggeblasen, als er mit der Hand durch meine Haare fährt, meinen Kopf neigt und den Druck und den Rhythmus seiner Lippen auf meinem Mund verstärkt. Er hat mich total unter Kontrolle. Er nimmt sich, was er will. Ich lasse ihn. Es gefällt mir. Ich will mehr.

Allzu bald zieht er sich zurück, und ich schlucke ein frustriertes Stöhnen herunter.

»Wenn ich keine Pläne fürs Abendessen hätte, wärst du schon nackt und würdest dich unter meinem Mund winden.« Seine Reibeisenstimme verursacht mir am ganzen Körper Gänsehaut.

Jetzt oder nie. Entweder ich sage ihm, dass er sich zurückziehen soll – und ich weiß, dass er es tun wird –, oder ich lasse mich auf ihn ein. Meine Entscheidung ist relativ einfach, weil sein intensives Verlangen nach mir buchstäblich an meinem Bauch zuckt und mein eigenes meinen Slip durchnässt. Das hier wird alles ändern, doch ich kann es nicht länger ignorieren.

»Ich habe keinen Hunger. Jedenfalls nicht auf Essen«, sage ich atemlos.

Seine Augenlider sinken herab. Er knurrt, als hätte er Schmerzen. »Ungeheuer verlockend, aber wenn ich erst einmal zwischen deine schlanken Schenkel gleite, Willow, wird es verdammt lange dauern, bis ich mich dazu überwinden kann, wieder damit aufzuhören. Und ich brauche die Energie. Ich habe vor, dich zu verwöhnen, bis du an nichts anderes mehr denken kannst, als daran, mich anzuflehen, dir den nächsten Orgasmus zu verschaffen.«

Aufregung, gespannte Erwartung und zitternde Anspannung ergeben eine üble Kombination in meinem Bauch. Da ich weiß, dass diese Leidenschaft zwischen uns heute Abend von einer Fantasie zur Realität werden wird, will ich einfach nur damit anfangen, bevor ich noch den Mut verliere oder es mir anders überlege, wie ich es auf dem Weg hierher ein Dutzend Mal getan habe.

»Also.« Ich räuspere mich und nehme noch einen Anlauf. »Also, was sind das denn für grandiose Pläne fürs Abendessen?«

Denn ich kann nur daran denken, wie wir es hinter uns bringen können, damit wir zu dem Teil übergehen können, in dem du zwischen meine Schenkel gleitest.

Er tritt zurück, streicht mit der Hand an meinem Arm herab und verschränkt unsere Finger. Sein hungriger Blick fixiert mich, verschlingt mich. Hitze entsteht zwischen uns, bis ich mir sicher bin, dass er es sich anders überlegen und mich gleich hier nehmen wird, gleich jetzt, unter freiem Himmel. Ich hätte nichts dagegen.

Wortlos führt er mich zurück ins Haus. Nachdem wir in der Küche angelangt sind, spüre ich schmerzlich den Verlust unserer Verbundenheit, als er mich loslässt, sich zum Kühlschrank dreht und eine Tür aufzieht.

»Ich grille.«

»Kommt sonst noch jemand?«

»Warum? Hast du Angst, den Abend mit mir allein zu verbringen?«, fragt er mit seinem anmaßenden Bariton, während er beginnt, diverse Teller mit Grillgut aus den übersichtlichen Fächern zu nehmen.

»Nein«, lüge ich.

Er wirft mir einen Blick über die Schulter zu, hält in seinem Tun inne und sagt mit unbewegter Miene und in einem ernsthaften, drohenden Ton, der meine Erregung nur noch weiter steigert: »Das solltest du aber.«

Verdammte … Scheiße.

Was habe ich nur getan? Und außerdem, warum ist mir das egal?

19. KAPITEL

Shaw

Drei Tage.

Länger habe ich es nicht ausgehalten, bis ich sie wiedersehen musste. Ich bereute es schon, gesagt zu haben, dass ich sie nur zehn Stunden pro Woche brauchen würde. Die Wahrheit ist … ich will mehr. Wie viel mehr, weiß ich noch nicht. Alles, was ich mit Sicherheit weiß, ist, dass es mir nicht reicht.

Deshalb geht es heute Abend nicht darum, gesehen zu werden. Es geht nicht um meinen Vater, nicht um irgendwelche Verpflichtungen. Es geht um uns. Nur um uns. Ich will mehr über Willow wissen. Gestern Abend habe ich mir vor dem Einschlafen gesagt, dass es eine schlechte Idee ist. Heute Morgen habe ich es mir noch mal gesagt und jedes Mal, wenn ich sie anrief. Und anrief. Und anrief. Erst ein Monat vorbei, und schon weiche ich vom Drehbuch ab, aber ich kann nicht anders.

Ich *mag* sie. Und zwar sehr.

Ich musste Willow heute Abend sehen, weil ich es *wollte*. Ich wollte sie sowieso aus irgendeinem fadenscheinigen Grund anrufen, doch das Schicksal hat mir ein Geschenk, hübsch verpackt und mit allen Schikanen, in Gestalt eines *berechtigten* Grunds direkt in den Schoß fallen lassen, als Noah am Vormittag bei mir im Büro vorbeischaute und die neuste Ausgabe der *Seattle 7-Day* auf meinen sowieso schon unordentlichen Schreibtisch warf.

»Geier«, fauche ich, nachdem ich die lächerliche Schlagzeile auf der ersten Seite gelesen habe:

Hat Seattles ureigener »Christian Grey« ein neues Opfer angelockt?

Christian Grey? Echt jetzt?

Und Opfer? Herrgott, sie führen sich auf, als hätte ich hinter meinem Haus ein Dutzend Leichen vergraben, weil sie die Schmerzen in meinem Red Room nicht überlebt haben. Dieser Reporter ist lächerlich.

»Ist es nicht genau das, was du wolltest?«, kontert Noah. Meine Reaktion verwirrt ihn. Willkommen im Klub.

»Ja, schon«, murmele ich. Ich überfliege den kurzen Artikel und stelle rasch fest, dass es darin um unseren ersten gemeinsamen öffentlichen Auftritt geht. Darin steht, dass wir bei einem gemütlichen Abendessen im Frenchie's gesehen wurden und zusammen gegangen sind. Willow wird zwar nicht namentlich erwähnt, doch ich weiß, dass das nur noch eine Frage der Zeit ist. Ich betrachte das Foto, das den Artikel illustriert. Willows Gesicht ist nicht zu erkennen, da sie mit dem Rücken zur Kamera sitzt, aber meins ist deutlich zu sehen.

In meinem verschleierten Blick spiegelt sich nacktes Verlangen, während ich ihr sündhafte Dinge ins Ohr flüstere.

Es ist ein intimer Moment, und ich bin hin- und hergerissen. Ich will nicht, dass die ganze Stadt es sieht. Dabei ist es genau das, was wir beabsichtigt hatten. Ich sollte viel glücklicher darüber sein. Unser erster öffentlicher Auftritt hat noch bessere Ergebnisse erzielt als erhofft, doch mir wird klar, dass ich nicht will, dass Willow zum Opfer von Klatsch und Tratsch wird. Ich habe ein dickes Fell. Ich scheiß darauf, was die Medien über mich sagen, aber wenn sie anfangen, sie nur wegen ihrer Verbindung mit mir durch den Dreck zu ziehen, mache ich sie fertig.

»Sieht aus, als kämt ihr gut miteinander klar?« Das Lachen, das ich in der Stimme meines Freundes höre, gefällt mir nicht.

»Verpiss dich, Noah«, blaffe ich ihn an. Ich werfe die Zeitung hin, gehe zu meinem Erkerfenster und versuche die Verwirrung, die durch mich hindurchpeitscht, zu zügeln.

»Was ist los, Shaw? Du verhältst dich merkwürdig.«

Ich habe keinen Schimmer.

Doch bevor ich gezwungen bin, mir noch einen schwachsinnigen Spruch auszudenken, rettet mich Dane. »Sir, Jack Hancock ist jetzt am Telefon. Er sagt, es sei dringend.«

»Ich nehme den Anruf entgegen.«

Als ich mich zu Noah umdrehe, zieht er fragend eine Augenbraue hoch, ist aber so klug, nichts mehr zu sagen, bevor er geht.

Ich habe Willow den Artikel noch nicht gezeigt. Da ich nicht weiß, wie sie darauf reagiert, wollte ich damit bis nach dem Abendessen warten. Ich weiß, dass ich sie gewarnt habe, dass es Wirbel in den Medien gäbe, doch aufgrund des offenkundigen Verlangens und noch wichtiger der Zärtlichkeit, die ich in meinem eigenen Gesicht gesehen habe, habe ich das Gefühl, dass sie uns noch unbarmherziger jagen werden, als ich erwartet hatte. Und obwohl ich sie erst vor einer halben Stunde, als sie sich mir endlich fügte, am liebsten nackt ausgezogen und an Ort und Stelle genommen hätte, wusste ich, dass wir dann für den Rest des Abends nur unsere Körper sprechen lassen würden.

So gern ich auch auf das Abendessen verzichtet hätte, wir müssen das erörtern. Wir müssen planen, und ich muss sie darauf vorbereiten, was in den kommenden Monaten auf sie zukommen wird.

Mit einem Bier in der Hand behalte ich den Fisch und das Gemüse auf dem Grill im Blick, während ich zusehe, wie Willow über mein Grundstück schlendert und sich alles genau anschaut. Mein Schwanz zuckt, als eine Windbö den Saum ihres blassgelben Kleids hochweht und ich einen Blick auf den weißen Seidenslip erhasche.

Sie dreht sich um, um zu sehen, ob ich hingucke. Ich grinse breit. *Ja, meine Schöne, ich habe einen Blick auf dein Paradies erhascht*. Ich rechne damit, dass sie verlegen wegschaut, doch das tut sie nicht, und wir stehen einige Augenblicke still da und sehen einander an. Ich hätte das Essen anbrennen lassen, aber sie ist diejenige, die schließlich den Blickkontakt abbricht, indem sie schüchtern lächelt, bevor sie in Richtung des Sees tänzelt, den Rocksaum jetzt fest in der Hand, damit er nicht noch einmal hochweht.

Verdammte Scheiße, die Frau ist der Fleisch gewordene Sexappeal. Und das Erstaunliche daran ist, dass sie es gar nicht darauf anlegt. *Das* ist es, was sie so verdammt faszinierend macht. Sie ruht in sich selbst und ist dabei total bescheiden. Das ist eine sehr attraktive Kombination, wie man sie nur bei wenigen schönen Frauen findet. Sie ist klug, lustig und verdammt sexy. *Alles* an ihr ist sexy. Ihre Stimme, ihr Gang, ihr Verstand, ihre Lippen, ihre Augen, ihre Brüste, der Nasenstecker. Ich könnte die Aufzählung endlos fortsetzen. Sie ist das Gesamtpaket aus allem, was ich an einer Frau attraktiv finde, verpackt in vierundfünfzig Kilo schiere Makellosigkeit.

Ich habe schon andere Frauen mit zu mir nach Hause genommen. Ich habe sie bekocht. Ich habe sie fürstlich bewirtet. Ich gehöre nicht zu den Typen, die sich weigern, ihr Bett für eine Nacht unverbindlichen wilden Sex zu teilen, doch ich bin sehr wählerisch, was die Menschen betrifft, die ich mit hierher bringe. One-Night-Stands? Nein. Frauen, mit denen ich ausgehe? Ja.

Lianna und ich haben relativ viel Zeit hier verbracht, doch ich muss zugeben, dass ich immer an den Punkt kam, an dem ich mir wünschte, dass sie wieder ging. In Wahrheit schien sie wie alle anderen immer nur ein Gast zu sein, bei dem ich es am Ende des Abends kaum erwarten konnte, ihn nach draußen zu geleiten. Nur selten habe ich sie bis zum Morgen bleiben lassen.

Aber Willow? Das ist etwas völlig anderes. Sie macht sich gut in meinem Haus. Verdammt gut. Als ich sie an jenem ersten Abend hoheitsvoll in meinem Sessel sitzen sah, verschlug es mir den Atem. Lianna hätte ich es nicht erlaubt, dort zu sitzen.

Aber Willow … sie sah aus wie eine würdevolle, majestätische Schönheit auf ihrem rechtmäßigen Thron.

Ich stellte mir vor, sie auf ihm und über ihn gebeugt zu vögeln. Ich stellte mir vor, wie sie zu meinen Füßen sitzt, während ihre Zunge meinen Schwanz massiert, bevor sie mich tief in sich aufnimmt und mir das Hirn wegpustet. Ich habe so viele Fantasien durchgespielt, in denen sie und dieser verdammte Sessel eine Rolle spielen. Wartet nur, bis ich sie in mein Schlafzimmer, in mein Fitnessstudio oder in meinen Whirlpool kriege. Ich fürchte, danach will ich sie nie wieder gehen lassen.

Und genau aus diesem Grund hätte ich sie heute Abend nicht hierher einladen dürfen. Genau dieses Gefühl, dass sie perfekt ist, darf ich nicht außer Kontrolle geraten lassen, denn sonst werde ich ihr genau das antun, was ich ihr versprochen habe, nicht zu tun. Ich werde ihr wehtun, wenn die Sache zu Ende ist.

Als sie mir sagte, dass wir die geschäftliche und die private Ebene nicht vermischen dürften, dachte ich nur, dass die Grenzen bereits so verdammt verschwommen sind, dass ich nicht weiß, ob ich sie wieder scharf einstellen kann. Und dann bin ich mit etwas herausgeplatzt, was ich besser für mich behalten hätte.

Aber es stimmte ja. Ich habe keine Ahnung, was sie mit mir macht. Ihre Gegenwart bringt mich durcheinander. Ich verhalte mich wie ein Mann, den ich nicht kenne. Mein Ausbruch im La Petite? Zu ihr zu fahren und zwei Stunden zu warten, bis sie nach Hause kommt, weil sie den ganzen Tag nicht auf meine Anrufe reagiert hat? Nein … das bin ich nicht. Das ist Stalkerverhalten, an der Grenze zum Psychotischen. Es gefällt mir nicht, und ich sollte einen Weg finden, das zu stoppen. Nur dass ich jetzt schon weiß, dass ich es nicht tun werde.

Und obwohl ich zugeben kann, dass ich sie begehre, will ich doch, dass sie mich auch begehrt. Als ich mich neulich wieder beruhigt hatte, wurde mir klar, dass ich keinen Besitz will, den ich zur Schau stellen kann. Ich will, dass das, was immer zwischen uns ist, auf Gegenseitigkeit beruht, weil sie sich sonst benutzt fühlt. Und das ist das Letzte, was ich will.

Ich überprüfe noch einmal den Fisch und stelle fest, dass er gar ist. Ich stelle das Essen auf den Terrassentisch und will Willow gerade rufen, als ich sie die Treppe heraufkommen sehe.

Als unsere Blicke sich treffen, erstarrt sie. Etwas Unvergleichliches geschieht zwischen uns. Es setzt sich in mir fest und verbindet mich mit ihr. Oder vielleicht auch sie mit mir. Ich kämpfe gegen das Verlangen an, mir die Brust zu reiben, so weit ist mein Herz gerade geworden.

Himmel Herrgott.

Das ist verdammt noch mal vorübergehend, Merc. Vo-rü-ber-ge-hend.

»Das Essen ist fertig«, krächze ich geradezu.

Der fragile Moment endet, als sie den Blick senkt. Ich atme tief durch, um wieder einen klaren Kopf zu bekommen. Es funktioniert ansatzweise, aber alles ist vergebens, als sie vor mir stehen bleibt und mir dieses strahlende Lächeln schenkt, das mich wieder unwiderstehlich zu ihr hinzieht. Ich komme nicht dagegen an, und das Problem dabei ist … wenn sie mich so ansieht, will ich es auch gar nicht.

Ich bin am Arsch.

Das ist übel.

Übel.

Übel.

Übel.

20. KAPITEL

Willow

»Wow, das ging ja flott«, murmele ich. Shaw hatte vorhin schon etwas bezüglich der Medien erwähnt, doch ich hatte es nicht ernst genommen. Warum sollte sich irgendwer für den Sohn des Bürgermeisters und seine Freundin interessieren?

Ich habe mir den kurzen, wenig informativen Artikel schon zweimal durchgelesen. Ich sollte mir Sorgen darüber machen, was das für mich heißt – dass ich vor der gesamten Stadt Seattle entblößt werde. Schon bald werden alle meinen Namen wissen, welche Automarke ich fahre und wie mein Terminplan aussieht. Dann wird es nicht mehr lange dauern, bis sie anfangen, in meiner Vergangenheit herumzuwühlen. Der Selbstmord meines Vaters und der Drogentod meiner Schwester werden von den Lesern konsumiert werden, als seien wir Zootiere unter einer Glaskuppel. Ich werde gezwungen sein, das alles noch einmal zu durchleben, und mir überall, wohin ich gehe, die teilnahmsvollen hohlen Phrasen der Leute anhören müssen.

Beim Gedanken daran dreht sich mir der Magen um.

Wieder einmal habe ich diese Entscheidung nicht bis zum Ende durchdacht.

Eigentlich sollte ich in Panik verfallen und mir fieberhaft überlegen, wie ich die fünfundzwanzig Prozent der Geldsumme, die sich schon auf meinem Bankkonto befinden, zurückzahlen kann. Aber so ist es nicht.

Alles, worauf ich mich konzentrieren kann, ist der unübersehbare Ausdruck des Begehrens in Shaws Gesicht auf dem Foto. Doch in seinem Blick liegt noch mehr als nur Lust. Etwas, das auch alle anderen sehen werden. Ist das nur Show, oder ist daran etwas echt?

Ich hebe den Blick und sehe ihm in die Augen. Er weiß, dass ich es registriert habe, dass ich hier schon seit zehn Minuten sitze und es analysiere. Doch er spricht es nicht an, genauso wenig wie ich.

»Ich dachte, wir könnten diese Reporterin kontaktieren und sehen, ob sie uns interviewen will.« Er wartet auf meine Reaktion, aber ich muss das erst verarbeiten.

»Warum sollten wir das tun?«, frage ich schließlich. Das Letzte, was ich will, ist, dass mein Name noch häufiger in der Zeitung steht. Je länger sie nicht wissen, wer ich bin, umso besser.

Er stößt sich von der Theke ab, an der er gelehnt hat, und setzt sich neben mich an den Tisch. »Weil *wir* dann die Kontrolle haben. Wir erzählen unsere Geschichte auf unsere Art, nach unserem Zeitplan. Glaub mir, es ist viel besser, die Medien zu kontrollieren als andersherum.«

Das klingt vernünftig, denke ich. »Vermutlich hast du recht.«

»Da gibt's nichts zu vermuten. Natürlich habe ich recht. Ich manipuliere die Medien schon seit Jahren, Willow. Das ist der nächste Schritt. Ich habe dir versprochen, dich zu beschützen, und das ist die beste Methode.«

Ich nicke. Ich war noch nie mit einer solchen Situation konfrontiert, deshalb muss ich ihm vertrauen. »Ja. Ja, okay. Wenn du das für das Beste hältst.«

Er nickt. »Das tue ich.«

Ich senke den Blick, als er seine Finger mit meinen verschränkt. Wie jedes Mal, wenn wir uns berühren, tanzt Elektrizität auf meiner Haut. Als ich wieder aufschaue, befindet sich mein Magen im freien Fall, als ich das unverhohlene Verlangen in den scharfen Linien seines leicht stoppeligen Gesichts sehe. Ich atme schneller.

»Shaw …« Meine Stimme wird mitsamt meiner Willenskraft brüchig.

Er zieht mich hoch und stellt mich zwischen seine gespreizten Beine. Er legt die Hände auf meine Hüften, beugt sich vor und liebkost meinen Bauch, indem er in hypnotisierenden, erotischen Kreisen mit der Nase von einer Seite zur anderen fährt. Die heiße Feuchtigkeit seines Atems durchdringt den dünnen Stoff, als er mich durch ihn hindurch küsst. Ich habe Mühe, meinen Kopf nicht in den Nacken zu werfen, während die Empfindungen in mir an Stärke zunehmen wie ein heftiger Sturm.

Er zieht mich enger an sich, lässt die Hände auf meinen Hintern gleiten und drückt ihn. Seine Finger wandern weiter nach unten, bis sie auf das nackte Fleisch meiner Schenkel treffen, und gemächlich wieder nach oben.

»Ich kann deinen Körper schon so gut lesen. Wie er auf meine Nähe reagiert.«

Er zieht den locker anliegenden Stoff über meine Hüften. Ich schnappe nach Luft und zucke, als er mir mit offenem Mund einen Kuss auf die Haut über meinem Sliprand drückt. Ich bin so angetörnt, dass ich kaum genug Luft bekomme.

»Der Puls in deinem Hals wird schneller. Dein Herzschlag wird schneller. Deine Atmung wird flach und unregelmäßig, wie jetzt.«

Ich schlucke mein Dementi herunter. Es wäre sowieso gelogen.

Er steht auf und fixiert mich mit seinem lusterfüllten Blick, während ich mich vollständig von ihm entkleiden lasse. Ich hatte keinen BH an, sodass ich bis auf den Slip völlig entblößt bin. Das Wort »verletzlich« beschreibt nicht annähernd, wie ich mich fühle.

»Du willst, dass ich dich küsse, stimmt's, Willow? Langsam, intensiv, so systematisch, dass dir das Denken vergeht und du nur noch fühlst. Ich soll mit der Zunge an deinem Hals herunterfahren, über deine Brüste, deinen Bauchnabel mit ihr umspielen und nicht aufhören, bis ich sie ganz in diese seidigen Falten tauche, die schon für mich feucht sind.«

Er ist heißer als die Sünde *und* kann Gedanken lesen. Win-Win-Situation.

Heißblütige Blicke wandern über meinen entblößten Körper und versengen mich auf ihrem Weg nach unten. Meine Lider sind vor Verlangen schwer, doch ich halte sie offen, weil ich mich nicht von der erotischen Art, wie sein Blick meine Haut küsst und dabei ein Prickeln hinterlässt, losreißen kann.

»Du bist exquisit«, sagt er mit belegter Stimme.

Meine Brustwarzen haben sich unter seinem feurigen Blick schmerzlich versteift. Ich wimmere, als er die kribbelnden Knospen anfasst und sie nicht gerade sanft kneift und verdreht, was loderndes Verlangen in mein pulsierendes Inneres sendet.

Er knetet sie und zupft an ihnen, und sein Name entwischt mir mit einem Keuchen, als er mit der feuchten Spitze seiner Zunge einen Nippel umkreist. Gerade als ich denke, dass ich vor schierer Frustration gleich explodiere, öffnet er endlich den Mund und saugt fest daran; seine Bisse tun höllisch weh.

Ich will seinen Mund auf meinem, doch ich will ihn auch genau dort, wo er ist, während er zu meiner anderen Brust wandert. Ich will, dass er sich einen Weg über meinen ganzen Körper bahnt, bevor er so tief in mich stößt, bis ich aufschreie. »Shaw, bitte.«

Ich wusste, dass er so sein würde. Allmächtig. Stark. Er kontrolliert meine Atmung, meine Reaktionen. Er manipuliert meinen Körper wie den einer Marionette. Peinlich genau, als hätte ich ihm schon nachts meine tiefsten Sehnsüchte anvertraut.

Das ist genau der Grund, warum ich ihm widerstanden habe und warum ich nicht genug bekommen werde.

»Bitte. Ich brauche mehr.« Mir wird klar, dass ich schon jetzt bettele, was ich auf keinen Fall tun wollte, aber wen interessiert's? Zu diesem Zeitpunkt ist Stolz ein Wort ohne Bedeutung.

»Du hast keine Ahnung, wie süß das klingt.« Shaws Lippen sind jetzt an meinem Ohr, und er erfüllt mich mit unanständigen Worten, obwohl er mich stattdessen mit anderen Dingen ausfüllen soll. Mit seiner Zunge, seinen Fingern, seinem Schwanz. Egal womit, um dieses schmerzliche Begehren zu lindern, das mich schon seit Wochen quält. »Ich weiß, was du brauchst, Willow. Du willst meine Finger, bis sie von deiner Begierde überzogen sind. Du willst dich über meinen Schwanz schieben, langsam und gleichmäßig, und dich von mir dehnen lassen, bis du nicht mehr weißt, wie es ohne mich war. Danach soll ich dich nehmen, schnell und hart, bis deine Zehen krampfen und ich diese verrückten Gedanken von dir auslösche, dass das nicht geschehen sollte, weil wir beide wissen, dass es passieren muss. Sag mir, dass es *das* ist, was du brauchst.«

Ja, ja. Tausendmal ja.

Er ist die Versuchung, und ich bin eine Sünderin.

Mit einem gemurmelten *Ja* gebe ich mich auf seinem Altar des Frevels hin, obwohl ich weiß, dass es keinen Engel der Barmherzigkeit geben wird, der mich jetzt noch retten kann.

21. KAPITEL

Shaw

Als sie sich mir mit erstickter Stimme unterwirft, komme ich fast in meiner Jeans.

Zwei unterschiedliche Bedürfnisse prallen in mir aufeinander. Ich will sie vögeln, brutal und schmutzig, und nie mehr damit aufhören. Aber ich will mir auch die Zeit nehmen, um jede Senke und Kurve mit den Fingerspitzen und der Zunge zu erforschen. Ich will ihre Haut küssen, dabei Male hinterlassen und sie mit meinem Samen markieren. Ich will sie ein Dutzend Mal zum Höhepunkt bringen, bevor ich sie nehme, bis sie nur noch mich kennt.

Ich grabe tief, greife auf meine vielen Jahre Erfahrung zurück und zwinge mich, langsamer vorzugehen. Ich muss mich unbedingt entspannen, sonst wird das, was meiner Vorstellung nach Stunden dauern soll, schon nach wenigen Minuten vorbei sein. Ich bin so kurz vor der Explosion, dass es beunruhigend ist.

»Sei dir absolut sicher, dass du das willst«, sage ich mit rauer Stimme an der weichen Haut ihres Halses, bevor ich sie sanft beiße. »Denn wenn ich einmal anfange, höre ich erst wieder auf, wenn ich körperlich nicht mehr in der Lage bin, dich weiterzubefriedigen.« Und ob ich dann aufhöre, weiß ich auch noch nicht so genau.

Ich fasse sie mit einer Hand im Nacken und drehe ihren Kopf so, dass ich für den Vorstoß auf ihren Hals besseren Zugang habe, während die andere Hand sich schon unter ihren Slip schiebt und ihn in ihre Poritze zieht, wobei ich zum ersten Mal das samtige Gefühl ihres nackten Hinterns auskoste.

Mein ganzer Körper vibriert mit so gewaltigem Verlangen nach dieser Frau, dass ich mir vor Angst in die Hose scheißen sollte. Ich will sie vollkommen zerreißen. Sie aufreißen. Jedes Fragment von ihr in Besitz nehmen. Ihre gehauchten Bitten und ihr leises Stöhnen reduzieren mich auf einen durchgeknallten Höhlenmenschen.

»Ich will es«, keucht sie, während ich mit den Zähnen über ihr Schlüsselbein fahre und den Finger zwischen ihre Pobacken schiebe, bis ich in ihre Nässe eintauche.

»Scheiße, ja«, stöhne ich, als ich spüre, wie bereit sie schon für mich ist. Nichts gibt einem mehr Selbstbestätigung, als zu wissen, dass man eine Frau dazu bringen kann, vor Lust zu zerfließen. »Ich werde dich heute Abend besitzen, Willow. Jeder verdammte Zentimeter von dir gehört mir, und ich kann damit machen, was ich will.«

Sie antwortet nicht, was wahrscheinlich daran liegt, dass ich inzwischen eine satte Menge an Feuchtigkeit zu ihrem Anus gezogen habe. Ich umkreise das zusammengezogene Fleisch und schiebe langsam den Finger hinein, um zu prüfen, wie weit sie zu gehen bereit ist.

Sie wehrt sich nicht dagegen.

Sie lässt sich hineinsinken.

Verdammt, könnte diese Frau perfekter sein?

»Oh ja, Schätzchen«, flüstere ich heiser an ihren Lippen. »Dazu kommen wir noch, aber heute Abend beanspruche ich die süße Pussy, an die ich schon seit Wochen denke, während ich mich selbst befriedige.«

»Shaw, bitte.« Aus ihrem Flehen spricht schon süße Verzweiflung. Das ist so verdammt heiß.

»Bitte, was?«, spotte ich und versenke meinen Finger tiefer in ihrem Anus, bevor ich ihn langsam wieder herausziehe und das wiederhole. Ihr Körper öffnet sich, windet sich schon in meinen Armen, verlangt nach mehr.

»Das reicht nicht.«

»Ich gebe dir noch mehr als genug, Willow. Das kannst du mir glauben.«

Ich presse meinen Mund auf ihren und vögele sie mit meiner Zunge, wie ich es jetzt mit meinem Finger tue, bis ich Luft holen muss. Eigentlich wollte ich sie mit in mein Schlafzimmer nehmen und ihr die ganze Nacht in meinen weichen Laken huldigen, doch so, wie sie sich jetzt schon um mich verkrampft, schaffe ich das nicht mehr.

Ich löse mich abrupt von ihr und zwinge mich, einen Schritt zurückzutreten. Sie wirkt verwirrt, als glaubte sie, ich hätte aufgehört. Dabei fange ich gerade erst an. Ich appelliere an meine Selbstbeherrschung und knurre: »Wenn dir dieser Slip gefällt, hast du fünf Sekunden, um ihn auszuziehen, oder er landet zerfetzt im Müll.«

Sie sieht sich irritiert in der Küche um. »Hier?«

»Vier.«

»Zieh dich auch aus.«

Ihre Forderung ist süß.

»Drei«, verkünde ich scharf, als sie sich nicht rührt.

Ihre hexenartigen Kobaltaugen werden trotzig, und sie verliert weitere Sekunden ihrer kostbaren Zeit. Gerade als ich die Hand ausstrecke, um ihr den dünnen Stoff von den Hüften zu reißen, schiebt sie ihre Daumen unter das Gummiband und zieht sich den Slip aufreizend langsam an den Beinen hinunter.

»Herrgott, Willow.« Ich keuche, als mein Blick auf die Nässe fällt, die an den Innenseiten ihrer Schenkel glänzt. Obwohl ich sie bisher kaum berührt habe, ergießt sie sich schon. *Für mich.* Mein Schwanz ist hart wie Granit, und das Verlangen, mich von dem schmerzlichen Druck meines Reißverschlusses zu befreien, ist überwältigend. »Spreiz die Beine.«

Mit einer sorgfältig durchdachten Bewegung und großer Selbstgefälligkeit, die ihr im Gesicht geschrieben steht, schiebt sie einen Fuß um wenige Zentimeter nach außen. »Nur damit du es weißt: Ich befolge deine herrischen Befehle nur, weil ich es will.«

Unverschämte Lüge.

Die Rötung ihrer Haut. Das schnelle Heben und Senken ihrer Brust. Ihre geweiteten Pupillen. Alles verräterische Zeichen, dass sie insgeheim nach meiner Autorität lechzt.

»Du befolgst sie nicht sehr gut«, erwidere ich leise lachend.

Doch auch wenn sie es im tiefsten Inneren will, auch wenn ich erwartet hatte, dass Willow im Schlafzimmer vollkommen gefügig ist, hätte ich es besser wissen müssen. Das Feuer, das sich in diesem kleinen Teufel angestaut hat, brennt weißglühend und verschlingt mich mit Haut und Haaren. Sie ahnt nicht, dass mein Verlangen, sie zur totalen Unterwerfung zu bringen, mich zum absoluten Primitivling macht. Ihr Widerstand törnt mich an wie nichts anderes jemals zuvor.

Grinsend trete ich zwischen ihre Beine, schlinge einen Arm um ihre Taille und schiebe ihren Fuß noch ein paar Zentimeter zur Seite. Ich streichle einen spitzen Nippel. Sie schnappt heftig nach Luft, als ich hineinkneife und ihn verdrehe, und ihre Lider schließen sich abrupt, als hätte ich einen Schalter umgelegt.

»Dein Körper trotzt deinem Mund, Goldlöckchen«, raune ich ihr zu und fahre mit der Zunge an ihrem Kiefer entlang. »Ich glaube, du musst in dem Maße Kontrolle abgeben, wie ich sie dir wegnehmen muss.«

»Da irrst –«

Mit einem versengenden Kuss schalte ich ihre Lügen aus, bis all ihre Muskeln nachgeben. Zu hoffen, dass ihr eigensinniger Geist folgen wird, ist zu viel verlangt, aber ich habe vor, jede Sekunde ihres Kampfes gegen die Unterwerfung, die sie mir eigentlich schenken will, für sie lohnend zu machen. »Das Einzige, was ich aus deinem Mund hören will, ist ›Mehr, Shaw‹ oder ›Hör nicht auf, Shaw‹. Verstanden?«

Ihre glasigen Augen blinzeln in Zeitlupe.

Ich verstehe das als Ja.

Ich gebe ihren gemarterten Nippel frei und fahre mit der Hand an ihrem verdammt sexy Körper herunter, bis ich zu dem goldenen Paradies komme, in das ich für mein Leben gern versinken würde. Wir sind fertig mit den Spielchen, und als ich zwei Finger in die engste, seidigste, feuchteste Pussy schiebe, die ich seit Jahren gespürt habe, ist Willows Keuchen Musik in meinen Ohren.

Ich gebe ein schnelles Tempo vor, pumpe mit meinen Fingern durch ihr nasses Verlangen und will ihr dabei zusehen, wie sie in meinen Armen kommt. Eigentlich wollte ich sie nur erregen, aber jetzt will ich sie einfach nur nehmen.

»Gott, Shaw«, stöhnt sie. Ihre Hüften rotieren, sie vögelt meine Finger, wie sie es braucht, um zu kommen. Ich liebe es, wenn Frauen hemmungslos sind und sich nehmen, was sie brauchen. Nehmen, was ich ihnen gebe.

»Brauchst du etwas, meine Schöne?«

Ihr Ja ist nur ein Hauch.

»Sag mir, was du brauchst.« Ich senke den Kopf und ziehe eine ihrer rosigen Spitzen in meinen Mund. Ihr honigsüßer Geschmack macht süchtig, anders als alles, was ich jemals geschmeckt habe. Ich könnte stundenlang an ihren Brüsten lutschen.

»Ich … brauche … ahhhh …« Sie verstummt, als mein Daumen ihre harte kleine Klitoris umkreist. Mit jeder Runde werde ich fester und bringe sie näher zum Orgasmus. »Bitte. Gott. Ja. Mehr.« Ihre einsilbigen Worte klingen gebrochen und sind fast unhörbar.

Als ihre Muskeln sich um meine schlüpfrigen Finger krampfen, was signalisiert, dass sie kurz davor ist, kommt mein Herz so richtig auf Touren. Ich sollte meine Finger herausziehen und ihren wimmernden Protest genießen, doch ich habe noch nie den Orgasmus einer Frau so gespannt erwartet wie Willows. Noch nie habe ich so sehr den Ausdruck vollkommener Euphorie auf einem Gesicht auskosten wollen, in dem Wissen, dass ich ihn dorthin gezaubert habe.

Ich muss mich daran laben, wie ihr ganzer Körper auf mich reagiert, deshalb lehne ich mich zurück, halte aber ihren nachgiebigen Körper fest in meinen Armen. Sie hat die Augen fest zugekniffen und ihr Mund steht offen, doch mich fasziniert nur die Stelle, an der unsere Körper verbunden sind.

Ich beobachte, wie meine feuchten Finger immer wieder zwischen ihren rosa Lippen verschwinden, während ich sie näher an den Ort reiner Wonne bringe, in dem sie sich verlieren soll. Ihr Stöhnen wird lauter, das Tempo ihrer Hüften steigert sich, und ihre Nägel graben sich durch den Stoff, der meine Schultern noch bedeckt.

Ihr Körper vibriert für mich. Sie hat sich vollkommen dem Moment hingegeben, und sie ist großartig.

»Genau so, meine Schöne. Nimm meine Finger genau so.«

Sie murmelt etwas Undeutliches, bevor ihr letzter Schrei kristallklar ertönt. »Oh Gott, Shaw. Ich komme.«

Verdammte Scheiße. Als sie meinen Namen ruft, während sie die Welle der Ekstase reitet, die durch sie hindurchrollt und die *ich* in Bewegung gesetzt habe, spüre ich, wie deren Macht mein Herz berührt, das heftig in meiner Brust schlägt. Das Gefühl der Verbundenheit, das schon vor dem Essen zwischen uns existierte, verstärkt sich. Obwohl ich noch nicht einmal in ihr war, fühle ich mich ihr jetzt schon verbundener als jeder anderen Frau.

Ich sollte mir Sorgen darüber machen, was das zu bedeuten hat, doch das tue ich nicht.

Alles, worum ich mich momentan sorge, ist, wie oft ich sie dazu bringen kann, dasselbe noch einmal zu rufen, bevor wir beide restlos befriedigt ohnmächtig werden.

22. KAPITEL

Willow

Ich bin high.

Schwerelos.

Schwebe auf einer Wolke aus Leidenschaft, während reine Wonne durch mein Blut schießt.

Der Ort, an dem ich jetzt bin, ist ein Paradies aus leichter Trunkenheit. Nichts als dekadente Lust wohnt hier. Mein Besuch ist nur kurz, aber unvergleichlich.

Jede Faser meines Körpers fleht mich an zu bleiben, doch plötzlich falle ich, das herrliche Gefühl trübt sich zu schnell. Etwas Weiches umhüllt mich vollkommen, und ich wehre mich dagegen, wieder ganz in die Realität zurückzukehren.

»Willow, alles okay, meine Schöne?«

Shaw.

Gott. Shaw.

Die heisere Erregung in seiner Stimme lässt eine neue Woge des Verlangens durch mich hindurchbranden. Als sich meine Augen flatternd öffnen, nehme ich dunkel wahr, dass ich auf dem luxuriösen weißen Teppich im Wohnzimmer liege. Weiterzudenken lasse ich nicht zu.

Ich kann den Blick nicht von dem makellosen Prachtstück von Mann über mir wenden.

Der mich mit verschleiertem Blick ansieht.

Mich begehrt.

Nackt.

Der seinen wippenden Schwanz streichelt. Er ist genauso imposant, wie er sich angefühlt hat.

Ich empfinde große Ehrfurcht.

Und bin sehr nervös.

Ich lasse den Blick an seinem nackten Körper hinaufgleiten und folge dem schmalen Naschwerk-Pfad, der von seinem Schwanz hoch zu seinem Bauchnabel führt, bevor er ausdünnt. Seine Bauchmuskeln sind wie gemeißelt, seine Brust ist durchtrainiert und glatt, seine Arme sind stark und muskulös. Er sieht aus wie retuschiert, absurde Perfektion bis auf die zwei überlappenden Puzzleteile, die seitlich in seinen Oberkörper tätowiert sind.

»Soll ich das noch mal machen?«

Als ich den Blick endlich von seinem Tattoo losreiße und ihm in die Augen sehe, erwartet mich ein freches Grinsen. Normalerweise würde ich mich gegen so einen Spruch wehren, doch mich hat aller Kampfgeist verlassen. Ich will alles, was er mir versprochen hat, und noch mehr.

»Ja.«

Ich strecke die Arme über den Kopf, kreuze Hand- und Fußgelenke und lächele, als er zischt.

»Mist. Bleib genau so, Willow.«

Wie mein Körper auf seine autoritären Befehle reagiert, ist beängstigend.

Nicht denken. Nur fühlen.

Während er sich mit einer Hand weiterstreichelt, führt Shaw mit der anderen ein Folienpäckchen an seinen Mund und reißt es mit den Zähnen auf. Er fixiert mich weiter, während er sich das Kondom routiniert überzieht. Ich versuche nicht daran zu denken, wie oft er das schon gemacht hat, wenn er nicht einmal kurz den Blick senken muss.

Er kniet sich vor meine Füße, fährt mit den Händen von meinen Fußknöcheln bis zu meinem Unterleib und lässt dann seine Daumen in mich eintauchen. Mir stockt der Atem, und meine Augen fallen zu, als er meine Schenkel auseinanderstemmt.

»Mach die Augen auf, meine Schöne«, bittet er mich.

Mir fehlt die Kraft, es ihm zu verweigern.

Starke Hände wandern überall über meinen Körper, während er spricht. Oder sollte ich sagen befiehlt? »Diesmal will ich, dass du mich die ganze Zeit über ansiehst, wenn ich dich zum Orgasmus bringe.«

Ich will ihn berühren, doch er presst seinen warmen, nackten Körper auf meinen und hält meine Hände fest, legt meine Finger um das Bein des Ledersessels, auf dem ich bei meinem letzten Besuch hier saß. »Bleib so.«

Seine Härte stößt an mein Schambein, und ich kann nicht anders, als mich zu winden, um ihn dort zu spüren, wo ich pulsiere. Eine Hand schiebt sich unter meinen Po und hebt meine Hüften. Zuerst glaube ich, dass er mich stoppen will, doch er fängt an, sich im gleichen Rhythmus mit mir zu bewegen. Bei jeder Rotation stößt er an meine Klitoris, und ich glaube, dass ich allein dadurch wieder kommen werde.

»Ich will dich anfassen«, wimmere ich.

»Willow«, stöhnt er mir ins Ohr. »Wenn du mich jetzt irgendwo anfasst, verliere ich die Kontrolle. Beim nächsten Durchgang. Versprochen.«

»Beim nächsten Durchgang?«

»Oh ja.« Er lächelt breit. Ich verknalle mich echt heftig. »Ich hab dir doch gesagt, dass ich erst aufhöre, bis ich körperlich nicht mehr dazu in der Lage bin. Und ich halte meine Versprechen immer.«

Mein Lächeln kommt seinem gleich. »Dann solltest du keine Zeit mehr verschwenden. Du wirst auch nicht jünger.«

Seine unbeschwerte Miene verdüstert sich zu einem raubtierhaften Ausdruck. Er jagt mir Schauder über den Rücken und vergrößert nur meine Erwartung, von diesem umwerfenden Mann mit Haut und Haaren verschlungen zu werden.

»Ach, mein süßes, unschuldiges kleines Goldlöckchen. Wenn du Vater Bär ärgerst, beißt er sehr grausam zu.«

Ich ködere ihn. Er beißt an.

Gut.

Das wird nicht zärtlich, aber das will ich auch nicht. Ich will es grob, hart, schmutzig. Ich will, dass er mich so schnell vögelt, dass es an Schmerz grenzt.

Ich *brauche* es so, vor allem von ihm, um mich daran zu erinnern, was das zwischen uns ist und was nicht.

»Ich habe nichts gegen Schmerzen«, sage ich mit ausdruckslosem Gesicht.

Angesichts der Herausforderung leuchten seine Augen auf, und ich kann genau sagen, in welcher Sekunde er sie annimmt. Mit einem kehligen Grollen verlagert er seine Hüften und richtet seinen Schwanz auf meine Mitte aus. Ich schlinge die Beine um seine Taille, um ihm dabei zu helfen, da mir die Hände durch mein stillschweigendes Versprechen gebunden sind.

Trotz der Trockenperiode der letzten Zeit bin ich so bereit, dass er nur zweimal fest zustoßen muss, bevor er sich komplett in mir versenkt hat. In Anbetracht unserer intimen Verbindung stöhnen wir beide auf, und Shaw hält inne, als ich mich dehne, um mich seiner Größe anzupassen. Mit jedem Herzschlag spüre ich das Pulsieren seines Schwanzes.

»Beweg dich«, flehe ich. »Bitte.«

Er tut es, und nach nur wenigen Stößen wird das Brennen rasch zur intensivsten Lust, an die ich mich erinnern kann. Ich habe das Gefühl, für diesen Mann geschaffen zu sein.

»Willow, Himmel, fühlst du dich gut an.« Sein Ton ist kehlig und andächtig. Sowohl süß als auch schroff. Als er »zu gut« stöhnt, während sich seine Lider für einen Moment schließen, habe ich mich in der reinen Ekstase verloren, die ich in seinem Gesicht sehe und die einfach nicht vorgetäuscht werden kann.

Und das war's dann.

Ich gebe auf.

Ich gehöre ihm.

Als er sich auf die Unterarme stützt, die Hände in meinen Haaren vergräbt, mir mit seinem verschleierten Blick in die Augen sieht und wie ein Besessener in mich stößt, erliegt ihm mein Körper in jeder Hinsicht. Mit jedem groben Rückzug und brutalen Wiedereintauchen züngeln Flammen auf die köstlichste Art und Weise an meinem Inneren.

Er verlangt stumm, dass ich kapituliere.

Er nimmt mich, bis ich keine Luft mehr bekomme, bis meine Knochen zu Gummi werden und ich an nichts mehr denken kann.

»Komm für mich, Willow.« Sein gezischter Befehl grenzt an Verzweiflung.

Mein Problem beim Sex war schon immer meine Unfähigkeit, darum zu bitten, was ich brauche. Das ist mein Hauptproblem im ganzen Leben. Doch bei Shaw fühle ich mich sicher, ich selbst zu sein. Darum zu bitten, was *ich* brauche.

»Härter. Ich brauche es härter.«

Mit vor Verwunderung geblähten Nasenlöchern hockt er sich hin, packt mich unter den Knien und hebt mein Becken hoch, spießt mich auf, bis er den Sweetspot trifft und ich aufschreie.

»Gefällt dir das?«

»Ja«, keuche ich. *Gott, ja.* Meine Muskeln ziehen sich mit

kleinen Impulsen zusammen, während ich auf den Abgrund zurase. »Hör nicht auf.«

»Ich höre nie auf, Willow. Nie.«

Ich will nicht fallen. Ich will für immer hier an diesem exquisiten Abgrund balancieren, doch Sekunden später, als ich Shaws unergründliche Tiefen betrete, spüre ich eine unaufhaltsame Strömung, die mich hinabzieht, und ich fange an zu sinken. Diesmal zersplittere ich hilflos und treibe zum trüben Grund, erschaudere, als mich die Schwere immer weiter nach unten ins Vergessen zieht.

Ich denke nicht mehr und fühle nur noch.

Lust.

Freiheit.

Frieden.

Allzu schnell zieht mich Shaws raues Knurren wieder an die Oberfläche. Seine Hüften pumpen so schnell, dass mein Kopf jetzt gegen das Sesselbein knallt, das ich schon lange losgelassen habe. Seine Muskeln verhärten sich, seine Finger quetschen mich und sein Kiefer verkrampft sich, während er mir folgt und wild durch seinen eigenen Höhepunkt pumpt. Er löst den Blick nur von meinem, als er auf mich herabsinkt, meinen Mund mit seinem bedeckt und mich süß küsst. Der Kontrast zwischen dem animalischen Sex und seinem zarten Kuss ist erstaunlich.

»Verdammte Scheiße.« Sein heiserer Fluch jagt eine Gänsehaut über meine abkühlende, verschwitzte Haut.

»Ja«, krächze ich und versuche mit Mühe, meine Lunge mit genügend Luft zu füllen. Ich zeichne mit den Fingerspitzen die muskulösen Linien seines Rückens nach und lächele, als er nicht murrt. Als meine Hände wieder nach oben wandern, drücke ich die Flächen ganz auf seine erhitzte Haut und schwelge in dem Gefühl jeder Erhebung und Vertiefung. Ich bin erschöpft, aber ich will mehr davon. Von ihm.

»Ich muss erst mal zu Atem kommen, meine Schöne, aber dann werde ich dich vernaschen, bevor ich dich über diesen Sessel gebeugt nehme.«

Allmächtiger Gott, hat der Mann ein obszönes Mundwerk. Und eine blühende Fantasie.

Ich recke den Hals seiner Zunge entgegen, die sich jetzt leckend den Weg zu meinem Ohr hinauf bahnt.

»Du gehst davon aus, dass ich das will, Verkehrsrowdy.«

Er ist nie ganz erschlafft, und als ich ihn aufziehe, wird er schon wieder hart. Als er sich so verlagert, dass er bis zu meinem Gebärmuttermund stößt, kann ich mein Stöhnen nicht unterdrücken. »Oh Gott«, schnurre ich, während sich meine Hüften aus eigenem Antrieb seinen entgegenheben.

»Genau. Das dachte ich mir«, lautet seine selbstgefällige Antwort.

Ich wimmere fast aufgrund der Leere, die nicht nur mein Körper, sondern auch meine Seele spürt, als er sich zurückzieht und dabei den oberen Rand des Kondoms festhält. »Bin gleich wieder da«, verkündet er heiser, während er mir einen flüchtigen Kuss auf die Lippen drückt.

Bevor ich meinen Gedanken zu sehr nachhängen kann, ist er mit einem Streifen Kondome und einem feuchten Waschlappen wieder da, den er mir reicht. Er lässt ein aufrichtiges Lächeln aufblitzen, schnappt sich von der Couch zwei Deko-Kissen und eine leichte Decke und wirft alles neben mich auf den Flauschteppich, bevor er nach einer Fernbedienung greift. Als er ein paar Knöpfe drückt, springt der Kamin mit einem Wusch-Geräusch an.

Fünfzehn Sekunden später liege ich auf ihm, mein Kopf in seiner Schulterbeuge. Er deckt uns zu; die Flammen, die Wolldecke und seine Körperwärme vertreiben die Kälte, die ich nun spüre.

»Alles okay?« Seine Finger streichen über meinen Arm, und ich versuche nicht daran zu denken, wie fantastisch das ist. Ich habe nicht damit gerechnet, dass Shaw Mercer auf Kuscheln und Bettgeflüster steht. Ich hatte damit gerechnet, zur Tür hinauskomplimentiert zu werden. Höflich natürlich.

Ich nicke. Das helle Feuer hypnotisiert mich. »Ja.«

»Müde?«

»Ein bisschen«, gebe ich zu. »In ein prasselndes Feuer zu sehen macht mich immer schläfrig.«

Er drückt mich fester an sich und fragt: »Und guter Sex, oder?«

»Auf Komplimente aus, Verkehrsrowdy?«

Ich liebe sein Lachen. »Hey, selbst wir Sexgötter brauchen gelegentlich Bestätigung.«

»Sexgott?« Ich neige den Kopf und fange seinen Blick auf. Als ich ihm in die Augen sehe, stirbt meine kesse Erwiderung einen rasanten Tod. Sie sind sanft und sexy. *Mist.* So schlimm. »Okay, ich komme dir entgegen.«

»Dann *war* ich also gut?«

Ich kichere. Mir gefällt, dass zwischen uns keine Verlegenheit herrscht. »Du willst mich zwingen, es auszusprechen, stimmt's?«

»Auf jeden Fall, Goldlöckchen.«

Ich stütze mich auf meinen Ellbogen, beuge mich nah zu ihm und dimme mein Lächeln. Ich lasse den Blick über sein Gesicht schweifen und präge mir jede dünne Linie in seiner glatten Haut ein, jedes mikroskopisch kleine bernsteinfarbene Fleckchen in seinen blauen Augen und die scharfen Konturen seiner hohen Wangenknochen. So kann ich mich in ein paar Monaten, wenn er weg ist, an jedes kleine Merkmal erinnern. »Besser als gut.«

»Lebensverändernd vielleicht?«, witzelt er mit seinem typischen sexy Gesichtsausdruck, dem schiefen Lächeln und der hochgezogenen Augenbraue.

Ja, verdammt.

»Und wer dreht jetzt wem die Worte im Mund um?«, antworte ich ein wenig unbehaglich.

Die Zeit bleibt stehen. Wir befinden uns in einer Blase, nur wir beide. Er sieht mich ganz deutlich. Weiß sogar, wann ich lüge. Es ist verstörend. Die Jalousien, hinter denen ich mich verstecke, sind auf einmal völlig durchsichtig, und trotzdem ist er so liebenswürdig, es mir durchgehen zu lassen.

»Also.« Er räuspert sich, als seine Stimme bricht. »Hattest du in deiner Kindheit einen Kamin, oder warst du eine Pyromanin?«

Die magnetische Anziehungskraft, die ich stets in seinem Blick spüre, ist dahin. Ich weiß nicht so recht, ob ich dankbar oder enttäuscht sein soll. Ich lege den Kopf wieder an seine Schulter. »Tja, nach meiner Pyromanen-Phase habe ich mich darauf beschränkt, Feuer nur im Kamin zu machen.« Dass mein Vater mir das beigebracht hat, füge ich nicht hinzu. Er hat mir so vieles beigebracht. Und jetzt gibt es so viele Lektionen, die er nie mehr an mich weitergeben können wird.

»In dem Moment, als ich dich sah, wusste ich, dass du Probleme machst.«

»Das hat dich nicht abgehalten.«

Er fährt mit dem Finger unter mein Kinn, hebt meinen Kopf an und lässt mir keine andere Wahl, als wieder in sein hinreißendes Gesicht zu sehen. »Im Gegenteil, es hat mich angezogen.«

Seine Aufrichtigkeit trifft mich im tiefsten Inneren.

Jetzt bin ich es, die sich räuspert. Was wir gerade tun, fühlt sich zu intim an. Sex ist eine Sache. Es ist körperlich. Es ist Lust. Es ist sogar eine biologische Notwendigkeit. Ich gebe zu, dass es mir schwerfällt, meine Gefühle vom Akt an sich getrennt zu halten, vor allem bei Shaw, aber ich versuche es.

Aber ohne Klamotten zu flirten führt mich gefährlich weit auf »Ich-mag-dich-sehr«-Territorium. Auf diesem Minenfeld habe ich schon einmal gespielt; ich brauchte keinen weiteren Schubs. Die Handgranaten, die unter meinen Füßen vergraben sind, zu umgehen wird immer schwieriger und heikler.

»Mit sechs bin ich einmal beim Spielen mit Streichhölzern erwischt worden«, gestehe ich, um das Thema zu wechseln.

Sein Lächeln ist dünn, seine Miene nun undurchdringlich. »Ach, dann warst du also wirklich eine kleine Unruhestifterin.«

Ich zucke die Achseln. »Ich war rebellisch, was soll ich sagen.« Dabei war ich das gar nicht, und ich weiß nicht, warum ich das Gegenteil behaupte. Von uns Geschwistern spielte meine Schwester diese Rolle. Ich hingegen fügte mich ein, stets auf dem Pfad der Tugend, immer das liebe kleine Mädchen.

»Das bist du immer noch, glaube ich.«

»Nein«, sage ich leise und schüttele den Kopf. »Ich bin sogar verdammt langweilig.«

Er stößt einen leisen Brummton aus, bevor er mit sanfter Stimme zu mir sagt: »Da bin ich anderer Meinung. Du bist die faszinierendste Frau, die ich je getroffen habe.«

Ich beiße mir auf die Lippe; meine Brust quillt vor Freude über.

Er sieht mir fragend in die Augen, durchdringend. Er mustert mich so lange, dass ich ganz hibbelig werde. Was sieht er? Was *will* er sehen? Was soll er sehen? Ich bin mir nicht sicher, ob ich es noch weiß.

Als er meine Halskette betastet, versuche ich mich nicht anzuspannen. Er sieht mir wieder in die Augen. »Die gefällt mir. Du trägst sie oft.«

»Ja«, antworte ich mit belegter Stimme.

»Hat sie besonderen Wert für dich?«

»Ja«, stoße ich durch ein Hemmnis aus Emotionen hervor.

Ich kann ihn nicht mehr ansehen, und ich will auf keinen Fall, dass er mir noch mehr Fragen stellt, die ich nicht beantworten werde. Ich lasse meinen Blick über seinen perfekt trainierten Körper gleiten. Dass er eine wichtige Führungskraft ist, hält ihn anscheinend nicht davon ab, auf sich achtzugeben.

»Ich hätte dich nicht für einen Typen mit einem Tattoo gehalten.« Ich zeichne die Tinte unter seiner Haut nach und bin mir vollkommen bewusst, dass ich in einen anderen Gang schalte. Schon wieder. Ich will dieses Gespräch ungezwungen halten, doch er spricht ständig ernste Themen an.

Mit ruhiger Stimme antwortet er: »Es ist mein einziges.«

Ich sehe ihm kurz in die Augen und hake frotzelnd nach: »Eine Nacht jugendlicher Rebellion?«

»Schon eher eine Trickserei.« Er lächelt nachdenklich. »Ich war damals zwanzig. Noah wollte unbedingt ein Tattoo und hat mich irgendwie dazu gebracht, mir auch eins stechen zu lassen. Ich fand den 3-D-Effekt von diesem hier cool.«

Ich untersuche es eingehend. Es besteht aus zwei Puzzleteilen, denen durch Grauschattierungen Tiefe verliehen wird. Das obere Teil wirkt, als könnte man es über das untere schieben, das zwar leer ist, aber so aussieht, als sollte etwas darin sein. Ein Name. Eine Lieblingsmannschaft vielleicht. Alles andere als eine Leerstelle. Es gefällt mir. Es ist ungewöhnlich, aber mir scheint ... »Es kommt mir unvollendet vor«, murmele ich.

»Das ist es auch. Ich wusste nicht, womit ich es ausfüllen sollte.«

»Seit sechzehn Jahren ist dir nichts eingefallen, das dir wichtig genug ist, um dein Tattoo zu vervollständigen?«

Er zuckt mit den Achseln. Shaw Mercer scheint mir kein Mensch zu sein, der etwas tut, ohne dass ein Sinn oder eine Absicht dahintersteht. Dass er ein relativ nichtssagendes Tattoo hat, überrascht mich.

Ich muss unvermittelt gähnen und schlage mir die Hand vor den Mund. »Entschuldige«, murmele ich hinter meinen geschlossenen Fingern.

Sanft streicht er mit dem Handrücken über meine Wange, umfasst meinen Nacken und zieht mich zu sich hinab. Leise seufzend streicht er mit dem Mund über meinen. »Willst du die Augen zumachen?«, flüstert er.

Das Herz schlägt mir bis zum Hals, als ich zurückflüstere: »Vielleicht eine Minute.« Ich halte die Augen geschlossen, damit er die Tränen darin nicht sehen kann, hervorgerufen durch seine Zärtlichkeit, die mich berührt hat.

Ich lege mich wieder hin, und eine angenehme Stille deckt uns zu. Der einzige Laut in dem riesigen Raum ist unser langsames Atmen, das Prasseln der Gasflammen, die innerhalb der drei Steinwände züngeln, und die Stimme in meinem Kopf, die mich anschreit, *so schnell wie möglich* zu verschwinden.

Das fühlt sich zu gut an. Zu richtig.

Es ist zu viel.

Ich bin einen Schritt näher dran, mich rettungslos in ihn zu verlieben. Etwas, das ich auf keinen Fall tun wollte. Ich habe mich die ganze Zeit unbewusst Stückchen für Stückchen auf ihn zubewegt, und was mir vorkam wie ein unüberwindbarer Abgrund aus Distanz, als wir uns kennenlernten, ist jetzt nur noch einen buchstäblichen Atemzug entfernt.

Wie ist das passiert?

Ich muss gehen. Wieder etwas Distanz zwischen uns bringen. Es rational betrachten, doch meine Erschöpfung übertrumpft mein Bedürfnis nach Selbstschutz.

Unfähig, meine Glieder dazu zu bewegen, mich anzuziehen und möglichst schnell die Fliege zu machen, bevor es zu spät ist, entschlummere ich friedlich in Shaws Armen zu seinem regelmäßigen Herzschlag, während der kräftige Geruch von wildem Sex um uns herum in der Luft hängt wie Nebel und ich weiß, dass so keine Klarheit entstehen kann.

Unklarheit ist alles, was man je in einem beschlagenen Spiegel finden kann.

23. KAPITEL

Shaw

Willows Geruch haftet an mir, als sei er bis in meine Poren eingedrungen. Ich atme ihn mit jedem Atemzug ein. Sogar noch zwölf Stunden später ist er berauschend.

Ich habe mir das Gehirn zermartert, warum meine Nacht mit ihr anders war als meine Nächte mit anderen Frauen. Warum verspüre ich diese unselige Verbindung zu ihr? Warum kann ich nicht aufhören, an sie zu denken? Warum finde ich ihre Verletzlichkeit so liebenswert? Warum dachte ich, der Sex mit ihr würde dieses brennende Verlangen löschen, das in mir außer Kontrolle gerät?

Es hat nicht funktioniert.

Wenn überhaupt, hat es noch Benzin auf das Scheißding gegossen.

Sie hat recht gehabt, auch wenn es flapsig gemeint war. Der Sex mit ihr war lebensverändernd.

Jetzt kann ich an nichts anderes mehr denken als an ihren Geschmack, ihr Stöhnen, ihre feuchte Hitze.

Herrgott.

Eng und heiß hat sie mich wie ein gottverdammter Schraubstock zusammengedrückt, sich mir angepasst, als sei sie maßgeschneidert. Wüsste ich es nicht besser, hätte ich sie für eine Jungfrau gehalten, so eng wie sie war. Nachdem ich sie das erste Mal genommen hatte, habe ich sie noch zweimal gevögelt.

Einmal über den Sessel, wie versprochen, nach ihrem Nickerchen, und einmal an der Flurwand, die zu meinem Schlafzimmer führt. Ich schaffte es nicht einmal bis zu meinem Bett, bevor ich wieder in ihr sein musste. Doch das schien ihr nichts auszumachen. Sie war so verrückt nach mir wie ich nach ihr.

Als ich sie fest im Arm hielt, schliefen wir kurz vor Mitternacht ein. Gegen zwei weckte sie mich und verkündete, sie ginge jetzt nach Hause. Ich wollte, dass sie bei mir im Bett bleibt, ihre weichen Rundungen an mich gedrückt. Ich wollte sie mit meinem Mund wecken und noch vor dem Frühstück in ihr vergraben sein. So gern ich auch in ihr war, in meinen Armen hielt ich sie genauso gern. Sie fühlte sich *gut* neben mir an.

Ich hatte mit ihr eine der besten Nächte, an die ich mich erinnern kann, und ich wollte nicht, dass sie geht, schon gar nicht mitten in der Nacht. Doch wie hätte ich dagegenhalten können, als sie darauf hinwies, dass es alles zwischen uns durcheinanderbringen würde, wenn sie über Nacht bliebe? Sie hatte ja recht, auch wenn es den Schmerz nicht minderte. Sonst war ich stets derjenige, der ging oder eine Frau taktvoll vor die Tür setzte, weshalb dieser Rollentausch ein bisschen schockierend für mich war. Er gefiel mir nicht.

Und jetzt sehe ich wie ein naiver vorpubertärer Teenager ständig auf meinem Handy nach, ob sie sich gemeldet hat. Doch warum sollte sie? Wir haben eine geschäftliche Vereinbarung, und ich habe sie über den Haufen geworfen. Die Regeln geändert. Natürlich wird sie mich nicht anrufen, selbst wenn sie wollte, denn wir sind kein Paar. Wir sind Geschäftspartner, die nur zufällig letzte Nacht Sex zusammen hatten. Sonst nichts.

Warum reicht mir das nicht mehr?

Warum sehne ich mich nach mehr? Von allem?

Warum ist die Uhr mein schlimmster Feind, der die Minuten, die wir noch gemeinsam haben, im Wahnsinnstempo herunterzählt?

Ich checke wieder mein Handy.

Nichts, verdammt.

»Hey, Shawshank«, ruft die muntere Stimme meiner kleinen Schwester von hinten.

»Du kommst zu spät«, schimpfe ich, als Annabelle sich neben mich setzt, und lege mein Handy auf den Tisch. Nur für den Fall, dass meine »Freundin« anruft. *Trottel.*

»Herrje, wer hat dir denn in die Cheerios gepinkelt?« Sie wirft neben ihrem nassen Regenschirm eine Tasche auf den Boden, die so groß ist wie ein verdammter Einkaufswagen.

Ich vergesse Willow vorerst und mustere meine Schwester, inspiziere sie von Kopf bis Fuß, wie ich es jedes Mal tue, wenn ich sie sehe. Ich suche nach den subtilen Hinweisen, von denen Drogenabhängige fälschlicherweise glauben, sie verbergen zu können. Unruhe, Erregtheit, erweiterte Pupillen, zittrige Hände, Gewichtsverlust, übermäßiges Schniefen.

Sie trägt einen fröhlichen rosa Rock, schwarze Kampfstiefel und ein schwarzes Lion-King-T-Shirt mit der Aufschrift: »Ich bin von Idioten umgeben«. Abgesehen davon, dass sie ihre langen Haare zu einem unordentlichen Knoten hochgesteckt hat und eine dicke schwarze modische Brille trägt, die sie heute jünger wirken lässt, scheint es ihr gut zu gehen.

»Ich habe seit meinem siebten Lebensjahr keine Cheerios mehr gegessen, Bluebelle.«

»Ach, stimmt ja. Du hast sie zugunsten von Fiber One, Excel-Tabellen, Kugelschreiberetuis und Hodentraining für hohe Tiere aufgegeben.«

Ich schüttele den Kopf über ihre unbedarfte Vorstellung, was ich beruflich mache. Bevor ich antworten kann, kommt die Kellnerin zurück und nimmt unsere Essensbestellung auf. Annabelle bestellt sich einen Burger mit Pommes, was ein gutes Zeichen ist. Jetzt muss ich nur dafür sorgen, dass sie ihn auch isst.

Sie nippt an dem Mountain Dew, den ich ihr bestellt habe. Sie ist süchtig nach dem Gesöff. Besser das als Coke. Und mit Coke meine ich nicht Pepsis verhasstesten Konkurrenten. »Also, wer ist dein neuster Bettwärmer, von dem Linc gelabert hat?«, fragt sie sarkastisch, nachdem sie geschluckt hat.

Genau das liebe und hasse ich mit gleicher Inbrunst an meiner kleinen Schwester. Dass sie immer authentisch ist, aber weniger als null Kontrolle über ihre große Klappe hat.

»Zeig ein bisschen Respekt, Annabelle.«

»Was?« Sie macht sich nicht die Mühe, Zerknirschung zu heucheln.

Unfairerweise bin ich über ihre banale Bemerkung wütend. Es stimmt, dass ich die Frauen in meinem Bett permanent wechsele, und ich habe nicht vor, es mit Willow anders zu handhaben. Warum brennt die Wahrheit dann wie ein heißer Schürhaken?

Weil dein kleines Goldlöckchen mehr verdient als das. Mehr als dich.

Und warum nennst du sie dann deins?

»*Was?* Nun, das ›Was‹, du unverschämtes Gör, ist, dass du sie nicht einmal kennengelernt hast, weil du dir nicht die Mühe gemacht hast, zum Abendessen zu erscheinen. Deshalb hast du nicht das Recht, abfällig über eine Frau zu sprechen, die du nicht kennst. Sie ist viel mehr als jemand, der mir das Bett wärmt, und du wirst sie mit nichts Geringerem als Respekt behandeln. Verstanden?«

Sie reißt schockiert die Augen auf. Ich nehme eine Menge Mist von meiner Schwester hin. Ihre Wutausbrüche, ihr

Selbstmitleid, ihre Lügerei, ihr selbstzerstörerisches Verhalten. Doch ich werde niemals hinnehmen, dass sie auch nur ein schlechtes Wort über Willow sagt. Grenze gezogen.

Ihre blutrot geschminkten Lippen öffnen sich. »Er hatte recht.«

»Wer hatte recht? Wovon zum Teufel sprichst du jetzt wieder?«

»Linc hatte recht. Du *magst* sie. Diese neue«, sie zögert und wählt ihre Worte sorgfältig, »Frau.«

»Willow. Sie heißt Willow«, brumme ich. Ich verstehe mehr und mehr, was Willow mit der Macht eines Namens meint. Dass Annabelle sie nur als »eine Frau« bezeichnet, ist Willow gegenüber herabwürdigend. Sie ist nicht nur irgendeine Frau.

»Okaaay. Willow. Cooler Name.«

Sie betrachtet mich aufmerksam, doch ich gebe nichts preis. Ich habe Annabelle nicht zum Mittagessen eingeladen, um mit ihr über Willow zu sprechen. Ich bin wegen ihr schon durcheinander genug, ohne meine Beziehung zu ihr rechtfertigen oder erklären zu müssen. Gestern Abend habe ich Gefühle in ihren Augen gesehen, die ich nicht hätte sehen sollen. Ich frage mich, was meine Augen verraten haben.

Ich hatte nicht vor, die letzte Nacht zu analysieren, und schon gar nicht bei Tageslicht.

»Und wie läuft's an der Uni?«

»Klassisches Ablenkungsmanöver. Nett.«

Ich seufze schwer. »Ich habe in fünfundvierzig Minuten eine Besprechung, Bluebelle. Lass uns die Zeit nicht vergeuden, indem wir einander angreifen.«

»Na schön«, antwortet sie trocken. »Aber ich will diese geheimnisvolle Frau, die deinen Beschützerinstinkt weckt und dich total unlocker macht, treffen. Ich glaube nicht, dass ich jemals Herzchen in deinen Augen gesehen habe, wenn du von einer deiner Eroberungen gesprochen hast.«

»Annabelle«, knurre ich.

Ich habe keine Herzen in den Augen. *Oder doch?*

»Schön, schön.« Sie reißt kapitulierend die Hände hoch und verfehlt nur knapp die Kellnerin, die jetzt versucht, unser Mittagessen auf den Tisch zu stellen. Nachdem Annabelle sich ein paar Pommes in den Mund gesteckt hat, bringt sie mich auf den neusten Stand. »Es läuft gut. Organische Chemie macht mich fertig, aber ansonsten läuft es ziemlich gut.«

»Warum zum Teufel nimmst du organische Chemie, wenn du im Hauptfach Musik studierst?«

Sie zuckt mit einer Schulter. »Ich wollte eine Herausforderung. Es ist ein Wahlfach.«

Das ist das Zweite, was ich vielleicht noch nicht über Bluebelle gesagt habe. Sie ist hochintelligent. Ein Wahnsinnsgenie. Wenn sie behauptet, sich mit einem Fach schwerzutun, meint sie in Wahrheit, dass sie in einem Test nicht die volle Punktzahl erreicht hat. Mit einundzwanzig hatte sie bereits ihren Abschluss in Sekundarschulwesen; danach hat sie beschlossen, Musiklehrerin zu werden. Und all das mitten in ihrer Entziehungskur. Deshalb konnte ich auch ihre Drogenabhängigkeit nie verstehen. Sie ist viel zu klug dafür, aber wahrscheinlich erliegen auch schlaue Menschen der schmerzbetäubenden Verführungskraft von Drogen.

»Und sonst läuft alles gut?«, hake ich nach und beobachte aufmerksam ihre Reaktion.

Sie holt tief Luft und bläst sie langsam wieder aus, bevor sie ihren scharfen Blick auf mich richtet. »Shaw, frag mich einfach, was du wissen willst, und hör auf, um den heißen Brei rumzureden. Nein, ich nehme nicht wieder Drogen. Nein, ich bin nicht wieder mit Eddie zusammen. Nein, ich habe mich nicht wieder meiner alten Clique angeschlossen. Nein, ich will mir nicht die Pulsadern aufschneiden. Ja, ich gehe zur Therapie. Ja, ich spreche immer noch täglich mit meinem Sponsor, manchmal auch öfter, und ja, ich bin glücklich. Reicht das im Großen und Ganzen?«

»Annabelle –«

»Hör zu, ich versteh das. Ich war eine Zeit lang die totale Katastrophe. Ich habe Scheiße gebaut. Eine Menge. Du, Mom und Dad habt wegen mir die Hölle durchgemacht. Aber mir geht's jetzt besser, ich schwör's. Ich behaupte nicht, dass jeder Tag leicht ist, und ich sage auch nicht, dass ich niemals ans Koksen denke, weil das gelogen wäre und du diesen Quatsch durchschauen würdest. Aber ich habe mein Leben wieder im Griff. Ich rufe Cal an, wenn ich ihn brauche. Ich bin clean, und ich arbeite jeden Tag hart daran, es auch zu bleiben. Zufrieden?«

Ich nicke langsam und schlucke heftig. Das ist das erste Mal, dass sie eingestanden hat, welcher Hölle sie uns ausgesetzt hat. Das ist ein Fortschritt. Ich greife nach ihrer Hand. »Ich will nur das Beste für dich. Ich hab dich lieb, Annabelle. Ich würde alles für dich tun.« Ich *tue alles* für dich.

Ihr Gesicht wird weich. »Was das Beste für dich ist, ist aber nicht das Beste für mich.«

Meine Stimme wird hart. »Ich habe dir nie Vorschriften gemacht, Annabelle. Ich bin dein größter Fan.«

»Das weiß ich.«

»Genau wie Mom und Dad«, füge ich hinzu. Ihre unausgesprochenen Worte sind mir nicht entgangen.

Sie schüttelt den Kopf. »Nein, das sind sie nicht. Sie erwarten kleine perfekte Kinder mit perfekten kleinen Leben und perfekten kleinen Jobs, die perfekt in ihre perfekte kleine politische Welt passen. Ihnen ist nur die Illusion von Perfektion wichtig.«

»Wir sind alle Lichtjahre von Perfektion entfernt. Du bist ungerecht.«

»Bin ich nicht, Shaw. Du kannst es nur nicht sehen, weil du der Sohn bist, um den sie kreisen. Du bist reich, du hast Erfolg und du bist nur einen halben Schritt vom göttlichen Status entfernt.«

Ich schnaube verächtlich. »Nichts liegt der Wahrheit ferner.«

»Glaub, was du willst, aber alles, was ich als Kind zu hören bekam, war, Shaw dies und Shaw das. Du bist der Goldjunge, und wir anderen sind im Vergleich dazu aus ekligem Schmuddelgelb. Ich weiß, dass Linc sich immer geächtet fühlte, und Gemma ist neutral, denke ich. Ich kam mir bestenfalls vor wie ein Ärgernis und schlimmstenfalls ungewollt.«

Stimmt das?

Ich mache den Mund auf, um zu widersprechen, halte aber inne. Annabelle war erst drei, als ich die Highschool abschloss und auszog. Ich war zwar viel zu Hause, habe aber nie wieder dort gewohnt. Wie kann ich beurteilen, was tagein, tagaus in dem Haus vor sich ging, wenn ich es nicht miterlebt habe?

Haben meine Eltern meiner kleinen Schwester ein Gefühl von Wertlosigkeit vermittelt, vielleicht unabsichtlich?

»Hast du mit ihnen darüber gesprochen? Mit Linc und Gemma?«

Sie hält meinem Blick zu lange stand, und ich komme nicht gegen den Schmerz an, als sie antwortet: »Ja.«

Mist. »Ist das der Grund …« Ich schlucke heftig. »Ist das …?« Ich kann meinen Gedanken nicht mal aussprechen. Bin *ich* der Grund, warum meine kleine Schwester das Bedürfnis hatte, ihren Schmerz mit Drogen auszuleben und zu betäuben? Weil sie das Gefühl hatte, meinem Vorbild niemals gerecht werden zu können? Ist das der Grund, warum sie bisher nicht das Gefühl hatte, mit *mir* darüber sprechen zu können? Bei dem Gedanken wird mir schlecht.

»Shaw, nein.« Jetzt greift sie nach meiner Hand. Sie ist klamm und zittert vielleicht ein wenig. »Ich habe meine eigenen Entscheidungen getroffen. Ich gebe nicht dir und auch nicht Mom oder Dad die Schuld. Vielleicht habe ich es damals getan, aber jetzt wird mir klar, dass mich meine eigenen Unzulänglichkeiten und Unsicherheiten in die Drogensucht getrieben haben. Es war niemals deine Schuld. Bitte denk das nicht.«

Das ist das ehrlichste Gespräch, das ich je mit Annabelle geführt habe. Ich sollte glücklich darüber sein, dass sie sich endlich geöffnet hat, doch alles, was ich im Moment fühle, ist erdrückende Schuld. Ich war nicht da, als sie mich brauchte. Ich hätte öfter da sein sollen, als sie heranwuchs. Ich hätte es besser hinbekommen müssen, ihr das Gefühl zu geben, sich gewollt und als etwas Besonderes zu fühlen, und ihr zu helfen, ihre Einzigartigkeit anzunehmen, statt ihr das Gefühl zu geben, sie müsste … meinem Beispiel gerecht werden. Verdammt, so toll bin ich gar nicht. Aber sie ist faszinierend. Sie ist clever und lustig und frech und bleibt sich immer treu. Manchmal beneide ich *sie*.

Ich ziehe sie an mich, halte mich an ihr fest, wobei mir gleichgültig ist, ob ich eine Szene mache. Ich will ihr ihre ganze Traurigkeit nehmen und nichts übrig lassen als Glück, Freude und das Versprechen einer glänzenden Zukunft. »Es tut mir leid«, flüstere ich ihr heiser zu. Meine Augen brennen, und ich bin fünf Sekunden davon entfernt, an einem sehr öffentlichen Ort meine Männermitgliedschaft zu kündigen.

»Hör auf. Dir braucht nichts leidzutun. Wenn jemandem etwas leidtun sollte, dann mir. Du bist der allerbeste Bruder, den ich mir hätte wünschen können, und ehrlich gesagt, Shaw, wenn es dich nicht gäbe, weiß ich nicht, ob ich jetzt clean und nüchtern hier sitzen würde. Du hast mich mehr als nur einmal gerettet. Verdammt, ohne dich und Noah säße ich wahrscheinlich im Knast.«

Allzu wahr.

»Ich hab dich lieb, Bluebelle.«

»Ich dich auch, Shawshank.«

»Ich würde alles für dich tun.«

»Das weiß ich.«

»Ich wünschte, du würdest dir mit Mom und Dad mehr Mühe geben. Egal, was in deiner Kindheit passiert ist, ich weiß, dass sie dich lieben. Bedingungslos«, versichere ich ihr leise. Ich weiß, dass es der richtige Zeitpunkt ist, es ihr zu sagen. Ich habe gelernt, meine Momente bei Annabelle sorgfältig zu wählen. Dies ist der richtige.

»Ich werde es versuchen«, flüstert sie zurück. »Shaw?«

»Ja?«

»Du kannst mich jetzt loslassen.«

»Ach, entschuldige.«

Gerade als ich sie loslasse, klingelt mein Handy, und mein Herz hüpft mir vor Freude in der Brust – bis ich nachsehe und feststelle, dass es unser Vater ist. Enttäuschung überkommt mich, weil es nicht der Mensch ist, von dem ich hören will.

Ich sehe Annabelle an. Eine unserer unausgesprochenen Regeln lautet, dass Handys bei unseren Treffen verboten sind. Ich versuche immer, mir speziell für sie gemeinsame Zeit freizuschaufeln.

»Schon okay. Du kannst drangehen.«

»Sicher?«

Sie deutet auf meine klingelnde Apparatur und macht sich über ihren Burger her.

»Hallo, Dad. Was gibt's?«

»Hast du morgen Abend schon etwas vor, Sohn?«

Ja. Ich habe vor, mich bis zu den Eiern in Willow zu vergraben. Irgendwie.

»Keine Ahnung. Ich muss in meinem Terminkalender nachsehen. Ich habe demnächst eine Vorstandssitzung des Kinderkrankenhauses; ich weiß nur nicht mehr, an welchem Wochentag. Warum?«

Annabelle sieht mich an und fragt sich eindeutig, was los ist.

»Ich richte morgen Abend bei uns zu Hause ein sehr informelles Treffen mit ein paar Unterstützern aus und hätte dich gern dabei.«

Ich seufze leise.

»Das ist sehr kurzfristig. Ich werde sehen, was sich machen lässt.«

»Das ist nur recht und billig. Ach, und ich möchte auch, dass du dieses Mädchen mitbringst. Willow.«

Ein Lächeln macht sich auf meinem Gesicht breit. »Klar. Ich bin mir sicher, das kriegen wir hin.« Verdammt sicher. »Ich checke nur unsere Terminkalender und sage dir Bescheid.«

»Perfekt. Es würde deine Mutter sehr glücklich machen. Sie hat permanent von ihr gesprochen, seit du sie mitgebracht hast.«

Ich bin ernüchtert. Mist. Ich bin ein furchtbarer Sohn. Ich hätte ahnen müssen, dass meine Mom sich in Willow verlieben würde. Ich frage mich, ob es möglich ist, es nicht zu tun.

Da ich keine andere Wahl habe, schiebe ich meine Schuldgefühle beiseite und rufe mir in Erinnerung, warum ich das tue. Für meinen Vater. Für meine kleine Schwester. Für meine anderen Geschwister, um ihre persönlichen Probleme aus dem Rampenlicht herauszuhalten. Für sie würde ich alles opfern, was ich habe, alles, was ich bin. Meine Mutter wird enttäuscht sein, wenn Willow und ich uns »trennen«, aber sie wird darüber hinwegkommen, genau wie bei jeder anderen hoffnungsvollen Schwiegertochter-Kandidatin bisher.

»Wenn es Kollisionen gibt, versuche ich, die Termine umzulegen, damit wir da sein können.«

»Danke, Sohn.«

Als ich auflege, bin ich aufgeregt. Ich habe zwar ein paar feste Termine, aber nicht zu viele, weshalb es absolut perfekt ist. Selbst wenn wir den Abend mit einem Haufen spießiger Politiker und Stiefellecker verbringen müssen, macht das nichts, solange ich Willow an meiner Seite habe.

»Etwas Gutes, nehme ich an?«, fragt meine kleine Schwester.

»Ja. Etwas sehr Gutes«, antworte ich und mache mich endlich ebenfalls über mein Essen her.

Während ich meine fettigen Fritten verschlinge, versuche ich die leise Stimme in meinem Kopf zu ignorieren, die mir zuflüstert, dass meine Mutter womöglich nicht die Einzige ist, die sich in diese Frau verliebt hat.

24. KAPITEL

Willow

Ich werfe einen letzten Blick auf die drei kreisförmigen violetten Blutergüsse auf beiden Oberschenkeln, bevor ich meinen Rock wieder fallen lasse und glatt streiche. Statt auf den heutigen Abend versuche ich mich auf sie zu konzentrieren, darauf, wer sie verursacht hat und wie verdammt gut es sich anfühlte, so heftig begehrt zu werden, dass dein Partner alle Beherrschung verliert und dich in der Hitze der Leidenschaft als sein Eigentum markiert.

Obwohl ich das nicht bin.

Sein Eigentum, meine ich.

Neulich Abend hätte er mich fast gehabt. Fast hätte ich nachgegeben und wäre in der Wärme seiner Umarmung geblieben. Ich wollte es. Himmel, wie sehr ich es wollte! Aber ich konnte nicht. Wäre ich die ganze Nacht an ihn gekuschelt liegen geblieben, als wären wir wirklich ein Paar, das eine ganz neue Beziehung anfängt, hätte ich mich noch tiefer in diese Lüge verstrickt. Alle anderen zu beschwindeln ist eine Sache; aber auch noch mich selbst zu beschwindeln, kann ich mir nicht leisten.

Wieder dreht sich mir vor Aufregung der Magen um. Ich weiß nicht, warum mich von all unseren bisherigen Verabredungen ausgerechnet dieser Abend am nervösesten macht. Es liegt etwas in der Luft. Es ist, als hätte ich einen sechsten

Sinn, dass etwas Großes passieren und meinen Lebensweg ändern wird. Wieder einmal. Das gleiche Gefühl hatte ich in der Nacht, als meine Schwester eine Überdosis nahm. Und auch in der Nacht, als mein Vater starb.

Vielleicht liegt es nur daran, dass ich Shaw zum ersten Mal sehe, seit wir Sex hatten. Und genau das war es, rede ich mir ständig ein. Sex. Nur heißer, unersättlicher, ganz und gar schmutziger Sex. Es hatte nichts zu bedeuten. Gar nichts.

Außer, dass es das doch tat.

Ich hätte mich nicht so fühlen dürfen, wie ich es tat. Ich hätte mich nicht so weich und nachgiebig und wie zu einem Haufen Glibber geschmolzen fühlen dürfen. Eigentlich hätte ich mich gestärkt, energiegeladen und einfach nur befriedigt fühlen sollen. Stattdessen fühlte ich mich ... über alles geliebt.

Am nächsten Tag war das Bedürfnis, ihn anzurufen, ihm zu simsen oder zu ihm zu fahren und mich nackt auf seinen Küchentisch zu legen, mich ihm vollkommen hinzugeben, beängstigend. Ich konnte den ganzen Tag an nichts anderes denken, doch statt meine Gedanken in die Tat umzusetzen, zügelte ich sie. Stattdessen stürzte ich mich in meine Tonaufnahme von *Forsaking Gray* und machte große Fortschritte.

Als es an der Tür klingelt, wird mir schlecht. Ich stehe zu lange reglos da, bis es noch einmal klingelt. Ich stelle mir vor, wie Shaw voller Ungeduld auf der anderen Seite steht. Um mich zu beruhigen, atme ich ein paarmal tief durch und betrachte mich noch einmal prüfend im Spiegel, wobei ich die Aufregung ignoriere, die ich in meinem Gesicht sehe.

»Hallo«, sage ich ruhig, als ich die Tür öffne. *Du hast mir gefehlt*, liegt mir auf der Zunge, aber ich schlucke es herunter, bevor ich es in Laute umsetzen kann.

»Selber hallo«, antwortet er mit dieser Baritonstimme, die mich wie eine warme Decke umhüllt. Stolz unterziehe ich mich seiner eingehenden Prüfung und spüre seine Blicke, die über meinen ganzen Körper wandern.

»Bist du bereit?«, frage ich und schnappe mir meine Handtasche vom Tisch am Eingang.

»Noch nicht ganz.«

Bei jedem Schritt, den er nach vorne macht, trete ich einen zurück, bis er mich um die Taille fasst, mich dreht und an die Wand drückt. Er fährt mit den Händen durch meine Haare. »Du siehst atemberaubend aus, Goldlöckchen«, knurrt er, bevor er seinen Mund auf meinen senkt.

Unser Kuss atmet, pulsiert und gewinnt an Intensität, bis er sich verselbstständigt. Verzweifeltes Verlangen reißt uns in seinem Strudel mit, bis ich mich nackt, entblößt und eins mit ihm fühle. Wie kann mich ein einfacher Kuss derart berühren?

Weil nichts an Shaw Mercer einfach ist.

»Im Moment will ich mehr als alles andere in dir sein«, keucht er und beißt mich spielerisch ins Kinn. Als glaubte er, ich bräuchte einen Beweis, beugt er die Knie und drückt seinen Schwanz gegen meine pulsierende Klitoris, womit er mich fast zum Weinen bringt.

»Ich halte dich nicht auf.« Ich spreize meine Beine weiter. Scheiß drauf. Ich bin damit durch, so zu tun, als wollte ich ihn nicht. Denn das tue ich. Egal ob ich mit einem gebrochenen Herzen zurückbleibe, ich will es, und in den nächsten Wochen werde ich es mir nehmen.

»Willow … Scheiße.« Ich keuche, als er seine Hüften kreisen lässt. »Wenn ich meinem Vater nicht versprochen hätte, dass wir da sein würden, würdest du schon um meinen Schwanz kommen.«

»Jetzt machst du mich aber einfach nur heiß.« Ich stöhne, während er seinen unerbittlichen Sturmangriff fortsetzt und mich enger an sich zieht.

»Bist du feucht für mich, Willow?«

»Nass.«

Laut stöhnend legt er die Stirn an meine und packt mich fest an den Hüften, damit ich mich nicht mehr bewege. Keuchende Atemzüge nieseln über mein Gesicht. »Wir bleiben höchstens eine Stunde. Dann bringe ich dich wieder hierher, und du lässt mich mit diesem sündigen Körper anstellen, was ich will.«

»Okay.«

Er zieht sich zurück und sieht mir in die Augen. »Okay? Einfach so? Keine schnippische Erwiderung?«

Lächelnd lasse ich den Kopf an die Wand sinken. »Ich wusste es, Verkehrsrowdy. Ich wusste, dass du meine kesse Lippe liebst.«

Er lacht, und ein verschmitzter Ausdruck huscht über sein Gesicht. »Du hast recht, Goldlöckchen. Ich mag beide glänzenden Lippen. Sehr.« Er senkt die Stimme. »Aber ich muss zugeben, dass ich mir dich auch auf den Knien vorstelle, während deine kessen Lippen meinen Schwanz verwöhnen.«

Meine Haut erhitzt sich, als sein Blick sich auf meinen Mund senkt und dort verweilt. Die Stimmung ändert sich spürbar von spielerisch zu ernst.

Er legt eine Hand an meine Wange, während er sich langsam zu mir beugt, bis unsere Münder nur noch ein Atemzug trennt. Mit jedem langsamen Ausatmen fächelt sein Verlangen mein Gesicht. Meine Beine geben nach, als er seine Nase sanft an meiner reibt. Das ist zärtlich und erotisch und, oh Gott, stiehlt wieder einen Teil von mir. Meine Lider fühlen sich schwer an. Sie wiegen fünfundvierzig Kilo. Ich gebe den Kampf auf und lasse sie zufallen, als er meinen Namen sagt. Das heisere Flüstern klingt wie eine Segnung und erreicht meine Ohren nur eine Sekunde, bevor seine Lippen über meine geistern.

Diesmal ist der Kuss süß, sinnlich und betäubend. Bedeutsam. Gibt, statt nur zu nehmen. Er birst vor Versprechen, die ich mir wünsche … doch von denen ich weiß, dass sie nicht da sind.

Gott steh mir bei.

Ich weiß, was das ist. Ich weiß, was passiert.

Ich verliebe mich trotz allen Widerstands in diesen Mann, und ich weiß nicht, wie ich es verhindern soll.

Und was noch wichtiger ist – ich glaube, es ist vielleicht schon zu spät.

»Willow, meine Liebe. Wie schön, Sie wiederzusehen.« Adelle Mercer zieht mich in ihre knöchrige Umarmung. Sie ist eine dünne Frau, die ein paar Stücke Käsekuchen vertragen könnte.

»Finde ich auch, Mrs Mercer.«

»Adelle, bitte. Ich dachte, das hätten wir schon letztes Mal geklärt.«

Allerdings, aber es ist zu persönlich. Ich bin dabei, mich in Ihren Sohn und in Ihre Familie zu verlieben, und bis Neujahr werde ich nur noch eine ferne Erinnerung sein. Ich bringe ein Lächeln zustande und sage: »Okay, ja.«

»Wissen Sie, Shaw bringt nicht oft eine Frau mehr als einmal mit«, raunt sie mir zu.

Das glaube ich ihr sogar. Ich denke an die schöne Brünette und frage mich, ob er sie mit hierher gebracht hat, damit sie seine Familie kennenlernt.

»Ist das so?«, frage ich.

Ich drehe den Kopf, um zu sehen, ob Shaw uns beobachtet wie beim letzten Mal, als ich hier war. Nachdenklich ist das beste Wort, das mir einfällt, um ihn zu beschreiben. Einen Mundwinkel hochgezogen, lächelt er ungezwungen und ein bisschen frech, was mich ganz schwindlig macht. *Schwindlig*, mein Gott. Als sei ich ein Teenager bei einer Verabredung mit dem Star-Quarterback.

Shaw hat während der ganzen Fahrt hierher meine Hand gehalten. Unser Gespräch war leicht und unbeschwert. Angenehm, nicht gezwungen. Ob man es will oder nicht, Sex definiert eine Beziehung neu. Ich wusste nicht, was mich erwarten würde, wenn ich ihn heute Abend wiedersähe, aber ich bin momentan so aus dem Gleichgewicht, dass ich gestolpert wäre, wenn Adelle mich nicht fest untergehakt hätte, als sie mich ins Haus führte.

»Darf ich Ihnen ein Glas Wein bringen, Willow?«, fragt sie süß, während wir uns durch ihr geräumiges Haus in die Küche begeben.

»Ja. Weißwein bitte, wenn Sie welchen haben.«

»Natürlich. Ist Pinot Grigio in Ordnung?« Je näher wir dem Zentrum der Aktivität kommen, desto stärker wird der Lärm.

Ich nicke lächelnd, und sie eilt davon, um eine gute Gastgeberin zu sein.

Alles, was ich über den heutigen Abend weiß, ist, dass es eine Party für ein paar von Preston Mercers politischen Unterstützern ist. Obwohl ich niemanden in der Politik oder im engsten Führungskreis des Bürgermeisters kenne, sind meine Sinne in höchster Alarmbereitschaft. Je näher wir Mercer Island kamen, umso schlechter wurde mir.

Vielleicht hat meine Nervosität gar nichts mit Shaw zu tun. Vielleicht liegt es an dem Lügennetz, das wir spinnen. Shaws Familie ist wunderbar, und ich schäme mich dafür, sie zu hintergehen, indem wir vorgeben, ein frisch verliebtes glückliches Paar zu sein. Das mit dem Frischverliebtsein stimmt zwar. Wenigstens, was mich betrifft. Doch ein Happy End wird es für uns nicht geben.

»Willow, ich freue mich, dass Sie es einrichten konnten.«

Preston Mercer reicht Shaw ein Becherglas mit ein paar Fingerbreit bernsteinfarbener Flüssigkeit und mir ein halb volles

Weinglas, bevor er mir einen keuschen Kuss auf die Wange gibt. Ich lache, als Shaw neben mir eine leise Warnung knurrt.

Shaw ist seinem Vater wie aus dem Gesicht geschnitten. Als ich ihn das erste Mal sah, sah ich Shaw, nur mit ergrauendem Haar an den Schläfen und ein paar mehr Lachfalten um den Mund.

Doch das Aussehen ist nicht alles, was Preston an seinen Sohn weitergegeben hat. Seine Art ist genauso entwaffnend wie Shaws. Ich würde den Bürgermeister auf Anfang sechzig schätzen, und ich mochte ihn sofort. Er hat eine positive Ausstrahlung und ist offen und ehrlich. Seine Liebe zu seiner Frau und seiner Familie ist mit Händen zu greifen, seine Leidenschaft für diese Stadt unverkennbar. Ich glaube, man kann viel über Menschen erfahren, wenn man ihnen beim Umgang mit anderen Menschen zusieht, und zwar viel mehr als durch das, was sie sagen. Und wenn ich Preston Mercer beobachte, sehe ich Stärke, Selbstvertrauen, Ehrbarkeit und Herz. Ganz wie bei seinem Sohn.

Er hat sich Erfolg, Reichtum und Macht nicht zu Kopf steigen lassen. Er ist echt, und ich kann mir nicht vorstellen, dass er die anstehende Wahl nicht gewinnt. Er ist der Bürgermeister der Herzen. Seattle hat Glück, ihn als Stadtoberhaupt zu haben.

»Danke für die Einladung, Herr Bürgermeister.«

»Ach, schsch. Nennen Sie mich Preston. Und Sie sorgen dafür, dass mein Sohn anständig bleibt?« Sein Tonfall ist locker, doch seine Frage strotzt vor Bedeutsamkeit.

Mit einem gezwungenen Lächeln werfe ich einen Blick zu Shaw, bevor ich mich wieder an den Bürgermeister wende. Ich schiebe meine Hand in Shaws und verschränke meine Finger mit seinen. »Tja, es ist schwer, ihn auf Linie zu halten, aber ich bin mir meiner Fähigkeiten relativ sicher.«

Das bringt mir ein Lachen ein. Von Preston. Als ich Shaw ansehe, lacht er nicht. Er betrachtet unsere Hände.

Ach Shaw.

Er ist so verdammt unergründlich.

»Shaw, darf ich dir Willow ein paar Minuten entführen? Ich möchte sie ein paar Leuten vorstellen.«

»Klar«, murmelt er und sieht mir wieder ins Gesicht. Seine lodernden Augen entflammen mich. Bevor er seinem Vater erlaubt, mit mir herumzustolzieren, zieht er mich an sich. Er nimmt mein Kinn sanft zwischen Daumen und Zeigefinger und drückt mir, ohne sich darum zu kümmern, dass sein Vater – oder sonst jemand – zusieht, einen langen Kuss auf die Lippen.

Er schmeckt nach Whiskey und angestautem Verlangen.

»Komm schnell wieder, meine Schöne.«

»Okay.« Ich forme es mit den Lippen, weil ich so verblüfft bin, dass mir vorübergehend die Stimme wegbleibt.

Das ist kein Theater. Das kann es nicht sein. Meinerseits ist es das jedenfalls nicht mehr. Einerseits macht er mir weis, dass unsere Beziehung nur vorübergehend sei, doch seine Augen sagen das genaue Gegenteil. Er empfindet mehr für mich als nur Lust. Ich weiß, dass ich mir den Ausdruck aufrichtiger Liebe in seinem Gesicht nicht einbilde. Unsere Blicke treffen sich. Ich wünschte, ich wüsste, was er denkt.

»Ich halte sie nicht lange auf«, versichert Preston seinem Sohn belustigt, bevor er mich fortzieht. Shaw lächelt mich frech an, woraufhin ich ihm zum Abschied neckisch zuwinke.

Es ist ein wunderschöner Sommertag in Seattle. Bei Temperaturen um die Sechsundzwanzig-Grad-Marke hat sich die Party bis nach draußen ausgeweitet. Während ich herumgeführt und irgendwelchen Beratern, Mitarbeitern und Unterstützern vorgestellt werde, spüre ich die ganze Zeit Shaws Blick auf mir. Er folgt mir fast unmerklich, sodass er mich sehen kann, egal ob ich mich drinnen oder draußen auf der ausgedehnten Terrasse bewege. Das vermittelt mir ein Gefühl der Wärme, von dem ich bestimmt nie genug bekommen werde.

Zwanzig Minuten später, als Preston mich wieder freigibt, ist Shaw tief ins Gespräch mit einem Mann vertieft, der etwa im selben Alter ist wie er. Ich ergreife die Gelegenheit, ein wenig herumzuschlendern, und betrachte die Familienfotos, die Adelle überall an den Wänden und in den Regalen verteilt hat. Ich frage mich langsam, warum ich wegen heute Abend so nervös war, und beschließe, dass mein sechster Sinn sich geirrt haben muss.

Auf dem Flügel in der Wohnzimmerecke fällt mir das Foto eines schönen jungen Mädchens auf, das Shaws Schwester Annabelle sein muss, die ich noch nicht kennengelernt habe. Auf dem Bild sieht sie aus wie zehn und spielt Klavier. Der Schnappschuss muss bei einem Auftritt gemacht worden sein, denn sie trägt ein schickes Kleid, und das Klavier steht auf irgendeiner Bühne. Sie ist vollkommen versunken, verloren in der Musik, die sie erschafft.

Obwohl mich das mit Traurigkeit erfüllt, spüre ich auch eine sofortige, unerschütterliche Verbindung zu ihr.

Sie erinnert mich an Violet.

Violet war ein Ausnahmetalent. Ein musikalisches Wunderkind. Sie konnte komponieren, nach Gehör spielen und gut singen. Ich konnte stundenlang dabeisitzen und ihr beim Üben zuhören, ohne je einen Fehler herauszuhören. Aber Violet war eine Perfektionistin. Zwanghaft, wie mein Vater. Sie spielte dasselbe Stück immer und immer wieder, und selbst dann war sie nie ganz zufrieden. Wenn ich die Augen schließe und mich fest genug konzentriere, kann ich immer noch die sanften Töne durchs Haus schweben hören, die Treppe hinauf, in mein Zimmer.

Ich befühle die Kette an meinem Hals, die eine Kombination aus uns darstellt, und frage mich, wie meine Schwester heute wäre, wenn sie noch am Leben wäre. Wäre sie immer noch eine gequälte Seele, oder hätte sie ihr von Gott gegebenes Talent angenommen? Wäre sie verheiratet? Wäre ich Tante? Hätten wir es zu *zweit* geschafft, unseren Vater zu retten?

Ich bin so in meine Erinnerung vertieft, dass ich nicht spüre, dass sich mir jemand nähert.

»Geht's dir gut, meine Schöne?«, flüstert Shaw mir ins Ohr, während er von hinten die Arme um meine Taille schlingt.

Ich hole tief Luft und puste sie langsam wieder aus. »Ja. Mir geht's gut. Warum?«

»Du kommst mir … Ich weiß nicht. Verloren vor.«

Ich hasse es, wie klar er mich sieht. Ich hasse und brauche es gleichzeitig.

Ich lehne den Kopf zurück an seine Schulter. Ich lasse seine Körperwärme in mich sickern, genieße unseren gestohlenen Moment und konzentriere mich auf das Hier und Jetzt. Ich hebe den Kopf wieder, weil ich weiß, dass Shaw auf eine Antwort wartet, und gebe ihm eine, die wahr ist. »Du hast mir gefehlt.«

»Herrgott, Willow. Du wirst mich noch zugrunde richten«, flüstert er. »Ist die Stunde schon rum?« Ich spüre an meinem Kreuz, wie seine Erektion größer wird. Ach, wie ich diesen Mann begehre! Irgendwie füllt er diese bodenlose Leere in mir und macht die Einsamkeit weniger erdrückend. Ich werde so lange daran festhalten, wie ich kann.

»Nein.« Ich lache. »Und wir gehen auch noch nicht.«

»Warum?«

»Weil es unhöflich ist, deshalb. Und weil du anscheinend etwas Geduld lernen musst.«

»Geduld ist was für Nonnen und Schullehrer.«

»Wirklich? Nur für Nonnen und Schullehrer?«

»Vielleicht auch für Tagesmütter.«

Wir lachen beide, als Prestons tiefe Stimme donnert: »Shaw, ich brauche dich gleich in der Küche.«

Shaw seufzt schwer. »Die Pflicht ruft«, sagt er resigniert.

»Sei nett. Das ist wichtig für deinen Vater.« Er dreht mich um, und ich schlinge die Arme um seinen Hals.

»Du bist eine unglaubliche Frau, Willow. Das weißt du, oder?«

»Klar doch. Und ob ich das tue«, antworte ich frech. Er erstickt mein Kichern mit seinen Lippen und reißt sich erst von mir los, als sein Vater noch einmal nach ihm ruft. »Ich möchte, dass du mit zu mir nach Hause kommst. Die Nacht in meinem Bett verbringst.«

»Shaw …« Ich beiße mir auf die Lippe. Mein Herz hämmert. Das ist keine gute Idee. *Oder?*

»Bitte.« Seine leise Bitte sollte meinen Protest zum Verstummen bringen, aber es sind seine Augen, die mir wirklich den Rest geben.

»Okay«, antworte ich leise.

Sein Grinsen ist geradezu jungenhaft und völlig untypisch für ihn. Mit meiner Hand in seiner und einem letzten Kuss führt mich Shaw zurück ins Getümmel.

Das ist verrückt. Ich bewege mich auf so dünnem Eis, dass es mein Gewicht bestimmt nicht tragen kann, doch im Moment bin ich überglücklich. Törichterweise rede ich mir ein, dass ich, wenn ich bei jedem Schritt gut genug aufpasse, das Eis überprüfe, bevor ich den nächsten Schritt gehe, nicht einbrechen werde.

Als wir in der Küche ankommen, steht Preston uns zugewandt und unterhält sich mit einem tadellos gekleideten Mann im Anzug, der uns den Rücken zukehrt. Ich habe heute Abend alle hier kennengelernt, doch ich erinnere mich nicht, ihn gesehen zu haben. Er muss gerade erst gekommen sein.

»Da seid ihr zwei ja. Shaw, ich möchte dir meinen Wahlkampfmanager vorstellen.«

Der Mann dreht sich zu uns um, und als sein Profil ins Blickfeld rückt, habe ich einen Flashback. Ich höre das Quietschen von Bremsen. Spüre den Druck der Wucht, als der Gebrauchtwagen zum Stillstand kommt, und weiß jetzt, dass mein sechster Sinn sich nicht geirrt hat.

Sein Blick landet zuerst auf Shaw. Ich sehe, wie sein Mund sich bewegt, wie er die Hand ausstreckt und wie Shaw sie fest schüttelt. Alles geschieht langsam, in Zeitlupe, klickt sich qualvoll von Einzelbild zu Einzelbild. Ich fühle mich, als hätte ich eine außerkörperliche Erfahrung, während ich durch die Augen eines anderen zusehe, wie sich die Szene im Schneckentempo abspielt.

Das gibt's nicht.

Das kann nicht wahr sein.

Das kann einfach nicht wahr sein.

»Und das ist Shaws Freundin …«

Preston spricht weiter, doch alles, was ich höre, ist, wie *er* heftig nach Luft schnappt. Ich spüre den Moment, in dem sein Blick auf mir landet. Ich sehe den Schreck und die Verwirrung in seinen smaragdgrünen Augen. Vielleicht höre ich sogar, wie sein Herz ein paar Schläge aussetzt.

Wäre ich nicht völlig fassungslos gewesen, hätte ich anders reagiert. Ich hätte es überspielt. Gleichgültigkeit geheuchelt. Ihm meine Hand hingehalten und seine geschüttelt, als sei die Luft zwischen uns nicht mit unserer Vorgeschichte und großem Kummer verwoben.

Doch all meine Schauspielkunst ging in dem Moment flöten, als ich hörte, wie er völlig ungläubig meinen Spitznamen flüsterte. »Summer?«

Es ist der Name, der mir nach den heißen Sommernächten geblieben ist, die wir am Felsenufer des Lake Union verbracht haben, wo wir den Grillen und den plätschernden Wellen lauschten und aus Plastikbechern billigen Wein aus einem Bag-in-Box-Behälter tranken. Und uns langsam ineinander verliebten.

Es ist der Name, den ich ganz bewusst im La Dolce Vita benutzte, und zwar nicht, um mich an ihn zu erinnern, sondern um mich an alles zu erinnern, was ich verloren hatte, indem ich ihn wegwarf, als habe er nie eine Bedeutung gehabt, obwohl er im Rückblick alles war, was mir wichtig war. Er erinnerte mich an Fehler, die ich nicht wieder begehen wollte.

Ich versuche den Kloß zu schlucken, der jetzt in meinem Hals festsitzt, doch er rührt sich nicht. Ich nehme überdeutlich wahr, dass mich beide Mercer-Männer ansehen, und während ich nur daran denken kann, wie überaus praktisch es wäre, wenn sich der Boden auftun und mich verschlucken würde, weiß ich, dass mir dieses Glück versagt bleiben wird.

Also bleibe ich standhaft, obwohl ich nicht mehr ganz so aufrecht stehe wie zuvor, und begrüße mit krächzender Stimme den Mann, den ich einst für meine große Liebe gehalten hatte. Den ich schlafend in unserem Bett zurückließ, als ich mich mitten in der Nacht wegschlich, da ich nichts anderes mehr sehen konnte als den quälenden Schmerz in meiner Seele.

Ihn verletzt zu haben ist das, was ich bis zum heutigen Tag in meinem Leben am meisten bereue.

»Hallo, Reid.«

25. KAPITEL

Shaw

Was zum Teufel ist hier los?

Er sieht Willow an, als sei sie ein verdammtes Hologramm, das flimmert und immer wieder unscharf wird.

Sein Gesicht ist vor Überraschung und Ungläubigkeit verzogen.

Er hat sie mit Summer angesprochen.

Summer.

Mit demselben Namen, den sie bei La Dolce Vita benutzt.

Als.

Hostess.

Das kann kein Zufall sein.

Ist er wieder so ein »Arbeitskollege«? Ein ehemaliger Kunde? Ein Liebhaber? Mehr als das?

Während alle stumm dastehen und dieses kleine Rätsel zu lösen versuchen, würde nur einem unbedarften Wichser der unsichtbare Faden der Vergangenheit entgehen, der diese beiden verbindet. Und ich glaube, wir haben bereits festgestellt, dass ich nicht unbedarft und ganz sicher schon gar kein unbedarfter *Wichser* bin.

Ich sehe, wie er die Halskette betrachtet, die sie immer trägt, und ein gequälter Ausdruck über sein Gesicht huscht. Ich ziehe Willow fester an mich, richte einen mörderischen Blick auf die Konkurrenz mir gegenüber und frage mich, woher sie sich kennen. Frage mich, wie *gut* sie sich kennen. Frage mich, wer zum Teufel dieser Typ für sie ist oder war.

Der Gedanke, dass er ihren süchtig machenden Geschmack geschmeckt oder ihre Seufzer der Lust während ihres Höhepunkts gehört hat, macht mich total wild. Blutrünstig.

Eifersucht und Besitzgier brodeln schwarz und weißglühend in mir und hinterlassen dunklen, klebrigen, teerigen Hass. Es ist ein fremdes, verstörendes, unliebsames Gefühl, genau wie beim letzten Mal. Ich will es stoppen. Es hat zwischen uns nichts zu suchen. Das ist vergänglich. *Wir sind* vergänglich.

»Ihr beide kennt einander?«, frage ich mit scharfem Unterton, der verdorben und hasserfüllt klingt.

Reids – oder Arschgesichts, wie ich ihn jetzt nenne – fassungsloser Blick hüpft wie ein Pingpongball zwischen Willow und mir hin und her, während sein Gesicht sich sogar noch weiter verzieht.

»Ähhhh …«

Und er ist auch nicht redegewandt. Warum mein Vater diesen Loser als seinen Wahlkampfmanager angeheuert hat, wird mir ewig ein Rätsel bleiben. Aber wenn er am Wahltag kein dickes fettes »V« hinter seinem Namen sehen will, ist es an der Zeit, den Typen rauszuschmeißen. Oder ihm einen kräftigen Stoß von der Ballard Bridge zu versetzen.

»Ja, wir haben uns vor ein paar Jahren am Theater kennengelernt«, antwortet Willow leise. »Es ist schön, dich wiederzusehen, Reid.«

Theater? Sagt sie die Wahrheit oder ist das nur wieder irgendeine Shownummer, denn ehrlich gesagt … bei ihr ist das manchmal schwer zu beurteilen.

»Ich freue mich auch, Willow«, murmelt er. Dümmlich. Aber das ist nur meine bescheidene Meinung.

»Wenn die Herren mich entschuldigen wollen, ich muss kurz verschwinden.«

»Natürlich, meine Liebe«, antwortet mein Vater.

Ich greife nach ihrer Hand, bevor sie sich – schon wieder – wegschleichen kann. Ich bin kein unbedarfter Wichser und ziehe sie zurück zu mir. Als ihr Blick meinem begegnet, ist er ausdruckslos. Diese gottverdammten Schutzschilde sind wieder da wie undurchdringliche Stahlrollläden. Ein »Heute-geschlossen«-Schild in blinkendem Neonblau.

Es macht mich wütend.

Ich muss sie zu mir zurückholen, bevor sie noch weiter von mir wegdriftet.

Genau wie vorhin ist es mir scheißegal, wer uns zusieht. Ich ignoriere, dass ihre Augen groß werden, und suche mit meinem Mund ihren, küsse ihre steifen Lippen, bis sie nachgiebig werden. Ich gebe zu, dass ich vor allen Männern mein Revier markieren will, insbesondere vor einem, doch sobald wir uns in die Augen sehen, geht es um sie. Nur noch um sie. Sie soll wissen, dass sie in so vielerlei Hinsicht von mir gewollt wird.

»Alles okay?«, flüstere ich nur für ihre Ohren.

»Ja.« Ihr Versuch zu lächeln scheitert. Dann ist sie weg, und ich bleibe zurück und sehe zu, wie sie sich von mir entfernt. Vor *ihm* wegrennt.

Als ich mich wieder zu diesem unliebsamen Eindringling umdrehe, lese ich ganz klar im Gesicht meines Vaters: *Nicht hier. Nicht jetzt.* Normalerweise würde das ausreichen, doch heute Abend scheiße ich drauf.

Mein Revier. Meine Frau. Meine Regeln.

»Woher kennen Sie Willow noch mal?« Ich ignoriere das Stöhnen meines Vaters.

Ja, mir ist nicht entgangen, wie er seinen Fehler überspielt hat, indem er sie Willow nannte. Deshalb stinkt diese Situation jetzt widerlicher als der Seattler Fischmarkt vor Tagesanbruch. Die Vorstellung, dass er beide Seiten von ihr kennt, während ich um jeden Brosamen von ihr kämpfe, macht mich ganz wild.

»Wie sie schon sagte, wir haben uns am Theater kennengelernt.«

Ich mustere den Typen. Etwa zweieinhalb Zentimeter größer als meine eins achtundachtzig. Vielleicht ein paar Kilo schwerer als ich. Um Augen und Mund zeigen sich langsam Falten. In seine sandbraunen Haare mischt sich noch kein Grau. Anfang dreißig, wenn ich schätzen sollte. Fit. Eindeutig erfolgreich, wenn sein maßgeschneiderter Anzug und seine Haltung irgendein Indiz sind. Normalerweise beurteile ich das Aussehen von Männern nicht auf einer Skala von eins bis zehn, weil ich auf Frauen stehe, doch wenn ich ihn zu bewerten hätte, müsste ich leider zugeben, dass er am höheren Ende anzusiedeln ist.

»An welchem Theater?«, hinterfrage ich seine schwachsinnige Lüge.

Sein Blick gleitet über mich. Auch er taxiert mich. Endlich sehe ich einen Anflug von Mumm. Seine Augen werden knallhart, seine Lippen dünn, und wenn wir jetzt nicht neben seinem Arbeitgeber stünden, würde er wahrscheinlich einen Schritt auf mich zutreten. Verdammt, ich wäre ihm schon längst ins Gesicht gesprungen.

»Seattle Public.«

»Was haben Sie dort gemacht?«

Er überlegt, ob er überhaupt antworten soll. »Wir haben gemeinsam in einem Stück gespielt.«

»Wirklich? In einem Theaterstück? Und Sie waren … was? Freunde? Schauspielpartner? Ein *Liebes*paar?«

»Herrgott, Shaw.« Die Stimme meines Vaters ist angespannt und hat einen warnenden Unterton, den ich ignoriere.

Reids Kiefermuskel zuckt heftig. Er versucht ruhig zu bleiben. Er ist so durcheinander wie Willow, kann aber nicht weglaufen. Er kann sich nicht verstecken. Wenn er sich auch nur einen Zentimeter entfernt, werde ich Jagd auf ihn machen wie auf einen tollwütigen Hund.

Dann kommt mir ein Gedanke, und ach, welch Ironie! *Dieser* Typ hier ist dafür verantwortlich, dass ich überhaupt mit Willow zusammen bin! Sein genialer Plan, durch Prestons ältesten Sohn die Aufmerksamkeit der Medien von den weniger angenehmen Vorkommnissen bei der Familie Mercer abzulenken, könnte sich für ihn als Eigentor erweisen.

Erfreut über diesen Ausgang atme ich tief durch und lächele.

»Und wie haben *Sie* beide sich kennengelernt?«, fragt Reid spitz und verschränkt die Arme. Herausfordernd zieht er eine buschige Augenbraue hoch. Meine Nackenhaare sträuben sich. Ich schwöre, wenn ich Reißzähne hätte, hätte ich schon zugebissen und sie in seinem Hals versenkt.

Aber ich halte den Mund. Er ist mir nur vorübergehend ein Dorn im Auge, und ich schulde ihm gar nichts. Was mich mit Willow verbindet, geht ihn nichts an, egal wie es dazu kam.

Ich kippe den Rest meines Scotchs runter, den ich in der Hand gehalten habe, und stelle das leere Glas auf die Theke neben mir. »Wissen Sie«, setze ich an und fixiere ihn mit stechendem Blick, »das Schicksal ist schon komisch. Es lässt Menschen unseren Weg kreuzen, wenn wir es am wenigsten erwarten, sie jedoch am dringendsten brauchen … selbst wenn uns das zu dem Zeitpunkt nicht klar war.«

Ich habe nie im Leben daran geglaubt. Bis jetzt. Bis *sie* kam. Egal, was die Zukunft bringt, sie wird für immer in meiner Seele sein.

Sein Gesicht ist so dunkel, wie ich mir meins vorstelle. Mir wird glasklar, dass er sie, egal welche Vergangenheit sie miteinander hatten, sehr gern gehabt hat. Vielleicht ist das immer noch so.

Ich beschließe, dass ich fertig mit ihm bin, und ziehe los, um Willow zu suchen. Sie ist schon zu lange weg, und irgendwie bezweifele ich, dass sie von selbst zurückkommt. Als er endlich etwas erwidert, habe ich schon zwei Schritte in Richtung des Flures gemacht, der zu den Toiletten führt. Zu *meiner* Frau.

»Ich bin ganz Ihrer Meinung.«

Diese Aussage strotzt vor versteckten Andeutungen. Mein Gang stockt, doch ich drehe mich nicht um. Wenn ich es täte, würde ich ihn ungeachtet der vielen Menschen zu Boden werfen. Ungeachtet der kommenden Wahl.

Mein Vater sollte diesen Arsch lieber weit, weit von mir fernhalten, sonst löse ich einen größeren Skandal aus, als es ein paar hemmungslose flotte Dreier jemals könnten.

26. KAPITEL

Shaw

»Willow, mach auf, meine Schöne.« Ich klopfe an die Tür, die sie von mir trennt. Ich höre Geräusche, aber der Knauf bewegt sich nicht. Ich drehe daran. »Wenn du glaubst, ein lumpiges Türschloss wird mich von dir fernhalten, Goldlöckchen, bist du auf dem Holzweg. Ich habe schon mit neun alle Schlösser in diesem Haus geknackt. Jetzt mach auf.«

Ich höre ein verächtliches Schnauben, bevor die Tür auffliegt. Da ich mit Tränen gerechnet hatte, bin ich erleichtert, keine zu sehen. Dafür sehe ich unzählige andere Emotionen, vor allem Ärger. Auf mich.

»Herrgott. Kann man als Frau hier keine Privatsphäre haben, Verkehrsrowdy?«

»Nein«, gebe ich barsch zurück und schließe uns gemeinsam ein. *Und du bist nicht irgendeine Frau. Du bist meine Frau.* Ich will es laut sagen, doch die Worte kommen nicht aus mir heraus. Himmel, wie hat *diese* Frau es geschafft, mir dermaßen unter die Haut zu gehen, dass mir Gedanken kommen, die ich bei anderen nie hatte?

»Du warst lange weg.« Die Hände hinter dem Rücken, lehne ich mich an die Eichentür. Ich habe Angst, mich nicht mehr kontrollieren zu können, wenn ich ihr näher komme. Im Gästebad meiner Eltern über sie herzufallen, während nur wenige Meter entfernt eine Party im Gange ist, fällt wahrscheinlich unter »schlechtes Benehmen«. Mir ist es fast egal. Im Grunde finde ich die Vorstellung, dass Reid sie meinen Namen schreien hört, sogar ganz reizvoll, sodass ich meine Zurückhaltung noch einmal überdenke.

»Ich war weniger als fünf Minuten weg«, entgegnet sie.

»Das sind vier Minuten zu lang.«

Nach einem schweren Seufzer sagt sie: »Ich wollte gerade zurückkommen. Der Wein ist mir nicht bekommen.«

Ich mustere sie.

Ihre Augen. Ihre Haltung. Ihre Atmung.

Sie lügt.

»Wer ist er?«

Bei jedem Schritt, den ich auf diesen Raum zu machte, hatte ich mir geschworen, das nicht wieder zu tun. Dass ich seit neulich meine Lektion gelernt hätte. Ich schäume vor Eifersucht, dabei habe ich keinen triftigen Grund dafür. Sie hat eine Vergangenheit. Ich habe eine Vergangenheit. Das zwischen uns ist ein Geschäft. *Ja*, flüstert mein Gewissen … *ein Geschäft, das ganz plötzlich über den Haufen geworfen wurde*. Ich mag für Willow etwas anderes empfinden als für jede andere Frau, doch das heißt nicht, dass wir eine Zukunft haben. Es heißt nicht, dass ich jede einzelne Leiche ausgraben muss, die sie im Keller hat. Ich bringe mir in Erinnerung, dass es mich nichts angeht.

Es sei denn, er ist eine Bedrohung für unseren Plan. Was er sehr gut sein könnte.

Ja. Meine Irrationalität springt blitzschnell auf diesen Rechtfertigungszug auf, und ich presche weiter vor.

»Das habe ich dir doch schon gesagt«, antwortet sie monoton.

»War er ein Kunde?«

»Nein«, antwortet sie entschieden.

»Noch ein Kollege?«

»Nein.«

»War er dein Liebhaber?«

»Shaw. Hör auf.«

Scheiiiiße.

»War er mehr?«, bedränge ich sie und beschließe, dass es mir egal ist, dass ich nicht eifersüchtig sein sollte. Ich bin es.

Hat er sie geliebt? Hat sie ihn geliebt? Weiß er Dinge über sie, die ich wissen will? Ist er im Besitz ihrer Erinnerungen, ihrer Träume, ihrer Geheimnisse, ihrer Ängste, ihres Kummers? Kennt er die Willow, die sich hinter dem Schutzschild verbirgt? Hat er alles, wovon ich bis zu diesem Moment gar nicht wusste, dass ich es wollte?

Mit undurchdringlicher Miene legt sie den Kopf schief. »Ich dachte, darüber hätten wir schon gesprochen.«

Nette Nicht-Antwort.

»Worüber? Dass der Wahlkampfmanager meines Vaters, derselbe, der … *das hier*« – ich wedele mit den Fingern zwischen uns hin und her – »vorgeschlagen hat, zufällig ein lange verloren geglaubter Kumpel von dir ist? Ein verschmähter Liebhaber? Das ist ziemlich praktisch, findest du nicht, *Summer?*«

Ihr Blick wird hart. Sie spannt den Kiefer an. Ihr Körper wird steif wie ein Brett. Das Blut in meinen Ohren tost so laut, dass ich sie kaum sagen höre: »Nichts daran ist praktisch.«

»Was du nicht sagst.«

Die Stille, die auf uns lastet, schnürt uns fast die Luft ab. Daran, wie sich ihre Brust hebt und senkt, erkenne ich, dass sie große Mühe hat, sich zusammenzureißen. Das gleiche Problem habe ich auch, nur aus ganz anderen Gründen.

Sie will weglaufen. Ich will ihr nachjagen. Ich will zuschlagen, verschlingen, kontrollieren, besitzen. Ich will diese Erinnerung aus ihr herausvögeln und mich an dieser leeren Stelle einnisten. Was ich von ihr will, sollte ihr eine Heidenangst einjagen, denn genau das tut es mit mir.

Sie reißt sich von meinem wütenden Blick los, dreht sich zum Spiegel, stützt die Hände auf die Granitplatte und lässt den Kopf hängen. »Ich wusste es nicht. Ich schwör's«, sagt sie mit unüberhörbarem Schmerz in der Stimme.

Meine Feindseligkeit fällt in sich zusammen. Ich glaube ihr. Mir kommt etwas anderes in den Sinn. Ist das der Typ, der sie auf dem Gewissen hat? Ist er derjenige, der eine so lebensbejahende Frau voll Feuer und Leidenschaft in eine verwandelt hat, die vor lauter Angst, verletzt zu werden, ihr wahres Ich verbirgt?

Der Gedanke ist fast lähmend und weckt alle Beschützerinstinkte, die ich habe.

Ich trete hinter sie und dominiere sie mit meinem viel massiveren Körper. Ich stütze eine Hand neben ihre und streichele mit dem Daumen die empfindliche Haut ihres kleinen Fingers, während ich ihr die langen, aus Gold gesponnenen Haare von der Schulter streiche. Meine leichte Berührung lässt sie erschaudern.

»Ist er der Mann deines Lebens?«, frage ich sie leise.

Wenn er es ist, werde ich nicht ruhen, bis ich ihn vernichtet habe. Er kriegt nicht mal mehr eine Stelle bei der Mülldeponie, wenn ich mit ihm fertig bin.

Sie fängt im Spiegel meinen Blick auf. Ihre Augen flehen mich an, es auf sich beruhen zu lassen. Ich wünschte, das könnte ich.

»Nur meine Zukunft kann meine Vergangenheit entschlüsseln.«

»Was soll das heißen?«, frage ich total verwirrt.

»Es heißt, Shaw, dass ich irgendwo eine Grenze ziehen muss. Ich gebe zu, dass ich mich zu dir hingezogen fühle, aber ich tue nur, was du gesagt hast. Ich definiere, was das zwischen uns ist und was nicht. Ich sehe das Ende. Ich weiß, dass es kommt. Und sosehr ich dich auch mag, ich kann dir nicht meine schmerzlichen Erfahrungen und Geheimnisse und Fehler aushändigen, als ob sie mir nichts bedeuteten. Das ist noch etwas, worum du mich bittest, es dir zu geben, es aufzugeben und dich damit zu bevollmächtigen. Diese Dinge machen mich verwundbar und ängstigen mich. Sie machen mich aus, mich ganz persönlich. Und wenn ich sie dir gebe, verliere ich noch einen Teil von mir an dich. Und verstehst du nicht? Wenn ich das tue, hast du zum Schluss alles von mir, während ich nichts habe und am Ende zerbrochen bin, egal ob du das beabsichtigt hattest oder nicht. Das kann ich nicht zulassen.«

Ich bin sprachlos. So habe ich das noch nie gesehen. Doch anscheinend bin ich der Mistkerl des Jahres, denn das Einzige, was bei mir hängen bleibt, ist »Sosehr ich dich auch mag«. Dich *mag*. Nicht wie sehr ich dich *will*. Dieses einfache Wort dringt zu einem Ort, von dem ich nicht wusste, dass er in mir existiert. Dutzende Frauen haben mir schon dasselbe gesagt, mir sogar ihre Liebe gestanden, doch nicht eine von ihnen sandte auch nur einen winzigen Strahl Sonnenlicht in diesen unbekannten Abgrund, wie es Willows einzelnes, unschuldiges Wort gerade getan hat.

»Und wenn ich jetzt mehr will als das?« Die Frage kommt aus meinem Mund, bevor ich sie durchdacht habe. Sie ist genauso überrascht wie ich.

»Tust du das denn?«

Hoffnung. Das ist alles, was ich heraushöre, und es sollte mich zum Rückzug veranlassen. Ich will dieser unglaublichen Frau nichts vormachen, sie nicht verletzen, indem ich mich nicht festlegen kann. Denn ich lege mich nie fest. Aber ich bringe es nicht über mich, es zurückzunehmen.

»Ich … Ich weiß nicht, Willow«, gebe ich zu. *Scheiße.* Ich weiß gerade gar nichts, außer dass ich die Situation hasse, in der wir uns befinden. Ich drehe sie um und nehme ihr Gesicht in die Hände, während ich versuche, aus meinen wirren Gedanken schlau zu werden. »Ich will dir nichts versprechen, aber ich weiß auch, dass es mir nicht gefällt, dass du mich immer eine Armlänge von dir fernhältst. Gib nicht all deine Geheimnisse preis; darum bitte ich dich gar nicht. Aber beuge gelegentlich deinen Ellbogen, denn wenn du das tust, Willow, wenn du in deiner Wachsamkeit nachlässt – wenn auch nur ein bisschen –, bist du absolut unwiderstehlich. Gib mir mehr. Ich will einfach … mehr.«

Ich hasse es, wenn Frauen weinen, aber so hat es sich noch nie angefühlt. Jeder einzelne Wassertropfen, der ihr in die Augen steigt, schneidet erneut in meine Seele. »Wie viel mehr?«, fragt sie zögerlich.

Alles. Unfairerweise will ich alles von dir. »Was du mir geben kannst«, antworte ich leise und wische ihr eine feuchte Tränenspur weg.

Ein paar Herzschläge lang suchen sich unsere Blicke. Der Mantel, mit dem sie sich bedeckt, verrutscht. Ich sehe Verletzlichkeit. Ich sehe in ihre verwundete Seele, ich sehe *sie*. In dem Moment wünsche ich mir nichts mehr, als wieder bei mir zu Hause zu sein, damit ich sie auf mein Bett legen und mich ein paar Stunden ihrer Huldigung widmen kann. Ich will sie beruhigen und besänftigen. Ich will zu viel, um alles zu benennen.

»Sag mir, ob er dir wehgetan hat. Bitte«, flehe ich und muss heftig schlucken. »Bitte sag mir wenigstens das.« Ich werde die Sache nicht auf sich beruhen lassen, bis ich weiß, in wie viele Fetzen ich das Arschloch zerreißen muss.

Als sie mich ansieht, mache ich mich auf das Schlimmste gefasst.

»Nein. Ich habe ihn verletzt.«

Als ihr kaum hörbares Geständnis an meine Ohren dringt, seufze ich erleichtert. Aber nur kurz. Jetzt habe ich die Bestätigung, dass sie tatsächlich eine Beziehung mit dem Typen hatte, und das gefällt mir nicht. Überhaupt. Nicht.

Mir gefällt nicht, dass er sie berührt hat, ihren Namen geflüstert hat. Wahrscheinlich mit ihr geschlafen hat.

Und mir gefällt verdammt noch mal nicht, dass er in den nächsten Monaten ständig präsent sein wird und ich keine Möglichkeit haben werde, ihn komplett zu meiden. Bis zum Wahltag sind noch zwei Benefizveranstaltungen angesetzt. Er wird sicher daran teilnehmen, ganz zu schweigen davon, dass er bis dahin meinem Vater nicht von der Seite weichen wird.

Und was, wenn er Rache will, oder, Gott bewahre, immer noch eine Schwäche für sie hat?

Nein. Nee. Das wird für mich nicht funktionieren. Mir ist egal, was mein Vater sagt oder was für mystische politische Fähigkeiten Reid Mergen hat. Er ist raus.

Ich küsse sie heftig. »Ich kümmere mich darum.« Ich wende mich zur Tür, als sie mich am Arm packt und mich festhält.

»Shaw, nicht. Bitte lass es sein.«

»Willow, er könnte hier alles vermasseln. Die Wiederwahl meines Vaters. Das mit uns. Verdammt, er könnte damit an die Presse gehen. Wenn das passiert, sind wir alle erledigt.«

»Aber das wird er nicht. So ist er nicht. Du hast es selbst gesagt, es war seine Idee, aber ich glaube, es ist uns gelungen, alle davon zu überzeugen, dass wir uns zufällig kennengelernt haben. Was auch immer er zu wissen glaubt, er kann nichts beweisen.« Ich öffne den Mund, um ihr zu sagen, dass sie keine Ahnung hat, wozu jemand fähig ist, der von Gehässigkeit und grenzenloser Liebe erfüllt ist, doch sie spricht einfach weiter.

»Ich rede mit ihm. Versuche herauszufinden, was er zu wissen glaubt. Sorge dafür, dass er keine Wellen macht.«

Ich schüttele den Kopf. »Nein. Ich will dich nicht in der Nähe dieses Arschlochs.«

Ich erwarte, dass sie den Rücken durchdrückt und mich mit streitbaren Worten von ihrer manchmal gespaltenen Zunge aufspießt. Als sie zu mir tritt und ihre kleinen Hände an meine Wangen legt, bin ich total überrumpelt.

»Vertrau mir. Bitte.«

»Willow …«, stöhne ich. »Ich vertraue dir ja. Aber ich traue ihm nicht.«

»Bitte«, flüstert sie, kurz bevor sie ihre Lippen auf meine drückt. Ich werde sofort hart und bin binnen zwei Sekunden von null auf hundert. Mein überwältigendes Verlangen nach dieser Frau ist explosiv und unstillbar, grenzt sogar ans Fanatische. Es ist mehr als Verlangen oder Leidenschaft. Es ist eine ausgebrochene Neurose.

Und es hat nichts – und ich meine wirklich *nichts* – mit dem Konkurrenten vor dieser Tür zu tun und alles damit, was in mir aufgewühlt ist.

Als ich Willow Blackwell traf, haben keine Engel gesungen. Ich hörte weder Orgeln noch Chöre oder melodisches Summen. Nein. Was ich in dem Moment hörte, als sie ihren klugen Mund aufmachte, war das Kichern des Leibhaftigen, der mir fast mitfühlend zuflüsterte: »Viel Glück mit der hier. Du wirst es brauchen.«

Das war keine Warnung. Es war eine Aufforderung, die ich nicht ignorieren konnte.

Sie ist nichts, was ich wollte, aber alles, was ich brauche.

Während ich eine Hand in ihre Haare schiebe, vergesse ich, wo wir uns befinden, und packe die Strähnen fest, neige ihren Kopf zur Seite, damit wir perfekt zusammenpassen. Unsere Zungen duellieren sich, und unsere Zähne stoßen beim Kampf um die Oberhand zusammen. Ich drücke sie an mich und schiebe die Finger unter das Gummiband ihres Rocks und ihres Tangas und weiter zwischen ihre Pobacken, umkreise ihre zusammengezogene Rosette und sauge ihr Keuchen und Stöhnen auf. Die Manifestationen ihres Verlangens häufen sich, bis ich nicht mehr kann.

Sie nimmt die Hand von meinem Gesicht, lässt sie über meinen Oberkörper wandern und umfasst meinen pochenden Schwanz. Sie verstärkt den Griff und schiebt die Hand mit einer langsamen Bewegung nach oben.

Und das ist das Ende. Ich knicke ein. Scheiß auf Zurückhaltung.

Ich werde sie gleich hier nehmen, im Gästebad meines Elternhauses, während sich in unmittelbarer Nähe etwa dreißig Leute befinden. Und niemand wird mich aufhalten. Ich lasse das wilde Tier in mir aus dem Käfig, das permanent nach ihr geifert und sich jetzt frei und lebendig fühlt.

Ich ziehe den Reißverschluss ihres Rocks auf und lasse ihn zu Boden fallen. Sie schnappt nach Luft, als ich ihr den hauchdünnen Seidenstoff von den Hüften reiße und ihren Tanga auf den kühlen Kachelboden werfe. Mühelos hebe ich ihren zierlichen Körper auf die Waschtischplatte und beobachte, wie ihre lusttrunkenen Augen schimmern, mich anstacheln, während ich ihr die fuchsienfarbene Seidenbluse über den Kopf ziehe und sie auf die Waschtischplatte fallen lasse.

Sie trägt jetzt nur noch die erotischsten schwarzen Stöckelschuhe, deren Riemchen an den Fußknöcheln festgeschnallt sind, und einen schwarzen Spitzen-BH, der ihre Brüste anhebt und perfekt darbietet.

Die Waschtischplatte in diesem Bad ist ungewöhnlich tief, worum ich mich bis zu diesem Zeitpunkt einen Dreck geschert habe. Ich beuge ihre Knie und hebe sie hoch, stelle ihre Füße weit auseinander, was sie für mich öffnet und sie dazu zwingt, sich zurück auf die Ellbogen zu lehnen. Ihr Hinterkopf lehnt am Spiegel, während sie mir dabei zusieht, wie ich die Körbchen ihres BHs herunterziehe. Ich trete zwischen ihre Beine, damit ich mich vorbeugen und eine spitze Knospe in meinen Mund saugen kann.

Angesichts unserer Situation hatte ich damit gerechnet, dass sie sich mir verweigert. Womit ich nicht gerechnet habe, war eine so süße Kapitulation. Es ist fast so, als brauche sie diese körperliche Verbindung zwischen uns genauso so sehr wie ich.

»Shaw …« Mein Name ist ein heiseres Stöhnen, als ich ihren Nippel zwischen die Zähne klemme und zubeiße. Ich fahre mit der Zunge um die zerfurchte Haut, die hart wie ein Diamant ist und rot wie eine Kirsche, lindere den Schmerz, bevor ich spielerisch in ihre vollen Brüste beiße.

Mein Blick sucht ihren, während ich mich durch das Tal zwischen ihren Brüsten zu ihrem bebenden Bauch vorarbeite. »Sei leise, Goldlöckchen, sonst weiß das ganze Haus, was wir hier treiben.«

»Sie werden es in dem Moment wissen, in dem wir –« Sie bekommt die nächsten Worte nicht heraus, weil sie sich jetzt unter meiner Zunge windet, die ich so tief wie möglich in sie geschoben habe. Ich will mir Zeit lassen, aber Zeit ist ein Luxus, den wir momentan nicht haben. Recht bald schon wird meine Mutter nach uns Ausschau halten, und obwohl es mir gefallen würde, wenn Mergen wüsste, was ich hier drin mit Willow tue, sollen es meine Eltern ganz bestimmt nicht erfahren.

»Komm in meinem Mund, Willow«, stöhne ich. Nie hat eine Frau süßer geschmeckt als Willow. Sie ist wie ein guter Bordeaux, sanft und süffig.

»Shaw«, flüstert sie, während ihre Hüften unter meiner Zunge wogen. »Mehr.«

»Sag mir, was du brauchst.«

Als ich zu ihr aufschaue, bohren sich ihre gefühlvollen Augen in meine, blicken in mich hinein. Das muss einer der intimsten erotischen Momente sein, den ich je erlebt habe. »Schieb deine Finger in mich. Überallhin.«

Himmel Herrgott.

Okay.

Sie beobachtet mich mit schweren Lidern, während ich dafür sorge, dass sie bereit ist, damit ich ihr nicht wehtue. Mit dem Daumen verteile ich ihre Erregung bis zu ihrer Poritze und schiebe ihn sanft in die engste Öffnung, die man sich vorstellen kann, drücke jedes Mal tiefer, bis ich so tief vergraben bin, wie es geht. Ihr Atem stockt, und ihre Augen schließen sich, als ich zwei Finger in sie schiebe, um sie dann im idealen Winkel ruckweise zu bewegen und wieder innezuhalten.

Sie öffnet langsam die Lider und flüstert flehend: »Bitte bring mich zum Orgasmus.« Ihre Bitte gibt mir den Rest.

»Das ist das einzige Mal, dass ich dich bitte, leise zu sein.«

Dann fange ich an, mich zu bewegen, und ihr gefügiger Körper folgt meinem Beispiel. Ich sehe zu, wie ihr Verstand sich ausschaltet und ihr Körper sich anspannt. Ich will sie erregen, sie am Rand des Höhepunkts balancieren lassen und sie dort so lange halten, wie ich kann, bevor sie fällt. Dann will ich es wieder und wieder tun, damit ich in ihrer süßen Kapitulation schwelgen kann.

Aber so viel Zeit haben wir nicht, und dies ist nicht der richtige Ort dafür. Ich beuge mich vor und sauge ihre steinharte Klitoris zwischen meine Lippen. Meine Zunge muss nur zweimal um sie kreisen, bevor sie um mich herum kommt, sich zusammenzieht und pulsiert und sich auf die Lippe beißt, um ihre lustvollen Laute zu unterdrücken.

Bevor ihre Erregung abklingt, erlöse ich mich schon selbst. Ich packe sie an den Hüften und ziehe sie an die Kante, stoße wie ein Wilder mit einem brutalen Stoß in sie hinein und halte inne.

Meine Augen rollen in meinen Kopf zurück. Ich stöhne angesichts der Enge, die meinen Schwanz umschließt.

»Gottverdammt, Willow«, stoße ich hervor. »Ich werde nie genug von dir bekommen.«

Ich brauche einen Moment, um dahinterzukommen, warum sie sich so verdammt fantastisch anfühlt. Fantastischer als beim letzten Mal, als ich in ihrer süßen Hitze war. Meine Hüften fangen an, wie von selbst zuzustoßen, und jede Reibung an ihren Tausenden von geschwollenen Nervenenden fühlt sich besser an als die letzte. Dann wird es mir klar.

Kein Gummi.

Scheiße.

Rote Ampel.

»Willow, ich … brauche … scheiße. Ich brauche ein Kondom«, keuche ich. Und scheiße, ich habe keins dabei. Eine neue Schachtel liegt in meinem Handschuhfach, an einem momentan äußerst ungünstigen Ort.

Sie schlingt die schlanken Beine um meine Hüften, sodass ihre Stilettoabsätze in mich stechen wie Dolche, und hält mich fest umklammert, als ich mich widerstrebend zurückziehen will. »Ist schon okay. Ich bin geschützt. Hör nicht auf.«

Wir erleben gemeinsam den Moment, an dem es kein Zurück mehr gibt.

Ich hatte schon Sex ohne Kondom. Als ich jung und töricht und zu betrunken war, um mir eins überzuziehen. Aber damals habe ich bewusst entschieden, auf eine zusätzliche Schutzschicht zu verzichten, egal welches Verhütungsmittel die Frau nahm, mit der ich zusammen war.

Dieses plötzliche Zögern wiegt schwerer und ist wichtiger, als mein vom Sex verwirrtes Gehirn verstehen kann, da sich sämtliches Blut an dem Ort gesammelt hat, an dem ich jetzt mit ihr verbunden bin.

Doch während sie mich mit ihren verführerischen blauen Augen unregelmäßig atmend beobachtet, schwindet meine Entschlossenheit. Ich will das mit ihr erleben. Ich habe das Gefühl, dass es ein weiterer Teil ist, den sie mir schenkt, den sie nicht jedem so einfach gibt. Das werde ich auf keinen Fall ablehnen.

Mehrere wirbelnde, schwindelerregende Sekunden lang starre ich sie nur an. Mit den Formbügeln, die ihre runden Brüste modellieren, mit den sexglänzenden Augen und ihrem samten-rosa Geschlecht, das mich ganz verschluckt, ist sie selbst auf diesem engsten Raum eine lebende Göttin.

Und sie gehört mir.

Gehört ganz mir.

Erst in dem Moment fallen mir die wie Fingerspitzen geformten blauen Flecke auf, die ihre Oberschenkel sprenkeln. Stolz schwillt in mir an, als mir klar wird, dass es meine Markierungen sind, die ihre Haut zieren.

»Bist du sicher?«, hake ich nach und bewege die Hüften, bis sie ihre Lider mit einem leisen Stöhnen schließt. Ich werde es nicht bereuen, doch sie soll es auch nicht tun.

»Absolut.«

In dem Wissen, dass wir wahrscheinlich nur Sekunden davon entfernt sind, ertappt zu werden, ziehe ich sie hoch und drücke meinen Mund auf ihren. Sie schlingt die Arme um mich, wühlt die Hände in mein Haar und verschmilzt mit mir.

Ich ziehe mich langsam zurück und stoße wieder in sie hinein.

Heftig. Schnell. Drängend.

Wieder. Und wieder.

Ich nehme sie, als sei sie meine neue Religion und ich ihr frommer Kirchgänger.

Allzu bald schreit sie leise in meinen Mund, während ihre Muskeln mich fester umklammern. Ich unterdrücke ein Stöhnen und pumpe noch zweimal in sie, bevor Feuer durch meine Eier schießt und ich gezwungen bin, meine Lust herauszulassen – alles, was ich habe, in ihr zu entleeren.

Erst zum zweiten Mal in meinem Leben überzieht statt einer Gummihülle mein Samen das Innere einer Frau.

Und zum ersten Mal überhaupt … will ich es wieder tun.

27. KAPITEL

Willow

Die Luft kommt mir dünn vor. Das Atmen fällt mir schwer.

Mein Magen fühlt sich an, als hätte ich eine Handvoll Glasscherben geschluckt, die ich jede Sekunde wieder erbrechen werde. Den Teppich unter mir habe ich durch dauerndes Auf-und-ab-Gehen platt getreten.

Sierra hat darauf bestanden zu bleiben. Ich darauf, dass sie geht.

Ich habe es nicht einmal Shaw erzählt. Er würde ausrasten. Es gefiel ihm nicht, dass ich mich mit Reid treffen musste, aber er hat es verstanden. Er wollte nur, dass ich ihn vorwarne. Wahrscheinlich damit er in seinem Wagen vor meinem Haus sitzen und die Minuten herunterzählen kann, bis er es für angemessen hält, hereinzuplatzen und sein Revier zu markieren. Auch wenn ich Shaws Einwilligung oder Erlaubnis nicht brauche, hätte ich zumindest so liebenswürdig sein können, ihm Bescheid zu sagen.

Aber hier geht es um viel mehr als um Shaws Eifersucht oder Preston Mercers Wahlkampf. Es geht darum, dass Reid und ich ein Buch zuschlagen können, das viel zu lange offen geblieben ist.

Ich habe Reid im zweiten Studienjahr kennengelernt, als ich neunzehn war. Ich hatte gerade die Hauptrolle in einem Stück namens *Der lange Weg* ergattert, das von einer Frau handelte, die beruflich kurz vor dem Durchbruch steht, deren restliches Leben aber den Bach runtergeht. Sie legt ihre Karriere auf Eis und trifft auf der Suche nach ihrem wahren Ich einen Mann. Sie verliebt sich in ihn und kehrt für die Chance auf die wahre Liebe einem Leben unbegrenzter beruflicher Möglichkeiten den Rücken. Herman hat Summer so verändert, wie sie es nie erwartet hätte.

So sah ich damals auch Reid und mich. Er war für die Rolle des Herman besetzt, als mein – Summers – Angebeteter. Ich verknallte mich nicht sofort in ihn; es war eher ein langsamer, allmählicher Prozess, aber er erdete mich. Er war gut für mich. Gut *zu mir*. Obwohl es mir schwerfiel, ihn ganz an mich heranzulassen, liebte er mich bedingungslos und veränderte mich so sehr, dass ich es noch heute spüre. Und ich vergalt es ihm, indem ich mich zwei Wochen vor unserer Hochzeit mitten in der Nacht fortschlich.

Noch Monate, nachdem ich ihn verlassen hatte, gab Reid den Versuch nicht auf, mich zurückzugewinnen. Ich drückte all seine Anrufe weg. Ich wartete, bis er wieder wegfuhr, wenn er mir vor meiner Wohnung oder an der Arbeit auflauerte. Ich sprach nie wieder mit ihm, nachdem ich ihm einen Zettel hinterlassen hatte, der nichts als eine Lüge war.

Unser Hochzeitstermin verstrich, und im Laufe der Zeit wurden seine Kontaktversuche immer weniger, bis ich eines Tages eine SMS bekam, dass er Seattle verließe. Ich war nicht einmal so höflich, darauf zu antworten.

Ich habe ihn sehr verletzt, doch damals steckte ich im Treibsand fest, da ich vom Tod meines Vaters angeschlagen war. Ich brauchte Zeit, Raum zum Atmen. Um mich vielleicht zum ersten Mal überhaupt zu finden.

Seitdem habe ich Reid nicht mehr gesehen. Bis vor zwei Tagen.

Ich dachte, er würde nie wieder mit mir sprechen wollen. Deshalb war ich überrascht, als er sich gestern bei mir meldete und ein Treffen vorschlug. Ich versuchte gerade, den Mut aufzubringen, ihn anzurufen, doch er kam mir zuvor. Er wollte sich in einem Café mit mir treffen, doch ich überzeugte ihn, hierherzukommen. In der Öffentlichkeit mit Preston Mercers Wahlkampfmanager gesehen zu werden, ist das Letzte, was ich brauche, während ich mit dem Sohn des Bürgermeisters ausgehe. Wenn wir schon über Stoff für die Klatschzeitungen reden.

Es klingelt an der Tür.

Oh Gott.

Ich erstarre.

Es klingelt wieder.

Ich gehe auf und ab.

Mich als nervös zu bezeichnen, wäre die Untertreibung des Jahrhunderts.

Zum dritten Mal. Es ist das Doppelklingeln eines Besuchers, der weiß, dass man zu Hause ist und einfach nicht aufmacht.

Scheiße. Das ist schwer.

Zeit, die Suppe auszulöffeln, Willow.

»Ich komme«, gelingt es mir, durch meine zugeschnürte Kehle zu pressen.

Mit dem Türknauf in der Hand luge ich durch den Spion. Ja, er ist es. Seine intensiv grünen Augen sehen mich an, als hätte er einen Röntgenblick und könnte durch diesen großen Block aus hartem Ahornholz sehen. Gott, er sieht sogar noch besser aus als in meiner Erinnerung.

Ich hole tief Luft, drehe den Knauf und öffne. Als unsere Blicke sich treffen, schießen mir Tränen in die Augen. Neulich Abend habe ich mich verdammt gut beherrscht und bin nicht ein einziges Mal zusammengebrochen. Tatsächlich habe ich in den letzten achtundvierzig Stunden keine einzige Träne vergossen. Doch jetzt, wo der Schreck nachgelassen hat und wir nur zu zweit sind, komme ich nicht gegen die Welle der Gefühle an, die mich überflutet.

»Hallo«, würge ich hervor und wende den Blick ab. Ich trete beiseite und erlaube ihm, hereinzukommen.

Er tritt schweigend ein und bleibt nach wenigen Metern stehen, um sich umzusehen. Nach einer gefühlten Ewigkeit sagt er mit dieser tiefen Stimme, die bei mir ein Kribbeln auf dem Rücken auslöst: »Das ist ein bisschen wie ein Déjà-vu-Erlebnis, hm?«

»Ja«, stimme ich ihm leise zu und erinnere mich an die vielen Abende, die wir genau auf diesem Sofa verbracht und Sport oder einen Film geguckt haben. Oder … anderes gemacht haben. *Herrgott, Willow. Hör auf.* »Willst du, äh, was trinken?«

Ich gehe an ihm vorbei in die Küche und öffne den Kühlschrank, um etwas zu tun zu haben. »Wir haben Eistee, Peroni, Budweiser light, Wasser. Ich habe noch eine halbe Flasche Weißwein, aber ich glaube, sie steht schon länger als eine Woche hier drin, sonst –«

»Summer.« Die Nähe seiner Stimme und dieser Name – Mist, *dieser Name* – lassen mich verstummen. Ich versuche ruhig zu atmen, und als ich mich zu ihm umdrehe, ist er nicht einmal dreißig Zentimeter von mir entfernt.

»Bitte nenn mich nicht so«, schaffe ich es kaum zu flüstern. Aus irgendeinem Grund kann ich es vertragen, von allen anderen so genannt zu werden, aber nicht von ihm. Es ist zu … intim.

»Entschuldige. Eine alte Gewohnheit. Kaffee ist okay, wenn du welchen hast.« Der Schmerz in seinem Gesicht macht mich fertig. Ich widerstehe dem Bedürfnis, mich abzuwenden.

»Ist aromatisierter okay?«, frage ich, obwohl ich weiß, dass es zwar nicht seine Lieblingssorte ist, er ihn aber im Notfall trinkt. Es gibt so vieles, was ich über ihn weiß, woran ich mich immer noch erinnere. Es macht mich traurig und ruft mir ins Gedächtnis, wie wenig ich über den anderen Mann weiß, in den ich mich gerade verliebe. Ich weiß nicht einmal, ob Shaw gern Kaffee trinkt.

»Schon okay. Danke.« Ich entspanne mich ein wenig, als er den Mundwinkel einen Tick nach oben zieht.

»Gern.« Ich beschäftige mich damit, die Kaffeekapsel in die Keurig-Maschine zu tun. Dann hole ich einen Becher aus dem Schrank und klopfe, den Rücken zu ihm gewandt, mit den Fingern einen schnellen Rhythmus, während ich warte, dass der Kaffee langsam durchläuft. Und versuche, nicht daran zu denken, wie verdammt gut er aussieht.

Seine dunklen Haare sind kurz geschnitten. Ein attraktiver Eintagebart überzieht seinen Kiefer. Seine Augen leuchten immer noch wie flüssige Jade, eingerahmt von den längsten Wimpern, die ich je bei einem Mann gesehen habe. Er hat ein paar Falten mehr im Gesicht als in meiner Erinnerung, ist aber immer noch so schön, dass er den Straßenverkehr zum Erliegen bringen könnte. Und er füllt eine Jeans immer noch besser aus als fast jeder, den ich kenne. Außer vielleicht Shaw.

Gott.

Hör auf.

Als der Kaffee fertig ist, tue ich einen Teelöffel Zucker hinein und rühre, bevor ich mich wieder zu ihm drehe. Ich trage die Tasse zum Tisch, an dem er jetzt sitzt, und stelle sie ab. »Ich hoffe, du nimmst noch Zucker.«

Er wendet seinen wachsamen Blick nicht von mir. »Ja.«

Wir sagen nichts. Ich reibe meine Lippen aufeinander und wringe die Hände, bis er nach ihnen greift und sie voneinander löst. Er hält drei Finger meiner rechten Hand fest, während ich die linke sinken lasse. Ich senke den Blick auf die Stelle, wo wir einander berühren, und kämpfe um meine Selbstbeherrschung.

»Willow, du …« Er hält inne und holt Luft. »Du siehst gut aus.«

Eine Million Schmetterlinge flattern in meinem Magen auf. Wenn ich den Mund öffne, fliegen sie vielleicht heraus.

»Danke«, flüstere ich.

»Wie geht es deiner Mom?«

»Schlechter«, sage ich und sehe immer noch auf unsere Hände. Ich mache keine Anstalten, meine wegzuziehen, und er auch nicht. Ein Flashback zu dem Moment, als er mir zum ersten Mal sagte, dass er mich liebt, lässt meine Knie fast nachgeben. Damals saß er genau an diesem Tisch und hielt genau so meine Hand, um meine Nerven zu beruhigen. Genau wie jetzt.

»Es tut mir so leid, Willow.«

»Mir auch.«

Seine Hand löst sich von meiner und ich fühle mich … verloren. Allein. Und traurig.

Reid weiß alles über mich. Er weiß, was ich aufgegeben habe, um in Seattle zu bleiben. Er hat meinen Kummer miterlebt, meine Einsamkeit, meine Freude. Er weiß mehr über mich als jeder andere Mensch auf der Welt, außer vielleicht meiner Mutter, auch wenn sie sich an den meisten Tagen nicht erinnert.

Nur dass er mich, trotz allem, was er über mich weiß, vielleicht doch gar nicht kannte, wenn ich so zurückblicke. Aber das ist nicht seine Schuld, denn ich habe es nicht zugelassen. Und jetzt gähnt da ein Abgrund aus Schmerz zwischen uns, der nie wieder vergessen sein wird. Das macht mich ungeheuer traurig. Weil *ich* ihn zwischen uns aufgetan habe.

Als ich den Mut finde, ihm in die Augen zu sehen, sieht er mich mit einem undurchdringlichen Ausdruck an. Ich beiße mir so fest auf die Unterlippe, dass es schmerzt. Ich drehe mich um, schnappe mir aus dem Kühlschrank ein Peroni und öffne den Verschluss, bevor ich mich ihm gegenüber setze.

»Also …« Ich lasse das Wort in der Luft hängen. Also … hasst du mich jetzt abgrundtief? Was hast du in den letzten vier Jahren getrieben? Bist du glücklich? Mit jemandem zusammen? Bist du für immer wieder nach Seattle gezogen oder nur vorübergehend?

»Also«, erwidert er mit einem kleinen Lachen, das mich zum Lächeln bringt.

Das gehört zu den Dingen, die ich an Reid am meisten liebte. In unangenehmen Situationen bekam er es hin, dass sich alle wohlfühlten. Das ist eine echte Begabung.

»Willst du hier sitzen bleiben oder lieber ins Wohnzimmer gehen?«

Er blickt zu dem anderen Raum und wieder zu mir. Sein Gesicht verdüstert sich vor Erinnerungen. »Ich glaube, hier ist es wahrscheinlich am besten.«

»Okay«, hauche ich. »Tut mir leid.«

»Fühlst du dich besser?«

Ich brauche einen Moment, um die Frage zu verstehen. Nachdem Shaw mich im Bad gefunden hatte, hat er mich zum Hintereingang hinausgeschmuggelt. Als er mich erst einmal im Wagen hatte, lief er zurück ins Haus, um seinem Dad zu sagen, dass ich mich nicht wohlfühlte. Ich kam mir vor wie der feige Löwe aus dem *Zauberer von Oz*, konnte mich aber nicht überwinden, mit ihm zurück ins Haus zu gehen. Nicht nur, weil ich aus naheliegenden Gründen Reid nicht gegenübertreten wollte. Die hellrosa Röte auf meiner Haut war ein verräterisches Zeichen. Das konnte ich ihm nicht antun. Dass ich auch noch Salz in seine Wunde streue, hat er nicht verdient.

»Ach ja. Mir ist der Wein nicht bekommen.«

Seine Lippen werden schmal, während er meine geschwindelte Antwort zur Kenntnis nimmt. Er glaubt mir das keine Sekunde. Die Wände rücken unbehaglich näher, während sich die Anspannung zwischen uns verdichtet. Ich pule an meinem Flaschenetikett herum und frage mich, wie man sich dafür entschuldigen soll, jemanden vernichtet zu haben. »Es tut mir leid« scheint mir da nicht auszureichen, aber was ist die Alternative?

»Reid, es tut mir –«

»Liebst du ihn?«

Mein Blick schießt hoch und hält seinen fest. »Was? Wen?«

»Shaw Mercer. Liebst du ihn?«

Mist. *Steht es mir im Gesicht geschrieben?* »Reid …«

»Nicht, Willow. Beantworte einfach die Frage. Liebst du ihn?«

»Wir sind noch nicht lange zusammen. Ich kenne ihn kaum.« Das stimmt alles, aber ich habe bewusst ausgelassen, dass ich mich in ihn verliebe. Ich bin dabei, mich in ihn zu verlieben, obwohl ich den Mann kaum kenne. Ich bin schon recht weit damit gekommen, rutsche mit Warpgeschwindigkeit den verdammten Hügel hinab, wo mich eine Baumgruppe stoppen wird, wenn ich unten ankomme. Irgendwann wird es wahnsinnig wehtun.

»Genau das macht mir Sorgen.«

»Worüber machst du dir Sorgen?«, frage ich, um sein Rätsel zu lösen.

Sein Gesicht wird hart. »Dass du ihn nicht kennst.«

Ich reagiere gereizt, weil ich weiß, dass er vollkommen recht hat. Aber ich spüre, dass er auf mehr anspielt als nur darauf, dass er unsere Beziehung für eine Farce hält. Ich weiß, dass sie das ist, aber ich glaube, dass er es momentan nur vermutet, und ich muss ihn vom Gegenteil überzeugen. Dass das Timing einfach nur Zufall war. »Aber du schon? Gibt es etwas, das ich wissen sollte?«

Er weicht mir kurz aus, bevor er mich mit einem Blick fixiert, in dem jetzt … was aufflammt? Beschützerinstinkt? Sorge? *Eifersucht?*

Nein. Warum zum Teufel sollte Reid eifersüchtig sein?

Dieses Gespräch läuft überhaupt nicht wie erwartet. Ich dachte, wir würden über die Vergangenheit sprechen. Ich hatte mit Tränen und Bitten und Flehen meinerseits gerechnet, vielleicht mit Geschrei seinerseits. Ich hatte auf einen Abschluss gehofft, auf einen wackligen Waffenstillstand, obwohl ich es eigentlich nicht erwartete.

Aber Shaw schlechtzumachen ergibt wahrscheinlich Sinn. Reid glaubt, dass er mich ohne mein Wissen benutzt.

»Wie habt ihr euch kennengelernt?«, fragt er unverblümt und verschränkt die Arme.

»Es war ein Unfall«, antworte ich ruhig.

»Ein Unfall?« Er klingt, als glaube er mir nicht, aber was soll's. Diesen Teil der Geschichte kann ich ohne einen Hauch von schlechtem Gewissen erzählen.

»Ja. Er ist mir vor ein paar Wochen an einer Ampel hinten reingefahren.« Als seine Augen groß werden, füge ich hinzu: »Wie ich schon sagte, es war ein Unfall. Hast du meine Stoßstange gesehen, als du gekommen bist?«

Er nickt und spannt den Kiefer an. »Und dann ist was passiert? Beim Austausch der Versicherungspapiere hat es zwischen euch gleich gefunkt?«

Am liebsten würde ich lachen. Gefunkt wäre nicht das Verb, das ich benutzen würde. Gekracht, vielleicht.

»Ja. Ein paar Tage später hat er mich angerufen und um eine Verabredung gebeten.« Auch das stimmt. Irgendwie.

»Und warum ist dein Wagen noch nicht repariert?«

»Ich hatte zu tun«, grolle ich. Tatsächlich habe ich gestern einen Kostenvoranschlag eingeholt. Über zweitausendfünfhundert Dollar für ein Stück gepresstes Plastik und geschätzt drei Tage in der Werkstatt. Halsabschneiderei vom Feinsten. Beim Rausgehen habe ich mit wenig damenhaften Worten den Stinkefinger in die Luft gereckt. »Welchen Unterschied macht es, ob mein Wagen repariert ist oder nicht, Reid? Frag mich, was du wirklich wissen willst.«

Er beobachtet mich über den Rand seiner Tasse, während er einen Schluck von seinem Vanilleschotenkaffee trinkt. Ich sehe, wie sich hinter seinen Edelsteinaugen die Rädchen drehen. Er wählt die Worte, von denen er meint, dass sie das geringste Potenzial haben, mich auf die Palme zu bringen, mit größter Sorgfalt. Das hat er in unserer gemeinsamen Zeit schnell gelernt.

»Ich finde nur, dass das ein sehr vorteilhaftes Timing ist.«

Ich greife auf mein ganzes schauspielerisches Können zurück, um echte Verwirrung vorzutäuschen. Bisher ist es uns gelungen, alle davon zu überzeugen, dass wir ein echtes Paar sind, und auch wenn es bei Reid vielleicht größerer Anstrengung bedarf, habe ich keinen Zweifel, dass ich es schaffe.

»Vorteilhaftes Timing? Ich habe keine Ahnung, was du meinst, Reid. Für mich war es sogar sehr unvorteilhaft, dass mir jemand hinten reingefahren ist, aber da ich dadurch Shaw kennengelernt habe, kann ich nicht behaupten, dass ich darüber sehr verstimmt bin.«

Die Stille ist qualvoll, bis er sagt: »Es bedeutet … nichts.« Er atmet lange aus. »Es tut mir leid. Ich hätte nichts sagen sollen.«

»Okay.«

»Verrätst du mir noch eins? Dann lasse ich es auf sich beruhen. Versprochen.«

Ich ziehe einen Mundwinkel hoch. »Okay, schieß los.«

»Behandelt er dich gut?«

Ach Reid.

Dass er mir diese Frage überhaupt stellt, sagt mir alles, was ich wissen muss. Obwohl ich es nicht verdient habe, hat er mich immer noch gern. Das schmerzt mich seltsamerweise.

»Ja«, antworte ich leise. Auch das wahrheitsgemäß.

Er presst die Lippen zusammen und nickt ein paarmal, bevor wieder Schweigen herrscht. Es ist unnatürlich und unbehaglich, und ich hasse es. Früher konnten wir stundenlang in angenehmem Schweigen zusammensitzen und keiner von uns hatte das Gefühl, es mit sinnlosem Gerede füllen zu müssen.

»Ich will nicht, dass er dir wehtut, Willow. Ich mache mir Sorgen, dass es so kommen wird.«

Ich auch.

»Ich dachte, du wolltest nicht mehr über ihn reden«, antworte ich ruhig.

»Das wollte ich wohl.« Er zuckt ungerührt mit einer Schulter.

Das beschert ihm ein Lachen, was ihn zum Lächeln bringt.

Sein Blick wird weich. »Du hast mir gefehlt, Willow. Wahnsinnig.« Seine Ehrlichkeit verblüfft mich, die Emotion, die ich spüre, bringt mich aus der Fassung. Wenn ich nicht schon sitzen würde, hätte es mich umgehauen.

Ich habe ihm gefehlt.

Gefehlt.

Nach allem, was ich ihm angetan habe, habe ich ihm gefehlt. Niemand hätte mich je davon überzeugen können, dass der Mann, den ich ins Unglück gestürzt habe, diese Worte zu mir sagen würde. Niemals. Andererseits hat Reid schon immer in seiner eigenen Liga gespielt.

Ich schlucke heftig. Meine Brust schmerzt wirklich stark.

»Du mir auch, Reid.« Ich will ihn so vieles fragen, ihm so viel sagen, gestehen, mich bei ihm entschuldigen. »Darf ich dich etwas fragen, ohne dass du mich für egoistisch hältst?«

Ein Lächeln spielt um seine vollen Lippen. »Du hast mich noch nie um Redeerlaubnis gebeten, warum also jetzt damit anfangen?«

Ich lache auf. »Nun ja … das gehört zu den Dingen, die du an mir geliebt hast.«

Aufgrund meiner blödsinnigen Wortwahl verändert sich der Ton.

Mist.

Ich bin eine Idiotin.

Reid senkt den Blick auf seine Tasse, die er jetzt von einer Hand in die andere wechselt. Der Faden, auf dem wir seit dem Moment balanciert sind, als er an der Tür klingelte, scheint zerfasert zu sein. »Ich habe vieles an dir geliebt, Willow Blackwell«, sagt er gequält, hebt jedoch den Blick und sieht mir in die Augen, und die Liebe, die ich darin sehe, lässt meinen Atem stocken. »Das tue ich immer noch.«

Ach du Scheiße.

Er liebt mich immer noch? Nach allem, was ich ihm angetan habe, uns angetan habe? Wie ist das möglich?

»Reid …« Tränen trüben meinen Blick, als ich die Augen niederschlage, weil ich ihm nicht mehr dabei zusehen kann, wie er meine Reaktion beobachtet. Er darf nicht sehen, was ich fühle, weil ich es selbst nicht weiß. »Wie könntest du? Nach dem, was ich getan habe? Wie könntest du irgendetwas für mich empfinden außer Verachtung? Es tut mir leid«, sage ich mit einem erstickten Schluchzen, und Tränen fallen jetzt in winzigen Pfützen auf den Holztisch aus Spanplatten, auf den ich starre. »Es tut mir so furchtbar leid, Reid. Es tut mir leid.« Ich murmele ständig dasselbe vor mich hin wie eine zerkratzte Schallplatte, von der niemand die Nadel nehmen will.

Ich höre, wie sein Stuhl zurückgeschoben wird, und denke, dass er vielleicht auf dem Weg zur Tür ist, doch als sich seine Hände um meine Oberarme legen und er mich in seine Arme hochzieht, weine ich hemmungslos an seiner Brust und durchnässe sein Hemd.

Dann liege ich in seinen Armen, und er trägt mich zur Couch. Er setzt zuerst mich hin und nimmt dann neben mir Platz. Er reicht mir ein paar Taschentücher, legt mir den Arm um die Schulter und zieht mich fest an sich.

Er hält mich ganz fest. Er streichelt meine Haare und flüstert mir ins Ohr, schenkt mir die Vergebung, die ich ganz sicher nicht verdient habe und nur schwer annehmen kann.

Ich verliere das Zeitgefühl, doch recht bald bin ich erschöpft, mein ganzer Körper eine Schüssel Flüssigkeit, wie ungelierte Götterspeise. Ich sacke an ihn und genieße das Gefühl seines Körpers an meinem ein wenig zu sehr.

Als ich mich endlich beruhige, legt er den Finger unter mein Kinn und hebt meinen Kopf an. Er sieht mich forschend an. Ich weiß nicht, wonach er sucht, aber ich wünsche mir auf einmal, mich verstecken zu können. »Du bist völlig durcheinander.«

Mein Lachen ist eher ein Schluchzen. »Du weißt, ich bin hässlich, wenn ich weine.«

»Ach Willow.« Er seufzt schwer. »Selbst mit Flecken im Gesicht, geröteten Augen und Triefnase bist du die atemberaubendste Frau, die ich je getroffen habe.«

»Reid«, stoße ich hervor, als ich meine Stimmbänder endlich wieder zum Schwingen bringe. *Wie soll ich darauf antworten?*

»Bis ich dich wiedergesehen habe, war mir nicht klar, mit welch einer großen Leere ich in den vergangenen vier Jahren herumgelaufen bin.«

»Ich –«

»Nein, lass mich bitte ausreden, falls ich keine Gelegenheit mehr dazu bekomme.«

Ich nicke, und er nimmt seinen Finger weg. Ich halte seinem Blick stand und wünsche mir verzweifelt, überall sonst zu sein, nur nicht hier. Ich bin nicht annähernd darauf vorbereitet.

»Du hast mich ausgeweidet.«

Die gezackten Scherben aus qualvoller Pein in seiner Stimme schneiden mich abermillionenmal. Es tut höllisch weh. Die Tränen, die versiegt waren, fließen wieder.

»Ich –«

»Schtscht«, sagt er sanft. Er nimmt mein Gesicht in die Hände, legt einen Daumen auf meine Lippen und nimmt ihn auch nicht weg, als ich zu weinen aufhöre. Stattdessen konzentriert er sich auf die eine Stelle, über die er jetzt wie hypnotisiert reibt, was meinen Körper mehr erhitzt, als es sollte. »Ich bin Tausende Tode gestorben, als ich aufwachte und du weg warst. Doch nachdem ich den Schmerz und die Wut überwunden hatte, habe ich es verstanden.«

Sein Blick sucht erneut meinen. Die Verehrung darin macht mich wieder ganz schwach.

»Ich weiß nicht mal, ob ich es selbst verstehe«, sage ich leise zu ihm. Und jetzt, wo ich zum ersten Mal seit vier Jahren in seine verzweifelten Augen sehe, meine ich es auch so.

»Du warst in Trauer.«

»Ich hätte bleiben sollen.« Auch das meine ich so.

Er sieht traurig aus. »Ich wünschte, das wärest du.«

»Es tut mir leid, Reid.« Meine Stimme ist kratzig. Ich knülle das gebrauchte Taschentuch in meiner Hand zusammen.

»Ich habe dir verziehen.«

Er senkt den Blick. Der Silberschmuck, der sich unter meine Halsgrube schmiegt, erhitzt sich unter seinem prüfenden Blick. Schauder laufen mir über den Rücken, als er meine Hand loslässt, um leicht mit dem Finger über die Kette zu streichen. Mir ist nicht bewusst, wie schnell ich atme, bis er wieder aufsieht.

»Du trägst sie immer noch«, flüstert er fast gebrochen.

»Ja.« Ich habe den Schmerz in seinem Gesicht gesehen, als er die Kette neulich Abend entdeckte.

»Warum?«

Weil sie das wertvollste und aufmerksamste Geschenk ist, das mir je jemand gemacht hat. Weil ich, wenn ich sie trage, das Gefühl habe, dass ich meine Schwester überall mit hinnehme. »Damit ich es nicht vergesse.«

Er streichelt meine Wange. »Manche Dinge vergisst man nie.«

Ich kann nicht anders, als mich ein bisschen an ihn zu schmiegen, obwohl ich es nicht sollte. Meine aufgestauten Gefühle sprudeln hervor. »Ich dachte, du hättest mich vergessen.«

Seine wachen Augen werden weich wie Seide. »Ich müsste schon tot sein, um dich zu vergessen, Willow.« Seine Stimme ist warm und doch ernst. »Und selbst dann wäre es unmöglich.«

Er lehnt seine Stirn an meine. Wir schließen die Augen und atmen einander ein, uns erinnernd, vielleicht sogar wünschend. Der Moment ist voller Schmerzlichkeit und etwas anderem, das ich nicht benennen will.

Als er den Finger unter mein Kinn legt und mein Gesicht anhebt, weiß ich genau, was jetzt kommt. Meine Lippen prickeln erwartungsvoll. Ich habe diesen Mann einmal geliebt. Ich habe in seinem Bett geschlafen. Wir haben Pläne geschmiedet. Ich war nur Wochen davon entfernt, mein ganzes Leben mit ihm zu verbringen.

Aber ich kann es nicht. Jetzt nicht. Jetzt ist alles anders.

»Nicht, Reid. Bitte.« Ich versuche mich aus seinem Griff zu lösen. Er lässt mich los. Ich bin hin- und hergerissen zwischen dem Wunsch, es geschehen zu lassen, und dem Wissen, dass ich, wenn ich das tue, Shaw verraten werde. Selbst wenn das zwischen uns eine Farce ist, bin ich dabei, mich in ihn zu verlieben, und Vertrag hin oder her, einen anderen Mann zu küssen, würde sich nicht richtig anfühlen.

»Okay«, flüstert er resigniert. »Okay. Ich, äh, sollte jetzt gehen.«

»Ja, okay.«

Wir gehen verlegen zur Tür. Er öffnet sie und bleibt dort stehen, blickt auf die Straße hinaus. »Ich will dich wiedersehen, Willow.«

»Ich weiß nicht, ob das eine gute Idee ist, Reid.« Ich erinnere mich daran, wie gereizt Shaw neulich Abend auf Reid reagiert hat. Und bei meinen verwirrenden Gefühlen …

Er dreht sich zu mir. »Warum?«

»Weil ich mit Shaw zusammen bin«, antworte ich leise.

»Und er verbietet dir, Freunde zu haben?«, fragt er wütend.

»Du bist mehr als ein Freund, Reid, und das wissen wir beide.«

Er lächelt traurig, was mich wieder schmerzt. »Nein. Das waren wir. Vergangenheitsform. Deshalb … doch. Ich werde dich anrufen, und scheiß auf ihn. Er braucht es ja nicht zu wissen. Und selbst wenn er dahinterkommt, schert mich das einen Dreck. Ich gehe das Risiko einer Konfrontation gern ein.«

Bevor ich antworten kann, drückt er mir einen Kuss auf die Stirn. Dann läuft er in schnellem Tempo zu einem dunkelroten Prius. Ich stehe auf der Veranda und sehe zu, wie er rückwärts aus der Einfahrt setzt und fortfährt.

Ich bin wie eine überdrehte Stahlkugel aus widersprüchlichen Gefühlen. Zu wissen, dass ich Reid wiedersehe, beschert mir ein wenig Frieden, aber gleichzeitig auch Unbehagen. Und Schuldgefühle. Und zwar große, weil ich weiß, dass es Shaw nicht gefallen wird. Doch andererseits, warum sollte mich kümmern, was er will? Schließlich sind wir kein richtiges Paar.

Aber das wärt ihr, wenn er es wollte.

Er wird dich gehen lassen.

Vielleicht auch nicht. Vielleicht will er wirklich mehr.

Hin- und hergerissen starre ich auf die leere Straße … bis die Sonne langsam untergeht.

Mein ganzer Körper schmerzt. Meine Haut. Meine Seele. Mein Herz. Das schmerzt besonders.

Shaw hatte heute Abend eine Vorstandssitzung. Er bestand darauf, gegen halb zehn bei mir vorbeizukommen, wenn sie zu Ende ist. Ich habe eingewilligt, doch ich beschließe jetzt, dass ich ihn nicht sehen will. Ich bin emotional zu erschöpft und nicht in der Lage, ihm die Gründe dafür zu erläutern.

Ich simse ihm, dass ich Migräne habe. Ich nehme ein heißes Bad, ziehe meinen Schlafanzug an und gehe in der Hoffnung, dass er nicht beschließt, trotzdem vorbeizukommen, früh ins Bett. Das wäre ihm zuzutrauen. Er nimmt sich, was er will. Ich gebe zu, das gehört zu den Eigenschaften, die ich an ihm am anziehendsten finde.

Als ich gerade einnicke, simst er zurück.

Shaw: *Kann ich was tun?*
Ich: *Nein. Ich muss nur schlafen.*
Shaw: *Mein Bett wäre ein so guter Ort wie jeder andere.*

Klar, ich wusste es. Er ist immer noch sauer, weil ich nach dem Debakel im Haus des Bürgermeisters darauf bestanden habe, dass er mich nach Hause bringt, obwohl ich eingewilligt hatte, die Nacht mit ihm zu verbringen. Aber ich war total durcheinander. Ich brauchte Zeit, um zu verarbeiten, was es für mich bedeutete, dass mein Ex-Verlobter wieder auf der Bildfläche erschienen war. Was es für uns bedeutete. Wenn überhaupt.

Ich: *Ich bin schon im Bett.*

Diesmal dauert es länger, bis er antwortet. Ich mache mir schon Sorgen, dass er jeden Moment wie wild an meine Tür hämmert oder vielleicht gar nicht mehr antwortet. Doch dann, endlich …

Shaw: *Wir haben morgen ein Interview mit einer Reporterin.*

Wow. Das ging aber flott.

Ich: *Um welche Zeit?*
Shaw: *17 Uhr*
Ich: *Oh. Okay.*
Shaw: *Kann ich wirklich nicht vorbeikommen? Dir den Kopf massieren … oder … andere Körperteile? Ich hab mal gehört, dass Sex alle Schmerzen lindert.*

Ich lache laut in die Stille hinein und erwäge, sein Angebot anzunehmen. Es ist beängstigend, wie sehr ich ihn hier bei mir haben will. Wie sehr es sich nicht mehr wie gespielt anfühlt. Aber letztendlich brauche ich etwas Zeit für mich allein, um mich zu entspannen und mich zu sammeln. Der heutige Abend war anstrengender, als ich mir vorgestellt hatte, und ihn hier zu haben, damit ich mich besser fühle, würde mich nur … süchtig nach ihm machen.

Ich: *So ein Angebot lässt sich nur schwer ausschlagen.*
Shaw: *Und trotzdem tust du es … schlägst es und seine mystischen Heilkräfte aus.*

Das bringt mich zum Lächeln. So breit, dass mir das Gesicht wehtut. Ich drehe mich auf den Rücken und wünsche mir, dass dieses Geplänkel nicht endet.

Ich: *Du kannst das später nachholen.*
Shaw: *Ich werde dich beim Wort nehmen. Ich ruf dich morgen an. Sieh zu, dass du drangehst.*
Ich: *Jawohl, Sir. Nacht, Verkehrsrowdy.*
Shaw: *Seufz. Das gefällt mir viel zu gut. Nacht, mein süßes kleines Goldlöckchen.*

Der kurze Austausch heitert mich ungeheuer auf. Schließlich schlummere ich mit einem Lächeln im Gesicht ein, während eine Riesenverwirrung mir immer noch das Herz schwer macht.

28. KAPITEL

Shaw

»Hör dir diesen Scheiß an«, verkündet Noah, der in mein Büro geschlendert kommt, ohne auch nur den Anstand zu besitzen, anzuklopfen. Wo zum Teufel ist Dane?

»Unverschämt. Ich könnte mitten in einem wichtigen Telefongespräch sein.«

Stattdessen stehe ich gedankenverloren am Fenster, was nicht sonderlich hilfreich ist. In drei Tagen habe ich eine Investorensitzung, auf die ich nicht annähernd vorbereitet bin, ich muss noch den Steueretat der Firma fürs nächste Jahr bewilligen, die Agenda für unsere zweitägige Manager-Planungstagung noch mal durchdenken und ein paar Dutzend Rückrufe erledigen. Ich kann es mir nicht leisten, auch nur eine einzige Sekunde meines überfrachteten Tages damit zu vergeuden, mit offenen Augen von einer blonden, blauäugigen zierlichen Frau zu träumen, die mir nicht aus dem Kopf geht. Und doch habe ich nichts anderes getan.

»Aber das bist du nicht, also hör mit dem Gejammer auf.«

»Manchmal würde ich dich am liebsten erwürgen, weißt du das?«

»Ah, ich spüre deine Liebe, Bruder.«

Als ich mich endlich umdrehe, sehe ich Noah wie wild auf seinem Handy herumtippen. »Was ist denn so wichtig, dass du hier unangemeldet hereinplatzen musstest?«

Ja, ich bin angepisst und lasse es an meinem Freund aus, doch er lässt es von sich abperlen, als sei er doppelt imprägniert. Um Noah zu ärgern, muss man sich schon anstrengen. Und ich bin froh darüber, da ich selbst sehr jähzornig sein kann, vor allem in den letzten Tagen.

Ich weiß nicht genau, warum ich so gereizt bin, habe aber den Verdacht, dass es vor allem mit der Eifersucht zu tun hat, die immer noch wie Lava durch mein Blut kriecht. Neulich Abend, auf dem Weg zu Willow, hat sie mich davon überzeugt – mich *angefleht* –, ihr zu erlauben, mit diesem Mistkerl Reid Mergen zu sprechen.

Allein.

Ich habe widerwillig zugestimmt, weil ich wusste, dass sie recht hat. Wenn ich auch nur sechzig Sekunden allein mit diesem Saftsack verbrächte, trüge er von meinem Versuch, das Leben aus ihm herauszupressen, einen Kragen aus Blutergüssen um den Hals. Mich hat es gejuckt, meinen Vater anzurufen und von ihm zu fordern, dass er dieses Arschloch feuert, doch Willow überzeugte mich davon, dass sie sich darum kümmern würde, und darauf muss ich mich verlassen.

Noch etwas, das ich noch nie getan habe. Einer Frau so zu vertrauen. Sie wird wahrscheinlich nie verstehen, wie schwer es mir fällt, mich untätig zurückzulehnen, obwohl mein ganzer Körper danach schreit, das selbst in Ordnung zu bringen. Sie zu beschützen.

»Hör dir das an.«

Noahs Stimme dringt durch meine Grübeleien. Er tippt auf ein paar Tasten an seinem Handy, bevor er es an den Rand meines Schreibtisches legt. Durch seinen Lautsprecher ertönt eine sehr sinnliche, sehr vertraute Stimme.

»Ich will dich berühren … Überall. Deinen ganzen Körper schmecken. Dich verschlingen und verzehren. Und glaub mir, das

ist nur ein schwacher Ausdruck im Vergleich dazu, was ich fühle.« Seine Augen schließen sich kurz. Als er sie wieder öffnet, sehe ich den unterdrückten Hunger in ihren Tiefen. »Aber ich werde nur tun, worum du mich bittest. Zwischen uns herrscht Vertrauen. Wenn du stopp sagst, höre ich auf. Wenn du mehr verlangst, strenge ich mich an, bis du befriedigt bist.« Sein Gesicht ist so dicht vor meinem, dass ich es nur ein klein wenig vorwärts zu schieben brauche … einen winzigen Zentimeter … um ihn zu schmecken. »Das sind klar die Safewords zwischen uns. Also sag mir, dass ich dich schmecken und nicht damit aufhören soll, bis du in meinem Mund kommst.«

»Was soll der Scheiß?« Ich werde sofort steinhart und setze mich hin, um es zu verbergen. Gott weiß, dass ich nicht noch mehr Mist von Noah brauche.

»Das ist dein Mädchen, wenn ich mich nicht irre.« Sein grinsendes Gesicht strotzt vor Selbstzufriedenheit, als er sich mir gegenüber niederlässt.

»Was ist das?«

»Das ist ein Hörbuch.«

»Ein Hörbuch? Wovon?«

»Tja, dieses hier heißt« – er hantiert mit der App herum, bevor er vergnügt antwortet – »*With Visions of Red* von Trisha Wolfe. Das ist ein Erotikthriller.« Er schlägt die Beine übereinander und macht es sich gemütlich. »Ganz schön heiß, was?«

Ich wusste, dass Willow Hörbücher aufnimmt, aber *ach du Scheiße*. Ich hätte ihr mehr Fragen dazu stellen sollen. Liebesgeschichten? Erotika? Ich nehme mir vor, das hier zu kaufen und mir das gesamte verdammte Ding reinzuziehen. Ich nehme mir sogar vor, jedes einzelne Hörbuch, das sie je aufgenommen hat, aufzutreiben und sie alle zu erstehen. Mich interessieren nicht mal die Geschichten. Ich will nur ihrer Sirenenstimme zuhören, so mitleiderregend bin ich inzwischen.

Ich schlucke heftig und atme durch. »Ja.« Ich sehe ihm in die Augen. »Woher hast du das?«

Plötzlich wird dieses trübe Fass aus Besitzgier, in das ich eingetaucht bin, heißer und tiefer und verdammt unbehaglich.

Erst »Bill«, dann Mergen und jetzt Noah?

Warum schneidet mir das tief in die Haut?

Weil *Noah* der Frau, die ich für einige Zeit als meine bezeichne, zugehört hat oder weil auch jeder andere Trottel, der sich Hörbücher herunterlädt, ihrer verführerischen Stimme zuhören kann?

Oder ist es etwas anderes?

»Von der verdammten Maris. Ich muss sie feuern. Ich habe sie dabei ertappt, wie sie das am Schreibtisch hörte, und als ich ihr den Kopfhörer aus dem Computer gezogen habe, habe ich Willows Stimme gehört. Sie ist sehr markant. Wie läuft es übrigens so mit deiner ›Freundin‹?«

Er setzt das Wort Freundin mit den Fingern in Gänsefüßchen, was mich stinksauer macht. Aber ich kann mich nicht darauf konzentrieren, weil die Wolken, die mein Sehvermögen einschränken, dichter werden. »Und wie habt ihr zwei euch noch mal kennengelernt? Das hast du mir nie gesagt.« Meine wirbelnde Trommel aus Eifersucht macht Flecken auf meiner Haut. Die Farbe steht mir nicht.

Sein Lächeln gerät ins Wanken, doch er fasst sich schnell wieder. »Echt jetzt? Ich dachte, das hätten wir schon geklärt.«

»Haben wir nicht. Du weichst der Frage aus, genau wie bei den letzten drei Malen, als ich danach fragte.«

»Nein. Ich bin mir ziemlich sicher, dir gesagt zu haben, dass wir uns bei –«

Ein Tumult vor meinem Büro, gefolgt von lauten Stimmen, eine davon die vertraute einer Frau, schneidet ihm das Wort ab. Meine Tür fliegt auf, und vor mir steht in all ihrer Pracht genau die Frau, die sich anscheinend nicht mehr abschütteln lässt.

Und sie ist stinksauer.

Aber trotzdem so verdammt schön, dass mein Herz ins Stottern gerät. Ich spüre, wie ihre Ausstrahlung mich vollkommen einhüllt. Sie ist kein frischer Lufthauch – sie ist eine verdammte frische Brise. Ich spüre die Veränderung, die sie in mein Leben gebracht hat, in jedem Molekül, jedem Blutkörperchen. Sie ist frech, einzigartig, fordernd. Ich habe mir eingeredet, dass sie nur eine wachsende Obsession ist, die vorbeigeht, aber ich denke nicht, dass das stimmt. Sie ist viel mehr.

»Ich habe Ihnen doch gesagt, Miss, dass Sie warten müssen, bis er Zeit hat«, kreischt Dane geradezu. Seine Augen flehen mich an, etwas zu unternehmen, doch ich lächele nur.

»Ach, er wird mich empfangen, *Dane*.« Ihre zuckersüßen Worte triefen vor Gift. Sie spricht zwar mit meinem Assistenten, aber es ist unverkennbar, dass die messerscharfen, mörderischen Spitzen gegen mich gerichtet sind.

»Stören Sie uns nicht, bevor ich Ihnen Bescheid gebe«, weise ich Dane an. Nach ein paar zögernden Blicken auf Willow nickt er, geht rückwärts aus dem Raum und schließt leise die Tür hinter sich.

Wir fixieren einander, bis ein Geräusch links von ihr Willow darauf aufmerksam macht, dass wir nicht allein sind. Als sie sich zu Noah dreht, ist ihr Feuer sofort gedämpft, und ein aufrichtiges Lächeln erhellt ihr aufgewühltes Gesicht.

»Noah? Hallo.« Sie sagt es so süß, dass ich mir vorkomme wie ein Siebenjähriger mit einer Überdosis an Halloween-Süßigkeiten.

»Ach, hallo, Süße.« In weniger als zwei Sekunden liegt sie in seinen Armen und umarmt auch ihn bereitwillig. Mir bleibt nur, sie mit offenem Mund anzugaffen.

»Wie ich sehe, versteckst du es immer noch.« Sie zupft an seinem Anzughemd, als könnte es auf wundersame Weise unter ihren Fingerspitzen dahinschmelzen.

»Tja, wenn du willst, lässt sich das beheben«, scherzt er. Sie lacht. Genau wie er. Er senkt die Stimme und fragt: »Triffst du jetzt bessere Entscheidungen?«

Sie wird schlagartig ernst und sieht nervös zu mir und wieder zu ihm. Sie nickt.

»Freut mich zu hören.« Noah bückt sich und küsst sie auf die Wange, als seien sie längst verloren geglaubte Freunde, während ich entgeistert zuschaue.

Bereit.

Auszurasten.

Meine Gedanken rasen. Kommen auf alles Mögliche, was mir nicht gefällt. Äußerlich bin ich mucksmäuschenstill, doch innerlich bin ich ein wütender Feuersturm aus Hass. Und der richtet sich gegen meinen besten Freund seit sechsunddreißig Jahren, den ich mit Leichtigkeit erwürgen könnte, ohne dabei einen Deut Reue zu empfinden.

»Tut mir leid, störe ich?«, fragt sie ihn. *Ihn*.

»Und wenn es so wäre?«, werfe ich scharf ein, weil ich es satthabe, wie turteltaubenhaft sich die beiden ansehen und dabei so tun, als sei es nicht *mein* Büro, in das sie unaufgefordert hereingeplatzt sind.

»Nein, Süße, du störst überhaupt nicht.« Noah wirft mir einen verwunderten Blick zu, bevor er seine Aufmerksamkeit wieder auf *meine* Freundin richtet. »Und … behandelt dich dieses Arschloch hier gut?« Er zeigt mit dem Daumen in meine Richtung. »Denn wenn er es nicht tut …«

Die Andeutung, die unausgesprochen bleibt, kriecht langsam zu mir wie eine Öllache. Sie sammelt sich zu meinen Füßen, bis ich Angst habe, in ihrer tiefschwarzen Leere zu versinken. Als seine andere Hand an ihrem Rücken hinabgleitet, als gehörte sie dorthin, brauche ich jedes Fünkchen Willenskraft, um ihn nicht auf meinen Teppichboden zu werfen. Oder ihn mit meinem Hermès-Füller in die Halsschlagader zu stechen.

Willows Blick findet meinen, und für den Bruchteil einer Sekunde sehe ich darin unverhüllte Zuneigung, bevor das Feuer ihres Zorns sie zu Asche verbrennt. Ich weiß genau, warum sie hier ist. Ich habe sogar damit gerechnet, wenn auch früher am Tag.

»Ich brauche einen Moment mit besagtem Arschloch, wenn du nichts dagegen hast.«

Noah zuckt zusammen. »Oh-oh. Das ist mein Stichwort. Es war schön, dich wiederzusehen, meine Süße. Viel Glück.« Den letzten Satz sagt er im Weggehen, aber ich bin mir nicht sicher, ob er damit Willow oder mich meint.

Als Noah weg ist, atme ich tief durch, bis ich mich geringfügig beruhige. Ich gehe langsam auf sie zu, bis ich die ganze Distanz zwischen uns überbrückt habe. Sie beobachtet mich leicht beklommen, und ich sehe, wie die Forschheit, mit der sie eingetreten ist, schwindet. Es ist, als könnte sie die Ranken aus Besitzgier sehen, die aus meiner Haut sprießen und sich nach ihr ausstrecken, sich so oft um sie schlingen, dass sie weiß, dass sie sich nie wieder davon befreien kann.

Als ich nach ihr greife, tritt sie einen Schritt zurück.

Oh.

Mist.

Nein.

Schneller, als sie weglaufen kann, schlinge ich meinen Arm um ihre Taille.

»Stopp«, flüstert sie. Sie legt die Hand auf meinen Mund, als ich ihn auf ihren senken will. Ich packe sie am Handgelenk, ziehe es an ihren Körper und halte es fest.

»Shaw … nein.« Ihre Stimme zittert. Sie klingt so nervös, wie sie jetzt sein sollte. Ich bin der Jäger. Sie ist die Beute.

Ich bin durchgeknallt.

Animalisch.

Ein Wilder, der Amok läuft, um seiner Frau zu zeigen, dass sie ihm gehört. Nur ihm.

Markieren.

Anspruch erheben.

Verheeren.

Diese archaischen Worte wiederholen sich in Dauerschleife in meinem Kopf, das fieberhafte Mantra überblendet, bis ich nur noch höre …

Meins.

Ich kenne diese Frau nicht viel länger als einen Monat, und trotzdem hat sie mich aus dem Gleichgewicht gebracht wie nichts anderes. Mein Verlangen nach ihr ist unvernünftig und beispiellos. Doch statt darum zu kämpfen, es unter Kontrolle zu bekommen, lasse ich mich weiterhin davon hinwegfegen.

Sie hat es nicht weit in mein Büro hinein geschafft, und im Nu habe ich sie rückwärts an die Wand geschoben und halte ihre Hände hinter ihrem Rücken fest.

»Sag nicht noch einmal Nein«, grolle ich mit gezügelter Wut.

Um ihre Zurückweisung zu ersticken, drücke ich meinen Mund auf ihren. Ich schiebe meine Zunge hinein, verdrehe sie mit ihrer und nehme mir alles, was ich will. Ich erinnere sie mit blaue Flecken hinterlassender Gewalt daran, dass sie derzeit mir gehört und keinem anderen.

Sie reagiert sofort. Ihr Mund folgt meinem, als ich mich zurückziehe, um ihr in die Augen zu sehen und mich zu vergewissern, dass sie einverstanden ist.

Verdammt. Ich sehe nur benommene Kapitulation. Ich blinzele ein paarmal, um sicherzugehen, dass ich mir ihre Unterwerfung nicht ausdenke, weil es etwas ist, das ich mir verzweifelt von ihr wünsche. Aber ich bilde es mir nicht ein. Es ist noch da, weich und süß flackernd. Es beruhigt meine rasende Eifersucht.

»Um Gottes willen, Willow, du wirst mich noch vernichten.«

Ich denke, das hast du vielleicht schon.

»Das Auto«, krächzt sie stoßweise atmend.

Sie meint den schnittigen schwarzen maßgefertigten Audi A6, den ich heute Morgen zu ihr nach Hause habe liefern lassen. Den Schrotthaufen von Fiat habe ich gleich abschleppen lassen. Ich kann nur hoffen, dass er bereits als Altmetall genutzt wird. Ich wusste, dass sie protestieren würde, da ihr Stolz sie davon abhalten würde, mein Geschenk anzunehmen. Aber wenn sie nicht mit öffentlichen Verkehrsmitteln fahren will, hat sie keine andere Wahl, als den Audi zu behalten.

»Über die Scheißkarre will ich nicht sprechen«, knurre ich. Ich will über nichts anderes sprechen als darüber, wie schnell ich meinen gierigen Schwanz in ihre einladende Hitze schieben kann.

»Aber ich kann nicht –«

Ich kneife ihr mit zwei Fingern die Lippen zu. »Jetzt. Nicht.«

Während ich sie fixiere, strecke ich meinen Arm aus und verriegele meine Bürotür. Dann tippe ich auf einen Knopf an der Wand, der die elektrischen Jalousien herunterfährt, bevor ich sie am Ellbogen durch den Raum zu meinem Schreibtisch führe.

Sie beobachtet mich aufmerksam; ihre wogende Brust ist vom köstlichen Farbton des Verlangens gefärbt. Sie atmet flach, doch es klingt schmutzig, grob. Sündig. Ich muss mich wahnsinnig beherrschen, um ihr nicht das gottverdammte

Kleid, das sie trägt, bis zur Taille herunterzureißen, und sie zu nehmen wie ein mittelalterlicher Krieger, der von Adrenalin aufgeputscht aus der Schlacht zurückkommt.

Als ich spreche, ist meine Stimme belegt und rau. »Ich will dich verschlingen, Willow. Dich essen. Dich trinken. Mich mit dir füllen. Alle anderen Männer aus deinem Körper tilgen.«

Ihre Augen fallen zu und öffnen sich in Zeitlupe wieder.

Als ihr verschleierter Blick mich wieder fixiert, trete ich dicht zu ihr. Meine Brust streift ihre, und ich lege sanft einen Finger an ihre Schläfe, während ich meine Stimme so weit senke, dass sie kaum noch zu hören ist. »Ich will nur mich hier drin«, sage ich und tippe ihr an die Schläfe.

Ihr Atem beschleunigt sich, und der sexy rosa Hautton verdunkelt sich. Es ist berauschend und verstärkt mein unstillbares Verlangen nach mehr. Ich streiche kaum spürbar über ihre Wange und ziehe ihre Lippen nach, bis sie beben. »Und hier.« Ich beuge mich vor, drücke meinen Mund genau auf ihren und sauge an ihrer Unterlippe, während ich mich langsam zurückziehe.

Sie kämpft gegen die Schwere ihrer Augenlider an, während ich flüchtig ihr Schlüsselbein berühre, aufreizend knapp vorbei an der Schwellung ihrer Brust. Als ich über ihrem Herzen innehalte, spannen sich ihre Muskeln an, und ich sehe, wie sie dichtmacht. Die Vorstellung, diesen Teil von ihr zu besitzen, hat sich wohl erledigt.

Na schön, dann gehe ich eben weiter. Vorerst. Aber ich weiß instinktiv, dass ich darauf zurückkommen werde.

Ohne den Blick von ihr zu wenden, nehme ich mir die Zeit, sanft über ihren flachen Bauch zu streichen, über die Rundung ihrer Hüfte, ihres kräftigen, straffen Schenkels. Ich beobachte, wie sie mehr und schneller dahinschmilzt, je weiter nach unten meine Hände gleiten. Sie stöhnt laut meinen Namen und klammert sich an meinen Bizepsen fest. Wahrscheinlich weil ich jetzt zwei Finger tief in ihrer engen, triefenden Hitze vergraben habe. Sie ist bereit und windet sich bereits keuchend an meiner Handfläche.

»Und vor allem aus diesem süßen Ort will ich jeden verdammten Mann löschen, Willow. Das hier …« Ich pumpe hart, errege sie schnell, bis ich spüre, dass ihre Muskeln wegen ihres bevorstehenden Orgasmus zucken. Und dann … höre ich auf. Ihr Blick sucht meinen, während ein wimmernder Protest aus ihrer Kehle dringt. »Das gehört mir.«

Gütiger Gott, hab Erbarmen. Während sie sich bei diesen Worten um meine Finger zusammenzieht, bemühe ich mich, Abstand zu halten. Ich kämpfe gegen die Versuchung an, mich vor ihr auf die Knie fallen zu lassen, ihre Schenkel zu spreizen und sie zu kosten, bis die Sonne untergeht.

Denn dafür muss sie erst nachgeben. Ich *brauche* es. Ihre Stärke ist meine Schwäche. Deshalb ziehe ich mich aus ihr zurück, trete einen Schritt nach hinten und lehne mich ans Buffet. Ich lecke mir langsam die Finger, die ich gerade in ihr versenkt hatte, und kämpfe gegen das Verlangen an, sie höchstpersönlich auszuziehen, als sie leise flucht.

Ich lasse den Blick gemächlich über ihren Körper wandern und befehle: »Zieh das Kleid aus.«

In einer Demonstration erwarteten Ungehorsams zieht sie eine dünne Augenbraue hoch. Doch als sie spricht, ist ihre Stimme hoch, belegt und voller Verlangen – ein verräterisches Zeichen, dass sie das anmacht. Ich frage mich, ob ihr bewusst ist, dass sie sich zwar in jeder anderen Beziehung verschlossen hat, aber in dieser sehr leicht zu durchschauen ist.

»Musst du immer das Sagen haben?«

Ich verschränke die Arme. »Die Frage ist rhetorisch, nehme ich an.«

Sie lacht, doch es ist von kurzer Dauer, als sie sieht, dass ich es ernst meine. Sie leckt sich die Lippen und blickt kurz zur Tür, überlegt, wie sie vorgehen soll. Ich runzele die Stirn, während ich die Augen weite und sie herausfordere, sich mir zu widersetzen.

Tu es, fordere ich sie stumm heraus. *Provoziere mich. Verweigere dich mir. Entfessele mit nichts als deiner Dreistigkeit das wilde Tier, das nach dir geifert.*

»Ich brauche keinen Vorwand, um deinen cremefarbenen Po rot werden zu lassen, aber Himmel Herrgott, wie sehr ich mir einen wünsche.«

Ihre Schmolllippen öffnen sich so weit, dass mein sich reckender Schwanz perfekt hineinpassen würde. Ich schlucke mein Verlangen, sie auf die Knie zu drücken und sie zu zwingen, mich bis zur Kehle in ihren Mund zu nehmen, bis keiner von uns noch denken kann, aber nur weil ich heute in ihr sein muss.

»Ist das so?«

Ich grinse und warte geduldig. Verdammt, bin ich hart.

Augenblicke vergehen, während wir beide um die Macht kämpfen, obwohl sie sich nicht sehr heftig wehrt. Sie knickt sogar schneller ein als ein Pokerspieler mit einem Verliererblatt. Aber das macht nichts. Der kleinste Geschmack ihrer Unverschämtheit hat mich zum Sklaven gemacht. Dieses Hin und Her macht süchtig, und sie ist meine ureigene Version einer Droge. In diesem Moment verstehe ich Annabelles Misere sehr viel besser. Dieser Rausch, den Willow mir beschert, ist einzigartig und macht süchtig.

Ich spüre den Moment, in dem sie nachgibt. Ihr Verhalten ändert sich und wird verspielter.

Mit fröhlichem Gesicht greift sie hinter sich, und mein Schwanz zuckt beim Geräusch des Reißverschlusses, der aufgezogen wird. Als das weinrote Hemdkleid von ihrem Körper gleitet, schnappe ich beim Anblick der Candyapple-Dessous hörbar nach Luft.

»Verdammt, Willow. Willst du mich umbringen?«

Der Seidenstoff, der eng an ihren Brüsten anliegt, stellt ihre hohen, kecken, kaum bedeckten Nippel zur Schau. Ich sehe sogar andeutungsweise den Brustwarzenhof herauslugen. Und der Slip? Himmel Herrgott. Der Slip hat Schleifen, die an den Seiten zugebunden sind. Mit einer schnellen Bewegung würde er neben ihrem Kleid auf dem Boden liegen.

»Ich nehme an, dir gefällt's?«

Ich reiße mich von ihrem sündhaften Körper los und sehe wieder in ihr wunderschönes Gesicht. Ein Mundwinkel ist frech nach oben gezogen. Ich starre sie nur an. Könnte ich von ihr je genug bekommen? Ich weiß nicht, ob das möglich ist. »Gefallen ist untertrieben.«

Das schüchterne Lächeln, das sie mir schenkt, macht mich vorübergehend blind. Doch diese Beeinträchtigung dauert nur Sekunden, bis mir wieder einfällt, dass Willow halb nackt vor mir steht und auf ihren nächsten Befehl wartet. Und *halb* nackt ist einfach nicht genug.

»So fantastisch deine Brüste in dem BH auch aussehen, ich will ihn weghaben.«

Überraschenderweise gehorcht sie. Sie greift schweigend zwischen ihre Hügel und schnipst ihn mit den Fingern auf, was ein ploppendes Geräusch erzeugt. Das erotische Kleidungsstück gleitet an ihrem ausgestreckten Arm hinab und gesellt sich zu dem wachsenden Haufen zu ihren Füßen.

Ich richte den Blick auf das einzige verbliebene Kleidungsstück – wenn man es so bezeichnen kann – und befehle ihr barsch: »Zieh ihn aus, Willow. Langsam. Sexy. Mach mich so scharf nach dir, dass ich kaum noch atmen kann.«

»Du klingst jetzt schon leicht atemlos«, provoziert sie mich frech.

Ich kann mich nicht gegen das belustigte Zucken meines Mundwinkels wehren. »Der Slip. Sofort.«

»Du scheinst darauf zu stehen, wenn ich mich für dich ausziehe.«

Ich gestehe es mit einem breiten Grinsen ein.

Sie beißt sich auf die Lippe. Ich stöhne. Was sie auch sagt, sie kann nicht verbergen, wie ihr Körper auf meine Dominanz reagiert. Sie liebt es. Braucht es sogar, habe ich beschlossen. Was mir nur recht ist.

Ich stemme mich hoch und trete nah zu ihr. Ich lege die Hand an ihre Wange und blicke tief in die betörenden Seen aus Blau, die sicherlich schon Hunderte Männer in ihren Tiefen gefangen haben. »Willst du wissen, warum?«

Mit jetzt geöffneten Lippen nickt sie unter meiner Hand.

»Die Antwort ist ganz einfach. Ich will sicher sein, dass du dich mir hingibst, Willow. *Mir*. Dass du an *meinen* Atem denkst, der deinen Hals streift, wenn du den Reißverschluss aufziehst. Dass es *mein* Mund ist, der an deinen hart werdenden Nippeln saugt, wenn du deine Brüste für mich entblößt. Du sollst dir vollkommen bewusst sein, dass es *mein* Schwanz ist, der zwischen diese bebenden Schenkel gleitet, wenn du aus deinem Seiden- und deinem Spitzenstoff trittst.« Ich senke die Lippen auf ihr Ohr und streife mit jeder Silbe den Rand. »Denn Willow, ich will, dass du mir die Zügel der Kontrolle übergibst. Bereitwillig, liebenswürdig, ohne Vorbehalte, darauf vertrauend, dass ich nichts nehme, was du nicht geben willst.«

Ihre aufgerichteten Nippel streifen bei jedem raschen Heben und Senken ihrer Brust mein gestärktes Hemd. Ich frage mich, ob es für sie so erregend ist wie für mich.

»Oh«, stößt sie angestrengt hervor.

Ich lache leise und trete an den Tisch hinter mir zurück. Während ich meine Krawatte lockere, senke ich den Blick langsam auf ihre kleinen Schleifen. »Wo waren wir?«

Mit unbewegter Miene macht das kleine Luder genau das, worum ich gebeten hatte.

Und es ist das *Erotischste*, was ich je gesehen habe. Zweifellos.

Sie dreht ein Knie vor das andere, wodurch sich die Gabelung ihrer Schenkel zusammendrückt. Während sie mir tief in die Augen sieht, nimmt sie ein Ende der Schleife zwischen Daumen und Zeigefinger und zieht es von ihrem Körper weg. Die Schleife trennt sich auf, doch da Willow jetzt so verdreht dasteht, hat die Schwerkraft keine Chance.

Sie wechselt die Position und dreht mir die entgegengesetzte Seite zu. Als sie diesmal die Seidenschleife aufzieht, gerät das Dreieck, das ihre Blöße bedeckt, ins Rutschen. Weiche rote Bänder hängen bis über die Knie an ihren blassen Schenkeln herab. Sie könnte mühelos die Beine öffnen und das Kleidungsstück fallen lassen.

Aber sie tut es nicht.

Oh nein. Meine erotische Frau quält mich. Spielt mit mir. Bietet mir eine Show, aber eigentlich tut sie, worum ich sie gebeten habe – gibt sich mir ohne Vorbehalte hin.

Sie greift nach dem Stofffetzen und schließt die Augen, während sie den Stoff aufreizend Zentimeter für Zentimeter durch ihre Scham zieht.

Mist.

Das. Ist. Heiß.

Als sie damit fertig ist und der feuchte Slip von ihren Fingern flattert, atmet sie so schnell, dass ich weiß, dass sie wieder kurz vorm Orgasmus ist.

»Oh, du böses, böses Mädchen«, flüstere ich heiser, während ich meine Krawatte mit einem Ruck vom Kragen meines Anzugshemds ziehe. Ich reiße die ersten zwei Knöpfe brutal auseinander, weil mein Verlangen, sie vollkommen zu besitzen, mich wieder übermannt.

Das Schlucken fällt ihr schwer. Aber ich muss ihr zugestehen, dass sie ruhig bleibt.

»Dreh dich um.«

»Shaw!«

Ich packe sie an den Schultern, drehe sie selbst und schiebe sie vorwärts, bis sie mit den Schenkeln an Holz stößt.

»Musst du so dringend kommen, Willow? Dass du nicht auf mich warten kannst?«, sage ich ihr mit rauer Stimme ins Ohr und sehe zu, wie sie am ganzen Arm eine Gänsehaut bekommt. Ihr Atem geht unregelmäßig, aber sie antwortet nicht.

Ich fahre mit den flachen Händen an ihren Armen hinab, packe sie an den Handgelenken und füge sie ihr auf dem Rücken zusammen. Mit meiner freien Hand zwischen ihren Schulterblättern schiebe ich ihren Oberkörper sanft nach unten, bis sie nach vorn gebeugt ist und ihre nackten Brüste auf meinen kalten Schreibtisch gepresst sind.

Mein Blick wandert über die Linie ihres Rückens, über den Bogen ihres Kreuzes zur Rundung dieses kessen Hinterns, der nur auf meine Hand wartet. Sie sieht so verdammt gut aus. Ich will ihre Schenkel spreizen und mir jeden fleischigen Zentimeter von ihr einprägen. Jedes Mal, wenn ich von jetzt an auf meinem Stuhl sitze, werde ich eine Erektion haben, wenn ich an ihre glänzende, für mich bereite Pussy denke.

»Höher.« Ich gebe ihrer rechten Pobacke einen festen Klaps. Sie quietscht, doch die Wölbung ihres Rückens wird ausgeprägter, sodass sich ihre Hüften um mehrere Zentimeter anheben. Ich konzentriere mich auf das Blut, das in der Form meiner Hand an die Oberfläche drängt. Heilige Mutter Gottes, das sieht gut aus. »Braves Mädchen.«

Ich nehme die dünne Seidenkrawatte, die ich immer noch fest in der Hand halte, führe sie zwischen ihre gespreizten Pobacken und ziehe sie langsam nach oben. Allein schon bei dieser leichten Berührung zuckt sie und will mehr.

»Shaw, bitte.«

»Bitte was?« Ich versetze ihr einen leichten Schlag auf die linke Seite und koste sowohl ihr leises Stöhnen als auch den gespiegelten Handabdruck, der jetzt entsteht. Schon seit der Sekunde, als ich an der Unfallstelle diese langen, luxuriösen Beine aus ihrem Fiat steigen sah, wollte ich sie auf diese archaischste Weise markieren.

Weil ich es kann, verpasse ich ihr zwei weitere rasche Schläge, bevor ich ihre Beine weiter auseinandertrete. Wieder ziehe ich die Krawatte durch ihre Erregung, nur dass ich diesmal beide Enden straff halte und die dünnste Stelle genau über ihrer Klitoris direkt gegen ihre Mitte drücke. Sie murmelt meinen Namen, doch es ist nur ein abgehacktes Durcheinander von unzusammenhängenden Silben.

Immer noch voll bekleidet, beuge ich mich über sie und drücke meine Lippen an die glatte Säule ihres Halses. »Du bist gerade unglaublich hinreißend, weißt du das?«

Sie antwortet nicht. Sie keucht. Sie zuckt. Bittet mich nur mit der Anmut ihres Körpers, der momentan unter meinem Befehl steht, um alles.

Ich lasse die verdorbene Krawatte neben mich fallen, richte mich auf und fahre mit den Händen über ihren Hintern, ihre Hüften, die Rückseiten ihrer Schenkel. Ich verliere keine Zeit mehr. Ich greife um sie herum, teile mit dem Finger ihre Schamlippen und gleite mühelos in sie hinein.

»Oh Willow. Himmel Herrgott, bist du feucht.«

Sie wiegt die Hüften und streift mit jeder Bewegung die Erektion, die jetzt an ihren Po geschmiegt ist. Mit der anderen Hand packe ich sie fest und zwinge sie aufzuhören.

»War ich das, oder du mit deiner unartigen kleinen Nummer?«

Als sie stumm bleibt, krümme ich den Finger.

»Du«, antwortet sie leise.

»Willst du dich darum kümmern, mein kleines Teufelchen, oder soll ich es tun?« Sie zieht bewusst ihre Muskeln um den einzelnen Finger zusammen, sodass ich sie gleichzeitig erdrosseln und in sie stoßen will, damit sie so oder so nach mir ruft.

»Du.« Ihre Antwort ist zart. Leise. Sehnsüchtig.

Ich arbeite mich leckend ihren Rücken hinauf, beiße an ihrer Schulter entlang und hinterlasse meine Male. Ich beuge den Finger, der in ihr vergraben ist, und drücke gegen ihre vordere Wand, bis ich die winzige glatte Stelle spüre, die ich suche. Als sie heftig ausatmet und sich aufbäumt, weiß ich, dass ich den magischen Punkt gefunden habe.

Ich ziehe den Finger langsam heraus, warte eine Sekunde und stoße wieder hinein, reibe an der Stelle, die sie dazu bringt, mit dem dunklen Holz des Schreibtischs zu verschmelzen.

»Und wenn ich dich darum bitten würde? Wenn ich dich bitten würde, dich auf die Kante dieses Schreibtischs zu setzen, dich zum Fenster zu drehen, die Beine zu spreizen und es dir selber zu machen, während ich zusehe, Willow, würdest du es tun?«

»Mist«, haucht sie. Meine Finger triefen von dem Beweis, wie sehr sie dieser Gedanke erregt. Himmel. Sie ist unglaublich. Ich bringe sie bis kurz davor und höre auf.

»Würdest du?« Ich versetze ihr einen leichten Schlag auf den Außenschenkel, und sie schreit mit der von mir gewollten Antwort auf.

»Ja. Ja, das würde ich.«

»Oh, wie sehr ich das will«, stöhne ich. Ich will dabei zusehen, wie sie sich selbst Lust schenkt, während sie mir in die Augen schaut. Ich will, dass sie mich auf den Knien mit ihrem Mund befriedigt. Ich will, dass sie meinen Schwanz reitet und vor Ekstase den Kopf zurückwirft. Ich will es schmutzig und verdorben, süß und romantisch. Ich will alles. Und ich werde sie nicht gehen lassen, bis ich es habe.

Ein drittes und viertes Mal bin ich gnadenlos. Ich bringe sie bis kurz vor den Höhepunkt und lasse sie mit nichts als einem gequälten Schluchzen zurück. Sie ist vor Anstrengung von einem glitschigen Schweißfilm überzogen, an der Grenze der Belastbarkeit, und mein Schwanz ist kurz davor zu randalieren, wenn er nicht in den nächsten dreißig Sekunden in ihr sein darf.

Die Spielstunde ist vorüber.

Ich ziehe mich zurück, knöpfe rasch mein Hemd auf und schüttele es ab. Ich werfe es zu Boden, ohne mich um Knitterfalten zu kümmern, da ich noch drei andere davon im Schrank habe. Ich lasse meine Anzughose bis zu den Knien herunter, steige aber nicht heraus.

Dann schnappe ich mir die schwarze Krawatte, die ich vorhin weggeworfen habe und die jetzt auf einer Seite feucht von ihr ist. Ich halte sie mir unter die Nase und atme tief ein, genieße den Moschusgeruch, bevor ich sie ihr mehrfach um die Handgelenke binde, die sie gehorsam über Kreuz gelassen hat, und sie festzurre. Der Kontrast zwischen dem Schwarz, das ihre Hände zusammenhält, und ihrer hellen, blassen Haut ist faszinierend.

Ich trete zurück und nehme mir einen Moment Zeit, um sie zu bewundern. Hochgereckter, glatter Po. Zitternde Finger. Fleischfarbene Stilettos, die ihre schlanken Waden formen.

Goldene Haare, die sich zur entgegengesetzten Seite von der ergießen, zu der sie mit geschlossenen Augen und geöffneten Lippen den Kopf dreht.

Ich bin von ihr bezaubert. Demütig sogar. Eine Frau muss ihr ganzes Vertrauen in einen setzen, um sich zu erlauben, sich so verletzlich zu machen.

Sie ist gefesselt. Willig. Erregt. Vollkommen offen und entblößt und so wahnsinnig angetörnt, dass ihr Verlangen ihr Inneres schlüpfrig macht.

Das ist alles für mich.

Für *mich*.

Ich entledige mich schnell meiner Unterhose und verzichte auf alles andere, was ich noch vorhatte, weil mein einziges Ziel jetzt ist, mich bis an die Grenze des Möglichen in ihr zu vergraben. Sie zum Stöhnen zu bringen. Sie heftiger kommen zu lassen als je zuvor. Sie soll das niemals vergessen. Oder mich.

Als ich sie wieder packe, entspannt sie sich, wird nachgiebig wie heißes Wachs in meinen Händen. Und als ich mich in ihr versenke, mit einem langen leisen Stöhnen langsam bis zur Wurzel in sie stoße, lasse ich mich voll und ganz in diese Frau fallen. Ich bin verzaubert, total und absolut.

Sich Willow Blackwell so hinzugeben ist intensiv und überwältigend.

Ich gleite hinaus. Langsam wieder hinein.

»Schneller«, fleht sie und versucht – erfolglos – mich wieder in sich zu ziehen.

Langsam. Methodisch. *Ich* habe die Kontrolle.

»Shaw, bitte.«

Ich halte sie still.

Raus.

Rein.

Zuerst flach. Wiederholung.

Dann tief. So verdammt tief, dass ich den Verstand verliere.

»Mehr. Ich brauche mehr.«

Sie leidet exquisiten Schmerz. Schmerz verstärkt die Lust.

Mehr Schmerz.

Mehr Lust.

Mehr, Punkt.

Ich ziehe mich heraus und stoße so grob wieder hinein, dass mein Schreibtisch verrutscht. »So, meine Schöne?«

Sie krümmt die Finger, ihre Nägel zerkratzen meinen Bauch. »Ja!« Sie singt es, während ich es wieder und wieder tue, bis ich schwitze und ihre Muskeln sich um mich zusammenziehen. *Scheiiiiiße*. Sie umklammern mich so fest, dass ich jetzt schon bersten könnte.

Ich halte inne und atme lang und gleichmäßig, so verdammt tief in ihr vergraben, dass ich mich geborgen und zu Hause fühle. »Willow, mein Gott, du bist himmlisch«, stöhne ich. Himmel und Hölle zugleich. Der ungetrennte Bereich zwischen beidem.

Zeit ist bedeutungslos, Raum nicht vorhanden.

Mein Kopf fällt in den Nacken.

Mir dreht sich alles.

Ich falle.

Verfalle ihr total.

Ich will, dass es von Dauer ist. Ich will die Wärme und die Lust in ihr nie verlassen, doch mein Körper hat andere Pläne. Mein Höhepunkt gewinnt an Fahrt, strafft meine Eier mit jedem bewussten, qualvollen Reiben an ihrer geschwollenen Mitte mehr.

Ihr Körper zittert, und mit einer federleichten Berührung ihrer Klitoris fliegt sie davon. Verkrampft sich, windet sich, krümmt den Rücken unter mir, bis ich mich nicht mehr zurückhalten kann. Sterne explodieren vor meinen Augen, während ich mich in ihr entleere und mir auf die Lippe beiße, um nicht in höchster Ekstase zu brüllen.

Keuchend falle ich auf sie.

Verschwitzt.

Gesättigt.

Mitgenommen.

Sie hat mich zugrunde gerichtet.

Und als die ersten heiseren Worte, die aus ihrem Mund kommen, nachdem ich uns beide ins Nirwana befördert habe, »Das Auto« sind, weiß ich, dass ich nie mehr derselbe sein werde.

Dieser wunderschöne, sture goldene Teufel wird mein Untergang sein.

29. KAPITEL

Willow

Ich schlucke die zähflüssige Galle, die mir hochzukommen droht, doch es ist zu spät. Ich schmecke den widerlichen Geschmack schon auf der Zunge. Ich greife in meine Handtasche, hole ein Minzbonbon mit Zimtgeschmack heraus und stecke es mir in den Mund. Während ich die Augen schließe, atme ich die warme Sommerluft ein, lasse mich davon neu beleben und stoße sie wieder aus. Langsam und bewusst. Ich konzentriere mich ganz auf meine Atmung statt auf das Verhör – äh, Interview –, dem ich mich unterziehen muss.

Während ich mir große Mühe gebe, den Kopf freizubekommen, klingelt mein Handy. Es klingelt wieder. Und wieder.

Und noch einmal.

Echt jetzt?

Scheiß drauf. Es ist egal. Mein Zen ist so verdammt weit weg, dass ich genauso gut die Hufe nach China schwingen könnte, um es mir zurückzuholen.

Ich nehme das Telefon vom grauen Armaturenbrett meines brandneuen Autos, das ich *nicht* behalten werde, obwohl es das schönste Auto ist, das ich je besessen habe, und sehe die Schnellfeuer-SMS meiner Freundin Jo.

Mädelsabend morgen 21 Uhr
LD-Feier im Skyfall
Absagen ist keine Option
Details sptr

Mist. Das ist tatsächlich das Wochenende vor Labor Day. Im Skyfall, wo Sierra arbeitet, steigt die krasseste dreitägige Party – nach Seattles Spitznamen »Emerald City« Emfest genannt –, um die letzten inoffiziellen Sommertage zu feiern.

Dort gibt es Emerald-Sky-Martinis und Key-Lime-Bier, das seltsamerweise gut schmeckt. Die Kellnerinnen tragen knappe hellgrüne Röcke und sonst nichts, bis auf kunstvolle Körperbemalung in unterschiedlichem Design. Ein Dutzend Livebands werden das ganze Wochenende über den dreistöckigen Klub rocken, aber Sierra eröffnet das Festival am Donnerstagabend mit einer Tanzparty, die es mit den heißesten Klubs in Downtown Manhattan aufnehmen kann. Die Leute stehen ab Mittag Schlange, dabei öffnet der Klub erst um fünf.

Jo und ich und ein paar ihrer Freunde verpassen es nie. Wir bekommen Pässe für die VIP-Lounge im zweiten Stock, die eine eigene separate Tanzfläche hat und nicht *ganz* so überfüllt ist. Normalerweise nehmen wir uns ein Hotelzimmer im Alexis – auf Jos Rechnung –, damit wir im Penthouse weiterfeiern können, wo eine oder auch zwei Bands ein Get-Together veranstalten. Bei ihren Kontakten schafft es Jo immer, eine Einladung für uns zu organisieren.

Donnerstag ist übermorgen, aber ich hatte es ganz vergessen, und weder Sierra noch Jo haben es bisher erwähnt. Und selbst wenn, hätte ich es wahrscheinlich trotzdem verschwitzt.

Ich habe nur Shaw im Kopf. Ich bin von ihm besessen. Davon, ihn zu sehen, mit ihm zu reden, ihn zu berühren. Die letzten Wochen sind wie im Nebel an mir vorbeigezogen, und mit einem neuen unguten Gefühl im Bauch wird mir klar, dass ich dem Ende der geschäftlichen Vereinbarung mit Shaw sieben Wochen näher gekommen bin. Da wir jetzt Anfang September haben, heißt das, dass die Wahl in nur acht Wochen stattfindet. Ich weiß, dass diese Vereinbarung über den Wahltag hinaus gilt, aber ich frage mich, wie lange er mich danach noch behalten wird, bevor er mich loswerden will und den Bruch unserer fingierten Beziehung inszenieren wird.

Andererseits hat sich am Abend der Dinnerparty des Bürgermeisters etwas geändert und heute Nachmittag wieder, als ich unangemeldet in seinem Büro aufkreuzte. Ich spüre es in der Luft, scharf wie eine Lederpeitsche. Er schien aufgrund der spielerischen Aufmerksamkeit, die Noah mir schenkte, geradezu zum Tier zu werden, obwohl er im Grunde viel eifersüchtiger auf Reid sein sollte.

Ein Mann, dem du egal bist, führt sich nicht wie Hulk auf, nur weil andere Männer dich beachten, oder? Ein Mann, der dir schon in ein paar Wochen den Laufpass geben will, verweilt nicht über deinem Herzen und sagt dir nicht mit einem einfachen Blick, dass du es an ihn abtreten sollst … oder?

Ich will mehr.

Diese besitzergreifende Demonstration von heute stimmte mit jener Aussage von neulich Abend überein, aber … wie *viel* mehr will er wirklich? Wie viel mehr kann ich ihm geben?

Keine Ahnung, aber eines weiß ich. Und das ist kein Wunschdenken; es ist eine Tatsache. Shaw Mercer hat heute meinen Körper und meinen Geist beherrscht, als wüsste er genau, was ich brauche.

Ich war seine Spielwiese. Sein Spielzeug.

Er gab Anweisungen. Ich gehorchte bereitwillig.

Ich stieg auf.

Ich taumelte.

Ich rutschte aus.

Ich drehte mich.

Ich flog.

Ich schwebte hoch über dem Turm, bis ich auf den weichen Sand darunter stürzte, und seine Arme bremsten meinen Fall.

Ich liebte jede Sekunde der lustvollen Erfahrung, der er mich ausgesetzt hat. Es ist eine Erfahrung, die ich immer wieder machen möchte. Meine Körpertemperatur steigt allein schon beim Gedanken an das Gefühl der Seidenkrawatte an meinen Handgelenken und an die schmutzigen Worte, die er mir ins Ohr flüsterte.

So wie er hat noch nie jemand mit mir gesprochen. So direkt, sich dessen so bewusst, was mich erregt, bevor ich es selbst weiß. Ich hätte nie geglaubt, dass es mir gefallen könnte, mit Haut und Haaren von einem Mann besessen zu werden, doch mit der Autorität, die Shaw ausstrahlt, hat er mich heute gekriegt. Restlos. Ich war sein williges Spielzeug.

Nicht er ist derjenige, der mehr will.

»Träumst du, Goldlöckchen?« Shaws selbstgefällige Stimme driftet durch das offene Autofenster und erschreckt mich.

»Äh …« Als ich mich nach links drehe, sehe ich im Rahmen meines Fensters Shaws attraktives Gesicht. Sein Lächeln ist sinnlich, und ich weiß, dass er genau wie ich an diesen Nachmittag denkt. Ich könnte zwar lügen, aber wozu die Mühe? »Ja.«

Meine Lippen kribbeln, als er den Blick auf sie senkt. »Von mir, hoffe ich doch.«

»Wieder auf Komplimente aus, Verkehrsrowdy?«, weiche ich aus. Eingebildeter Mistkerl.

»Was soll ich dazu sagen? Ich brauche eine Menge Bestätigung.« Mit jedem Zentimeter, den er sich vorwärts bewegt, weiche ich zurück, bis mein Kopf an die Kopflehne stößt. »Jetzt … gib zu, dass du daran gedacht hast, wie gründlich ich dich vorhin genommen habe, und dass du mich immer noch in dir spürst.«

Ich zucke mit einer Schulter und versuche nicht zu lachen, während ich atemlos antworte: »Ich gebe nichts dergleichen zu.«

Er tritt lachend zurück, öffnet die Tür und will mir heraushelfen. Mir wird bewusst, dass ich mein Handy noch in der Hand halte und ich Jo noch nicht geantwortet habe. Ich simse ihr kurz zurück: *OK*. Dann werfe ich mein Telefon in meine Handtasche, bevor ich meine Fensterscheiben hochfahren lasse, nehme Shaws Hand und lasse mir von ihm aus dem Wagen helfen.

Als ich ausgestiegen bin, schließt er behutsam meine Tür und drängt mich dagegen. Als er mit der Hand durch meine offenen Haare fährt, sprüht mein Blut vor Verlangen Funken.

Er senkt seine Lippen bis kurz vor meine und sagt heiser: »Wenn du nicht von diesem Nachmittag geträumt hast, verlange ich eine Wiederholung, um dafür zu sorgen, dass du an nichts anderes denkst als daran, wie sehr es dir gefällt, gefesselt zu werden und mir ausgeliefert zu sein.«

Hab ich. Tue ich. Himmel, mein ganzer Körper vibriert noch.

»Eine Wiederholung?« Ich zucke innerlich zusammen, weil ich so aufgeregt klinge.

Ein selbstzufriedenes Lächeln spielt um seine Lippen, bevor er sie auf meine legt und mich gleich hier draußen küsst. »Oh ja. Eine Wiederholung ist eindeutig angebracht.« Sein heiseres Versprechen streicht über meinen nun geschwollenen Mund und löst in mir den Wunsch aus, wir könnten die Wiederholung jetzt sofort anberaumen, statt zu diesem Interview zu gehen, das wir gleich der *Seattle 7-Day* geben werden.

Mit einem flüchtigen Kuss fragt er: »Wollen wir reingehen?«

Ich nicke. »Okay.«

»Nervös?« Er nimmt meine Hand in seine. Wahrscheinlich ist sie klamm.

»Ein bisschen«, antworte ich.

Als ich aufblicke, entspannt mich das Lächeln, das er mir schenkt, noch mehr. Seine Kraft und Ruhe durchströmen mich. »Es wird gut laufen, Liebling.«

Obwohl mir dieses süße Kosewort Schauder über den Rücken jagt, stelle ich fest, dass es mir seltsamerweise besser gefällt, wenn er mich Goldlöckchen nennt. Das ist einzigartig, und ich möchte gerne glauben, dass es nur für mich bestimmt ist.

»Komm.« Er zieht mich am Arm mit sich.

Ich habe an der Straße gegenüber des fünfstöckigen roten Backsteingebäudes geparkt, in dessen einem Fenster in der ersten Etage ein geschmackloses Schild mit der Aufschrift »Seattle 7-Day« hängt. Wir warten, bis der Verkehr es zulässt, bevor wir über die Straße flitzen und das Gebäude betreten. Da wir nur eine Treppe hoch müssen, steigen wir die Stufen hinauf, statt den Fahrstuhl zu nehmen, wobei meine klappernden Absätze im Treppenhaus widerhallen.

Oben angekommen, öffnet Shaw mir die Glastür und spricht mit der Empfangsdame, während er an meine Seite tritt. Er legt den Arm um meine Taille und drückt mir einen Kuss auf die Schläfe – als seien wir ein echtes Paar. Ich muss grinsen und fühle mich absurd schwindelig.

»Du riechst nach mir«, flüstert er mir ins Ohr.

Oh. Mein. Gott.

Die Hitze steigt mir ins Gesicht. Ich bin heute am frühen Nachmittag in Shaws Büro gegangen. Als ich wieder ging, hatten wir nicht nur das Problem mit dem Wagen nicht gelöst, sondern ich war auch noch zu spät dran für den Arzttermin meiner Mutter, weil ein Nachmittagsvergnügen nicht mehr in den heutigen straffen Zeitplan passte. Es stellte sich heraus, dass ihr Arzt eine Stunde im Hintertreffen war, und als wir fertig waren, hatte ich keine Zeit mehr, um nach Hause zu fahren und zu duschen, sonst wäre ich auch hierher zu spät gekommen.

»Shaw«, schimpfe ich leise mit ihm.

»Ich liebe meinen Geruch an dir, Willow. Ich könnte mich daran gewöhnen.«

Wenn er solche Dinge sagt, flattern die Schmetterlinge in meinem Bauch auf, und ich gebe mich törichterweise neuen Hoffnungen hin, statt mich an den Status quo zu halten. Als ich mich zurückziehe, sehe ich Wärme und Lust in seinen Augen. Ich versinke so schnell in Shaw Mercer, dass nur noch ein Schimmer Tageslicht zu sehen ist, bevor ich total untergehe.

»Shaw Mercer, schön, dich zu sehen«, ruft eine schroffe Frauenstimme hinter mir. Shaw hält noch einen Moment meinen Blick fest, bevor er über mich hinwegsieht und sich aufrichtet.

»Carrie.« Er nickt höflich und dreht mich in seinen Armen, bis ich einer zierlichen Brünetten gegenüberstehe, die nicht viel größer ist als einen Meter fünfzig. Auf den ersten Blick würde man sie nicht als schön bezeichnen, doch je länger ich sie ansehe, umso mehr sehe ich es. Hinter ihrer dicken schwarzen Brille sind faszinierende schokobraune Augen. Schweres, dichtes, zu einem glatten Bob geschnittenes Haar umrahmt ihr ovales Gesicht und ist auf einer Seite hinters Ohr gestrichen. Vereinzelte helle Sommersprossen sprenkeln ihre winzige blasse Nase, und ihr Gesicht ist – bis auf etwas Lipgloss – ungeschminkt.

Sie wirkt bescheiden und unaufdringlich, doch ich werde schon bald herausfinden, dass sie alles andere ist als das.

30. KAPITEL

Shaw

Ich kenne Carrie Reynolds von der Highschool, habe sie aber seit Jahren nicht mehr gesehen. Sie war zwei Klassen unter mir. Ihre Eltern besitzen fünf sehr erfolgreiche Restaurants in der Gegend um Seattle, deshalb haben unsere Eltern miteinander verkehrt und ständig versucht, uns zu verkuppeln. In der elften Klasse gab ich dem Druck meiner Mutter nach und bat sie um ein Date. Um *eins*. Es war eine Katastrophe. Sie kaute mir die ganze Zeit ein Ohr wegen des Typen ab, von dem sie besessen war, Will Hankley, ein Freund von mir. Will war seit der siebten Klasse mit seiner Freundin zusammen, und Carrie wollte, dass ich ihr bei der Planung des vorzeitigen Endes ihrer Beziehung helfe. Als ich ablehnte, war sie stinksauer. Will und Kate sind jetzt seit vierzehn Jahren glücklich verheiratet.

Als ich also ihren Namen unter dem Artikel über Willow und mich sah, schwante mir nichts Gutes. Ich hatte sie an dem Abend nicht im Restaurant gesehen, nur einen Kollegen von ihr, aber Carrie musste mit ihm am Tisch gesessen haben. Ich versuchte, meine Beziehungen zu Kayla, ihrer Chefredakteurin, spielen zu lassen, damit sie einen anderen Reporter auf die Story ansetzte, doch das führte zu nichts. Wir sind uns auch nicht grün. Manchmal verfolgen einen die schlechten Entscheidungen, die man irgendwann getroffen hat, und dies ist einer dieser Fälle. Obwohl ich zu meiner Verteidigung sagen muss, dass sie, als wir miteinander schliefen, noch nicht die Chefredakteurin war.

Ungeachtet dessen legte ich solide Spielregeln fest, bevor ich heute durch die Tür trat. Ich werde mich nicht in den Hinterhalt locken oder unterminieren lassen. Dieses Interview ist ein Coup für Carrie. Sie ist unbedarft, da sie erst seit etwa fünfzehn Monaten Reporterin ist. Es ist ihr zweiter Beruf, seit ihre zweite Ehe gescheitert ist. Ich kann nur hoffen, dass zwanzig Jahre die Fackel gelöscht haben, mit der sie mich auf dem Scheiterhaufen verbrennen wollte, aber bei Frauen weiß man ja nie.

Nachdem wir zwanzig Minuten für unser Titelbildfoto posiert haben, setzen wir uns an einen kleinen runden Tisch in einem Konferenzzimmer aus Ornamentglas. »Also, wie habt ihr euch kennengelernt?«, fragt Carrie recht unschuldig, nachdem sie ihr Aufnahmegerät eingeschaltet hat.

Willow und ich haben das besprochen, nachdem wir beide nach dem besten Sex meines Lebens wieder zu uns gekommen waren. *Das war mehr als nur Sex, du Arschloch. Es war … verdammt … es war transzendent.* Sie wollte sich wegen meines Geschenks streiten, aber ich fand, dass wir die Zeit am besten zur Vorbereitung des Interviews heute Nachmittag nutzen sollten. Wir vereinbarten einvernehmlich, dass ich die Führung übernehmen würde, während sie das Ganze ein bisschen ausschmücken sollte.

Ich drücke Willows Hand, die ich in meinem Schoß festhalte, und setze zu der Geschichte unseres Autounfalls an. Ich erzähle sogar von dem neuen Audi, den sie fährt, in der Hoffnung, dass sie, wenn es erst einmal gedruckt ist, keine andere Wahl mehr haben wird, als ihn zu behalten.

Carrie ist herzlich, sogar nett, und eine halbe Stunde vergeht ereignislos, während wir eine Frage nach der anderen beantworten. Es herrscht eine unbeschwerte, lockere Atmosphäre, und ich finde, dass jede Antwort aus meinem Mund wahr klingt und nicht wie irgendeine Geschichte, die ich für die Presse oder meinen Vater erfunden habe.

Gerade als ich denke, dass wir mit der Liste der im Voraus genehmigten Fragen durch sind, sagt Carrie: »Ich habe noch ein paar Fragen an Willow, wenn du nichts dagegen hast?«

In meinem Bauch macht sich ein unbehagliches Gefühl breit, und mein Blick wird hart. Carrie ignoriert mich und wendet sich an Willow, die meine Hand fester drückt.

»Natürlich«, sagt Willow freundlich.

Carrie senkt den Blick und blättert durch ein paar Seiten ihres Notizbuchs. Willow und ich wechseln Blicke, und ich sehe ihre Nervosität von vorhin wieder aufflackern.

»Willow, Ihr Vater war Charles Blackwell, korrekt?«

War?

Willows ganzer Körper versteift sich.

»Ja«, antwortet sie rau, nachdem sie sich die Lippen befeuchtet hat.

Carries Stimme klingt mitfühlend, als sie fortfährt. »Mein aufrichtiges Beileid.«

»Danke«, murmelt Willow.

»Und hat Ihr Vater nicht in der Forschungs- und Entwicklungsabteilung von Aurora Pharmaceuticals gearbeitet?«

Willow nickt langsam.

Oh Mist.

Oh *Mist*.

Ihr Vater *hat* – Vergangenheitsform – bei Aurora Pharmaceuticals gearbeitet? In der F&E-Abteilung? Mir schwirrt der Kopf, während ich versuche, diese Informationen zu verarbeiten, aber das ist nicht schwer, wenn ich richtig darüber nachdenke.

CJ Blackwell. Der brillante Forscher, der ein potenzielles

Heilmittel gegen Alzheimer entdeckt hat. Derselbe, der Selbstmord begangen hat, indem er von der Schultz Bridge in den Tod gestürzt ist. Das war nicht nur ein tragischer Verlust für die Wissenschaftsgemeinde, sondern hätte auch beinahe Aurora Pharmaceuticals lahmgelegt. Ich erinnere mich aus vielerlei Gründen daran, vor allem weil ich genau in jener Nacht meine eigenen Probleme mit Annabelle hatte.

CJ Blackwell ist *Charles* Blackwell.

CJ Blackwell ist Willow Blackwells toter Vater.

Unglaublich.

Warum bist du da nicht früher draufgekommen?

Dann wendet sich Carrie an mich. »Ist Aurora Pharmaceuticals nicht einer eurer Klienten, Shaw?«

Mein Kiefer zuckt. Willow zieht ihre Hand weg und runzelt verwirrt die Stirn. Carries hinterhältige Blicke huschen zwischen uns hin und her, während ihre Augen vor Schadenfreude funkeln.

Scheiß auf sie. Scheiß auf *das hier*.

»Was willst du wissen, Carrie?«, fauche ich sie an, während die Wut in mir aufwallt. Ich greife nach Willows Hand und halte sie fest. Sie zittert.

»Eigentlich nichts. Aber die Leser verschlingen Liebesgeschichten mit unvorhergesehen Wendungen, und eure ist so eine.«

»Das kann man kaum als unvorhergesehene Wendung bezeichnen. Das ist reiner Zufall«, knurre ich. Ich springe auf und ziehe Willow, deren Hand ich ganz fest halte, mit hoch. Sie ist sichtlich aufgelöst und zittert am ganzen Körper.

Wir sind knapp einen halben Meter von der Tür entfernt, als Carrie hinzufügt: »Vielleicht, vielleicht auch nicht. Aber dass ihr Vater alleinverantwortlich für die ursprüngliche Entdeckung des Medikaments war, das Aurora Pharmaceuticals

Millarden von Dollar einbringen wird, und damit auch Wildemer, wenn ihr ihnen nächstes Jahr bei der Börseneinführung helft, ist ganz sicher eine.«

Meine Schuld. Ich habe eine unerfahrene Reporterin unterschätzt.

Ich lasse Willow an der Tür stehen und stolziere zurück zu Carrie, die sich jetzt ihr Notizbüchlein vor die Brust hält, als würde es ihr helfen, sich gegen mich zu schützen. Von wegen! Ich überrage sie um gut dreißig Zentimeter und nutze meine Größe und Körpermasse, um sie einzuschüchtern, während ich problemlos in ihre Distanzzone eindringe.

»Wenn du das druckst, bist du erledigt«, stoße ich mit zusammengepressten Zähnen hervor. »Dann bist du hier fertig. Du kriegst nie wieder einen Job als Journalistin und wirst gezwungen sein, dir einen dritten Ehemann zu suchen, der dich finanziell unterstützt.«

Sie reagiert wütend, und ihr rotes Gesicht wird stählern. »Das sind öffentlich zugängliche Informationen, Shaw. Ich drucke nichts, was verleumderisch oder unwahr wäre.«

Sie hat recht. CJs – *Charles'* – Tod ist eine öffentlich zugängliche Information. Aurora Pharmaceuticals Börsengang ist eine öffentlich zugängliche Information. Dass sie ein Klient von Wildemer sind, ist eine öffentlich zugängliche Information. Aber die Medien neigen dazu, harmlose Zufälle herzunehmen und sie zu etwas Schändlichem zu verdrehen, das nach einem Skandal stinkt.

»Ich sage dir, wie es laufen wird. Du wirst die Story drucken, die du von uns bekommen hast. Die von einem strahlenden, glücklichen Paar, und du wirst dich an die Vorgaben halten. Nicht eine Anspielung auf Willows Vater, auf seinen Tod oder auf Aurora, oder der nächste Anruf, den ich tätige, geht an den Geschäftsführer von Lock Media.«

Ihr Gesicht wird blass.

»Ja, du hast richtig gehört, Süße.« Ich senke die Stimme. »Lock Media, dieselbe Mediengruppe, der die *7-Day* gehört. John und ich waren am College Verbindungsbrüder. Ich war auf seiner Hochzeit. Ich bin der Patenonkel seiner kleinen Tochter. Deshalb versichere ich dir, Johns Loyalität mir gegenüber ist viel größer als die zu diesem Klatschblatt. Wenn du diesen Müll druckst, rufe ich ihn an, und diese Zeitung wird innerhalb von vierundzwanzig Stunden dichtgemacht. Du allein wirst verantwortlich dafür sein, dass vierzig Leute am Arbeitsamt Schlange stehen müssen, du selbst eingeschlossen. Du solltest dich fragen, ob Shaw Mercer nach zwanzig Jahren eins reinzuwürgen wirklich den Schmerz und das Leid wert ist, die du verursachen wirst.«

Sie steht stumm vor mir.

»Ist es das?«, hake ich nach, weil ich eine Antwort von ihr will.

»Nein«, murmelt sie.

»Gut. Ich bin froh, dass wir uns verstehen. Du mailst den Artikel an Dane, bevor er gedruckt wird. Ohne meine Zustimmung erblickt er nicht das Licht der Welt, sonst tätige ich diesen Anruf.«

Ohne eine Antwort abzuwarten, mache ich auf dem Absatz kehrt. Es war sowieso eine Forderung und keine verdammte Frage. Nach nur wenigen Schritten halte ich Willows tränenüberströmtes Gesicht in meinen Händen.

»Alles okay?«, flüstere ich und wische ihr mit den Daumen die Tränen weg.

Sie nickt. Mehr Tränen laufen ihr übers Gesicht. Nichts ist okay. Am liebsten würde ich Carrie umbringen, weil sie sie so aus der Fassung gebracht hat. Verdammtes Miststück.

»Ein anderes Blatt wird den Zusammenhang herstellen,

Shaw. Und dann drucken sie es. Du verzögerst nur das Unvermeidliche«, sagt Carrie leise hinter mir.

Ein weiterer Zählstrich in Carries Gewinnspalte, aber ich habe mehr Einfluss auf die anderen Medien in der Stadt als auf diese beschissene kleine Zeitung, was eigentlich ein Druckmittel sein sollte. Leider ist es mir nur gelungen, einen Krieg hinauszuzögern.

»Nur noch eins, Carrie«, knurre ich, nachdem ich Willow an mich gezogen habe. »Wenn diese Zeitung ohne meine Autorisierung irgendetwas bringt, das mit meinem oder Willows Namen in Verbindung steht, kannst du deine Sachen packen. Ich suche nur nach einem Vorwand, um den Laden für immer dichtzumachen.«

Damit führe ich Willow durch das Labyrinth aus Arbeitsnischen zur Vordertür hinaus und zum Fahrstuhl. Als sich die Türen schließen, nehme ich sie in den Arm und drücke sie fest. Ich spüre, wie sie bei jedem Schluchzer zittert. Das tut mir in der Seele weh, und ich wünschte, ich könnte ihr allen Schmerz nehmen.

Als sich die Türen wieder öffnen, führe ich sie zu einer Bank, die an die Wand geschoben ist, und ziehe sie auf meinen Schoß. Sie vergräbt den Kopf an meiner Schulter und weint.

»Willow, Liebling.« Himmel, sie bringt mich noch um. Wie kommt es, dass die Tränen aller Frauen mich bisher verärgert zurückschrecken ließen, während ihre mir durchs Herz schneiden wie ein stumpfes Messer? Es schmerzt mich körperlich, nur weil es sie schmerzt. Das ist was ganz Neues.

»Schscht«, beruhige ich sie. Ich streichele von ihrem Scheitel bis zu ihren Haarspitzen. Immer und immer wieder, bis sie ruhiger wird. Bis ich wieder atmen kann, ohne dass der Schmerz ihres Leids mich wie ein Messer sticht.

Ich lege einen Finger unter ihr Kinn und hebe ihr verweintes fleckiges Gesicht an. Mein Gott, sie ist atemberaubend. Ich kann nicht widerstehen, sie sanft zu küssen, und schmecke Salz und Verzweiflung.

»Ich wusste es nicht«, sage ich ihr leise.

»Wie hättest du auch?«, antwortet sie mit brüchiger Stimme.

Ich hätte es wissen können. Hätte es wissen *müssen*, auch wenn ich CJ Blackwell nie unter einem anderen Namen kannte als CJ. Und ich kannte ihn auch nicht persönlich, obwohl ich ihn einmal getroffen habe, als Jack Hancock unsere Firma vor ein paar Jahren interviewte. Obwohl er ein genialer Forscher war, war er auch charismatisch und authentisch.

»Ich hab ihn einmal getroffen. Deinen Vater.«

Diese unglaublich blauen Augen werden groß. »Wirklich?«

»Ja. Bei einem geschäftlichen Treffen. Er schien ein guter Mensch zu sein.«

In ihren glasigen Augen wallen wieder Tränen auf. Ich merke, dass sie sich nur mit Mühe zusammenreißt. Der Schmerz über den Verlust ihres Vaters ist immer noch eine offene, blutende Wunde.

»Das war er«, flüstert sie.

Ich finde keine Worte, weil ich mit so gefühlsmäßig intimen Momenten nicht vertraut bin. »Es tut mir leid, Willow. Es war tragisch.« Die aufwallenden Tränen laufen über, erzeugen einen Wasserfall aus Tränen, der ihr übers Gesicht strömt. »Verdammt, Willow, du bringst mich noch um. Bitte weine nicht. Was kann ich tun?«

Sie beißt sich auf die Unterlippe, und ich wische die Tropfen fort, die ihr übers Gesicht kullern.

»Würdest du das wirklich tun? Die Zeitung dichtmachen lassen? Für mich?«

Ach Willow. Ich glaube, ich würde alles für dich tun. Ich würde den Laden niederbrennen, wenn du es wolltest.

Ich schüttele lachend den Kopf. »Wenn ich es könnte, ja.«

Sie zieht die Augenbrauen zusammen. »Aber du hast gesagt, du kennst den Geschäftsführer.«

Mein Lächeln breitet sich langsam über mein Gesicht aus. »Theoretisch ja.« Ich sehe den Anflug eines Lächelns auf ihrem Gesicht und atme erleichtert auf.

»Theoretisch?«

»Ich habe ihn letztes Jahr auf einer Party getroffen«, gestehe ich lachend. »Er und seine Frau hatten gerade eine kleine Tochter bekommen. Elana, wenn ich mich recht erinnere.«

»Dann bist du gar nicht sein Verbindungsbruder oder der Patenonkel seiner Tochter?«

Grinsend streiche ich ihr eine Haarsträhne hinters Ohr. »Fürchte nein. Auch wenn es momentan sehr praktisch wäre.«

»Wow. Ich hab dir jedes Wort geglaubt.«

Und genau das ist der Punkt. Lügen, die mit Autorität und Überzeugung vorgebracht werden, verselbstständigen sich und werden zur Wahrheit, wenn sogar diejenigen, die es besser wissen, anfangen, an sie zu glauben und sie zu verteidigen.

»Genau wie sie.«

Ich beobachte ehrfürchtig, wie ihre Traurigkeit von ihr abfällt und von dem atemberaubendsten Lächeln ersetzt wird, das ich je an ihr gesehen habe. Es lässt ihr ganzes Wesen erstrahlen und macht etwas Merkwürdiges mit meinem Herzen. Sie beugt sich vor und legt ihre weichen Lippen auf meine, während sie mir mit der Hand durch die Haare fährt. Ich werde unter ihr hart, während sie sich Zeit lässt, als würde sie mit meinem Mund Liebe machen.

»Danke«, sagt sie leise.

»Wofür?« Ich atme schnell und will ihren Mund wieder auf meinem.

»Weil du mich wie versprochen beschützt hast.«

Darauf könnte ich so viele Antworten geben, die ich ihr auch geben will, doch die eine, die mir auf den Lippen liegt, ist gelogen. *Ich werde dich immer beschützen*. Ich weiß nicht, ob das stimmt. Ich weiß nicht, ob ich sie vor den Medien beschützen kann, die so gern ihre blutigen Zähne in eine gute Story schlagen und sie auseinanderreißen. Ich weiß nicht, ob ich sie vor *mir* beschützen kann. Ich lege die Hand an ihre Wange und begnüge mich mit: »Ich würde irgendwann gern von ihm hören. Wenn du dazu bereit bist.«

Sie sieht mir lange in die Augen. »Das würde mir auch gefallen.«

Die Zeit bleibt stehen.

Von all den Begegnungen, die ich in den vergangenen Wochen mit Willow hatte, ist diese scheinbar belanglose die innigste, die beeindruckendste. Sie brennt sich tief in mich ein, und ich weiß, dass ich sie, ganz gleich, was passiert, für immer in mir tragen werde.

Denn dieser Moment verändert alles.

Die Tür, die sie fest verschlossen hält, öffnet sich nur einen kleinen Spalt. Und ich spüre, wie ein Teil von ihr für immer auf mich übergeht.

31. KAPITEL

Shaw

»Ich werde zu alt für diese Szene«, murrt Noah laut neben mir.

Genau wie ich, besonders da es hier rappelvoll mit jungen Leuten ist, die gerade volljährig geworden sind, aber Willow ist hier irgendwo, und ich musste einfach herkommen. Ich war seit Jahren nicht mehr auf dem Emfest. Ich sollte überall sein, nur nicht hier. Willow hat ihr eigenes Leben, ihre eigenen Freunde und ihre eigenen Interessen, in die ich nicht einbezogen bin. Aber ich wäre es gern, und diese leise Stimme, die mir sagt, dass es schon bald vorbei ist, wird ständig von der lauteren übertönt, der das einfach scheißegal ist.

Ich will sie. Herrgott, wie ich sie will. Mehr und mehr, mit jedem gottverdammten Tag. Und es geht dabei um mehr als Sex. Um weit mehr. Ich will ihr Lachen, ihr Lächeln, ihr Vertrauen, alles von ihr. Ich balanciere auf einem Drahtseil aus emotionalem Selbstmord, und machen wir uns nichts vor – ich werde abstürzen. Ich habe es kein einziges Mal über das Mistding geschafft, und der Boden ist mir noch nie so weit entfernt vorgekommen. Warum sollte es bei Willow anders sein?

Weil du nie jemanden wie sie hattest, der auf der anderen Seite wartet.

»Du laberst nur Scheiße, Noah«, sage ich schließlich, als ich beobachte, wie er eine praktisch nackte Kellnerin, die gerade vorbeikommt, von oben bis unten mustert. Sie trägt den kürzesten Rock, den die Menschheit je gesehen hat, und ihre kleinen kessen Brüste sind mit etwas bemalt, das aussieht wie eine Reihe aus dicken, verflochtenen, mit Gold bestückten grünen Ketten, die zwar ihre Nippel und Brustwarzenhöfe verdecken, ihre Brüste aber seitlich vollkommen entblößt lassen. Es sieht aus, als hätte sie eine schwere Halskette um, aber das ist bloß Körperfarbe. Es sieht toll und verdammt sexy aus, und wer auch immer in diesem Jahr für die künstlerische Gestaltung zuständig ist, hat sich selbst übertroffen.

Aber ich stelle fest, dass ich den wunderschönen Frauen nicht viel mehr als flüchtige Blicke zuwerfe. Ich meine, ich bin immerhin ein Mann. Wenn ich also behaupten würde, dass ich *gar nicht* hingucke, wäre das mit Sicherheit absoluter Schwachsinn. Aber früher hätte ich sie angesprochen. Mir vielleicht sogar eine herausgepickt, mit der ich den Abend beenden könnte. Aber heute nicht.

Heute Abend geht es mir nur darum, in dieser sich windenden Masse aus Körpern meine Freundin zu orten … sie aus der Ferne zu beobachten. Ich habe das Gefühl, dass sie nicht sehr begeistert wäre, mich hier zu sehen. Gut, dass wir versteckt in einer Ecke sitzen, wo wir schwer zu sehen sind, aber einen großartigen Blick auf das ganze Geschehen haben.

»Schon gefunden?«, fragt Noah mich mit einem nervigen Grinsen im Gesicht, das ich ignoriere.

»Wen?«, antworte ich ruhig.

Er lacht. »Glaubst du, ich weiß nicht, warum wir hier sind, Merc?«

»Keine Ahnung, was du meinst«, heuchele ich. Ich nippe an meinem Wodka auf Eis und suche wieder den Raum ab. Ich dachte, Willow würde sich im VIP-Bereich aufhalten, weil ihre Mitbewohnerin hier arbeitet, aber von ihr ist keine Spur zu sehen. Vielleicht hat sie es sich anders überlegt und ist zu Hause geblieben. Gott, ich hoffe es. Ich will nicht, dass alle Typen hier versuchen sie aufzureißen.

Nach dem Debakel bei der *7-Day* gestern sind wir die paar Blocks zu Fuß zum Pier 57 gelaufen, haben uns an einem Imbisswagen zwei Tacos geholt und sie uns auf dem Riesenrad schmecken lassen, während wir hinaus in den Hafen schauten.

Wir unterhielten uns die ganze zwanzigminütige Fahrt.

Ich wollte, dass sie mir von ihrem Vater erzählt. Das tat sie nicht, aber sie erzählte mir davon, wie sie mit Sierra aufgewachsen ist. Ihre Freundschaft mit Sierra klingt sehr wie meine mit Noah. Ich revanchierte mich und sprach darüber, wie es war, mit meinem besten Freund erwachsen zu werden und ein Geschäft zu führen.

Es war der authentischste Abend, den wir bisher zusammen hatten. Es kam mir vor wie ein richtiges Date, nur für uns und niemanden sonst. Ich habe sie noch einmal gebeten, mit zu mir nach Hause zu kommen. Über Nacht zu bleiben. Himmel, ich kann nicht glauben, wie sehr ich mir wünschte, heute Morgen mit ihr in meinen Armen aufzuwachen. Doch sie lehnte höflich ab und sagte, dass sie es für keine gute Idee hielte.

Und wieder musste ich feststellen, dass es mich stinkwütend machte, weil ich viel mehr will, als sie mir gibt. Sie hält sich zurück. Ich frage mich langsam, ob sie das bei jedem tut, oder nur bei mir. Ich will glauben, dass es auf diesen verdammten Vertrag zurückzuführen ist. Er steht wie eine Wand zwischen uns, aber eine, die niederzureißen ich immer noch abgeneigt bin. Doch gestern Abend lag ich allein im Bett und fragte mich, warum zum Teufel ich den Vertrag nicht einfach in Stücke reiße.

Will ich mir einen Ausweg offenhalten? Sichergehen, dass ich mich, wenn ich ihr doch wehtue, besser fühle, indem ich auf das Regelwerk verweise?

»Du hast mir nie gesagt, wie es mit ihr läuft.«

Ich fixiere den Mann, mit dem ich seit sechsunddreißig Jahren befreundet bin. »Und du hast mir nie gesagt, wie du sie kennengelernt hast.«

»Fängst du wieder damit an?«

»Ja.«

Ich sehe eher, wie er seufzt, als dass ich es höre. »Warum ist das so wichtig, Shaw?«

»Keine Ahnung, Noah«, knurre ich. *Vielleicht weil ich wissen muss, wie langsam ich dich ausweiden werde.* »Vielleicht weil du mir ausweichst. Neulich in meinem Büro kamt ihr mir sehr dick befreundet vor.«

In seinem flüchtigen Lächeln liegen Erinnerungen. Hass erfüllt mich.

»Du sagst mir jetzt besser, woher du sie kennst.« Und so wahr mir Gott helfe, wenn ich herausfinde, dass er sie gevögelt hat, bringe ich ihn um. Töte ihn. Auf der Stelle.

»Für eine fingierte Freundin bist du ein bisschen besitzergreifend.« Er grinst frech. Sein Grinsen erstirbt nur kurz und wird so breit wie immer, als ich über den Tisch greife, ihn am Kragen packe und ihn zu mir zerre.

»Sag es mir. Jetzt.«

Er lacht. »Herrgott, ich hab sie auf Harringtons Benefizveranstaltung getroffen. Entspann dich, Merc.« Er packt meine Finger, löst sie gewaltsam von seinem Hemd und setzt sich wieder. »Das war vollkommen unschuldig. Ich habe deine falsche Freundin nicht angerührt.«

Am liebsten würde ich ihm verbieten, sie so zu nennen. Außerdem will ich wissen, was sie auf der Benefizveranstaltung des Konkurrenten meines Vaters gemacht hat, aber das ist eine Frage für Willow, nicht für Noah. Als ich mich daran erinnere, welchen Auftrag er an jenem Abend hatte, sage ich: »Aber du willst es.«

»Du machst Witze! Welcher Typ mit einem funktionierenden Schwanz würde sie nicht begehren? Himmel, bei ihr könnte ein Zehnjähriger seinen ersten Steifen kriegen. Ich meine, sieh dir nur an, wie diese Lederhose jede ihrer Kurven liebkost.« Sein Blick huscht über meine Schulter, und ich drehe mich in dem Glauben um, dass er mich verarscht. Ich habe Willow bisher immer nur im Kleid gesehen.

Aber er verarscht mich nicht. Dort steht sie, am anderen Ende des Raumes an einem Tisch in der Ecke, auf dem ein »Reserviert«-Schild steht. Ich sehe sie nur im Profil, während sie mehrere Frauen umarmt und begrüßt, die schon vorher da waren.

»Ach du Scheiße«, hauche ich.

Mein Mund wird trocken. Meine Hose wird unangenehm eng, als ich den Blick an ihrem köstlich sündigen Körper herabgleiten lasse. Zu der schwarzen Lederhose trägt sie diese sündhaften schwarzen Stilettos mit den Riemchen um die Knöchel und ein tiefgrünes Neckholder-Top, das eng an ihrem Oberkörper anliegt, aber unten leicht ausgestellt ist. Ich kann es nicht von vorn sehen, aber wenn es tief ausgeschnitten ist und ihre fantastischen Brüste zur Geltung bringt, sind wir hier weg.

»Himmel Herrgott, ist die sexy«, höre ich Noah einen Tick zu aufgeregt sagen.

Aber ich bringe es nicht über mich, deshalb auf ihn sauer zu sein. Denn es stimmt ja. Sie bemüht sich noch nicht einmal, aber sie ist die erotischste Frau im ganzen Klub. Vielleicht sogar auf diesem Planeten.

»Wusstest du, dass sie CJ Blackwells Tochter ist?«, frage ich ihn geistesabwesend, den Blick immer noch auf meine Sexbombe von Freundin gerichtet.

»Du verarschst mich«, antwortet er ungläubig.

»Tue ich nicht.«

Er schweigt, und als es mir endlich gelingt, den Blick von Willow loszureißen, sehe ich, dass er die Mundwinkel nach unten gezogen hat und konzentriert die Stirn runzelt. »Hmm«, sagt er schließlich.

»Was, hmm?«

Er schüttelt den Kopf und umschließt mit den Fingern sein Glas. »Nee. Nichts.«

»Irgendwas ist doch. Spuck's aus.«

Er rutscht unbehaglich auf seinem Stuhl herum und trinkt einen Schluck von seinem Cocktail. »Es ist nur … An dem Abend, als ich sie kennengelernt habe, hat sie etwas gesagt, das ich nicht verstanden habe. Aber jetzt ergibt es mehr Sinn.«

»Was denn?«, hake ich nach. Eifersucht brodelt unter der Oberfläche, aber ich muss sie wegschieben. Wenigstens bei ihm. Hätte Noah nicht Willow getroffen und uns verkuppelt, würde ich sicherlich bis in alle Ewigkeit mit Lianna leiden.

Wieder werfe ich einen heimlichen Blick zu Willow und würde sie am liebsten die ganze Nacht anstarren. Wie erwartet schwillt mein Schwanz an. Aber irgendetwas tief in meiner Brust schwillt auch an. Ich setze mein Becherglas an meine Lippen und lasse den gekühlten Wodka meine Kehle hinabgleiten, während ich mich zwinge, wieder Noah anzusehen.

»Sie hat so was gesagt wie: ›Manchmal lässt uns das Leben keine Wahl.‹ Ich habe ihr geraten, einen besseren Umgang zu pflegen. Sie war mit Paul Graber dort.« Er knurrt den Namen des widerlichen Scheißkerls, und ich reagiere aus vielen Gründen gereizt, von denen nicht der geringste lautet, dass dieser Wichser auch nur in ihrer Nähe war.

Graber war einst ein großer Unterstützer meines Vaters. Inzwischen hat er anscheinend das Lager gewechselt und unterstützt den Mann, von dem er glaubt, dass er seinen Antrag auf Abriss der historischen Ellsworth Storey Cottages genehmigen wird, damit er dort angebliche Luxushotels errichten kann, die jedoch nichts anderes sind als eine Fassade für Edelbordelle.

»Du glaubst, dass sie deshalb für deine Freundin gearbeitet hat? Weil ihr Vater gestorben ist?« Als Willow an jenem ersten Abend zu mir nach Hause kam, erwähnte sie, dass sie nur noch ihre Mutter habe. Hat ihr Vater ihre Mutter mittellos zurückgelassen?

Bei dem Wort Freundin verzieht Noah den Mund, gibt sich jedoch keine Mühe, es zu leugnen. »Das hat sie nicht gesagt, aber Geldprobleme wären am naheliegendsten.«

Das hatte ich mir schon gedacht. Willow scheint nicht der Typ zu sein, der sich an reiche Männer hängt, nur weil es ihr einen Kick gibt. Dann kommt mir ein anderer Gedanke.

Ihr Vater hat doch sicher irgendeine Gewinnbeteiligung gehabt, einen Aktienoptionsplan oder Optionsscheine, die bei der Börseneinführung oder bei Zulassung des Medikaments in seine Vermögensmasse ausbezahlt würden? Verdammt, es sollte mich wundern, wenn Charles Blackwell nicht sogar ein Patent auf das Medikament hätte.

Weiß Willow das? Weiß es ihre Mutter? Wir haben neulich Abend kurz über den Börsengang gesprochen, über den sie überraschend wenig wusste, doch aus Gründen der Vertraulichkeit durfte ich keine Informationen über die klinischen Versuche an sie weitergeben, und das brachte mich um. Ich wollte mit ihrem Vater angeben, damit, dass sein Vermächtnis durch seine Arbeit weiterleben würde. Dass sein Name innerhalb von Monaten jedem ein Begriff sein würde. Selbst wenn es mich nichts angeht, habe ich vor, mich eingehender mit Jack Hancock zu befassen, weil ich das Gefühl habe, dass Willow davon nichts weiß.

»Offensichtlich. Weißt du zufällig etwas über Willows Mutter?«

»Du tust so, als wären wir befreundet oder so, Shaw. Ich weiß nur sehr wenig über sie. Ich habe fünf Minuten auf einer Party mit ihr gesprochen. Warum fragst du sie nicht einfach, was du wissen willst?«

Ich seufze schwer und wünschte, es wäre so leicht. »Sie ist sehr reserviert.«

»Tja, es ist schließlich nur vorübergehend, nicht?«, sagt er nüchtern. »Ich meine, du erwartest doch nicht, dass sie ihr ganzes Leben vor dir ausbreitet, wenn du schon an Weihnachten nicht mehr da sein wirst, oder?«

Ich antworte nicht, weil ich beim Gedanken daran, sie gehen zu lassen, nicht nur eine gigantische Leere verspüre, sondern auch ein sonderbares Ziehen in der Brust. Dabei ist es genau das, was ich erwarte. Was ich will.

Ich nippe an meinem Cocktail und gebe der Kellnerin ein Zeichen, eine neue Runde zu bringen, als sie zu uns herschaut. Dann lehne ich mich zurück, um Willow zu beobachten.

Ich sehe, wie sie lächelt.

Lacht.

Quatscht.

Sie ist unbeschwert.

Glücklich und entspannt.

Sie sieht jung aus und schöner, als ich sie je gesehen habe.

Es ist offensichtlich, dass diese Frauen sie gut kennen und sie sie in ihr Leben gelassen hat, sie nicht außen vor gelassen hat wie mich.

Mein ganzes Leben lang habe ich mich am Rande von Beziehungen wohlgefühlt. Von meiner Familie und Noah einmal angesehen, hatte ich nie das tiefe Bedürfnis, mich gefühlsmäßig voll für etwas zu engagieren. Es ist nicht so, dass ich gefühllos wäre. Es war für mich nur nie eine Priorität oder ein Herzenswunsch.

Aber bei ihr wird es zu einer unaufhörlichen Sehnsucht, und ich bin mir nicht sicher, wie viel länger ich das noch ignorieren kann. Ich stelle fest, dass es mir immer weniger gefällt, außerhalb zu stehen und hineinzusehen, vor allem, wenn sie mich so mühelos ausschließt, als würde sie einen Lichtschalter ausschalten.

Als ich ihr sagte, dass ich nicht wolle, dass sie all ihre Geheimnisse ausplaudert, habe ich gelogen, denn das will ich sehr wohl.

Als ich ihr sagte, dass ich nicht wisse, wie viel mehr ich wolle, war das auch gelogen, weil ich alles will. Jedes Stück. Jeden Zentimeter. Alles. Das ist ungerecht und egoistisch, aber ich will es trotzdem. Aber das heißt auch, dass ich mich erkenntlich zeigen muss. Kann ich das?

»Sie ist etwas Besonderes, stimmt's?«, fragt Noah. Es ist eine rhetorische Frage, aber ich antworte trotzdem.

»Ja«, murmele ich und bin mir nicht sicher, ob er mich gehört hat. »Warum hast du ausgerechnet sie ausgesucht?«

Er sieht zu Willow und lässt den Blick auf ihr ruhen. Dann sieht er wieder mich an. »Sie hat einfach irgendwas.«

Es gibt keine wie sie.

»Ja«, antworte ich schmunzelnd. »Das scheint der Konsens zu sein.«

Noah zögert, bevor er sagt: »Ehrlich gesagt, dachte ich, sie würde dir einen harten Kampf liefern, Merc, und dass ich den Höchstpreis bezahlen würde, um mir das anzusehen.«

Mein Schmunzeln wird zu einem breiten Lächeln. »Und was denkst du jetzt?«

Er lacht leise und trinkt einen kräftigen Schluck von seinem Bier. »Ich genieße die Show. Ungemein.«

Am liebsten würde ich ihm sagen, dass es nichts zu sehen gibt, doch Noah Wilder kennt mich besser als jeder andere auf der Welt. Deshalb sage ich nichts.

Ich sehe wieder zu Willow. Sie hat sich auf einen Stuhl gesetzt, der zu mir gedreht ist, doch da es dort, wo wir sitzen, relativ dunkel ist, entdeckt sie mich nicht. Eine Kellnerin bringt den Frauen ein Tablett mit Cocktails an den Tisch. Sie reicht Willow ein Martiniglas mit einer klaren Flüssigkeit und stellt Schnapsgläser hin, die randvoll mit einem braunen alkoholischen Getränk sind. Die vier anderen Frauen nehmen je eins in die Hand. Eine sehr gut aussehende, elegante Afroamerikanerin nimmt zwei und reicht eins an Willow weiter. Willow schüttelt den Kopf, doch der Gruppenzwang ist bis hierher zu spüren. Mit einem Augenrollen nimmt sie es ihr ab. Sie stoßen schwungvoll an und schütten den Alkohol hinunter. Willow rümpft leicht die Nase, bevor sie den Kopf in den Nacken wirft und lacht.

Es gibt mir ein warmes Gefühl, sie glücklich zu sehen.

In den nächsten zwei Stunden bleiben Noah und ich genau an dieser Stelle sitzen und unterhalten uns ein bisschen, beobachten jedoch meist das Treiben im Klub. Für eine Partynacht ist es noch relativ früh. Noch nicht einmal elf. Anders als die meisten jungen Leute hier muss ich morgen arbeiten. Ich habe schon am frühen Morgen ein Meeting, aber das ist mir egal. Solange Willow hier ist, bleibe ich.

Ich behalte ausschließlich sie im Auge, doch gelegentlich lenkt Noah mich ab und zeigt mir eine mögliche Affäre für die Nacht. Er ist schon ein paarmal weggegangen und wiedergekommen, während ich an Ort und Stelle geblieben bin. Und Willow beobachte.

Das haben wir in jüngeren Jahren gemacht, wenn wir auf Frauenfang gingen. Wir haben uns gründlich umgesehen, unsere Optionen geprüft. Wir haben ihnen auf den Zahn gefühlt, um zu sehen, wie gefügig sie waren, wie weit sie gehen würden. Dann haben wir eine zu uns ins Hotelzimmer eingeladen, das wir uns für die Nacht gesichert hatten, und sie gevögelt, bis wir alle ohnmächtig wurden. Doch inzwischen brauchen wir nicht mehr auf die Jagd zu gehen, weil sie freiwillig zu uns kommen. Genau wie die vollbusige Brünette, die jetzt auf uns zusteuert.

»Was hältst du von ihr?«, fragt Noah leise. Sie ist die dritte Frau, die heute Abend bei uns vorbeischaut.

Sie ist verdammt heiß, kein Zweifel. Hübsches Gesicht, einladendes Lächeln, toller Körper. »Ich glaube, sie ist noch nicht lange vom Fläschchen entwöhnt«, sage ich lachend.

»Genau, wie ich sie mag, Kumpel. Leichter zu korrumpieren.« Er blinzelt mir zu und richtet seine Aufmerksamkeit wieder auf die Gazelle, die nun vor uns steht. Und genau das ist sie. Eine Unschuldige, die die Löwengrube betreten hat, ohne es zu wissen. Wäre das vor zwei Monaten passiert, hätten Noah und ich zusammengearbeitet, um sie bis morgens in so vielerlei Hinsicht zu pervertieren wie nur möglich. Doch ich stelle fest, dass ich absolut kein Interesse habe, obwohl sie schon sehr bereit erscheint.

»Hallo«, sagt sie schüchtern, den Blick auf Noah gerichtet. Ihre Fingernägel mit roten Spitzen kratzen nervös auf der Tischplatte, während sie in ihrem knappen roten Kleid dort steht.

»Hallo, Schatz«, antwortet Noah mit seinem typischen harmlosen Lächeln. Komisch. Er ist alles andere als der nette Junge von nebenan. Er fordert sie mit einem Nicken auf, sich zu uns zu setzen, und fragt sie, was sie trinken will. In den nächsten Minuten plaudern wir höflich mit ihr. Wir erfahren, dass Sadie erst im Frühjahr das College abgeschlossen hat und nun bei einer führenden Anwaltskanzlei in Seattle als Anwaltsgehilfin arbeitet, während sie sich ihren nächsten Schritt überlegt, vielleicht ein Jurastudium. Es dauert nicht lange, bis Noah sich dicht zu ihr beugt und ihr etwas ins Ohr flüstert, wobei seine Hand flüchtig ihren entblößten Schenkel berührt. Als ihre Augenlider sich vor Lust senken, weiß ich, dass er sein Ziel erreicht hat.

Ich warte nicht, bis er anfängt, sie zu befummeln, was jetzt jede Sekunde passieren wird, sondern drehe mich wieder zu Willow um, doch sie ist nicht mehr an ihrem Tisch. Keine der Frauen sitzt noch da. Ihre Getränke stehen noch dort, unbeaufsichtigt, und in der Mitte liegt eine Schachtel Zigaretten, daher weiß ich, dass sie nicht gegangen sind.

Der Boden in unserem Bereich ist leicht erhöht, sodass ich einen guten Blick auf die gesamte VIP-Tanzfläche habe. Innerhalb von Sekunden entdecke ich ihr Grüppchen auf der Tanzfläche. Ich versuche nicht einmal, mich von der Mühelosigkeit loszureißen, mit der ihr Körper sich geschmeidig zu einem Song bewegt, den ich nicht kenne, Willow aber schon.

Sie ist beweglich, träge, elegant. Die Augen geschlossen und die Arme über dem Kopf, bewegt sie ihre Lippen zu dem Song »Ex's & Oh's«, während ihre Hüften vor und zurück schwingen, als wäre sie zum Tanzen geboren.

Mein Ständer ist schmerzhaft und pocht. Ich werde auf keinen Fall heute Abend nach Hause gehen können, ohne diesen Schmerz zuerst in ihr zu lindern. Auf keinen verdammten Fall.

Ich sollte sie in Ruhe lassen. Ich sollte sofort aufstehen, zu meinem Wagen gehen und mir zu Hause zu Gedanken daran, wie diese verdammte Lederhose ihren perfekten Hintern liebkost und nichts der Fantasie überlässt, einen runterholen. Ich sollte mir vorstellen, wie ich sie ihr vom Körper schäle, bevor ich sie schnell und grob nehme, und beim Gedanken, sie mein zu machen, heftig kommen.

Bevor ich weiß, wie mir geschieht, schlendere ich auf sie zu. Die Menge aus schwitzenden Körpern teilt sich vor mir, als könnten alle die zehntausend Volt spüren, die mich umgeben. Kurz bevor ich sie erreiche, schleicht sich ein Typ mit lüsternem Blick von hinten an sie heran, packt sie an den Hüften und dreht sie zu sich herum.

Und als ich näher komme, stelle ich fest, dass es nicht *irgendein* Typ ist.

Es ist der verdammte Reid Mergen.

In meinem Bemühen, zu Willow zu kommen, stoße ich den Rest der Leute, die mir im Weg stehen, fast um.

»Verschwinde! Hau ab!«, knurre ich mit gefletschten Zähnen und ziehe Willow aus seinen Armen in meine.

»Ich finde, wir sollten Willow die Entscheidung überlassen«, höhnt er und ballt kampfbereit die Fäuste.

Dann mal los, Wichser. Ich bin mehr als bereit.

Er versucht nach ihr zu greifen, bis ich ihn grob am Handgelenk packe. »Sie gehört mir.«

»Himmel, Sie führen sich auf, als sei sie ein Stück Vieh, Sie selbstgerechtes Arschloch.« Er tritt einen Schritt näher, und Willow zwängt sich zwischen uns, um uns mit ihren winzigen Armen zu trennen.

»Reid, bitte. Geh einfach.«

Sein Kiefer zuckt, und eine Sekunde lang denke ich, dass er direkt durch sie hindurchpflügen wird, um mir an die Gurgel zu gehen, doch als er seinen gehässigen Blick senkt und ihr in die Augen sieht, wird sein Blick weicher. Es bringt mich zur Weißglut, dass er sie so anschaut. Er will wieder nach ihr greifen, besinnt sich aber eines Besseren und lässt die Hand sinken. Dann nickt er widerwillig, macht mit einem letzten hasserfüllten Blick zu mir auf dem Absatz kehrt und lässt uns allein.

Willows kleine Hände berühren mein Gesicht und drehen mich zu ihr. Ich glaube, dass sie wütend ist, aber das ist nicht der Fall. Ihr errötetes, verschwitztes Gesicht trägt eine Maske aus Verwirrung. »Was machst du denn hier?«

»Und was macht *er* hier?«, fauche ich und kann meine Wut über seine Grabscherei kaum zügeln.

»Ich habe keine Ahnung. Ich wusste nichts davon.«

Ihre Stimme fleht mich an, ihr zu glauben. Das tue ich. Himmel, wäre ich nicht hier gewesen, hätte dieser Wichser sich an sie rangemacht, da bin ich mir absolut sicher. Wenigstens ist jetzt klar, was er will. *Sie*. Mein Blick schweift auf der Suche nach ihm durch den Raum.

»Hey.« Sie packt mich an der Taille meiner Jeans und zieht mich an sich. »Mach dir seinetwegen keine Sorgen.«

Sie bewegt den Kopf hin und her, um meinen Blick aufzufangen, bis ich ihr, und nur ihr, meine Aufmerksamkeit schenke. Dann lächelt sie, und das Lächeln ist hell und strahlend und warm. Es erreicht ihre Augen und ist nur für mich bestimmt. Ich atme langsam aus und lasse das mordgierige Gefühl heraus, das mich auffrisst.

Ich konzentriere mich erneut auf sie und versuche, den Hass, den ich empfinde, verpuffen zu lassen. Das ist nicht allzu schwer, wenn sie mir mit der Hand über die Brust streichelt und mich mit ihren großen Augen ansieht. Die Erektion, die vor einer Minute abgeklungen ist, kommt heftig zurück.

Aus dem Augenwinkel sehe ich, dass ihre Freundinnen immer noch tanzen, uns aber interessiert beobachten, als der Song in eine sinnliche Nummer von Tove Lo übergeht.

»Willow«, stöhne ich.

Ich senke meine Lippen auf ihre Stirn und fahre langsam mit den Händen an ihrem Oberkörper hinauf. Ihre Arme ziehe ich mit hoch und lege sie eng um meinen Hals. Ich klemme ein

Knie zwischen ihre Schenkel, lege die Hand in ihr Kreuz, bücke mich leicht und fange an, sie zur Musik zu wiegen.

»Was tust du?«, fragt sie atemlos.

Mein Schwanz ist stocksteif.

Er schmerzt.

Er pulsiert an ihrem Bauch. Ich weiß, dass sie es spürt. Ich will sie so sehr, und ich will so viel von ihr, dass es mich fertigmacht.

»Ich denke, das ist offensichtlich, meine sexy Hexe. Ich tanze.«

Sie dreht den Kopf, aber ich lasse sie nicht los. Sie gehört jetzt mir, und ich will, dass sie sich ganz auf mich konzentriert. Nicht auf ihren Ex. Nicht auf ihre Freundinnen. Nicht auf die Leute um uns herum.

Ohne meinen Rhythmus zu verlieren, lasse ich die Hand in ihre Haare gleiten und senke den Mund bis knapp zwei Zentimeter über ihren. »Gott, ich will dich schon seit Stunden küssen. Du bist so verdammt sexy.«

Sie blinzelt ein paarmal, während sie verarbeitet, dass ich die ganze Zeit hier war und sie beobachtet habe. »Worauf wartest du dann noch, Verkehrsrowdy?«

Ich küsse sie hart und tief, betaste ihre mit Leder bedeckte Pobacke und reibe auf der Suche nach Linderung meine Erektion weiter an ihr. Sie keucht in meinen Mund. Ich schlucke ihr Keuchen, genieße den schweren und berauschenden Geschmack ihres Verlangens. Meine Kopfhaut brennt von ihrem festen Griff, und ich registriere, dass meine Hand auf ihrem Po an ihrem Rücken hinaufgeglitten ist und jetzt unter ihrem Top liegt.

Ihre Lippen verlassen meine und gleiten zu meinem Ohr. Schwer atmend knabbert sie an meinem Ohrläppchen, während ihre Nägel über meinen Rücken kratzen. Mein Gesicht ist an ihrem Hals vergraben und saugt an der empfindlichen Haut an der Schulterbeuge. Die Stelle, die sie verrückt macht.

»Wie feucht bist du, Willow?«, sage ich ihr mit rauer Stimme so laut ins Ohr, dass es über die Musik hinweg zu hören ist.

»Es ist der reinste Fluss«, antwortet sie ebenso rau, während sich ihre Brust hebt und senkt.

Herrgott. Ich will sie sofort, aber ich genieße auch voll und ganz ihre Kurven, die sie beim Tanzen an mich presst. Deshalb reduziere ich mein Tempo, während ihre Bewegungen und Atemzüge verzweifelter werden.

Ich will, dass ihr der Kopf schwirrt und ihr Puls vor Verlangen trommelt.

Ich will sie dazu bringen, mich anzuflehen.

Und ja, ich will, dass dieser scheiß Reid Mergen vor Eifersucht schäumt, weil *ich* derjenige bin, der heute Abend und in jeder Nacht, die noch kommt, in Willow sein wird. Falls er je eine Chance bei ihr hatte, ist sie vorbei. Solange ich mitzureden habe, wird er keine neue bekommen.

Ich halte sie an den Hüften fest und steuere ihren verführerischen Schwung, sorge dafür, dass ihr Schambein mit jeder Verrenkung unserer Körper gegen meinen unnachgiebigen Schwanz stößt. Ich verteile Küsse auf ihrem Kiefer, an ihrem Hals hinab, bis sie lange und laut stöhnt. Ich flüstere ihr obszöne Worte ins Ohr, die ihr den Atem stocken lassen. Ich vergesse, wo wir sind, verliere mich in ihr, mein Plan geht komplett nach hinten los. Ich bin der, dem der Kopf schwirrt und bei dem der Puls trommelt. Erst als der Rhythmus des nächsten Songs durch mich hindurchhallt, fällt mir wieder ein, dass wir uns umgeben von Hunderten anderer Menschen mitten auf einer Tanzfläche befinden, aber meine Mission ist trotzdem erfüllt.

Sie löst sich von mir und sieht mich forschend an. »Ich

will diese Wiederholung«, verkündet sie barsch. »Sofort.« Sie schnappt sich meine Hand und will mich von der Tanzfläche ziehen, doch ich zerre sie zurück zu mir.

Ich nehme ihr Gesicht in die Hände und sage zu ihr: »Du bleibst heute über Nacht. Keine Ausreden.« Ich will nicht, dass sie nach Hause geht, als sei sie nur ein flüchtiger Moment. Denn das ist sie nicht, und ich habe es satt, dass sie so tut, als sei sie es. Ich bin mir zwar noch nicht sicher, was wir stattdessen sind, aber wir sind mehr, als wir beide beabsichtigt hatten.

Ich sehe mir den Krieg zwischen ihrem Verstand und ihren Gefühlen an wie einen Kinofilm, höre die Fragen wie ein Schnellfeuer auf sie einprasseln.

Nein oder ja?

Verteidigung oder Kapitulation?

Auf Nummer sicher gehen oder etwas riskieren?

Mein ganzer Körper erschlafft vor Erleichterung, als sie so leise antwortet, dass ich mich anstrengen muss, um es zu hören: »Okay.«

Endlich. Eine beschissene Barriere eingerissen.

Und nach heute Nacht? Nachdem ich die Hände eines anderen auf ihrem Körper gesehen habe? Nachdem ich ihren nackten Körper stundenlang an meinen gedrückt habe? Das Spiel ist aus. Ich beabsichtige, jede einzelne Barriere niederzureißen, die noch steht, denn ich kann endlich zugeben, dass ich mehr will als nur ihre Zeit oder ihren Körper oder dass sie mir dabei hilft, die Presse aus meinem Privatleben herauszuhalten, damit mein Vater seine Wahl gewinnen kann.

Ich kann endlich zugeben, dass ich ihr Herz will.

Und ich will es behalten, selbst wenn ich mir noch nicht sicher bin, ob ich es ihr nicht brechen werde.

32. KAPITEL

Willow

Mein Magen schlägt einen Salto, als ich die Schlüsselkarte in die Tür schiebe. Shaws Atem kitzelt mich bei jedem federleichten Kuss im Nacken, und ich starte noch einen Versuch und behalte diesmal die Augen offen. Er lacht leise, weil er genau weiß, welche Wirkung er auf mich hat. Das Licht blinkt grün, und ich drücke die Klinke herunter, sodass wir eintreten können.

Wie vorausgesagt, hat Jo uns allen ein Hotelzimmer im Alexis gesichert, mitsamt einer Einladung, um mit Errow, einer der führenden Bands, die dieses Jahr das Emfest rocken, Party zu machen. Eigentlich hatte ich mich auf einen Abend mit meinen Freundinnen gefreut. Darauf, mit ihnen zu quatschen, zu trinken, zu tanzen und zu lachen. Alles Dinge, die ich nicht mehr oft genug tue.

Doch in dem Moment, als Shaw die Arme um mich schlang, war das alles vergessen. Ich wollte ihn nur noch ausziehen und von Kopf bis Fuß ablecken. Er sieht in seiner Dark Wash Jeans und dem dunkelgrauen Slim-Fit-Botton-down-Hemd so verdammt sexy aus, dass mir buchstäblich das Wasser im Mund zusammenläuft.

Ich sollte sauer auf ihn sein, weil er an meinem Mädelsabend aufgekreuzt ist, aber ich bin so weit vom Sauersein entfernt, dass es mir Angst macht. Ich wusste, dass ich ihn dort gespürt hatte. Meine Haut kribbelte von dem Moment an, als ich den

VIP-Bereich betreten hatte. Ich spürte seine Präsenz. Ich fühlte mich beobachtet, beschützt. Begehrt.

Als wir über die Schwelle sind, schlingen sich Arme wie Stahlbänder von hinten um mich und drücken mich an einen festen, männlichen Körper. Ich höre das leise Klicken der sich schließenden Tür, bevor seine heisere Stimme über mich rieselt. »Ich will dich, Willow. So verdammt gut und hart, dass du mich nie mehr vergisst.«

Du bist ganz und gar unvergesslich. Die Worte liegen mir auf der Zunge, bevor ich sie herunterschlucke, aus Angst, sie auszusprechen, aus Angst, ihn abzuschrecken.

»Ich will dich«, flüstere ich stattdessen. Mir ist schwindelig und mein Blut ist vom Alkohol berauscht. Davon, und von schierer, nackter Lust. Ich will Shaw heute Nacht, aber zu meinen Bedingungen.

Ich weiß nicht, ob es am Schwips oder an der tickenden Uhr liegt, die mit jedem Tag lauter wird, aber heute Nacht will ich das Sagen haben. Ich will seine Macht schwächen, an der er sich festhält. Ich will den gemessenen, gebieterischen Shaw Mercer in die Knie zwingen. Ich will ihn so heftig vögeln, dass *er mich* nie vergisst und dass ihn die Erinnerung an mich verfolgt, wenn ich weg bin.

Ich lege den Kopf wieder an seine Schulter und umfasse seinen steifen Schwanz. Mein Griff ist fest, meine streichenden Bewegungen sind bestimmt, und ich weiß, dass ich ihn habe, als er mit kehliger Stimme krächzt: »Ich liebe deine Hände an meinem Schwanz, Willow.«

Ich drehe mich in seinen Armen um, ziehe seinen Kopf zu mir herab und küsse ihn mit so viel Gefühl, wie ich nur fähig bin. Mit einem verzweifelten Verlangen und einem unbändigen Hunger, den ich noch nie für einen anderen Menschen empfunden habe. Er packt mich an der Taille, während er mich in die geräumige Suite führt. Ich weiß genau, worauf er aus ist, aber ich will da nicht mitmachen.

Dies ist meine Nacht.

Meine Show.

Meine Bühne.

Ich löse meinen Mund von seinem und stemme die Fersen in den Teppich, um ihn aufzuhalten. Shaw sieht mit unverhohlener Lust im verschleierten Blick auf mich herab. Seine heftige schnelle Atmung macht mich stolz.

Mit einem leisen Lächeln greife ich nach seinen Hemdknöpfen. Ich öffne sie schnell und effektiv, und das raue Stöhnen, das ihm entfährt, als ich eine seiner flachen Brustwarzen in meinen Mund sauge, bringt mich selbst zum Stöhnen. Ich wiederhole das auf der anderen Seite.

»Verdammt, Willow.« Sein sexy Knurren heizt mein Feuer noch mehr an.

Als Nächstes ist seine Jeans dran, und ich öffne den Knopf und den Reißverschluss, bevor ich auf die Knie falle und seinen dicken langen Penis aus der schwarzen Retropants ziehe. Er ist von Samt ummantelter Stahl. Glatt und hart und so dick, dass meine Finger kaum herumreichen. Ich blicke an seinem straffen flachen Oberkörper hinauf und frage: »Und wie möchtest du meinen Mund auf deinem Schwanz?«

Statt einer Antwort packt er mich mit einer Hand an den Haaren und mit der anderen seinen Schwanz. Zuerst streichelt er sich selbst ein paarmal, dann tippt er mit der Eichel an meinen Mund, und meine Zunge schnellt unwillkürlich hervor, um die Tröpfchen des Vorsekrets abzulecken, die die Spitze überziehen, was ihm einen leisen Fluch entlockt.

»Mach den Mund auf.«

Sein heiserer Befehl ist archaisch, bringt den devoten Teil von mir, von dessen Existenz ich gar nichts wusste, dazu zu gehorchen. Deshalb tue ich es und lasse ihn in dem Glauben, dass er die Kontrolle hat. Aber das stimmt nicht. Ich habe sie. Er wird alles tun, was ich will, und es nicht einmal bemerken.

Und ich will das.

Als er in meinen Mund gleitet, stöhne ich auf. Gott, ich würde das an jedem Tag des Jahres tun. Er schmeckt nach süßem Moschus und virilem Mann. Er schmeckt, als sei er mein.

Ich mache die Zunge flach, als ich ihn tief in den Mund nehme. Als ich mich zurückziehe, mache ich die Wangen hohl und sauge heftig. Ich packe ihn an der Wurzel und drücke, kitzele seine Eier mit den Fingern, bevor ich die Hand drehe, während sie meinem Mund wieder nach oben folgt.

»Himmel.« Er zieht an meinen Haaren, bis mein Blick nach oben geht, um seinen aufzufangen. Seine Augen brennen. Sind rasend. »Noch mal. Genau wie eben.«

Lächelnd wirbele ich mit der Zunge um die Unterseite seines Schwanzes und spiele mit ihm, bis er keucht, bevor ich ihn wieder nach hinten in meine Kehle nehme und wieder von vorn anfange.

»So gut, Willow. Himmel, hör nicht auf.«

Das tue ich nicht, bis sich die Anzeichen seines Höhepunkts mehren.

Seine Lider senken sich.

Er wirft den Kopf in den Nacken.

Sein Griff verstärkt sich.

Seine Atmung wird schneller.

Seine Schenkel spannen sich an, sein Schwanz schwillt und pulsiert, bevor er schneller zustößt, gröber, während seine Lust die Kontrolle übernimmt. Ich schmecke mehr Salz auf der Zunge. Ich will nichts mehr, als das zu Ende zu bringen, ihn zum Ende zu bringen, bis er brüllt und seine Knie nachgeben, aber ich habe anderes im Sinn, bevor ich ihn endgültig erobere.

Beim nächsten Mal lasse ich seinen Schwanz mit einem lauten Plopp herausflutschen. Fassungslos lockert er den Griff um meine Haare, und ich nutze die Gelegenheit, um aufzuspringen und rückwärts von ihm wegzugehen, bevor er mich wieder packen kann.

»Komm wieder her«, grollt er und stakst hinter mir her.

Ich strecke abwehrend die Hand aus, bevor er mir zu nahe kommt. »Stopp.«

»Willow, was soll das? Nimm meinen Schwanz wieder in den Mund und bring zu Ende, was du begonnen hast!«

Er klingt verzweifelt, bedürftig.

Unkontrolliert.

Endlich. Mr Cool schmilzt unter dem Druck.

Er macht noch einen Schritt, bis seine schwer atmende nackte Brust gegen meine ausgestreckte Hand stößt. Mein Blick wandert über seinen durchtrainierten Körper. Sonnengebräuntes Fleisch, straffe Muskeln, Haare an genau den richtigen Stellen. Herrgott, der Mann ist die Verkörperung der Sünde. Ein Engel Lucifers.

»Ich will etwas für dich tun«, hauche ich und verliere fast den Mut.

»Ich will auch, dass du etwas für mich tust.« In seiner Stimme liegt wenig Belustigung. Er ist wirklich verärgert. »Ich will, dass du auf die Knie gehst und es zu Ende bringst.«

»Gott, Shaw.« Ich schließe kurz die Augen, und seine verruchten Worte überzeugen mich fast, doch dann schubse ich ihn weg. Ich deute mit einem Nicken auf den Sessel hinter ihm. »Setz dich. Das wird dir gefallen. Versprochen.«

Seine Augen verdunkeln sich, und er beißt die Zähne zusammen. Für den Bruchteil einer Sekunde bezweifele ich, dass er mitspielt. Ich glaube, dass er mich gleich packt, mich wieder in die Knie zwingt und mir seinen wütenden, wippenden

Schwanz erneut in den Mund schiebt. Aber mit einem schweren Seufzer tritt er ein paar Schritte zurück, setzt sich vorsichtig in den dick gepolsterten Lehnsessel und fixiert mich.

Herrgott, sieht er gut aus. Mit der nackten Brust, weit gespreizten Beinen und seinem Schwanz, der aus dem Jeansstoff, der seine Hüften noch umhüllt, strammsteht, sieht er aus wie ein hedonistischer König auf seinem Thron.

Ich trete ein paar Schritte zurück, wobei ich den Blick nicht von ihm abwende, und beginne langsam, den Reißverschluss an der Seite meines Tops herunterzuziehen. Ich habe noch nie so viel für einen Mann gestrippt wie für Shaw, aber er liebt das, und ich will ihm gefallen.

Ich löse die Bänder im Nacken, ziehe mir den Stoff über den Kopf und lasse ihn behutsam zu Boden gleiten. Ich will das in die Länge ziehen. Das war mein Plan. Ausziehen und scharfmachen, doch in dem Moment, als ich meine geschwollenen, schmerzenden Brüste von meinem trägerlosen BH befreie, umfasst Shaw seinen Schwanz und fängt an, ihn gemächlich zu streicheln. Der Anblick ist so verdammt erotisch, dass mein ganzer Körper pulsiert. Ich will mich rittlings auf ihn setzen, mich auf ihn hinabsinken lassen und ihn reiten, bis ich vergesse, wer ich bin.

»Hör nicht auf, Goldlöckchen«, spornt er mich mit einem Grinsen an, als ich zögere.

Als ich den Blick zu ihm hebe, weiß ich, dass mein Lächeln sinnlich ist, denn er presst die Lippen zusammen und schaut mich mit heißhungrigem Blick an. Ich ziehe den Reißverschluss meiner Hose auf, drehe mich um und bücke mich, schäle sie zielstrebig von meinen schlanken Beinen. Ich will meine Stilettos anlassen, kann die Hose aber nicht drüberziehen, deshalb schnalle ich sie rasch auf und ziehe sie aus. Dabei nehme ich die ganze Zeit über deutlich wahr, dass das Einzige, was meine durchnässte Mitte vor Shaws Blick schützt, ein zweieinhalb Zentimeter breites Stück aus lavendelfarbener Seide ist.

»Dieses Traumbild könnte ich mir jeden Tag anschauen, bis ich tot bin, und nie genug davon bekommen«, krächzt er mit belegter Stimme.

Gott, wenn er solche Dinge sagt …

Ich ziehe meinen Tanga aus und richte mich auf, luge spielerisch über meine Schulter, bevor ich mich umdrehe. Shaws Gesicht ist verkniffen, und er bearbeitet seinen Schwanz jetzt schneller als eben noch. Ich lächele, weil ich weiß, dass ich ihn um den Verstand bringen werde.

Ich setze mich auf den Rand des quadratischen Couchtischs und spreize die Beine weit. Wir haben die Deckenlampe nicht eingeschaltet, doch das Mondlicht, das durch die geöffneten Balkonjalousien scheint, schafft die perfekte sinnliche Stimmung, indem seine hellblauen Strahlen wie mein ureigener Spot fungieren. Ihm kann auf keinen Fall entgehen, wie sehr ich ihn begehre.

»Himmel Herrgott, Willow«, ächzt er, als ich eine meiner Brüste betaste, den verhärteten Punkt an der Spitze kneife und angesichts des leichten Schmerzes, den ich mir selbst zugefügt habe, nach Luft ringe. Ich fahre mit dem Finger durch meine Falten, ziehe die Feuchtigkeit zu meiner pochenden Klitoris und umrunde sie langsam, bevor ich zwei Finger hineintauche.

»Sag mir, wie du schmeckst«, verlangt er mit rauer Stimme.

Mein eigenes Verlangen habe ich bisher nur auf den Lippen eines Mannes geschmeckt, aber ich weiß schon, wie die Antwort lauten wird, bevor ich den dickflüssigen Film von meinen zwei mittleren Fingern lutsche. »Ich schmecke immer noch nach dir.«

Er schließt seine dunklen Augen mit einem unwirschen Laut. Als er sie wieder aufschlägt, ist er vollkommen wild. Die Linien in seinem Gesicht sind scharf, lüstern. Jeder Muskel ist angespannt und bereit. Er will mich jetzt so verzweifelt nehmen, dass ich es schmecken kann.

Ich habe die Oberhand.

Meine Hand stiehlt sich zurück zu meinem Bauch und gleitet wieder durch meine Nässe. Zuerst umkreise ich den hochempfindlichen Nervenstrang nur leicht und erhöhe dann den Druck mit jeder Umdrehung. »Das machst du mit mir, Shaw«, flüstere ich ehrlich. »Du machst mich feucht und scharf und löst Sehnsüchte in mir aus.«

Nach dir. Einer Zukunft. Glück.

Ich habe alle Hemmungen, die ich hatte, vor der Hotelzimmertür gelassen und pfeife darauf, dass meine Erregung den Tisch unter mir überzieht und ihn glitschig macht.

Er lehnt seinen Kopf an die Sessellehne und senkt die Augenlider, sodass er meine kreisenden Finger und Hüften weiter beobachten kann, während er sich im selben Rhythmus bewegt. Mit den Fingern der anderen Hand streichelt er seine Hoden, seine rauen, abgehackten Atemzüge entsprechen meinen.

»Bei dir fühle ich mich schön und begehrt.«

»Das bist du ja auch. So verdammt schön und so verdammt feucht.«

»Für dich«, keuche ich, während ich mich der Ziellinie nähere. »Nur für dich.«

»Du bist kurz davor.«

Du aber auch. Seine Hüften stoßen mit jedem ruckartigen Streichen seiner geschlossenen Faust heftig zu. Er verliert die Kontrolle.

»Ja«, stimme ich zu.

»Komm jetzt, Willow. Ich will zusehen, wie du dich gehen lässt, und mir dabei wünschen, dass es statt deiner Finger meine wären.«

Ich habe mich geirrt.

Ich hatte nie die Macht. Die hatte immer Shaw, denn auf seinen heiseren, vulgären Befehl hin tue ich, was er will, weil mein Körper gegen seine Kapitulation hilflos ist. Er hält die Zügel in der Hand, und ich halte seinem hitzigen Blick stand, bis ich nicht mehr kann. Bis die Flutwelle der Lust, die meine Finger ausgelöst haben, die jedoch ihm gehörte, mich hinwegfegt und ich mich darin verliere, seinen Namen murmele, während die Ekstase in mir bricht und sich krachend überschlägt.

»Gut so, meine Schöne«, drängt er mich leise.

Ich werfe den Kopf in den Nacken und komme.

Heftig.

Brutal.

Wunderschön.

Meine Muskeln zittern unkontrollierbar, während diese Sucht namens Shaw Mercer in meinem Körper wütet und jeden Mann vor ihm auslöscht.

Ich habe keine Ahnung, wie lange es dauert, bis mir bewusst wird, dass sich keiner von uns gerührt hat. Als ich den Kopf wieder heben kann, sitzt er immer noch da. Mein mächtiger, attraktiver, hedonistischer König, den dicken, erigierten Schwanz immer noch in der Hand und reine Ehrfurcht im Gesicht.

»Ich habe noch nie etwas Schöneres gesehen, Willow. Danke.«

Auch wenn ich schon vorher hin und weg gewesen war, diese andächtigen Worte lassen mich endgültig dahinschmelzen. Ich hatte nicht geglaubt, mich überhaupt bewegen zu können, bis ein selbstgefälliges Lächeln um seine Lippen spielt und er kommandiert: »Steig auf meinen Schwanz. Sofort. Dein nächster Orgasmus gehört mir.«

»Der eben hat schon dir gehört, Verkehrsrowdy«, erkläre ich mit einem ebenso selbstgefälligen Lächeln. Ich schließe die Beine und strahle, als sein hungriger Blick mir folgt.

Sein Grinsen wird breiter, und er winkt mich mit dem Zeigefinger zu sich herüber.

Ich könnte die Spröde spielen, mich zieren, noch ein paar schlaue Sprüche klopfen, um ihn anzustacheln, aber warum? Das Spiel ist vorbei. Er führt und ich folge.

Und das ist okay für mich.

Ich stehe auf und gehe auf wackligen Beinen zu ihm. Mein Blut ist heiß und meine feuchten Finger kribbeln. Während ich in meinem orgasmischen Koma war, muss er sich Jeans und Hemd ausgezogen haben, denn er ist herrlich nackt. Als ich ihn erreiche, steige ich schweigend auf seinen Schoß, während er seine Hände auf meine Hüften legt. Ich schwebe über zwanzig Zentimetern fester Länge und warte auf seine nächste Anweisung.

Er weiß es.

»Du bist so verdammt perfekt, Willow.« Er legt eine Hand in meinen Nacken und zieht mich für einen gehauchten Kuss auf den Mund zu sich herab. »Setz dich.«

Ach du Scheiße, ich liebe es, wie dieser Mann mit mir spricht.

Als Erstes überziehe ich ihn mit den Resten meines Orgasmus. Dann richte ich mich aus und lasse mich Zentimeter für Zentimeter sinken, bis er vollständig in mir versunken ist. Ich wimmere angesichts der exquisiten Fülle.

»Reite mich. Lass dir Zeit. Ich will jede Furche dieser glühend heißen Pussy spüren, wenn du dich hebst und senkst.« Mit einer Hand in meinem Nacken und einer auf meiner Hüfte ist er der Maestro. Er dirigiert. Die Erde bebt.

Die Erde bebt.

Ich dachte, das sei ein schwachsinniger Spruch, den sich Hollywood- oder Liebesromanautoren ausgedacht haben. Doch während Shaws intensiver heißer Blick meinen festhält, spüre ich, wie sich in der Atmosphäre etwas Wesentliches ändert und unsere Beziehung wieder einmal verwandelt.

»Willow«, flüstert er leise. »Du gehörst mir.«

Ich nehme sein Gesicht in die Hände und lehne die Stirn an seine. Dabei schließe ich die Augen, damit er die Tränen des Zweifels nicht sehen kann, die jetzt darin stehen.

»Du gehörst mir«, krächzt er wieder zu trägen Stößen und zärtlichen Küssen. »Ich will, dass du mir gehörst.«

»Aber der Vertrag …«, stoße ich hervor. Dieser verdammte Vertrag hängt über unseren Köpfen wie eine Gewitterwolke, und er besagt eindeutig, dass ich nach den nächsten Wochen *nicht* mehr ihm gehöre.

»Scheiß auf den Vertrag. *Scheiß* auf den Vertrag«, wiederholt er mit mehr Nachdruck, und sein Körper reagiert genauso wie sein Temperament. Seine Stöße sind nicht mehr faul und träge; sie unterstreichen seinen Standpunkt mit Vehemenz. Seine Küsse sind nicht mehr zart und weich; sie sind grob und glühend heiß. Seine Berührung ist nicht mehr behutsam; sie ist hart und hinterlässt blaue Flecken.

Doch Momente später, als wir gemeinsam kopfüber in den grellen Strudel aus Glückseligkeit taumeln, überzeugen mich seine süßen Worte, dass ich ihm gehören könnte und dass eine gemeinsame Zukunft möglich ist, egal wie es mit uns begonnen hat.

Als ich in dieser Nacht nach einer weiteren verruchten und schmutzigen Nummer an der Duschwand in enger Umarmung mit ihm bereitwillig einschlafe, ist die Dunkelheit der Träume nicht das Einzige, was mich nach unten zieht. Das letzte

Fünkchen Licht, auf das ich mich konzentriert hatte, verblasst zu nichts, und ich weiß ohne den geringsten Zweifel, dass ich ihm gehöre.

Ich habe getan, was ich auf keinen Fall tun wollte.

Ich habe mich Hals über Kopf in Shaw Mercer verliebt, einen Mann, der, wie ich auch ohne den geringsten Zweifel weiß, mir das Herz irreparabel brechen wird.

33. KAPITEL

Willow

Liebe.

Fünf einfache Buchstaben, zwei Silben.

Ein Wort, scheinbar unkompliziert in seiner Definition, aber weit davon entfernt. Liebe ist vielschichtig und verwirrend. Sie ist widersprüchlich, paradox, wenn man richtig darüber nachdenkt.

Einerseits erfüllt sie einen mit so viel Wärme, dass man glaubt, gleich vor Glück zu platzen. Das Herz ist erfüllt, das Leben wunderbar. Ein angenehmer Frieden umgibt einen, von dessen Existenz man nichts wusste, bis er in eine Million Stücke zerschmettert um einen herum im Dreck liegt.

Andererseits bedeutet sie furchtbare Angst davor, das Einzige auf der Welt zu verlieren, ohne das man sich das Leben nicht mehr vorstellen kann. Der Gedanke, das Gesicht dieses Menschen nicht mehr zu sehen oder seine Stimme nicht mehr zu hören, ist schlicht unbegreiflich, bis man mit der harten Realität konfrontiert wird, dass der geliebte Mensch für immer gegangen ist und der einzige Ort, an dem man ihn wiedersehen wird, verblasste Erinnerungen und traurige Träume sind.

Ob es ein Elternteil, ein Kind, ein Geschwister, ein Freund oder die Liebe des Lebens ist, wir alle lieben jemanden, wir alle fürchten um jemanden, und wir alle verlieren irgendwann jemanden. Wahrscheinlich reagiere ich besonders sensibel auf dieses Dilemma, weil ich genau das erlebt habe. Schon viele Male.

Wenn also jemanden, egal wen, zu lieben letztendlich zu Kummer, Verlust und Trauer führt, warum tun wir es dann? Warum lassen wir weiterhin Menschen in unser Leben, in unsere Herzen? Lassen uns die Seele stehlen, bevor wir feststellen, dass ein unverzichtbarer Teil von uns für immer fehlt.

Simpel.

Wie sehr wir es auch leugnen oder verdrängen, Liebe ist unausweichlich. Wir verlieben uns mit offenen Augen, und der Schmerz des Verlusts ist die Schönheit der immerwährenden Erinnerungen wert, egal wie vergänglich sie sind.

An dem Punkt stehe ich momentan.

Ich schaffe mir Erinnerungen.

Präge mir Dinge ein.

Stehle mir Zeit, stapele, so schnell ich kann, Augenblick auf Augenblick, damit ich sie später, wenn Shaw fort ist, wieder herausziehen kann.

Der männliche Geruch seiner Haut, der mit jedem Einatmen verweilt.

Der langsame, gleichmäßige Rhythmus seines Atems, wenn er schläft.

Das Gefühl seines muskulösen Schenkels unter meinem Bein.

Das Gewicht seines Armes, der mich fest umschlungen hält.

Wie richtig es sich anfühlt, meinen Kopf in seine Schulterbeuge zu kuscheln.

Wie meine Lippen seine Brust streifen und die winzigen Härchen mich kitzeln.

An all das werde ich mich klar und deutlich erinnern. Ich werde es nicht verblassen lassen. Das ist der einzige Grund, warum ich nachgegeben und die Nacht in seinen Armen verbracht habe. Ich habe mir selbstsüchtig gewünscht, dass meine Gedenksäulen hoch und breit sind und so verdammt dicht gedrängt stehen, dass ich nie mehr über sie hinweg-, um sie herum- oder durch sie hindurchsehen kann. Ich werde *nur* sie sehen, weil ich jetzt schon weiß, dass ich nie einen anderen Mann so lieben kann wie ihn.

Ich habe mich tatsächlich mit offenen Augen verliebt. Hilflos habe ich dabei zugesehen, wie es sich vor mir abspielte. Er ist der Mann meines Lebens, und zweifellos ist alles, was mir passiert ist, ein weiterer Abschnitt auf der Straße, die mich zu ihm führte. Es war Schicksal, da bin ich mir sicher. In letzter Zeit frage ich mich vor allem, ob der Tod meines Vaters mir nicht den Weg zu ihm geebnet hat.

Ich wäre sonst längst mit Reid verheiratet. Ich hätte nicht für Randi gearbeitet. Ich hätte niemals Noah getroffen. Wacht mein Vater noch aus dem Jenseits über mich und instruiert mich, wohin ich im Leben gehen soll?

»Worüber denkst du so angestrengt nach, meine Schöne?« Shaws belegte Stimme, noch rau vom Schlaf, erschreckt mich, und ich zucke zusammen.

»Über nichts«, lüge ich.

Ich spüre, wie die Hand, die an meinem Arm hinauf und hinunter gekrabbelt ist, in meine Haare gleitet. Mit einem Ruck sehe ich jetzt in seine fragenden ozeanblauen Augen. »Weißt du, dass du deine Finger aneinander reibst, wenn du nervös bist?«

Ich bin total verblüfft. Ja, das wusste ich. Es ist eine unbewusste Angewohnheit, die ich mit neun angenommen habe, als meine Mutter mir so ein ekliges Zeug auf die Fingernägel aufgetragen hat, damit ich sie mir nicht mehr bis aufs Fleisch abkaue. Aber dass Shaw das erkannt hat, ist … wow. »Ja.«

Sein Blick wandert über mein Gesicht, und ich sehe Besorgnis darin. »Bereust du, dass du die Nacht mit mir verbracht hast?«

»Nein«, antworte ich wie aus der Pistole geschossen. Überhaupt nicht.

»Was ist es dann?«, fragt er und streichelt mir mit dem Handrücken über die Wange. »Was hat dich dazu veranlasst, deine Fingerspitzen so sehr aneinander zu reiben, dass du dir die Fingerabdrücke abnutzt?«

»Ich … ich weiß nicht genau.« Aber das stimmt nicht ganz, und ich bin mit einem weiteren entscheidenden Moment der Unentschlossenheit konfrontiert. Lasse ich ihn an mich ran, oder lasse ich ihn außen vor. Ich atme tief und zittrig ein. »Ich bin mir nur nicht so sicher, was es ist.«

Er zieht die Augenbrauen zusammen. »Was was ist?«

»Das mit uns.«

Ein halbes Lächeln spielt um seine Lippen. »Ich glaube, andere Menschen nennen das eine Beziehung.«

Wir haben nie direkt darüber gesprochen, doch von Shaw und seiner Familie kamen genügend Andeutungen, um mir klarzumachen, dass er noch nie etwas Ernstes mit einer Frau hatte. Noch nie. Warum also mit mir? »Ich dachte, du führst keine Beziehungen.«

Er wird ernst und zieht sich ein wenig zurück. »Ich bin mir nicht sicher, Willow, aber ich … Ich will es versuchen. Ich versuche, so ehrlich wie möglich zu dir zu sein.«

Ich stütze mich auf meinen Ellbogen und sehe auf sein attraktives Gesicht hinab, das dicht von unrasierten Bartstoppeln überzogen ist. Seine dunklen Haare liegen auf dem gebleichten, weißen Kissenbezug, und seine Augen funkeln in der Morgensonne, die durch die Ritzen im Vorhang scheint. Er ist entspannt und gelassen und kurz nach dem Aufwachen sogar noch anziehender. Ich mache im Geiste einen weiteren Schnappschuss für mein wachsendes Erinnerungsalbum.

»Warum ausgerechnet jetzt? Warum ich?«

Ich muss zugeben, dass ich mich frage, ob es wegen Reid ist. Shaw ist extrem besitzergreifend, seit Reid aufgekreuzt ist, und gestern Abend dachte ich, dass sie mitten auf der Tanzfläche aneinandergeraten würden. Der Gedanke, dass Shaw mich nur will, damit ein anderer Mann mich nicht haben kann, ist mir unangenehmer, als wenn er mich überhaupt nicht wollte.

Er zuckt mit einer Schulter. »Ich weiß nicht. Muss ich denn einen Grund haben?«

»Ja, Verkehrsrowdy.« Ich lache. »Unbedingt.«

»Was willst du von mir hören?«, fragt er fast geistesabwesend, während er mit seinem Blick dem Finger folgt, mit dem er sacht über meinen Hals und meine Schulter und dann an meinem nackten Arm herunterstreicht. Wohlige Schauer, gefolgt von einer Hitzewelle, rasen hinter seiner Berührung her.

»Die Wahrheit«, antworte ich leise.

»Die Wahrheit.« Er wiederholt die leisen Worte, als seien sie ihm fast fremd, bevor er mit langsamer bedächtiger Stimme weiterspricht. »Nun, die Wahrheit ist …« Er folgt demselben Weg wieder nach oben, nimmt mein Kinn zwischen Finger und Daumen und hält mich in seinem Bann. Macht mich weiter atemlos. »Du faszinierst mich, wie es noch nie jemand getan hat, Willow, und was ich für dich empfinde, ist … neu für mich.«

Ist das seine Art zu sagen, dass er sich in mich verknallt? Als ich schlucke, schmerzt meine Brust, weil dort eine Menge Gefühle sitzen. Es schnürt mir fast die Luft ab.

»Ist das ehrlich genug?«, fragt er mit einem schiefen Lächeln.

Ich will ihn nach dem Vertrag fragen und ob er das, was er gestern Abend gesagt hat, immer noch ernst meint. Ich will ihn fragen, ob er sich in mich verliebt, will aber den Moment nicht kaputt machen, indem ich ihn zwinge, etwas zu sagen, wozu er ganz offensichtlich noch nicht bereit ist. Deshalb nicke ich und fühle mich am ganzen Körper kribbelig.

»Gut. Jetzt leg dich wieder hin, bevor ich alle Beherrschung verliere und dich nehme, bis du vor Erschöpfung ohnmächtig wirst.«

Mein Blick wandert an seinem Körper hinab bis zu dem Zelt, das er jetzt in der Mitte seines Körpers gebaut hat. »Das klingt nicht so schlecht«, flüstere ich.

Sein aufrichtiges Lächeln raubt mir den Atem. Mal wieder.

»Ich stimme dir zu, aber wenn du nichts dagegen hast, würde ich gern vorher mit dir reden, denn wenn ich mit dir fertig bin, wirst du zu müde sein, um Sätze zu bilden, und wenn du das nicht bist, muss ich es noch einmal versuchen.«

Schmollend lasse ich mich wieder in die Kissen plumpsen. Okay, er zieht mich runter, weil ich nach seiner Zeltstange gegriffen habe. Einen Arm zwischen das Bett und Shaw geklemmt, während er meine freie Hand fest an seine Brust drückt, damit sie nicht wieder auf Wanderschaft geht, frage ich: »Musst du heute nicht arbeiten?«

»Nein. Ich, äh … Ich habe mir den Tag freigenommen«, sagt er leicht verlegen.

Ich hebe erstaunt den Kopf. »Du hast dir den Tag freigenommen? Wann? Kann der Chef eines Großkonzerns sich einfach aus einer Laune heraus einen Tag freinehmen?«

»Das ist meine Firma. Ich kann tun und lassen, wozu ich Lust habe. Außerdem lag nichts Weltbewegendes an, deshalb habe ich meine Meetings auf nächste Woche verschoben.

Ich habe gestern Abend Dane gemailt, bevor ich ins Bett geschlüpft bin.«

Er versucht das als Kleinigkeit abzutun, aber das ist es nicht. Ich weiß, dass er hart arbeitet, zwölf bis vierzehn Stunden am Tag, Wochenenden eingeschlossen. Sich spontan einen Tag freizunehmen, *bedeutet* etwas. Warum macht mich das ganz flattrig?

»Für mich?«, frage ich in der Hoffnung, dass er Ja sagt.

»Ja, Willow.« Er tippt mich spielerisch auf die Nase. »Für dich. Ich wusste, wenn ich erst einmal deine traumhaft schönen Beine um mich geschlungen hätte, wäre ich nicht mehr in der Lage, dich heute Morgen nackt und allein in diesem Bett zurückzulassen. Und ich hatte recht.« Den letzten Teil sagt er mit heiserer Stimme.

Ich strahle. Ich kann es nicht anders ausdrücken. Das Lächeln in meinem Gesicht fühlt sich meilenbreit und ozeantief an. Es bringt ihn zum Lachen. Er wirkt fünf Jahre jünger, wenn er entspannt ist und aus sich herausgeht.

Ich bin so verdammt verliebt in diesen Mann, dass ich es am liebsten in die Welt hinausschreien möchte. Ich will es an seinen Lippen flüstern. Doch ich tue es nicht. Ich schlucke es herunter und denke an seine Worte: *Was ich für dich empfinde, ist … neu für mich.* Ich beschließe, das anzunehmen. Ich weiß, dass es ehrlich war und ihm schwergefallen ist, es zuzugeben – das muss etwas zu bedeuten haben. All das *muss* etwas bedeuten. Oder?

»Du siehst glücklich aus«, sagt er nachdenklich.

»Das bin ich auch.«

»Das freut mich. Ich möchte dich glücklich sehen, Willow. Mehr als du denkst.«

Ich strahle übers ganze Gesicht, doch dann stellt mir Shaw eine Frage, die alles zusammenfallen lässt wie ein Kartenhaus und mir die harte Realität meines Lebens wieder deutlich macht. Die Schläge schmerzen jedes Mal gleich.

»Warum arbeitest du für Randi?« Ich versteife mich und will mich ihm entziehen, doch er hält mich fest. »Willow, ich verurteile dich nicht. Ich bin nur neugierig. Du bist eine schöne, kluge, talentierte Frau, die viel zu bieten hat, und ich frage mich, was in deinem Leben dich zu La Dolce Vita geführt hat. Ich habe das sichere Gefühl, dass das nicht dein Ziel war, als du jung warst.«

Ich blinzele mehrmals, bevor ich mich behutsam von ihm befreie. Er greift nach mir, doch ich will gar nicht wieder weglaufen. Ich kann dieses Gespräch nur nicht führen, wenn er mich berührt. Ich habe nicht vor, ihm die ganze Geschichte zu erzählen; ich weiß nicht, ob ich das kann. Doch aus irgendeinem Grund will ich, dass er weiß, dass ich keine Wahl hatte und dass ich die Entscheidung, für Randi zu arbeiten, nicht leichtfertig getroffen habe.

Ich lehne mich seufzend ans Kopfende und ziehe mir das Laken über die Brüste. Mein ganzer Körper fühlt sich kalt an und fröstelt.

»Entschuldige«, sagt Shaw, während er seine Finger mit meinen verschränkt und sie an seine Lippen führt. »Du musst es mir nicht erzählen, wenn du nicht willst.«

Er stemmt sich in eine sitzende Position und lehnt sich neben mir an. Wir sitzen eine Ewigkeit schweigend da.

»Nein. Ist schon gut. Ich will es gern.« Doch ich verstumme wieder. Die Zeit, die mir Shaw gibt, um über meine Eltern zu sprechen, ohne dabei Druck auszuüben, ist ein stiller Segen.

»Meine Mutter hat Alzheimer.«

Er versteift sich neben mir, bevor er sich langsam zu mir dreht. Er sieht total schockiert aus, aber wir denken beide genau dasselbe.

»Dein Vater …«

Ich nicke. Die Worte kommen nur langsam und sind noch schwerer herauszupressen. »Ja, ich weiß, woran mein Vater vor seinem Tod gearbeitet hat.« Was ein weiterer Grund dafür ist, dass ich Schuldgefühle wie eine Zwei-Tonnen-Last mit mir herumtrage und sie nicht abschütteln kann.

Mein Vater hat ein Biotech-Medikament entwickelt, das vielleicht Alzheimer stoppen kann, wenn es bei Krankheitsbeginn früh genug eingesetzt wird. Ironischerweise war es für meine Mutter zu spät, aber zu wissen, dass er möglicherweise herausgefunden hat, wie eine Krankheit mit so verheerenden Auswirkungen auf so viele Menschen behandelt werden kann, um ihnen und ihren Familien das Leid, das meine Familie ertragen musste, zu ersparen, erfüllt mich mit unendlichem Stolz. Dass er sich entschlossen hat, seine Brillanz nicht nur der Welt, sondern auch seiner Familie zu entziehen, war bitter.

»Ich verstehe nicht. Hatten deine Eltern kein Geld? Keine Lebensversicherung? Aktien? Altersvorsorge?«

»Mein Vater war Alleinverdiener, und egal, was die Leute glauben, Wissenschaftler arbeiten nicht wegen des Geldes, sie tun es aus Leidenschaft. Er hatte ein hinreichendes Einkommen und ein paar Ersparnisse, doch davon musste ich das Haus und die Rechnungen abbezahlen, und die Betreuung meiner Mutter ist kostspielig. Meine Mutter braucht Vollzeitpflege, und ich habe schon nach dem ersten Jahr fast alles aufgebraucht. Mit meinem Gehalt komme ich einfach nicht hin. Und was die Lebensversicherung betrifft« – ich halte inne, um einen langen Atemzug zu tun – »sie verfällt, wenn man sich das Leben nimmt.«

Wir schweigen eine Ewigkeit, bevor seine Stimme vor aufrichtigem Mitgefühl bricht. »Das tut mir leid, Willow.«

Ich schüttele den Kopf und sehe weg. »Das braucht es nicht. Es ist meine Schuld.« Der letzte Teil rutscht mir heraus, bevor ich ihn aufhalten kann.

Eine Hand legt sich an meine Wange, und er dreht mich zu ihm, damit ich seinem Blick nicht ausweichen kann. Mitgefühl und Verärgerung stehen ihm ins Gesicht geschrieben. Es ist derselbe Ausdruck, mit dem einen alle ansehen, wenn man sagt, dass man sich für den Selbstmord eines geliebten Menschen verantwortlich fühlt. Doch wenn man das nicht selbst durchgemacht hat, hat man absolut keine Ahnung, wie man sich danach fühlt. Welche Anzeichen sind mir entgangen? Hat er irgendetwas gesagt, worauf ich besser hätte achten müssen? Warum hat er sich mir nicht anvertraut? Warum hat er mich nicht genug geliebt, um zu bleiben?

»Wie kann das deine Schuld sein, Willow? Er hat …«

Ja. Es ist schwer, das Wort laut auszusprechen. Für mich auch. Eine Überdosis ist genauso hart und mit genau denselben Gefühlen verbunden wie Selbstmord.

»Er stand unter Stress. Bei der Arbeit, wegen meiner Mutter. Ich hätte die Anzeichen früher erkennen müssen. Ich hätte …« Ich versuche mein Möglichstes, um meine Stimme stabil zu halten. Es gelingt mir nicht.

»Nein. Stopp. Hör auf«, blafft er mich an. Seine Augen werden groß, sein Blick fest. »Das ist nicht deine Schuld, Willow. Du bist nicht für die Taten deines Vaters verantwortlich.«

Das ist dieselbe Rede, die Reid mir nach dem Tod meines Vaters sechs Monate lang gehalten hat. Wortwörtlich. Doch sie verringert meine Schuldgefühle genauso wenig wie damals.

»Du verstehst das nicht.«

Plötzlich habe ich das Gefühl, aller annähernd guten Dinge unwürdig zu sein. Genau wie damals bei Reid.

Glück.

Frieden.

Liebe.

Seiner.

Ich entziehe mich ihm und mache Anstalten, aus dem Bett zu steigen. Ich bin fest entschlossen, meine Sachen zusammenzusammeln und ein Taxi nach Hause zu nehmen, als ich auf die weiche Matratze gedrückt und von einem fast neunzig Kilo schweren Mann bedeckt werde.

»Nicht«, knurrt er.

»Was nicht?« Aus Angst, zu sehen, was er von mir denken muss, lasse ich die Augen geschlossen.

»Schließ mich nicht aus. Ich hasse es, wenn du das tust.«

Meine Kopfhaut schmerzt, als er mich mit einer Hand an den Haaren packt und mit der anderen meine Wangen zusammenkneift. »Sieh mich an, Willow.«

Ich will ihn anflehen, mich in Ruhe zu lassen, aber ich brauche ihn so sehr, dass mein ganzer Körper schmerzt. Und es ist kein körperliches Verlangen. Es ist rein gefühlsmäßig. Zum ersten Mal im Leben will ich, dass jemand meine Last leichter macht. Ich *muss* zulassen, dass zur Abwechslung einmal jemand mich trägt, statt immer andere zu tragen. Ich weiß nur nicht wie.

Meine Lider öffnen sich flatternd, und mein Herz rast angesichts dessen, was ich sehe.

Reine Entschlossenheit.

»So ist's recht, Goldlöckchen. Komm zurück zu mir.«

»Shaw.« Ich werde panisch und versetze ihm einen Stoß gegen die Brust. Ich bin aufgewühlt und verletzlich. Einem Zusammenbruch nahe. Es ist absolut furchteinflößend, die Schutzmauer ganz fallen zu lassen. Meine Haut fühlt sich angespannt an. Ich kriege keine Luft.

Die Finger um mein Gesicht fassen fester zu, bis es fast

wehtut. »Ich lasse dich nicht gehen, also hör einfach auf mit dem Mist, der dir gerade durch den Kopf geht.«

»Warum?«, würge ich hervor. »Ich bin zweite Wahl. Siehst du das nicht? Ich mache zu viel Arbeit. Du hast keine Ahnung, worauf du dich einlässt.«

Er schüttelt den Kopf, als sei ich die dümmste Frau auf der Welt. »Du kapierst es nicht, oder? Willow, du bist die einzige Frau, die ich je getroffen habe, die es wert ist, um sie zu kämpfen, deshalb. Die einzige.«

Es muss erst ein ganz besonderes Mädchen kommen, um einem Jungen die Augen dafür zu öffnen, was direkt vor ihm steht, Willow. Aber wenn er es merkt, wird er auf Leben und Tod um sie kämpfen und nur für sie. Gib dich nicht zufrieden, bis du diesen Mann findest.

Meine Sicht verschwimmt.

»Bist du jetzt bei mir, meine Schöne?«, fragt er mit weicher werdender Stimme.

Ich nicke, während mir zwei Tränen die Wangen herunterlaufen.

Er ist hart und zärtlich zugleich, als er sagt: »Du verdienst es, glücklich zu sein, Willow. Lass mich das für dich tun. Lass mich deine Traurigkeit wegnehmen und sie durch Freude ersetzen.«

Ich weiß nicht, ob ich das annehmen kann. *Das* ist das eigentliche Problem. »Warum?« Ich verstehe es immer noch nicht. Er könnte jede Frau haben, die er will, und doch hat er sich eine mit einem Dschungel aus Scheiße ausgesucht, durch den man waten muss.

»Weil du es wert bist, für dich zu kämpfen«, wiederholt er noch einmal. Shaw schiebt sein Knie zwischen meine Beine und öffnet sie weit. »Und ich erzähle dir das, sooft es nötig ist, bis du mir glaubst.«

Ehe ich mich versehe, gleitet er mit einem leisen Stöhnen in mich. Ich bin feucht und bereit für ihn. Ich bin *immer* für ihn bereit, wenn er in meiner Nähe ist. Mein Körper reagiert unwillkürlich, meine Hüften rotieren mit jedem trägen Stoß.

Während eine Hand mich an den Haaren festhält, wandert die andere und huldigt mir ehrfürchtig mit kleinen, winzigen Streicheleinheiten, als sei ich aus Porzellan und würde zerbrechen, wenn er zu fest zudrückt. Er senkt seinen Mund auf meinen und überhäuft mich mit süßer Zuneigung, bevor er flüstert: »Wie lange ist es her, seit sich jemand um dich gekümmert hat, statt andersherum?«

Ich unterdrücke einen Schluchzer. *Seit ich zwölf war.*

»Viel zu lange, nehme ich an. Das hat jetzt ein Ende. Mit mir. Lass zu, dass ich mich um dich kümmere. Ich *will* mich um dich kümmern.«

Er ist so unerschütterlich, dass es mich fast zerreißt. »Ich weiß nicht wie.« Meine Stimme klingt gequält. Wie meine Seele.

Während er sein Tempo konstant hält, nimmt er mein Gesicht in die Hände und sieht mich mit totaler Hingabe an. »Ich will, dass du mich an dich ranlässt. Ich gebe nicht auf, bis du zulässt, dass ich dich anbete und mich um dich kümmere, wie du es verdienst. Bis du zulässt, dass ich dir zeige, wie viel du mir bedeutest. Wie sehr du alles, was gut ist, verdienst. Wie sehr du es verdienst, dass man um dich kämpft.«

Seine Bewegungen sind kalkuliert, seine Küsse zärtlich, und seine leisen Worte über meinen Wert nötigen mir Träne auf Träne von tief drinnen ab. Es ist reinigend und hinterlässt ein winziges Plätzchen, das mit Glück gefüllt werden kann, statt mit Traurigkeit und Selbstverachtung. Als Shaw uns geschickt gleichzeitig zum Höhepunkt bringt, fange ich an, ihm zu glauben.

Und als er an meinem Hals mit rauer Stimme sagt: »Du bist außergewöhnlich, Willow. Außergewöhnlich, genau wie du bist«, erlaube ich es mir zu weinen.

Gott, dieser Mann.

Shaw Mercer beherrscht seine Welt mit eindrucksvoller Kraft, doch mit einem sanften Atemzug regiert er mein Herz.

Ich schlinge die Arme um ihn und halte mich gut fest. Ich halte mich daran fest, was ich unerwartet bei ihm gefunden habe, und bete, dass das zwischen uns real ist und die Proben bestehen wird, die vor uns liegen.

Denn in jeder Beziehung wird man auf die Probe gestellt, und ich weiß, wir haben noch nicht einmal angefangen, uns unserer Prüfung zu unterziehen.

34. KAPITEL

Shaw

An diesem Montagmorgen habe ich ein Dutzend unaufschiebbarer Termine in meinem Kalender stehen, aber sie müssen warten, denn meine erste und einzige Priorität ist Willow.

Sie ist in so vielerlei Hinsicht stark, doch dabei so fragil, dass ich denke, sie könnte bei einem falschen Wort zerbrechen. Auf ihren Schultern ruht eine gewaltige Last aus Verantwortung, die sie jedoch mit Eleganz und Anmut und ohne einen Hauch Verbitterung trägt. Sie tut, was sie tun muss, um zu überleben, und ich respektiere das sehr, auch wenn ich es verabscheue.

Irgendwie habe ich sie gestern Abend überzeugt, das ganze Wochenende mit mir zu verbringen, obwohl sie unbedingt zu Hause schlafen wollte. Ich wollte sie nicht gehen lassen. Ich wollte, dass sie bei mir ihren Träumen freien Lauf lässt, um zu hören, wie sie im Schlaf meinen Namen murmelt. Ich wollte zusehen, wie die Sonne in ihren Haaren spielt, und am Morgen mit der Zunge bis zu ihrer feuchten Mitte an ihrem Körper hinabfahren. Und ich wollte, dass sie beim Aufwachen stöhnt, wenn ich meine Finger zwischen ihre Schenkel schiebe, wie ich es in den vergangenen drei Tagen jeden Morgen getan habe.

Und seltsamerweise wollte ich sie heute Abend beim Nachhausekommen in meinem Sessel sitzen sehen, mit einem Lächeln und sonst nichts. Ich will für sie kochen, mit ihr kuscheln, ihr alles kaufen, was ihr Herz begehrt, und die Welt mit ihr bereisen.

Ich will Dinge, die zu wollen ich nie geglaubt hätte.

Eine Zukunft.

Ich hatte die unglaublichsten drei Tage, die ich je mit einer Frau erlebt habe. Willow hat sich bei vielen Themen geöffnet und mich langsam an sich herangelassen. Ich wusste jeden einzelnen Krumen, den sie mir gegeben hat, zu schätzen und wünschte mir sehnlichst mehr. Wir haben über ihr Geschäft gesprochen, ihre Leidenschaften, ihre Ziele, ihre Träume. Ich habe erfahren, dass sie ihre Broadway-Pläne auf Eis gelegt hat, um bei ihrer Mutter zu sein, und dass sie als kleines Mädchen Ballerina werden wollte statt Schauspielerin. Sie nahm mich sogar mit zu ihrer Mutter – wenn auch nur, weil ich darauf bestand.

Es war ein trauriger Anblick. Jemand, den man so sehr liebt, der einen aber nicht erkennt. Sie nannte Willow ständig Violet, und so behutsam ich auch nachbohrte, Willow behauptete nur, dass sie verwirrt sei. Doch ich weiß, dass hinter der Geschichte mehr steckt, denn Schmerz lügt nicht. Und davon habe ich eine Menge gesehen, wenn sie bei jeder Erwähnung von Violets Namen die Muskeln anspannte.

Doch wenn ich in den vergangenen Wochen eines über Willow gelernt habe, dann, dass sie Informationen, die sie wertschätzt, in ihrem eigenen Tempo preisgeben muss. Und ich werde so lange warten, selbst wenn sie Jahre dafür braucht, sie mir alle mitzuteilen. Deshalb habe ich sie, statt sie noch mehr zu bedrängen, mit zu mir nach Hause genommen und jedes Fünkchen Schmerz in Lust verwandelt. So viel Lust, dass sie mit einem befriedigten Seufzen das Bewusstsein verlor.

Noch ein Grund, warum ich nicht wollte, dass sie zu sich nach Hause geht: Wenn wir zu viel Zeit getrennt verbringen, kommt es mir so vor, als ob sie von mir wegdriften würde, und dann muss ich mir beim nächsten Mal umso mehr Mühe geben, nur um wieder dorthin zu kommen, wo wir vorher waren.

Ich reibe unbewusst über den Schmerz, den ich in meiner Brust verspüre. Ich kann nicht glauben, wie viel mir diese winzige, aber grandiose Frau schon nach so kurzer Zeit bedeutet.

Ist das Liebe?

Ich weiß es nicht. Wie zum Teufel sollte ich auch? Ich war noch nie verliebt, aber wenn es ein Gefühl ist, das es einem schwermacht zu atmen, unmöglich, sich zu konzentrieren, und einem beim Gedanken, den anderen nicht in seinem Leben zu haben, die Brust schmerzhaft zusammenschnürt … tja, dann vielleicht. Aber ich bin noch nicht bereit, es zu benennen. Um ehrlich zu sein, ich habe Angst wie Sau. Darin gleichen wir uns. Ich weiß nur, dass es etwas viel Tieferes ist als nur Verliebtheit oder Lust. Sie fehlt mir jetzt schon, dabei habe ich sie vor weniger als zwölf Stunden zum letzten Mal gesehen.

Egal, wie ich diese Sache zwischen uns nenne, was ich ihr neulich Abend sagte, habe ich ernst gemeint. Ich will mich um sie kümmern. Ich will ihr Herz und ihr Leben erleichtern, doch ich weiß auch, dass das Zeit braucht.

Was keine Zeit braucht, ist, ihr finanziell zu helfen. Sie wird sauer sein, genau wie bei dem Wagen, aber scheiß drauf. Ich werde den Rückschlag mit Freuden in Kauf nehmen, denn ich kann das auf keinen Fall auf sich beruhen lassen. Sie verdient es, dass ihr wenigstens diese Last genommen wird. Deshalb ist meine zweite Station heute Morgen ein Besuch bei John Hancock, um mit ihm darüber zu sprechen, welche noch nicht berücksichtigten Klauseln eventuell in Charles Blackwells Arbeitsvertrag aufgeführt sind. Es kann nicht sein, dass einem

Mann mit seinem Intellekt und von seinem Wert nicht irgendein Patent oder projektbezogener Bonus zusteht. Selbst sein Tod setzt ihre finanzielle Verpflichtung gegenüber seiner Familie nicht außer Kraft.

Doch meine erste Station heute Morgen ist das Büro eines Mannes, den ich viel lieber mit Badehose und Flipflops in die Antarktis schicken würde, als ein Gespräch mit ihm zu führen. Glaubt mir, wenn ich wüsste, wie ich ihn in die nächste Frachtmaschine kriegen könnte, würde ich es tun. Ich kann nicht zulassen, dass er sich dem, was ich mir mit Willow aufbaue, in den Weg stellt, und ich habe keinen Zweifel daran, dass er das versuchen wird.

Das Glöckchen über der Sprossentür bimmelt, als ich sie öffne, und zieht die Aufmerksamkeit einer sehr jungen Frau auf sich, die hinter einem niedrigen Empfangstresen steht. Sie sieht aus wie eine Studentin.

»Kann ich Ihnen helfen?«, fragt sie fröhlich und legt ihren Stift aus der Hand, um mir ihre volle Aufmerksamkeit zu widmen.

»Ja. Ich bin hier, um mit Reid Mergen zu sprechen.«

Ihr Gesicht wird lang. »Haben Sie einen Termin, Mr …?«

Ich lege meinen Unterarm auf die weiße Resopal-Kante, die schon bessere Zeiten gesehen hat, und setze mein Superlächeln auf. Sie weiß offensichtlich nicht, wer ich bin. »Nein, aber ein Scheckbuch. Ich nehme an, das genügt.«

»Oh ja. Natürlich. Ihr Geld ist hier immer gut angelegt.« Sie lacht. Ich lächele und habe nichts anderes im Kopf, als zu Mergen zu kommen. »Ich läute nur kurz durch, dass er einen Besucher hat.«

Sie greift nach dem Telefonhörer, doch ich lege meine Hand sanft auf ihre. Als sie den Kopf hebt, wirft sie mir einen Blick zu, wie ich ihn schon hundertmal gesehen habe. Sie würde alles tun, worum ich sie bitte, einschließlich mir in dem Großraumbüro den Schwanz zu lutschen, wenn ich um die Polsterwand herumtreten und meinen Reißverschluss aufziehen würde.

»Ich bin ein alter Freund und würde ihn gern überraschen, wenn es Ihnen nichts ausmacht. Wenn Sie mir also nur den Weg zu seinem Büro weisen würden, wäre ich sehr dankbar.« Als ich ihr zublinzele, ist es, als zöge ich an einer Angelschnur, während mein Haken sich schon tief in meinen Fang eingegraben hat.

»Äh, ja. Das ist … das ist sehr s-süß«, stottert sie. »Es ist, äh, den, äh, Flur entlang links. Das letzte, äh, Büro rechts.«

»Danke.« Ich blinzele ihr noch einmal zu und schlängele mich rasch durch die Arbeitsnischen am entgegengesetzten Ende. Mir fällt auf, dass die letzte Bürotür geschlossen ist, scheiße aber darauf. Meine Hand dreht am Knauf, bevor ich mich eines Besseren besinne und einen raschen Blick durch die Glasscheibe links werfe, um sicherzugehen, dass mein Vater nicht da ist.

Als ich sehe, dass Mergen Zeitung liest, trete ich unaufgefordert ein. Sein Gesichtsausdruck, als er sich von dem fesselnden Artikel losreißt, ist unbezahlbar.

»Wen haben wir denn da?«, fragt er gedehnt.

Ich schließe die Tür hinter mir und mache es mir auf dem Stuhl vor seinem unglaublich ordentlichen Schreibtisch gemütlich. Er ist so aufgeräumt, dass ich mich frage, ob er daran überhaupt irgendwelche Arbeiten für meinen Vater erledigt oder ob er nur hier ist, um mir Willow auszuspannen.

»Beschäftigt mit der Wiederwahl meines Vaters?«, frage ich liebenswürdig. Nun, »liebenswürdig« ist interpretierbar.

»Sind Sie deshalb hier? Um sicherzugehen, dass ich meine Arbeit mache?«

»Tun Sie das denn? In der neusten Umfrage hat mein Vater nur acht Punkte Vorsprung, weshalb ich mich frage, wie gut Sie eigentlich wirklich in Ihrem Job sind. Ich dachte, Sie seien ein politischer Wundertäter.«

»Ich kriege die Wiederwahl Ihres Vaters hin, wenn ich seine unberechenbare Brut auf Linie halten kann.«

»Sie passen besser auf, was Sie über meine Familie sagen, Sie Wichser. Sie wissen nichts über uns.«

Seine Selbstgefälligkeit macht mich stinksauer.

»Ich weiß mehr, als Sie denken. Nun, warum sind Sie wirklich hier?«

Ich ziehe knurrend einen Mundwinkel hoch. »Ich will, dass Sie sich von Willow fernhalten.«

Das Arschloch lehnt sich zurück und legt die gefalteten Hände auf seinen Bauch. »Und was Sie wollen, soll mir wichtig sein?«

»Was Ihnen wichtig ist, ist mir scheißegal, solange es nicht sie ist.«

Er lacht. Es klingt bitter und raubt mir den letzten Nerv. Als er den Blick auf die Zeitung auf seinem Schreibtisch senkt, folge ich ihm. Mit einem Lächeln stelle ich fest, dass es die *7-Day* ist. Er hat den Artikel auf Seite zwei aufgeschlagen, den ich erst gestern genehmigt habe. Das Foto, das sie ausgewählt haben, ist perfekt, wenn ich das so sagen darf, und zeigt zwei Menschen, die mehr füreinander sind als nur ein flüchtiges Abenteuer. Als ich es gestern sah, brachte es eine Saite in mir zum Klingen. Und als ich es mit nach Hause – *nach Hause* – zu Willow brachte, warf sie sich in meine Arme, bevor sie sich hinkniete, um mir einen zu blasen. Himmel, ich kriege allein bei dem Gedanken eine Erektion.

»Sie haben eine gute Show abgezogen, das muss ich Ihnen lassen«, sagt Arschgesicht.

»Das ist keine Show.« Ich deute mit dem Kopf auf den Artikel. »Das ist echt.«

Sein Lächeln ist eher ein höhnisches Grinsen. »Sie wollen mir erzählen, dass Sie in Willow verliebt sind? Nachdem Sie sich erst wenige Wochen kennen?«

Ich denke, ich könnte es sein.

Ich weiß, *dass ich es sein könnte.*

Es ist mehr als nur »sein könnte«. Ich bin es. Scheiß auf Formulierungen. Ich gestehe es offen ein.

»Wissen Sie, meine Eltern haben einen Monat nach ihrem Kennenlernen geheiratet. Nicht einer aus ihrem Freundes- oder Familienkreis hat sie unterstützt, weil sie sich angeblich nicht gut genug kannten. Weil die Ehe schon nach wenigen Monaten vor dem Scheidungsrichter enden würde. Sie haben meine Eltern kennengelernt. Was halten Sie nach einer einundvierzigjährigen Ehe von ihrer Beziehung?«

Niemand könnte die Liebe leugnen, die Adelle und Preston Mercer füreinander empfinden. Sie stellen einander auf ein so hohes Podest, dass sie Nasenbluten bekommen müssten.

»Sie haben meine Frage nicht beantwortet.«

»Die ist keine Antwort wert. Was zwischen mir und Willow läuft, geht Sie nichts an.«

Wahlkampftrottel schnappt sich einen billigen BIC Kugelschreiber und fängt an, ihn raffiniert zwischen seinen Fingern zu drehen, während er mich beäugt. »Ich weiß Bescheid über Sie.«

»Ach ja? Klären Sie mich auf.« Ich lege den Fußknöchel auf mein Knie und mache es mir gemütlich. Mir ist scheißegal, was er zu wissen glaubt, was er gehört hat, welchen Dreck er gegen mich in der Hand hat. Nichts davon spielt eine Rolle, weil nichts davon jemals Willow auch nur annähernd tangieren wird.

»Verraten Sie mir, weiß sie von Ihren flotten Dreiern mit dem Wunderknaben? Sie und Ihr linkes Ei Noah Wilder, alias *Wildman?* Zu welchem Zeitpunkt bei der Partnersuche fangen Sie an zu teilen?«

Als Kind habe ich Marvel Comics geliebt. Damals wünschte ich mir sehnlichst eine Superkraft und betete jeden Abend beim Zubettgehen dafür. Damals wünschte ich mir, mit Schallgeschwindigkeit fliegen zu können. Aber jetzt? Jetzt wünschte ich, es sei Selbstentzündung, denn dann würde die Asche dieses Wichsers bereits meine Brioni Loafers bestäuben.

»Sie bewegen sich auf dünnem Eis. Ich weiß nicht, was mein Vater an Ihnen findet, aber ich versichere Ihnen, ich sitze am längeren Hebel. Ich würde sagen, da Sie nicht gerade herausragend darin sind, die Konkurrenz wegzublasen, könnte ich Sie mit einem einzigen Telefonanruf mühelos ersetzen lassen, und Sie säßen schon gegen Mittag im Flieger.«

»Sie und ich wissen beide, dass es meine Idee war. Das mit der Presse. Das mit der Freundin. Das Ablenkungsmanöver von dem abgefuckten Leben, das Ihnen und Ihren Geschwistern gemeinsam ist. Ich frage mich, was Willow davon halten würde, wenn sie wüsste, dass sie benutzt wird.«

Ich behalte einen neutralen Gesichtsausdruck bei. Wenigstens zerstreut das eine meiner Sorgen. Er weiß nicht, dass Willow Bescheid weiß, und er weiß nichts von ihrem »Job«. Das ist gut. Sehr gut. Dass er über Noah Bescheid weiß, wusste ich natürlich, doch das regele ich, wenn es so weit ist. Ich habe nicht vor, Willow mit jemandem zu teilen. Niemals.

»Sie greifen nach jedem Strohhalm.«

»Wirklich?«

»Ich bin ihr hinten reingefahren. Das war nicht inszeniert.«

»Ich traue Ihnen alles zu. Ich weiß, wie sehr Sie Ihren Vater lieben, dass Sie für ihn und Ihre Familie alles tun würden. Aber ich kenne auch Willow. Sehr, sehr« – für die Art, wie er diese Scheißadverbien unnötigerweise in die Länge zieht, würde ich ihn am liebsten in die Fresse schlagen – »gut. Und ich glaube, dass Sie Ihnen das letztendlich verzeihen würde, falls sie in Sie verliebt ist.«

Himmel, das klingt gut.

»Aber?«

Das Reptilienlächeln, das er mir schenkt, hätte mein erstes Indiz sein müssen, dass er eine üblere Schlange ist, als ich es je für möglich gehalten hätte. »Aber ... Ich glaube nicht, dass sie über die Rolle hinwegsehen könnte, die Ihre kleine Schwester beim Tod ihres Vaters gespielt hat. Sie vielleicht?«

Schneller, als ich denken kann, schieße ich von meinem Stuhl, springe ihm an den Hals und würge ihn. »Worauf zum Teufel spielen Sie an, Sie Hurensohn? Meine Schwester hatte nichts mit dem Tod von Willows Vater zu tun. Er hat Selbstmord begangen, Sie kranker Wichser.«

Seine Stimme klingt gepresst, weil ich ihm die Luft abdrücke, aber was er sagt, lässt mich bis ins Mark frösteln. »Bin ich im Spiel, Shaw?«, höhnt er. »Sie haben Ihre Schwester in jener Nacht vom Polizeirevier abgeholt. Haben es auf wundersame Weise geschafft, dass die Anklage wegen Kokainbesitzes fallen gelassen wurde. War sie nicht nass bis auf die Knochen? Vollkommen außer sich? Welchen Schwachsinn hat Ihnen Ihre drogenabhängige Schwester aufgetischt, den Sie ihr mit der Gutgläubigkeit eines Fünfjährigen abgekauft haben?«

»Sie lügen«, schäume ich. Mein ganzer Körper zittert vor Hass, während sich meine Gedanken mit der Kraft eines Tornados drehen. Meine Atmung wird schneller, und meine Hände würgen ihn fester, versuchen das Leben aus seiner verdorbenen Seele herauszupressen.

»Ich sehe Zweifel in Ihren Augen, während Sie diese Nacht im Kopf durchgehen und sich an die Einzelheiten zu erinnern versuchen«, stößt er hervor, während er verzweifelt versucht, sich aus meinem Würgegriff zu befreien.

»Und woher wollen Sie das alles wissen?«

Sein Gesichtsausdruck bleibt völlig neutral und verrät nichts. Ich drücke fester zu. Er ist keine zwanzig Sekunden davon entfernt, sein Leben auszuhauchen, und Himmel Herrgott, ich will dabei zusehen, wie es seinen Körper verlässt. Will die Lebenskraft aufsaugen, die langsam aus ihm herausfließt. Stattdessen lasse ich ihn mit solcher Wucht los, dass sein Rollenstuhl nach hinten schießt und an die Wand knallt. Ich hoffe, der Wichser hat ein Schleudertrauma. Er fasst sich an die Kehle und massiert den Schaden, den ich angerichtet habe.

Ich brauche mein Gesicht nicht zu sehen, um zu wissen, dass mir die Wut mit blutrotem Stift hineingeschrieben steht. Ich setze mich nicht wieder hin. Ich weiche keinen Zentimeter zurück, während wir uns wütend fixieren. Ich verstaue die Ereignisse dieser Nacht absichtlich im Hinterstübchen, weil ich seinen Worten keinen Glauben schenken will. Es ist alles gelogen. Jedes verdammte Wort.

»Sie glauben, ein Mann mit einer herausragenden Karriere, der das Heilmittel des Jahrhunderts entdeckt hat, würde sich das Leben nehmen? Nein, so ist es nicht gewesen«, krächzt er.

»Und woher zum Teufel wollen Sie das wissen? Ich glaube, *Sie* sind derjenige, der etwas zu verbergen hat, wenn Sie über solche Details Bescheid wissen. Weiß Willow, dass Sie davon wissen?«

Feste Überzeugung.

Ich lese es taghell in seinen Augen. Er glaubt diesen Schwachsinn wirklich, den er von sich gibt.

Was zum *Teufel* geht hier vor? Und inwiefern ist er darin verwickelt?

»Ich verberge überhaupt nichts, aber Zweifel sind beschissen. Sind sie einmal gesät, sprießen sie und ihre Wurzeln schlingen sich um jeden Tonfall, jedes unausgesprochene Wort, jeden Blick, bis sie immer weiter wachsen und sich verselbstständigen und das fragile Vertrauen in einer neuen Beziehung ersticken. Sie haben sicher schon gemerkt, dass Willow nicht sehr mitteilsam oder vertrauensvoll ist. Sind Sie *willens*, dieses Risiko einzugehen, Shaw?«

Ich beuge mich über seinen Schreibtisch. Meine Fingerknöchel werden weiß, so fest kralle ich mich an der Holzplatte fest, um ihm nicht wieder an die Kehle zu gehen.

»Hören Sie gut zu, denn ich sage es nur das eine Mal. Sie haben keine Ahnung, wovon Sie sprechen, Sie verlogenes Stück Scheiße. Und wenn Sie diese Zweifel in Willows Kopf säen, mache ich Sie fertig, kapiert? Sie werden ohne ein Dach über dem Kopf und mittellos auf der Straße landen. Ich werde dafür sorgen, dass selbst Obdachlosenasyle Sie abweisen.«

Auf dem Weg zur Tür drehe ich mich noch einmal um und sage mit einer Gelassenheit, von der ich nicht wusste, dass ich sie im Moment habe: »Ich weiß, dass Sie immer noch in sie verliebt sind, und ehrlich gesagt kann ich verstehen warum. Sie ist … lebensverändernd. Aber sie gehört jetzt mir, und ich versichere Ihnen, ich werde alles tun – alles –, um sie zu behalten. Also, was für Schwachsinnspläne Sie auch glauben, geschmiedet zu haben, um sie zurückzuerobern, sie werden nicht funktionieren. Ich verliere nicht. Niemals. Und ich werde sie niemals aufgeben.«

»Doch, das werden Sie. Genau wie Sie es mit jeder anderen Frau getan haben, die durch Ihre Schlafzimmerdrehtür rotiert ist. Und ich bin derjenige, der für sie da sein wird, wenn Sie sie wegwerfen. Ich bin derjenige, der sie wieder aufpäppeln wird, und ich bin derjenige, den sie heiraten wird. Derjenige, den sie immer heiraten sollte.«

»Sie halten sich verdammt noch mal fern von ihr«, gifte ich ihn hasserfüllt an.

Dann wende ich ihm den Rücken zu, doch während ich hinausgehe, sind die Samen des Zweifels, die er gesät hat, schon aufgegangen. Sie versuchen schon Wurzeln zu schlagen, Vertrauen zu erodieren, Beziehungen und Leben auseinanderzusprengen.

Und als ich an der Empfangsdame vorbeikomme, die versucht, meine Aufmerksamkeit zu erregen, was ich geflissentlich ignoriere, habe ich große Angst. Mein Herz schlägt schneller als die Hufe eines Rennpferds, und mir bricht der kalte Schweiß aus. Als ich die Hand ausstrecke, zittert sie. Meine gewohnte Gelassenheit ist von Grund auf erschüttert.

Ich bin endlich auf die eine Sache gestoßen, von der ich nie geglaubt hätte, dass ich sie jemals haben wollte, und obwohl ich zu Mergen gesagt habe, dass sie mir gehört, tut sie das nicht. Nicht richtig. Nicht ganz. Jetzt noch nicht. Und jetzt vielleicht auch nie.

Vor allem wenn …

Scheiße.

Scheiße, scheiße, scheiße.

Scheiße!

Könnte meine kleine Schwester *wirklich* für den Tod von Willows Vater verantwortlich sein?

Sosehr ich es auch leugnen will, es liegt durchaus im Bereich des Möglichen. Sie wurde in der Nähe der Brücke festgenommen. Sie war in jener Nacht furchtbar durcheinander. Außer sich, gehetzt, hysterisch. Total gebrochen.

Und ich habe mich schon immer gefragt, warum ein so intelligenter Mann sich umbringen sollte, wo er doch alles hatte, wofür es sich zu leben lohnte. Vor allem nachdem ich Willows Mutter getroffen hatte, die ihn eindeutig brauchte.

Ich bin in Aufruhr. Ich muss die Wahrheit herausfinden.

Aber was passiert dann?

Was, wenn Annabelle *wirklich* verantwortlich wäre? Was würde ich dann tun?

Kann eine solche Tat verjähren?

Sie könnte wegen unerlaubtem Entfernen von einem Tatort angeklagt werden. Verdammt, sie könnte der fahrlässigen Tötung beschuldigt werden.

Sie könnte in den Knast wandern.

Ich würde sie verlieren. Vielleicht für immer.

Alles, was ich mein Leben lang getan habe, war, meine Familie zu beschützen. Wenn Willow nicht wäre, würde ich nichts unversucht lassen, um Annabelle auch davor zu schützen. Ich würde jeden umbringen, der ihr schaden will.

Aber ich würde auch jeden umbringen, der Willow schaden will.

Ich habe sie gerade erst gefunden. Ich will sie nicht verlieren.

Ich *darf* sie nicht verlieren.

Ich *werde* sie verdammt noch mal nicht verlieren.

Doch dann könnte ich Annabelle verlieren.

Himmel Herrgott.

Mergen spielt die zwei Frauen gegeneinander aus, die ich auf der Welt am meisten liebe. Ich bin mit einer unmöglichen Lose-Lose-Situation konfrontiert. Könnte ich wirklich gezwungen sein, mich zwischen meiner Schwester und der Frau zu entscheiden, in die ich verliebt bin?

Nein.

Nein … Das werde ich nicht zulassen,

Reid Mergen spielt ein gefährliches Spiel. Doch er ist derjenige, der mit Verbrennungen dritten Grades aus der Sache herausgehen wird. Er legt sich mit dem Falschen an, und ich werde der Sache jetzt gleich einen Riegel vorschieben, bevor sie außer Kontrolle gerät. Und dann sorge ich dafür, dass er gefeuert und morgen mit dem ersten Bus aus Seattle weggeschafft wird.

Aber eins nach dem anderen. Während ich zu meinem Wagen gehe, ziehe ich mein Handy aus der Tasche und wähle. Als sie drangeht, bin ich erleichtert.

»Hey, was gibt's, Shawshank?«

»Bluebelle, wo bist du?«

»Ich bin am Lernen. Warum?«

»Hast du Zeit, dich mit mir zu treffen?«

»Was? Jetzt? Gehen dir nicht ein paar Millionen durch die Lappen, wenn du mitten am Tag das Büro verlässt?«

»Annabelle«, knurre ich.

»Herrgott, na schön. Ich habe eine Stunde.«

»Ich bin in zwanzig Minuten bei dir.«

»Nein, ich bin in der Unibibliothek.«

»Mist«, murmele ich. Dort brauche ich zehn Minuten länger, um einen Parkplatz zu finden. »Na schön. Bleib da.«

»Shaw?«, fragt sie, als ich gerade auflegen will.

»Ja?« Meine Stimme bricht.

»Ist alles in Ordnung? Du klingst aufgelöst.«

»Alles okay, Bluebelle. Bis gleich.«

Es ist überhaupt nichts in Ordnung. Doch das wird es sein.

Das *muss* es.

Ich habe meinen Atem gefunden.

Meinen Herzschlag.

Meine andere Hälfte, von deren Fehlen ich nichts ahnte.

Jede schöne neue Erinnerung wird mit ihr verbunden sein.

Für jedes Lachen wird sie der Grund sein. Jeden friedlichen Traum werde ich haben, weil sie in meinen Armen liegt, in meiner Seele vergraben ist.

Vor Wochen begann es damit, dass ich Willow ins Bett kriegen wollte, doch ich wusste die ganze Zeit, dass es mehr war. Das zwischen uns sollte vorübergehend sein. Ein Mittel zum Zweck. Doch jetzt ist es so viel mehr. Es ist kein Ende in Sicht. Wenn ich nur um die Ecke blicke oder bis zum Ende der Straße, ist sie da. Sie ist alles, was ich sehe. Alles, was ich will.

Und ich werde kein anderes Resultat akzeptieren als eine Zukunft mit der einzigen Frau, die mir je gezeigt hat, wie verloren ich all die Jahre ohne sie wirklich war.

Fortsetzung folgt in »All of You«

Meine musikalische Inspiration beim Schreiben von »All of Me«:

»Let Me Be Myself« von 3 Doors Down
»Wide Awake« von Katy Perry
»Fallen Angel« von Three Days Grace
»Talking Body« von Tove Lo
»Nearly Forgot My Broken Heart« von Chris Cornell
»Hymn For The Missing« von RED
»Crash Into Me« von der Dave Matthews Band
»Wildest Dreams« von Taylor Swift
»If Only For Now« von Pop Evil
»Ex's & Oh's« von Elle King
»Jenny« von Nothing More
»So Far Gone« von Thousand Foot Krutch
»I'll Follow You« von Shinedown
»If You Only Knew« von Shinedown
»Everybody Hurts« von REM

Geplapper …

Zur Warnung: Dies wurde auf die letzte Minute geschrieben und nicht redigiert. Deshalb verzeiht mir den falschen Gebrauch von Kommata oder ausgelassene Worte. ☺

Wenn ihr nicht selbst schon ein Buch geschrieben habt, könnt ihr höchstwahrscheinlich nicht verstehen, dass die Figuren einen oft vor sich hertreiben statt andersherum. Das klingt zwar absurd, stimmt aber. Man begibt sich mit hochfliegenden Plänen ans Werk, hat den gesamten Handlungsverlauf, Dialoge und ein solides, plausibles Ende im Kopf. Doch dann ergreifen sie von einem Besitz und reißen die Story an sich, die Mistkerle. Und egal, wie sehr man sich bemüht, man kriegt sie nicht wieder auf Kurs. Sie sind abtrünnig geworden, und man hat keine andere Wahl, als ihnen zu folgen, wenn man sein verdammtes Buch zu Ende bringen will.

Ich hatte eine Vision davon, wie »All of Me« verlaufen sollte, und, nun ja, so jedenfalls nicht! Meine Figuren fingen an, sich gegen mich zur Wehr zu setzen. Wirklich wahr! Es passierten Dinge, die selbst *ich* nicht kommen sah.

Nachdem das geklärt ist, kann ich sagen, dass ich unheimlich glücklich darüber bin, wie diese Geschichte in »All of You« enden wird, und ich denke, ihr werdet es ebenfalls sein. Als ich erst einmal akzeptiert hatte, wohin mich die Figuren führten, war ich mit Leib und Seele dabei und verstand, dass es gar nicht anders sein konnte. Ich bin verliebt in Shaw und Willow, aber Noah und Sierra sind etwas Besonderes. Ich habe nicht damit gerechnet, dass ich sie so toll finden würde, aber das tue ich oft. Mich auch in meine Nebenfiguren zu verlieben.

Freut euch auf das schockierende Ende von Shaws und Willows Geschichte in »All of You«, die im Mai 2017 herausgekommen ist. (Wenn ich das sage, komme ich mir vor wie Chris Harrison in der US-Version von *Der Bachelor*.) Vergesst nicht, meinen Newsletter mit konkreten Erscheinungsdaten, verrücktem Spaß und monatlichen Giveaways zu abonnieren. https://goo.gl/MxHvHg

Wie immer möchte ich **Nikki Busch** dafür danken, dass sie mein Manuskript geglättet und mich gut hat dastehen lassen. Ein besonderer Dank geht an meine Freundin und Mitarbeiterin **LL (Lauren) Collins**, weil sie den Text in letzter Minute, als ich in Panik geriet, gelesen und mir ihr ehrliches Feedback gegeben hat. Ich vergöttere dich total und weiß, dass wir dazu bestimmt waren, uns kennenzulernen und beste Freundinnen fürs Leben zu werden. **Heather Roberts**: Ohne dich wäre ich nicht hier. #Wahrheit. Du überredest mich zu verrückten neuen Experimenten und beruhigst mich, wenn ich kurz davor bin zu springen. Du bist meine Quan-Meisterin, Lady. Und zu guter Letzt wie immer ein Dank an meinen **Ehemann**, der alles toll findet, was ich mache. *Alles.* ☺ Du bist mein größter Fan, und das liebe ich an dir.

Ein großes Dankeschön an Trisha Wolfe, die mir erlaubt hat, in dem Buch einen Teil von *With Visions of Red* zu benutzen. Wenn ihr euch fragt, woher die anderen Textauszüge stammen, das sind meine. Kapitel 1 beginnt mit dem Prolog von *Black Swan Affair* und Kapitel 17 bezieht sich auf *Forsaking Gray*, Buch 1 meiner »Colloway Brothers«-Reihe. Beide sind inzwischen erhältlich! Und lasst euch eins gesagt sein, Trishas *With Visions of Red* ist unglaublich und auch noch GRATIS! Also nicht verpassen!

Freunde, Familie, Blogger, Autoren, Betaleser, Pimpers, Kreig's Babes und am allerwichtigsten MEINE LESERINNEN: Wenn ihr mich in irgendeiner Form unterstützt habt, sollt ihr wissen, dass ich euch aus tiefstem Herzen danke. Ich bin euch aufrichtig und auf ewig dankbar, dass ihr an mich geglaubt habt. Jede Nachricht und jede E-Mail, die ich von jemandem bekomme, der persönlich mit mir in Kontakt treten und mich dafür loben will, wie sehr meine Bücher ihn berührt haben, ist wirklich *surreal* und *genau der Grund*, warum ich schreibe. Weil ihr alle mich ermuntert. Und dafür danke ich euch.

Um Himmels willen … helft der Autorin. SCHREIBT EINE BEURTEILUNG, wenn ihr dieses Buch kauft. Selbst ein oder zwei Sätze über das Buch oder auch nur eine Bewertung sind für andere Leserinnen hilfreich. Kritiken sind entscheidend, um einem Titel in diesem gewaltigen Meer großartiger Bücher Aufmerksamkeit zu verschaffen.

Manchmal finden wir uns, indem wir uns verlieren

K.L. Kreig
ALL OF YOU
Aus dem amerikanischen
Englisch von
Antje Althans
ISBN 978-3-7363-1111-4

Es sollte rein geschäftlich sein: Geld gegen eine gespielte Beziehung, kein Sex und schon gar keine Gefühle. Doch je länger Shaw und Willow allen das glückliche Paar vorspielen, desto heißer brennt die Leidenschaft zwischen ihnen. Bis ein schreckliches Ereignis aus ihrer Vergangenheit aufgedeckt wird und alles gefährdet ...

»K. L. Kreig ist die Königin von Drama und sexy Romance!«
ILSA MADDEN-MILLS, WALL-STREET-JOURNAL-BESTSELLER-AUTORIN

LYX

Sie schuldet ihm eine halbe Million Dollar, doch er will nur sie!

Meghan March
SINFUL KING
Aus dem amerikanischen
Englisch von
Anika Klüver
288 Seiten
ISBN 978-3-7363-0808-4

Keira Kilgore ist stolze Besitzerin der Whiskey-Destillerie *Seven Sinners* – und in großen Schwierigkeiten. Denn plötzlich taucht Lachlan Mount, der gefürchtetste Unternehmer New Orleans, in ihrem Büro auf und behauptet, ihr verstorbener Ehemann schulde ihm eine halbe Million Dollar. Mount stellt Keira vor die Wahl: Entweder sie wird alles verlieren, was ihrer Familie jemals wichtig war, oder aber sie lässt sich auf sein unmoralisches Angebot ein ...

»Das ist die Art von Liebesromanen, für die ich lebe und sterben würde. Unglaublich schön und eins der heißesten Bücher des Jahres!« SPICEY READS

LYX

Sie ist jung, sie ist reich, sie ist mächtig – und doch will sie nur eins: seine Liebe!

Pepper Winters
CROWN OF LIES
Aus dem amerikanischen
Englisch von
Ralf Schmitz
432 Seiten
ISBN 978-3-7363-0691-2

Ein Leben im goldenen Käfig – dazu ist die junge Noelle Charlston verdammt. Doch eines Abends bricht die Erbin einer noblen Kaufhauskette aus und gerät prompt in Lebensgefahr. Ein geheimnisvoller Fremder rettet sie. Als sie Jahre später Penn Everett trifft – einen erfolgreichen Geschäftsmann –, entwickelt sie Gefühle, die sie bisher nur einmal verspürt hat: in der Nacht, die ihr Leben für immer veränderte. Aber Penn spielt nicht mit offenen Karten, und Noelle muss sich fragen: Ist der undurchsichtige Businessman Freund oder Feind?

Sein Unternehmen ist seine Welt – bis ein Kuss alles verändert ...

Avery Flynn
HEARTBREAKER
Aus dem amerikanischen
Englisch von
Stephanie Pannen
352 Seiten
ISBN 978-3-7363-1098-8

Sawyer Carlyle regiert sein Unternehmen mit eiserner Hand. Ein Privatleben kennt er nicht, und für die Liebe hat er keine Zeit. Umso mehr nervt es ihn, dass seine Familie alles daransetzt, ihn zu verkuppeln und ihm eine potenzielle Freundin nach der anderen präsentiert. Um dem einen Riegel vorzuschieben, engagiert der CEO Clover Lee. Die junge Frau soll seine Verlobte spielen und ihm die heiratswilligen Damen – und seine Familie – vom Hals halten. Doch dann stellt ein Kuss Sawyers Welt auf den Kopf, und aus dem Spiel wird schnell etwas ganz anderes ...

»Von der ersten Seite an ein echter Hit.« BOOKS I LOVE A LATTE

LYX

Ein Bad Boy erobert die High Society

Vi Keeland / Penelope Ward
REBEL SOUL
Aus dem amerikanischen
Englisch von
Antje Görnig
ISBN 978-3-7363-1099-5

Rush ist reich, kalt und abweisend. Als er merkt, dass die junge Frau hinter der Theke seiner Bar in den Hamptons keine Ahnung von Cocktails, Wein oder Whiskey hat, will er sie feuern. Doch Gia rührt etwas in seinem Inneren. Sie ist die Einzige, die hinter Rushs Fassade schaut und den verletzlichen Mann sieht. Schnell entwickeln sich Gefühle zwischen den beiden. Doch eine falsche Entscheidung in Gias Vergangenheit holt sie ein und droht ihr Glück zu zerstören …

»*Rebel Soul* macht süchtig! Ich konnte nicht genug von Gia und Rush bekommen!« KINDLE CRACK

LYX